라오찬 여행기

老殘遊記

라오찬 여행기

류어 지음 ― 김시준 옮김

연암서가

일러두기

1. 중국어의 우리말 표기는 1989년에 개정된 외래어 표기법(문교부 고시 제85-11호), 외래어 표기 용례에 따라 인명의 경우 과거인은 종전의 한자음대로 표기하고 현대인은 중국어 표기법에 따라 표기했으나 지명의 경우는 한자음대로 표기했다. 필요에 따라 인명과 지명에 한자를 병기하였다.

2. 본문 중에 쓰인 거리, 시간 등의 단위는 그 숫자가 상징적 의미를 갖는 경우가 많아 원문대로 표기했으며 현대 표기를 괄호 안에 넣어 병기하였다.

서문

아이가 태어날 때, "으앙!" 하고 울음을 터뜨리지만, 늙어서 죽을 때도 집안 사람들이 둘러서서 "아이고!" 하고 운다. 울음은 인간에게 시작이요, 끝이다. 그 사이는 인품의 높고 낮음과 울음이 많고 적음에 따라 평가된다. 따라서 울음은 영성靈性의 현상現象이다. 한푼의 영성이 있으면 한푼의 울음이 있게 마련으로 때의 순역順逆과는 아무 상관이 없다.

말과 소는 일생 동안 애써 일하고 괴로움 속에 지내면서도 먹이라고는 풀과 짚뿐이고, 또한 언제나 채찍으로 얻어맞기만 하고 있으니 자못 괴로울 것이다. 그러나 그것들은 울음을 모른다. 영성이 없기 때문이다. 원숭이는 숲속을 뛰어다니며 배나 밤으로 배를 채우고는 즐겁게 놀고 지내지만 너무도 잘 짖는다. 짖는 것은 원숭이의 울음이다. 때문에 박물가博物家는 원숭이가 동물 중에서 가장 인간에 가깝다고 말하고 있다. 곧 영성이 있기 때문이다. 옛사람의 시에, "파동巴東* 삼협三峽의 무협巫峽*은 길고도 먼데, 원숭이 울음 두세 마디가 나그네의 애를 끊나니……"라고 하였다. 그 감정은 어떠하였을까?

영성은 감정을 낳고 감정은 울음을 낳는다. 울음에는 두 가지가 있다. 하나는 힘있는 것이고 또 하나는 힘없는 것이다. 장난꾸러기 아이들은 과자가 없다고 울고 머리핀을 떨어뜨렸다고 울기도 하나, 이런 것은 힘없는 울음이고, 성 아래에서 남편의 시신을 부둥켜안고 울었기 때문에 성이 무너졌다고 전해오는 기량杞梁*의 아내나, 순舜 임금의 죽음을 슬퍼하여 흘린 눈물이 대나무에 배어 반점을 이루었다는 이비二妃의 경우와 같은 것은 힘있는 울음이다. 그러나 이 힘있는 울음도 또한 두 가지로 나누어진다. 울음에 의한 울음은 힘이 약하고 울음에 의하지 않은 울음은 더욱 힘이 강하며 그 미치는 영향이 더 크다.

『이소離騷』는 굴대부屈大夫의 울음이요, 『장자莊子』는 몽수(蒙叟: 장자)의 울음이며, 『사기史記』는 태사공(太史公: 사마천司馬遷)의 울음이고, 『초당시집草堂詩集』은 두공부(杜工部: 두보杜甫)의 울음이다. 이후주(李後主: 이욱李煜)는 사詞로써 울었고, 팔대산인八大山人*은 그림으로써 울었다. 왕실보王實甫는 울음을 『서상기西廂記』에 기탁하였고, 조설근曹雪芹은 울음을 『홍루몽紅樓夢』에 기탁하였다. 왕실보는 "이별의 한이 폐부肺腑에 가득 찼으나, 풀기가 어려워 지필紙筆로 말을 대신하여 푸는 외에 나의 온갖 시름을 누구에게 말할 것인가?"라 말했고, 조설근은 "종이 위에 가득 찬 황당한 말들과 쓰라린 한줌의 눈물, 그 모두가 글쓴이의 맺힌 시름이니, 그 누가 이 마음을 알아줄 것인가?"라고 말했다.

차를 '천방일굴千芳一窟'이라 하고 술을 '만염동배萬艶同杯'라고 말하는 것은 실은 천방일곡千芳一哭, 만염동비萬艶同悲이기 때문이다 *

우리 인간은 이 세상에 태어나서 개인, 국가, 사회, 민족, 종교 따위에 대하여 여러 가지 느낌을 가지고 있다. 그 감정이 깊으면 깊을수록 울음도 더욱 통렬한 것이다. 이것이 홍도洪都 백련생百鍊生이 『라오찬 여행기老殘遊記』를 쓰게 된 이유이다.

바둑은 이미 판이 끝나고 나도 이제 늙어버렸으니, 울지 않으려 하여도 그러지 않을 수 없게 되었다. 나 자신은 국내의 '천방', 인간의 '만염' 가운데에 반드시 나와 함께 슬퍼해줄 사람이 있으리라고 믿는 바이다.

차 례

라오찬여행기

서문 ___ 5

1. 풍랑에 휩쓸리는 거선巨船 ___ 11

2. 강남의 고적을 돌아보며 ___ 26

3. 제남부의 명승지를 찾아서 ___ 40

4. 라오둥의 이야기 ___ 55

5. 청렴한 혹리酷吏 ___ 69

6. 관리들의 횡포 ___ 84

7. 책략을 바치다 ___ 100

8. 도화산을 찾아서 ___ 116

9. 산골 처녀의 고담 준론高談峻論 ___ 131

10. 거문고의 명연주를 감상하며 ___ 149

11. 북권北拳과 남혁南革 ___ 165

12. 겨울의 황하 ___ 181

13. 기녀의 슬픈 사연 ___ 199

14. 홍수와 만두 ___ 214

15. 누명 쓴 강도 사건 ___ 229

16. 혹리의 재판 ___ 244

17. 연분 ___ 262

18. 원한은 갚다 ___ 281

19. 다시 요령을 흔들며 ___ 299

20. 소생蘇生 ___ 317

서문 ___ 339

1. 태산에 올라 묘당에 참배하다 ___ 343

2. 쑹 공자宋公子의 횡포 ___ 360

3. 첫사랑 ___ 377

4. 환상에서 깨어나다 ___ 393

5. 연꽃은 진흙 속에서 핀다 ___ 408

6. 한 많은 속세를 떠나면서 ___ 427

주 ___ 446

옮긴이의 말 류어와 『라오찬 여행기』 · 김시준 ___ 454

1

풍랑에 휩쓸리는 거선巨船

산동山東 등주부登州府 동문 밖에 봉래산蓬萊山이라는 높은 산이 있다.

산 위에는 봉래각이란 누각이 있는데, 이 누각은 기둥이 아름답게 채색되어 있어서 구름이 날아드는 듯하고, 구슬발(주렴珠簾)이 비를 거둬들이는 듯한 대단히 크고 아름다운 것이었다.

서쪽으로는 성안의 온갖 집들이 안개 속에 아득히 내려다보이고 동쪽으로는 바다 위의 파도가 천 리를 연하여 번쩍이고 있는 것이 굽어보인다. 따라서 성안 사람들은 때때로 오후에 술과 안주를 장만해 가지고는 누각에 올라 하룻밤을 묵으며 다음날 아침에 태양이 바닷속에서 떠오르는 장관을 구경하는 것을 습관처럼 하고 있었다.

어느 해, 라오찬이란 길손이 있었다. 이 사람의 본성은 톄鐵이고 잉英이라는 외자 이름에 호를 부찬補殘이라 했다. 그는 란찬爛殘이란 스님이 감자를 구워먹었다는 옛이야기를 흠모하여 그 스님의 '찬' 자를 따서 호로 삼았다. 사람들은 그의 사람됨을 좋아하여, 그를 존경하는 뜻에서 라오찬老殘이라 부르기 시작했고, 그러는 동안에 '라오찬'이 그의 별호가 되었다.

그는 불과 서른 살 남짓으로 본시 강남江南 사람이었다. 젊어서는 『시경詩經』이니 『서경書經』 따위를 읽었으나, 팔고문(八股文: 명·청 시대에 과거의 답안에 쓰이던 형식이 엄격한 문체)에 능통하지 못하여, 공부깨나 했으면서도 과거 시험에 떨어져서 벼슬길에 나아가지 못했다. 그리하여 훈장이 되려고 했지만, 그를 초빙하는 곳도 없었고, 또 장삿길로 들어서려 했으나 나이가 너무 많았기 때문에 이제 와서 어떻게 할 수도 없었다. 원래 그의 부친은 벼슬이 삼품三品에 이르는 높은 관리였으나 처세가 서투르고 돈을 벌 줄도 모르는 성격이었기 때문에 이십 년 간이나 벼슬길에 있다가 퇴직하여 고향집에 돌아갈 때에는 자신의 옷을 팔아 여비를 장만해야 할 정도였다. 그러니 자식에게 물려줄 만한 재산이 있을 리도 없었다. 이렇게 되자, 라오찬으로서는 지키고 있을 만한 유산도 없었고, 또 몸에 익힌 기술도 없는지라, 자연히 의식 걱정이 점차 긴박해졌다.

어쩔 수 없는 지경에 이르렀을 때, 다행스럽게도 '하늘은 인간을 절체절명에까지는 몰아넣지 않는다'는 말 그대로 한 사람의 도사道士가 요령을 흔들며 이 마을에 나타났다.

그 도사는 "나는 일찍이 이인異人에게서 선술仙術을 이어받아서 모든 질병을 고칠 수 있다"고 말하며 돌아다녔다. 성안 사람들이 그 도사를 찾아가서 병을 보이면 온갖 병을 신통하게도 금방 고치는 것을 보고 라오찬은 그를 스승으로 모시고 몇 가지 비방을 익혔다. 그 뒤부터 그도 요령을 흔들고 돌아다니며 남의 병을 고쳐 주고 겨우 입에 풀칠을 할 수 있게 되었다.

이렇게 그가 강호江湖를 떠돌아다닌 지 근 이십 년이 되던 해에 옛날에는 천승千乘이라고 불렸던 산동의 한 지방에 이르렀다. 그 지방에 성은 황黃, 이름은 뤠이허瑞和라고 불리는 큰 부호가 사는데, 그는 온몸이 썩어가는 괴상한 병에 걸려 해마다 몇 군데씩 썩어서 구멍이 생기고 있었다. 금년에 한 곳을 치료하면 다음해에는 다른 곳이 썩어서 구멍이 생기곤 하여 몇 년이 지나도록 용하다는 의사에게는 모두 보였으나 완치시키는 사람이 없었다. 그 병은 언제나 여름에 시작되었다가 추분이 지나면 차도를 보이곤 했다. 그해 봄에 라오찬이 이 지방에 이르자 황 부자의 집사가 라오찬을 찾아와서 물었다.

"저희 주인의 병을 고치는 방법이 없겠습니까?"

"방법이 있기는 합니다만, 댁에서는 아직 나의 치료 방법 같은 것은 써보지 않으셨나 본데 이번에 나의 변변치 않은 치료나마 받아보도록 하십시오. 만일 이 병을 영원히 재발하지 않게 해달라 하시면 그도 그다지 어려울 것은 없습니다. 다만 옛 사람의 방법을 쓰면 됩니다. 그렇게만 하신다면 백발백중이지요. 다른 병이라면 신농씨神農氏, 황제黃帝로부터 전해 내려온 방법을 쓰면 됩니다만, 이 병만은 대우大禹로부터 전해 내려오는 방법을 써야 됩니다. 당나라 때 왕징王景이라는 분이 이 방법을 이어받았으나, 그 뒤로는 아무도 이 방법을 모르고 있었습니다. 오늘날에 와서 제가 뜻밖의 인연으로 이 방법을 조금 익혔습니다."

이리하여 황 부자 댁에서는 마침내 라오찬을 집에 머물게 하고 주인의 병을 치료하도록 부탁했다. 그런데 그가 병을 치료하면서부터 이상한 일이 일어났다. 지난해까지는 한 곳을 치료하면 또 다른 곳이 썩어서 구멍이 생기던 것이 금년에는 비록 몇 군데가 조그마하게 곪기는 했지만 구멍은 전혀 생기지 않았다. 이렇게 되자 황 부자네 집에서는 매우 기뻐하였고, 추분이 지나자 병세는 수그러졌다. 그 집 사람들은 황 부자의 몸에 구멍이 생기지 않은 것이 십여 년 내 없었던 일이라 대단히 기뻐하며 곧 광대를 부르고 소리꾼을 불러서 사흘 동안이나 신에게 감사드리는 놀이를 벌이고, 또 서쪽 꽃정자 쪽에 국화를 산같이 진열하여 오늘도 내일도 연회를 열어서 이 기쁨을 요란하게 즐겼다.

그날 라오찬은 점심 뒤에, 두어 잔 과하게 마신 술로 몸이 피곤했기 때문에, 자기 처소로 돌아와 침상에 누워 쉬고 있었다. 그가 막 눈을 붙이자 밖에서 두 사람이 들어왔다. 한 사람은 원장뽀文章伯라 하고, 다른 사람은 더훼이성德慧生이라고 부르는데 이 두 사람은 라오찬의 친구였다. 그들은 입을 모아 말했다.

"이렇게 해가 긴 날에 방안에만 틀어박혀서 뭘 하나?"

라오찬은 급히 몸을 일으킨 뒤 자리를 권하면서 대답했다.

"요새 먹고 마시기를 지나치게 하였더니 몸이 좋지 않은 것 같네."

그러자 두 사람은 말했다.

"우리는 지금 등주부 봉래각의 멋진 경치를 구경하러 가려고 특별히 자네를 맞으러 왔네. 수레도 이미 자네 것까지 빌려놓았으니, 빨리 짐을 챙기게. 곧 출발하세."

라오찬은 짐이 별로 많지 않았다. 고서 몇 권과 진료기 몇 점이 고작이어서 챙기기에는 매우 간단하여 잠시 후에 수레에 올랐다. 풍찬노숙風餐露宿하면서 오래지 않은 여행 끝에 마침내 등주부에 닿았다. 봉래각 아래에 방 두 칸을 얻어 들고는 바다의 정취와 환상의 신기루 같은 경치를 감상했다.

다음날 라오찬은 원과 더 두 친구에게 "사람들 말이 해돋이가 볼 만하다 하고, 또 두보의 시에도 '해가 바다에서 떠오르는 것이 마치 공을 던진 듯하다' 하였으니 어디 오늘밤 잠을 자지 말고 해돋이를 보지 않겠나?" 하자 두 사람이 대답했다.

"형이 그런 멋진 흥취를 가졌다면, 우리들이 모시고 가겠네!"

가을은 비록 밤과 낮의 길이가 같은 때라고는 하지만 해뜰 때와 해질 때에 바다의 수증기가 빛을 전해오기 때문에 밤이 짧은 것처럼 느껴진다. 세 사람은 술 두 병과 가져온 안주를 놓고 술을 들면서 한담을 나누었다. 어느덧 동쪽 하늘이 점점 밝아오기 시작했다. 실제로 해가 떠오르기엔 아직 이르지만, 바다의 수증기가 빛을 전해오기 때문이었다. 세 사람은 다시 한담을 나누었다. 얼마 후에 더훼이성이 말했다.

"시각이 거의 된 것 같네. 미리 누각에 올라가 기다려보는 것이 어떨까?"

그러자 원장뿌가 말했다.

"바람소리가 대단하군. 위쪽은 창문들이 몹시 낡아서 추울 거야. 아마도 방안같이 따뜻하지 않을 것 같으니, 옷을 두어 벌씩 더 껴입고 가도록 하세!"

제각기 옷을 껴입은 뒤, 망원경과 담요를 가지고 뒤쪽 구부러진 사다리를 따라 올라갔다. 누각 위에 올라 창가에 있는 탁자에 자리를 정하고는 동쪽을 바라보았다. 바다에는 흰 물결이 산과 같이 소용돌이치며 끝없이 펼쳐져 있었다. 동북쪽으로는 푸른 연기 같은 것이 몇 줄기 보이는데, 가장 가까이 있는 것은 장산도長山島이고 가장 멀리 보이는 것이 대죽도大竹島, 대흑도大黑島였다. 누각 밖에서는 바람소리가 횡횡 울리는 것이 마치 누각을 뒤흔드는 듯했다. 하늘에는 구름이 한 조각씩 겹치기 시작하더니 북쪽으로부터 큰 구름 조각이 중앙으로 흘러와서 먼저 떠 있던 구름 위에 덮치고, 다시 동쪽의 구름 쪽으로 몰려간다. 그러나 동쪽의 구름도 이에 밀리지 않으려고 서로 버티고 있는 모양이 심히 기괴했다. 잠시 후에 구름들은 한 조각 붉은 빛깔로 변했다.

"찬 형, 저 꼴을 보니, 오늘 해돋이는 보기 어려울 것 같네!" 하고 훼이성이 말하자, 라오찬이 그의 말을 받아 이같이 말했다.

"하늘의 바람과 바다만을 보고도 나의 감정이 움직일 만하니, 해돋이를 못 본다 하더라도 이번 일은 보람이 있었네."

장뽀가 망원경으로 응시하고 있다가 말했다.

"저것 보게. 동쪽에 검은 것이 보이는데, 파도를 따라 떠올랐다 가라앉았다 하는 것으로 보아 틀림없이 배가 지나가고 있는 것 같네!"

이에 다른 사람들도 망원경을 들고 그쪽을 잠시 바라보다가 이구동성으로 말했다.

"그렇군 그래, 수평선에 아주 작은 검은 줄 같은 것이 보이는군. 배가 틀림없어."

모두가 한동안 보고 있는 사이에 그 배는 지나가버렸다. 훼이성은 여전히 망원경을 들고 좌우를 눈여겨보고 있었다. 그러더니 한 곳을 주의 깊게 보다가 갑자기 소리쳤다.

"어? 저 돛단배를 보게! 저렇게 큰 파도에 휘말려 있으니 몹시 위험한데!"

다른 두 사람이 함께 물었다.

"어디야, 어디?"

"바로 동북쪽, 물보라 치는 곳이 장산도 아닌가? 장산도 이쪽을 보게. 점점 가까이 오고 있네!"

두 사람이 망원경을 들고 보더니, 함께 소리쳤다.

"어! 저런! 정말 위험하군! 다행히 이쪽으로 오는군. 바닷가까지는 이삼십 리밖에 안 되니 다행이야."

한 시간쯤이 지나자 그 배는 훨씬 가까이에 이르렀다. 세 사람은 망원경으로 자세히 응시했다. 배의 길이는 이십삼사 장丈(칠십여 미터로 1장은 3.03미터이다)쯤이나 되는 대단히 큰 배였다. 선장은 브리지 위에 올라가 앉아 있고 그 아래에는 네 사람이 조타를 관장하고 있었다. 앞뒤 여섯 개의 돛대에는 여섯 폭의 낡은 돛이 걸려 있고, 또 두 개의 새 돛대가 있는데 한 돛대의 돛은 새것이었고, 나머지 하나는 아주 새것도 아니고 그렇다고 낡은 것도 아니었다. 따라서 이 배에는 여덟 개의 돛대가 있는 셈이 된다. 선체가 어지간히 물에 잠겨 있는 것으로 보아, 선창에는 많은 화물이 실려 있음을 알 수 있었다. 갑판에는 남녀 선객들이 가득 차 있는데 그 수는 헤아릴 수 없이 많으며, 창문도 없고 햇빛이나 바람을 막는 차양도 없는 것이 마치 천진天津에서 북경北京으로 가는 삼등 열차와 같았다. 그들의 얼굴에는 북풍이 몰아치고 또 몸에는 세찬 파도가 토해낸 찬 물방울이 튀어 옷은 젖어 추위에 떨고 또 굶주림과 두려움에 차 있었다.

　배 위에 있는 사람들은 모두 삶을 의지할 데가 없는 듯한 모습들이었다. 여덟 개의 돛대 아래에는 각각 두 사람씩 돛줄을 관장하고 있으며, 뱃머리와 갑판에는 선원 차림을 한 사람들이 많았다. 배는 비록 이십삼사 장이나 되게 크다고 하지만 파손된 곳이 적지 않았다. 배 동쪽은 삼사 장이나 되게 파괴되어 파도가 들락거리고 있고, 그 옆, 그러니까 역시 동쪽에 또 일 장이나 되게 파괴된 곳이 있어서 점점 침수되고 있었다. 그 나머지도 어디 하나 상처를 입지 않은 곳이 없었다. 여덟 개의 돛을 관장하는 자들은 열심히 자기들 것을 돌보고 있으나 각자가 자기 것에만 열중하고 있어 마치 각자가 여덟 척의 배를 모는 듯이 서로 상관하지 않고 있었다. 또 뱃사람들은 갑판 위에 앉아 있는 수많은 남녀들 사이를 쑤시고 다니는데, 무슨 짓을 하고 있는지 알 수가 없었다.

　망원경으로 자세히 보니, 그들은 그곳에서 선객들이 가지고 있는 식량을 뒤져내거나 혹은 선객들이 입고 있는 옷을 벗기고 있었다. 원장뾰는 가만히 보고 있다가 자기도 모르게 갑자기 소리쳤다.

"저 죽일 놈들! 배가 당장 침몰하려 하는데, 저놈들은 배를 구하거나 좀더 일찍 뭍에 댈 생각은 하지 않고, 도리어 선객들을 유린하고 있으니 기막혀 죽을 노릇이군."

"원 형, 너무 서두르지 말게. 저 배가 지금 대략 칠팔 리(1리는 약 400미터)의 거리밖에 안 되니, 해안에 닿는 것을 기다렸다가 우리가 가서 저들에게 권해보세!"

훼이성이 이런 말을 하고 있을 때, 갑자기 배 위에서는 그들이 몇 사람인가를 죽여서 바다에 던져버린 뒤 뱃머리를 돌려 동쪽으로 향하기 시작했다. 장뽀는 화가 나서 두 다리를 껑충거리며 욕을 해댔다.

"죄 없는 수많은 선객들의 생명이 아무 이유도 없이 몇 놈의 뱃놈들에게 짓밟히다니! 이런 억울할 데가 어디 있어!"

그는 잠시 깊은 생각에 잠겼다가 다시 말했다.

"마침 산 아래에 어선이 있으니, 타고 가서 몇 놈 때려죽이고, 선원 몇을 갈아치우면 되지 않겠나? 선객들의 생명을 구하지 않는다면, 어찌 공덕功德이 있다고 하겠나!"

훼이성이 대답했다.

"그렇게 하는 것이 좋기는 하지만, 너무 서두르면 그르치기 쉽네. 찬 형, 어떻게 하는 것이 좋겠나?"

"매우 묘한 계책이군. 그런데 자네는 군인을 몇 명이나 데려가려나?"

라오찬이 장뽀를 보고 웃으며 말하자 장뽀가 화를 내며 말했다.

"찬 형, 어찌 그런 농담을 하나? 바로 지금 사람의 생명이 왔다갔다하는데. 한시라도 빨리 구하지 않으면 안 되네. 물론 우리 세 사람이 가는 거지. 어디 군인 같은 것을 데리고 갈 틈이 있다고!"

"만약 그렇게 한다고 하세. 저 배 위에는 선원이 백 명 이상은 될 거고 그 이하는 아닐 걸세. 우리 세 사람이 그놈들을 죽이러 갔다가는 아마도 오히려 죽임만 당할 뿐 성공하지는 못할 걸세. 어떻게 생각하나?"

장뽀가 생각해보니 이치에 맞는 이야기였다.

"그럼, 자네는 어떻게 하겠다는 건가? 이대로 멍청히 저들의 죽음을 보고만 있자는 건 아니겠지?"

"내가 보기에 선원들에게 잘못이 있는 것이 아니야. 다만 두 가지 원인 때문에 저 배가 저렇듯 말할 수 없는 낭패를 당한 것 같네. 두 가지 이유란 무엇인고 하니, 첫째는 저들이 태평양을 지나면서 너무 평안하게만 지나왔기 때문이네. 풍랑이 고요했을 때는 운항 상태나 항해술이 훌륭했을 것이지만, 뜻밖에 오늘같이 큰 풍랑을 만나자 모두가 갈팡질팡하게 되었을 것이네. 둘째로, 저들은 미리 어떤 방침을 세워놓고 있지 않아서, 평상시 날씨가 좋은 때에는 옛 방법대로 항해하되 해나 달이나 별을 보고 동서남북을 구별하여 별 탈없이 항해했을 걸세. 이른바 '운명을 하늘에 기탁'하였던 거지. 그러나 이렇듯 흐린 날에는 해와 달, 별이 모두 구름 속에 묻혀서 의지할 바가 없게 되자, 마음속으로 최선을 다하려 했지만 동서남북을 분별하지 못하게 되어 갈수록 어긋나고 있는 것이라 보네. 지금 할 수 있는 계책으로는 원 형의 방법대로 어선을 타고 쫓아가는 것이네. 저들의 배는 무겁고 우리 배는 가벼우니 반드시 쫓아갈 수 있을 걸세. 도착하면 저들에게 나침반을 주고, 그러면 저들은 방향을 제대로 잡고 제대로 항해할 수 있을 걸세. 그리고 선장에게 풍랑이 있을 때와 없을 때의 항해하는 방법을 알려준다면, 저들은 우리 말을 듣고 곧 상륙하지 않을까?"

훼이성이 말했다.

"찬 형의 말대로야! 속히 그렇게 하세. 그렇지 않으면 위험 천만이야!"

세 사람은 곧 누각에서 내려와 하인에게 짐을 보게 하고는, 가장 정확한 나침반과 육분의六分儀와 항해에 필요한 몇 가지 계기만을 가지고 산을 내려왔다. 산 아래에는 선창 몇 군데가 있는데 모두 어선이 정박하는 곳이었다. 그들은 가볍고 날래 보이는 어선 한 척을 골라 돛을 달고, 곧바로 앞으로 나아갔다.

다행히 그날은 북풍이어서 동쪽이나 서쪽으로 항해하는 데에 옆 바람을 받을 수가 있어서 항해에는 알맞았다. 잠깐 사이에 거선 가까이 갈 수가 있었다.

세 사람은 망원경을 들고 자세히 살펴보았다. 거선까지 십여 장 거리에 이르니 배에 탄 사람들의 말소리까지 들을 수 있었다. 그런데 전혀 뜻밖에도 선객의 재물을 수색하고 있는 선원들 외에 목청을 높여 연설하는 한 사람이 있었다. 그가 말하는 것을 들으니,

"당신들은 모두가 뱃삯을 내고 배를 탔소. 더구나 이 배는 당신들의 조상이 물려준 회사의 재산이오. 그런데 지금 몇 명의 선원에 의하여 말할 수 없이 파괴되고 있소. 당신들 남녀노소 할 것 없이 모두의 생명이 이 배에 달려 있소, 모두가 이곳에서 죽음을 기다

릴 수는 없는 것이 아니오? 어떤 방법으로라도 살아나야 할 게 아니오? 이 바보 같은 인간들아!" 하는 것이었다.

모든 선객들은 그에게 욕을 먹고도 벙어리처럼 아무 말도 하지 못한다. 잠시 후 몇 사람이 나오더니 이렇게 말했다.

"선생이 하신 말씀은 모두 우리가 마음속에 간직하였던 것인데, 입 밖에 내지 못했던 것이오. 오늘 선생의 깨우침을 받고 우리는 실로 매우 감격했소. 무슨 좋은 방법이 있는지 가르쳐주시겠소?"

"지금은 돈이 없으면 일을 못하는 세상인 것을 당신들도 알 거요. 당신들은 모두 돈을 염출해 내시오! 우리는 우리의 재량才量을 다하고 정신을 진작하여, 몇 사람의 피를 흘려서라도 당신들을 위하여 만세의 평안과 자유로운 생업을 쟁취하여 주겠소. 어떻소?"

그러자, 모든 사람들은 일제히 손뼉을 치며 기뻐하였다.

장뽀는 멀리서 듣고 두 사람에게 말했다.

"저 배 위에 저런 영웅호걸이 있다는 것은 전혀 뜻밖인데. 진작 알았다면 우리가 올 필요가 없었지!"

"잠시 돛을 내리고 천천히 저 배를 따라가며, 동정을 살펴보는 것이 어떤가? 만약에 이치에 합당하게 일을 하면 우린 돌아가기로 하세."

훼이성의 말에 라오찬이 동의했다.

"더 형의 말이 옳아! 내가 보기엔 저 사람은 일을 제대로 할 사람이 아니야. 몇 마디 유식하고 개화된 말투만으로 돈 몇 푼을 편취하려는 것 같네!"

세 사람은 돛을 내리고 천천히 큰 배의 뒤를 따르기 시작했다.

그들은 배 위에 있는 사람들이 많은 돈을 염출해서 연설하던 사람에게 주고는, 그가 어떻게 행동하는가를 보고만 있었다. 그러나 누가 알았으랴! 연설하던 자는 많은 돈을 받자마자, 여러 사람이 공격해 오지 못할 곳으로 물러서서 곧 크게 소리쳤다.

"당신들은 피가 없는 인간들이야! 이 냉혈동물들아! 속히 가서, 저 선원놈들을 처치해버리지 않는 거야? 당신들은 왜 저 선원놈들을 한놈 한놈 때려죽이지 않는 거야?"

아무것도 모르는 젊은이들이 그의 말에 따라, 조타수를 향하여 덤벼들고 또 한편에서는 선장에게 욕하며 대들었으나, 옆에 있던 선원들에게 죽임을 당하거나 바닷속에 내동댕이쳐졌다. 연설하던 자는 높은 곳에서 큰소리로 또 외쳤다.

"당신들은 왜 단결을 못하는 거요? 모든 선객이 일제히 덤빈다면, 저놈들을 못 이겨낼 것 같은가?"

이때, 선객 중에서 세상사에 밝은 노인이 있다가 소리쳤다.

"여러분, 절대로 난동을 부리지 마시오! 만약에 이렇게 나간다면 승부가 나기도 전에 배가 먼저 뒤집혀집니다. 절대로 이래서는 안 됩니다!"

훼이성은 이 말을 듣자, 장뽀에게 말했다.

"역시 저 영웅은 자기 혼자 돈을 챙기고, 남에게는 피를 흘리라는 놈이었군!"

"다행히 세상사를 아는 신중한 사람이 있었군! 그렇지 않았으면 저 배는 더욱 일찍 뒤집힐 게 뻔했어!" 하고 라오찬이 말했다.

세 사람은 곧 돛을 높이 올리고 눈깜짝할 사이에 거선과 나란히 되게 따라갔다. 뱃사공이 대나무 막대기를 거선에 걸치자, 세 사람은 거선 위로 뛰어올라 브리지 아래에 이르러서, 정중히 인사를 하고는 가져온 나침반과 육분의와 그 밖의 계기를 내주었다. 조타수는 그것들을 보고는 부드러운 기색으로 물었다.

"이것들은 무엇에 쓰는 것이며, 어디에 좋소?"

이렇게 말을 나누고 있는데, 하급 선원 중에서 갑자기 고함 소리가 일어났다.

"선장! 선장! 절대로 그자들에게 속지 마십시오! 저놈들이 가져온 것은 외국의 나침반이오. 저놈들은 틀림없이 양코배기들이 보내온 매국노 스파이들이오. 저놈들은 천주교도들로서 이 거선을 이미 양코배기들에게 팔아버렸기 때문에, 저 나침반을 가져왔을 거요. 선장! 즉시 저 세 놈을 잡아 죽여서 후환을 없애버립시다. 만약에 저놈들의 말을 듣고 저놈들의 나침반을 쓰게 된다면, 바로 양코배기의 계약금을 받는 것이 되어 곧 우리들의 배는 뺏기게 될 거요!"

누가 알았으랴. 이렇게 한바탕 떠들고 나자, 온 배 안이 소란해졌다. 그때 연설하던 영웅호걸도 저쪽에서 소리쳤다.

"배를 팔려는 매국노야! 저놈들을 빨리 죽여버려라!"

선장과 조타수는 이 말을 듣자, 결정을 내리지 못하고 주저하고 있었다. 선원 중에 선장의 숙부가 되는 조타수가 있었는데, 그가 입을 열었다.

"세 분께서 이렇게 오신 것을 진심으로 감사드리오. 다만 모든 사람들이 저렇듯 화를 내고 있으니 속히 돌아가주기 바라오!"

세 사람은 눈물을 머금고 급히 작은 배로 돌아왔다. 거선 위의 사람들은 분노가 가라앉지 않았는지 세 사람이 작은 배로 내려가자, 파도에 부서진 거선의 널조각을 집어서 작은 배를 향하여 던졌다. 작은 고깃배를 향해 수백 명이 집어던지니, 그 힘은 무시무시한 것이었다.

잠깐 사이에 고깃배는 산산조각이 나서 바닷속으로 가라앉아 갔다.

세 사람의 목숨은 어찌 될 것인가?

2

강남의 고적을 돌아보며

라오찬은 어선에 탄 채 여러 사람의 공격을 받아 바닷속으로 빠져들어가니, 어찌할 도리가 없어서 눈을 꼭 감은 채 체념하고 있었다. 그의 몸은 마치 낙엽같이 펄럭이며 잠깐 사이에 바다 밑으로 가라앉았다. 문득 귓가에서 누군가가 자기를 부르는 소리가 들려왔다.

"선생님, 일어나세요! 선생님, 일어나세요! 날이 어두워졌어요. 식당에 식사 준비가 된 지 오랩니다."

라오찬은 황급히 눈을 뜨고는, 멍하니 있다가 중얼거렸다.

"어! 꿈이었군!"

그날부터 며칠이 지나서 라오찬은 황 부자의 집사에게 말했다.

"이제 날씨도 점차 차가워지니 주인 어른의 병도 재발하지는 않을 겁니다. 내년에 또 필요하시다면, 다시 와서 힘써 보겠습니다. 이제부터 저는 제남부濟南府로 가서 대명호大明湖의 풍경이나 구경할까 합니다.

집사는 여러 번 만류했으나 그가 듣지 않자, 그날 밤 술자리를 마련하여 송별연을 베풀고는 천 냥의 은자銀子를 싸서 라오찬에게 주니, 바로 치료비로 치는 것이었다.

라오찬은 사의를 표하고는 곧 은자를 짐짝 속에 간수하고, 이별을 고한 후 수레에 올랐다. 길을 가는 도중, 가을 산에는 단풍이 붉게 물들고 들판에는 국화가 피어 있어서 적막한 느낌은 없었다. 제남부에 도착하여 성내에 들어서니 집집마다 샘이 있고, 집집마다 수양버들이 늘어져 있어 강남의 경치에 비하면 더욱 아름다움을 느낄 수 있었다. 소포정사가小布政司街에 이르러, 까오성잔高陞店이라는 여관을 찾아 들어가 짐을 풀고, 마부에게 수렛삯에 몇 푼을 더 얹어주어 보낸 뒤, 간단히 저녁식사를 하고 곧 잠자리에 들었다.

이튿날, 새벽에 일어나서 간단히 요기를 하고, 곧 요령을 흔들면서 온 거리를 한바탕 돌며 이럭저럭 보냈다. 오후에는 걸어서 작화교鵲華橋 부근까지 가서 작은 배 한 척을 세내어 타고는 노를 저어 북쪽으로 가니 곧 역하정歷下亭에 이르렀다. 배에서 내려 대문에 들어서자, 단청이 태반이나 벗겨진 정자가 있었다. 정자에는 한 폭의 대련對聯이 걸려 있는데, 위 연에는 "역하정은 오래되고", 아래 연에는 "제남濟南에는 명사가 많네"라고 씌어 있고, 그 위쪽에는 "두공부(杜工部: 두보를 가리킴)의 시구"라고 제목을 붙였고 아래쪽에는 "도주道州의 허사오지何紹基*가 쓰다"라고 서명을 했다. 정자 옆에는 몇 채의 건물이 있는데, 보잘것없었다. 다시 배를 타고 서쪽으로 저어가자 얼마 되지 않는 곳에 있는 톄 공鐵公의 사당이 있는 강변에 이르렀다.

톄 공이 누군고 하면, 바로 명나라 초에 연왕燕王을 애먹이던 톄셴鐵鉉이다. 후세 사람들은 그의 충의를 경모하여 지금까지도 봄가을로 지방 사람들이 수시로 찾아와서 향을 올리고 있다.

사당 앞에 이르러 남쪽을 바라보니, 천불산千佛山이 마주보이고, 절들이 푸른 송백숲 사이로 흩어져보이며, 붉은 것은 불과 같고 흰 것은 백설과 같으며, 푸른 것은 쪽〔藍〕과 같고 초목은 짙푸르며, 더욱이 온통 붉거나 반쯤 물든 단풍이 그 사이에서 섞이니 마치 송나라 사람 조천리趙千里*가 그린 한 폭의 요지도瑤池圖와 같았다. 마치 수천 리나 되는 산수의 병풍 같은 경치에 감탄을 금치 못하고 있는데, 문득 고기잡이의 노랫소리가 들려왔다. 고개를 돌려 바라보니, 그 누가 알았으랴! 명호明湖의 물이 맑기가 거울 같았다. 천불산의 그림자가 너무도 똑똑히 호수 속에 거꾸로 드리워 누각과 나무의 그림자가 더욱 맑은 빛을 발하고 있었다. 머리를 들어보니, 실물보다 더욱 아름답고 더욱 똑똑히 보였다. 이 호수의 남쪽 기슭에는 갈대가 무성하였다. 지금이 바로 꽃 피는 때여서 흰빛의 꽃들이 석양에 비껴 마치 붉은 융단 같으며 아래위 두 산 사이에 깔아놓은 것 같은 것이 실로 기묘한 절경이었다.

라오찬은 마음속으로, '이렇듯 아름다운 절경에 어찌하여 유람객이 없을까?' 생각하면서 한동안 바라본 뒤 몸을 돌려 나오다가, 대문 안쪽의 기둥에 한 폭의 대련이 걸려 있는 것을 보았다. 위 구절에는 "사면은 연꽃이요, 삼면은 버들이라" 하고, 아래 구절에는

"온 성이 산색山色이나 성의 반은 호수로다"라고 씌어 있었다. 그는 혼자 고개를 끄덕이며 중얼거렸다.

"정말 그렇군!"

떼 곳의 사당 안에 들어서니, 동쪽은 연못이었다. 꼬불꼬불 아홉 굽이의 복도를 돌아 연못의 동쪽에 이르니 바로 월문月門이었다. 월문 동쪽에 세 칸짜리 낡은 방이 있는데 그 위에 '고수선사古水仙祠'라고 크게 네 글자가 적힌 편액扁額이 걸려 있었다. 사당 안에는 한 폭의 낡은 대련이 걸려 있는데 거기에는 "한 잔의 찬 샘물에 가을 국화 바치니, 깊은 밤 그림 배가 연꽃 사이를 누비네"라고 씌어 있었다. 고수선사를 지나 배를 저어 역하정 뒤쪽에 이르니, 연잎과 연꽃이 배를 에워쌌다. 시든 연잎은 뱃전에 부딪혀 쏴쏴 소리를 내고 노젓는 소리에 물새는 놀라 후드득 날아가며 이미 여문 연밥들이 연이어 배 안으로 튀어 들어왔다. 라오찬은 손으로 연밥 두어 개를 집어먹어가면서 배를 저어 작화교 물가에 대었다.

라오찬은 작화교에 이르러서야 비로소 인가가 많은 것을 알았다. 짐을 진 자도 있고, 작은 손수레를 밀고 가는 자도 있는가 하면 두 사람이 메는 푸른 비단을 두른 작은 가마에 타고 가는 자도 있었다. 가마 뒤로는 붉은 술이 달린 모자를 쓰고 옆구리에 서류를 낀 채 죽어라고 달려가는 자도 있는데, 수건으로 땀을 닦아가면서 고개를 숙인 채 뛰어가고 있었다. 거리에서 놀던 대여섯 살 먹은 어린아이가 미처 사람을 피할 줄 모르고 있다가 알지 못하는 사이에 가마꾼에게 채여 '앙 앙!' 울음을 터뜨렸다. 그러자 아이의 어머니가 급히 쫓아 나와 물었다.

"누구에게 부딪쳤니? 누구하고 부딪쳤어?" 하고 연이어 물었으나 어린아이는 와! 하고 울기만 할 뿐 말하지 못하다가, 다시 한동안 다그쳐 묻자, 비로소 울음 섞인 목소리로 대답한다.

"저기 저 가마꾼이야!"

아이의 어머니가 고개를 들어 그쪽을 보았을 때, 가마는 이미 일 리나 멀리 간 뒤였다. 부인은 어린아이를 잡아 일으키고는 입속으로 투덜투덜 욕을 하면서 돌아갔다.

라오찬은 작화교에서 남쪽을 향해 천천히 소포정사로 걸어갔다. 그는 도중에 우연히 머리를 들어 벽에 붙은 한 장의 누런 종이를 보았다. 그것은 길이가 한 자쯤 되고 너비는 이십여 예닐곱 치쯤 되는 것인데 그 위에 "설고서說鼓書"라는 세 글자가 씌어 있고, 그 옆에 작은 글씨로 "24일 밍후쥐明湖居"라고 씌어 있었다. 종이가 아직 채 마르지 않은 것으로 보아, 방금 붙인 것임을 알 수 있으나 다른 곳에서는 전혀 보지 못하던 광고여서 무슨 일인지 전혀 알 수가 없었다. 그는 길을 걸으면서 생각해보았다. 이때 두 사람의 짐꾼이 지나가며 하는 말이 들렸다.

"내일 바이뉴白姐가 설서說書*를 한다니, 우리도 일할 것 없이 들으러 가세."

또 얼마쯤 가자니까, 가게 안에서 사람들의 말소리가 들려왔다.

"전번에 바이뉴가 설서할 때 자네가 휴가를 얻었으니, 내일은 내가 마땅히 휴가를 얻어야겠네!"

길을 오면서 들으니 거리의 화제는 거의가 그런 말이었다. 그는 마음속으로 이상하게 생각했다.

'바이뉴는 뭐 하는 사람일까? 무슨 책을 이야기한다는 걸까? 광고 한 장으로 무엇 때문에 온통 저렇듯 미친 듯이 야단들일까?'

그는 발길 닿는 대로 가다 보니 어느 사이에 여관 앞에 도착하였다. 그가 여관 안으로 들어서자 바로 사환이 나오더니 물었다.

"손님, 저녁식사는 뭘로 하시겠어요?"

라오찬은 식사를 주문하고는 이어서 물었다.

"이 지방에서 설서를 한다는 것은 도대체 무얼하는 건가? 무엇 때문에 많은 사람들이 그렇게들 요란하게 떠드는가?"

사환이 대답했다.

"손님께서는 모르시는군요. 설고서라는 것은 원래 산동 지방의 시골 노래로서 「이화대고梨花大鼓」라고도 합니다. 북 하나와 두 조각의 이화간梨花簡을 사용하며 옛날이야기를 하는 것입니다만, 별로 대단한 것은 아닙니다. 그런데 왕王씨 집안에서 바이뉴와 헤이뉴黑妞라는 두 자매가 나오면서부터는 달라졌습니다. 바이뉴는 이름을 왕샤오위王小玉라고 하며 타고난 재주꾼입니다. 그 여자는 열두어 살 때부터 이 설고서를 익혔다는데 이런 시골식 가락이 별로 신통치 않고 싫어하고는 극장에 가서 연극을 구경하면서 무슨 시피西皮니 얼황二簧이니 방쯔챵梆子腔이니 하는 가락들을 한번 듣기만 하면 곧 배웠고, 또 위싼성俞三勝이니 천창캉陳長康이니 장얼케이長二奎니 하는 사람들의 곡조도 듣기만 하면 곧 익혔다는 겁니다. 더구나 그 여자의 목소리는 높이고 싶은 대로 높일 수 있고, 뽑고자 하는 대로 길게 뽑을 수 있답니다. 또 그 여자는 남방의 '곤강소곡崑腔小曲'이나 여러 가지 곡조들을 모두 설고서 속에 넣

강남의 고적을 돌아보며 31

어서 불과 이삼 년 사이에 독창적인 곡조를 지어내어 남북의 유명 무명의 사람들은 물론, 그 여자가 설서하는 것을 듣고 혼이 빠지지 않는 사람이 없다고 합니다. 오늘 광고가 붙었으니, 내일 노래를 할 것입니다. 믿어지지 않으신다면, 내일 가보시면 아시게 될 겁니다. 다만 들으러 가시려면 일찍 가십시오. 그 여자가 노래하는 시간이 한시라고 하지만 열시쯤 가셔도 빈 자리를 얻지 못하실 겁니다."

라오찬은 그 말을 듣고도 별로 믿어지지가 않았다.

다음날 여섯시에 일어나서 먼저 남문 안에 있는 순정舜井을 구경하고 또 남문 밖 역산歷山 아래에 가서, 옛날 순 임금이 밭을 갈던 곳을 구경했다. 그가 여관에 돌아왔을 때는 이미 아홉시 무렵이었다. 그가 서둘러 밥을 먹고 밍후쥐에 갔을 때에는 열시밖에 되지 않았다.

밍후쥐는 원래 큰 극장으로 무대 앞에는 백여 개의 탁자가 있는 곳이다. 그가 극장 안에 들어가보니 극장 안은 이미 꽉 차 있었고, 일고여덟 개의 빈 탁자에도 이미 무원정撫院定이니 학원정學院定이니 도서정導署定*이니 하여 이미 예약되었다는 붉은 딱지가 붙어 있었다.

라오찬은 한동안 둘러보았으나 발을 들여놓을 곳이 없어서, 소매 안에서 이백 전의 돈을 내어 좌석을 맡은 안내원에게 주고서야, 겨우 작은 나무의자 하나를 얻어 사람들 틈에 끼여 앉을 수 있었다. 무대 위를 보니, 작은 탁자 하나가 놓여 있는데 탁자 위에는 북이 있고, 북 위에 쇳조각 몇 개가 놓여 있었다. 그는 그것이 이화간임을 짐작할 수 있었다. 옆에는 삼현금三絃琴이 있고, 탁자 뒤에는 두 개의 의자가 있을 뿐 사람은 없었다. 넓은 무대가 텅텅 비어 아무것도 없고 보니 조금 우스운 느낌이었다. 극장 안에는 광주리를 인 사오뻥(燒餅; 밀가루 빵의 일종) 장수와 보리과자 장수 등 이십여 명이 다니고 있었다. 밥을 먹지 않고 온 사람들은 그것들을 사먹고 있었다.

열한시가 되자 문쪽이 더욱 붐비기 시작하였는데 그들은 모두가 관리들이었다. 사복을 입고 집안 식구들을 데리고 줄지어 들어오고 있었다. 열두시도 안 되었는데 앞쪽에 있던 몇 개의 빈 탁자는 완전히 찼다. 그래도 역시 사람들이 들어오니까, 좌석 안내원은 작은 의자를 날라다가 사람들 틈에 끼워 놓았다. 또 한 무리의 사람들이 들어오더니 서로가 인사를 나누는데 다리를 굽히는 자도 있고 읍을 하는 자도 있었으며, 큰소리로 떠들고 웃고 하였다. 그 밖의 사람들은 대부분이 장사꾼이거나 지방의 선비인 듯 보였으며 모두가 웅얼웅얼 한담을 하고 있었다. 사람이 너무 많아서 말소리가 똑똑히 들리지 않으나 별로 개의치 않는 듯했다.

열두시 반이 되자, 무대의 막 뒤에서 남색 장삼을 걸친 긴 얼굴에 온통 헐고 자국이 나서 마치 귤을 바람에 말린 꼴로 추하게 생긴 사나이가 나타났다. 모습과는 달리 그 사람의 거동은 매우 침착했다. 무대에 나오자, 아무 말도 없이 작은 탁자 뒤의 왼쪽 의자에 가서 앉더니 천천히 삼현금을 들고 되는 대로 줄을 고르고는 두어 가지 소곡小曲을 연주하는데 사람들은 별로 듣는 것 같지 않았다. 다음에 대곡大曲 한 가락을 연주했다. 무슨 곡인지 알 수 없으나, 후반에 들어가자 온 손가락을 번갈아 써가며 곡조가 급해지고 억양의 이어짐을 들으니, 마치 몇십 개의 현을 몇백 개의 손가락으로 연주하는 듯이 들려 감동적이었다. 이때 무대 아래에서 "잘한다!" 하는 소리가 연이어 들렸지만 결코 그 곡을 덮을 만큼 대단한 것은 아니었다. 그 곡이 끝나자 그는 연주하는 손을 멈추었다.

몇 분이 지나자 막 뒤에서 열예닐곱 살쯤 된 갸름한 얼굴에, 머리를 뒤로 빗어 묶고, 은 귀고리를 달았으며, 검은 헝겊으로 끝동을 댄 푸른색 윗옷과 역시 푸른색 바지를 입은 처녀가 나왔다. 비록 무명옷이기는 하나 대단히 깨끗했다. 그 여자는 탁자 뒤쪽의 오른쪽 의자에 앉았다. 사나이가 삼현금을 들어 띵뚱 하고 연주하기 시작하자, 처녀가 일어나서 왼손에 이화간을 집어 손가락에 끼고는, 땡동 하고 치니 삼현금과 함께 그 소리가 조화되어 나왔다. 다음에 오른손에 북채를 쥐고는 삼현금의 곡조를 귀담아 들으면서 갑자기 퉁 하고 북을 치고는, 꾀꼬리 같은 목소리로 노래를 부르는데, 목소리가 또렷또렷하고 가락이 간드러지게 넘어가 마치 새로 태어난 꾀꼬리가 골짜기에서 빠져 나오는 것 같고 또 어린 제비가 깃을 펴고 사뿐히 돌아 날아가는 듯하였다. 각 구절이 일곱 글자이고 각 단(段)이 열 구로서 때로는 천천히, 때로는 급히, 때로는 높고 낮게 곡조가 바뀔 때마다 변화가 무궁하였으며, 어떠한 가곡의 음조도 그보다 나은 것이 없을 듯이 들렸다.

라오찬의 옆에 앉아 있던 두 사람 중의 한 사람이 낮은 목소리로 말했다.

"틀림없이 바이뉴인가 보군!"

"아니야, 저건 바이뉴의 동생 헤이뉴야. 저 여자의 노래는 모두 언니 바이뉴에게서 배운 거래. 바이뉴에게 비긴다면 아직 멀었지! 그런데 저 여자의 장점은 어디라고 짚어서 말할 수 있는데 바이뉴의 장점은 어디라고 짚어서 말할 수 없다는 거야! 일반 사람들이 헤이뉴의 흉내는 쉽게 내지만 바이뉴의 흉내는 불가능하다는 거야. 자네도 알겠지만. 요 몇 해 동안에 논다는 사람치고 그 여자의 음조를 배우지 않은 사람이 누가 있나? 기생집의 기생들이 모두 그 여자의 음조를 배운다고 하였지만 겨우 두어 마디의 흉내에 그쳤을 뿐 기껏해야 헤이뉴의 경지에 이르는 것에 지나지 않을뿐더러 바이뉴가 지닌 재간의 십분의 일에도 미칠 수가 없었지."

이런 이야기를 듣고 있을 때, 헤이뉴의 노래가 끝나고 그 여자는 무대 뒤로 물러갔다. 노래가 끝나자, 극장 안에 있는 사람들은 일제히 지껄이고 웃기 시작하고, 수박씨에 땅콩에 산사열매에 호두 따위를 파는 상인들의 고함소리가 울려서 온 극장 안은 사람들의 소리로 꽉 찼다.

바로 이렇게 시끄럽게 떠들고 있을 때, 무대 뒤에서 먼저 나왔던 처녀의 복장과 똑같은 약 열여덟이나 열아홉 살쯤 돼보이는 처녀가 나왔다. 갸름한 얼굴에 희고 고운 살결은 보통 이상의 자색이었다. 매우 아름다우나 미태美態는 없고 청순하면서도 차게 보이지는 않았다. 고개를 살짝 숙이고 탁자의 뒤쪽에 서더니 이화간을 들어 몇 번 띵똥 하고 울렸다.

그런데 이상한 일이었다. 두 개의 쇳조각이 그 여자의 손에 쥐어지자, 오음십이율五音十二律을 이루는 것이었다. 또 북채를 들어 가볍게 두어 번 치고는 처음으로 고개를 들어 무대 아래를 흘끗 보는데, 두 눈이 가을 물빛 같고, 반짝이는 별 같고, 구슬 같고, 수은 같았으며, 좌우를 살짝 건너다보았을 때는 제일 구석자리에 있던 사람들조차 모두가 왕샤오위가 자기를 건너다보는 것같이 느껴졌다. 그러니 가까이 앉은 사람들은 말할 것도 없었다. 그 여자는 한 번의 눈길로 온 극장 안의 소음을 일시에 멎게 했다. 황제가 나타났을 때 정숙해지는 것보다도 더하니, 바늘 하나가 땅에 떨어져도 그 소리가 울릴 듯이 조용해졌다.

왕샤오위는 그제야 빨간 입술을 열고 하얀 이를 드러내며 노래를 부르기 시작했다. 그 소리가 처음에는 별로 울리는 것 같지 않더니, 귓가에 이르면서 말할 수 없는 묘한 음으로 느껴져서 오장육부가 마치 인두로 다림질하듯이 구겨진 것이 없어지고, 또 삼만육천 개의 털구멍이 마치 인삼을 먹은 듯이 어느 구멍 하나 시원하지 않은 것이 없는 것 같았다. 십여 구절을 노래하고 나자, 노랫소리가 점차 높아지더니, 갑자기 철사의 날카로운 끝이 불쑥 솟아올랐다가 하늘가에까지 멀리 던져지듯이 길게 뻗쳐 부지불식간에 욱 하고 숨을 죽였다.

그 여자는 극히 높은 소리를 교묘히 돌리고 꺾고 하더니 또 더 높은 목소리로 세 겹 네 겹 올라가 마디마디마다 더 올라가는 것이었다. 그것은 마치 오래봉傲來峯의 서쪽에서 태산泰山에 오르는 듯하였다. 처음에 오래봉의 깎아지른 듯한 천인千仞 절벽을 보면 그것이 하늘로 통하는 듯이 생각되나, 오래봉의 정상에 오르면 선자애扇子崖가 오래봉보다 더욱 위에 있고 선자애의 정상에 날아오르면 남천문南天門이 선자애보다 더욱 위에 있듯이, 오르면 오를수록 험하고, 험하면 험할수록 기이한, 바로 그런 풍경과 같은 음조였다.

왕샤오위는 가장 높은 음으로 삼, 사절을 부른 후에, 갑자기 음조를 떨어뜨려 천 굽이를 돌고 백 굽이를 꺾으니 마치 날개 달린 뱀이 황산黃山 서른여섯 봉우리의 반허리를 누비고 잠깐 사이에 여러 바퀴를 치달으며 도는 듯하였다. 이 뒤부터 노랫소리는 갈수록 낮아지고 낮아질수록 가늘어지더니 결국에는 들리지 않을 정도가 되었다. 극장 안의 모든 사람들은 숨을 죽이고 귀를 기울일 뿐 누구 하나 감히 미동도 하지 않았다.

이렇게 이삼 분이 지나더니 마치 작은 소리가 땅 속에서 새어 나오는 듯 점차 커지면서 마치 불꽃놀이 때의 불꽃 탄환이 하늘에 올라가서 천백 가지 불꽃을 튀기며 터져 사방에 어지러이 흩어지는 듯했다. 이 소리는 일단 커지기 시작하자, 무한히 높이 올라가기 시작했다. 삼현금의 연주는 온 손가락을 써서 하는데 그 소리가 커졌다 작아졌다 하는 것이 음의 조화가 잘되어서 마치 봄날 새벽 꽃동산에서 온갖 아름다운 새들이 어지러이 지저귀는 듯하여 귀가 어느 소리를 따라 들어야 할지 몰라 허둥거렸다. 한동안 이렇듯 어지럽게 소리가 교차되더니 갑자기 "뚱!" 하는 소리와 함께 사람과 삼현금이 동시에 멎었다. 그러자 무대 아래에서는 일제히 "하오〔好〕!" 하는 소리가 우레와 같이 진동하였다.

얼마 후에 시끄럽던 소리가 멎고 조용해지자, 무대 바로 아래에 있던 서른 안팎의 젊은이가 호남湖南 사투리로 말했다.

"전에 독서를 하면서, 옛사람이 노랫소리의 훌륭함을 형용하여 '그 여운이 대들보 감돌기를 사흘이 되도록 끊이지 않았다'고 말하여 나는 여운이 어떻게 대들보를 감돌며 또 어떻게 사흘이 되도록 없어지지 않느냐고 아예 믿으려 하지 않았는데, 샤오위의 노래를 듣고서야 참으로 옛사람의 말의 표현이 훌륭한 것임을 알았소. 매년 저 여자의 노래를 듣고 나면 며칠 동안은 귓가에 저 여자의 노랫소리만이 가득 차 있을 뿐 무슨 일을 하든 전혀 정신이 집중되지 않으니, 사흘 동안 끊이지 않는다는 말이 오히려 너무 적은 표현이오. 바로 공자의 말씀에, '석 달 동안 고기 맛을 몰랐다'는 그 석 달이 꼭 맞는 말씀이야!"

옆에 있던 사람들이 입을 모아 말했다.

"멍샹夢湘 선생의 말씀이 지당합니다. 저희들도 바로 그런 심정입니다."

이렇게 말을 하고 있는데, 헤이뉴가 다시 나와서 노래 한 곡을 불렀고, 그 다음에 바이뉴가 다시 나와 노래하는데 이번 노래는 옆 사람의 말을 듣자니 제목이 '검은 노새'라고 하였다. 노래의 가사를 들으니, '한 선비가 검은 노새를 타고 가는 미인을 만난다'는 줄거리였다. 미인을 형용함에 먼저 검은 노새를 멋지게 형용하고 이어 미인의 아름다움을 형용하는데 몇 마디 하지 않아서 그 노래는 끝났다. 그런데 이 노래의 음절들은 모두가 빠른 것이어서 노래를 부를수록 빨라졌다. 백향산白香山*의 시에 "큰 구슬, 작은 구슬이 옥반玉盤에 떨어진다"는 표현의 묘를 다한 것이라 느껴졌다.

곡이 최고로 빠를 때에는 듣는 사람이 미처 좇아가지 못할 지경이나 그렇게 빠르면서도 글자 하나하나가 명확하여 듣는 사람의 귀에 어느 자 하나 귓속 깊숙이 박히지 않는 것이 없으니 이것이 그 여자의 독특한 재간이었다. 그러나 먼젓번의 것에 비하면 다수의 손색이 있었다.

이때가 다섯시 무렵이었다. 왕샤오위가 또 한 차례 노래를 부르리라 여겨지니 어떤 것이 될는지 다음 장을 기다려 보시라!

3
제남부의 명승지를 찾아서

극장 안의 모든 사람들은 시간도 아직 이르기에 왕샤오위가 한 차례 더 부르리라 여기고 있었는데, 어찌 된 일인지 그 여자의 동생이 나와서 몇 마디만 지껄이고는 곧 막이 내려졌다. 사람들은 한바탕 시끄럽게 떠들다가 흩어져 돌아갔다.

이튿날, 라오찬은 그의 수중에 천 냥이나 되는 많은 돈을 지니고 있어서 마음이 놓이지 않았다. 그래서 여관 앞 큰 길에 나가 어음 교환소를 찾아갔다. 그 집은 르성창日昇昌이라는 간판을 달고 있었다. 그는 팔백 냥을 어음으로 바꾸어서 강남 서주徐州의 자기 집으로 부치고 나니, 수중에는 백여 냥의 돈이 남았다. 그는 거리에서 명주 한 필과 겉옷감을 사가지고 여관에 돌아와서 옷 만드는 사람을 시켜 솜옷과 마고자를 짓게 했다. 때는 구월이어서 날씨는 아직 따뜻하지만 만약 서북풍이 불기 시작하면 곧 솜옷을 입어야 하기 때문이다. 그는 옷 짓기를 부탁한 뒤, 점심을 먹고 서문 쪽으로 나가 먼저 표돌천杓突泉에 이르러 차 한잔을 마셨다.

이 표돌천은 제남부에 있는 일흔두 개의 유명한 샘 가운데 첫번째 샘으로서 너비가 사오 무(畝: 논밭 넓이의 단위. 1무는 99.174제곱미터[약 30평]에 해당함)나 되는 큰 못 안에 있으며, 양쪽이 모두 작은 개울로 통하고 있었고 못에는 물이 좔좔 소리를 내며 흘러가고 못 가운데에는 세 개의 큰 샘이 솟고 있는데, 수면으로부터 대략 두세 자나 되게 하늘로 뿜어 올라가고 있었다. 그곳 사람들의 말에 의하면, 전에는 대여섯 자나 되게 높이 뿜어 올랐는데 못을 수리하고 나서부터 어쩐 일인지 낮아졌다는 것이다. 이 세 개의 물기둥은 모두가 통을 거꾸로 엎어 물이 쏟아지는 것만큼 물기둥이 굵었다. 못의 북쪽에 여조전呂祖殿이 있는데, 그곳에는 베란다를 만들어 탁자 대여섯 개와 의자 십여 개를 가져다 놓고 차를 팔면서 유람객이 휴식을 취할 수 있게 해놓았다.

라오찬이 차를 마시고 나서, 표돌천 뒷문으로 나와 동쪽으로 몇 굽이 돌아 금천서원金泉書院을 찾아 문 두 개를 지나 들어가니 투할정投轄井이었다. 이곳은 진준陳遵*이 손님을 맞아 노닐었다고 전하는 곳이다. 다시 서쪽을 향하여 가다가 겹문 하나를 지나니 이른바 호접청蝴蝶廳으로 앞뒤가 호수로 둘러싸여 있고, 청의 뒤쪽은 파초숲인데 잎이 얼마 남지 않았으나 끝없이 푸른 빛으로 덮여 있었다. 서북쪽 구석에 약 스무 자 정도 되는 못이 있는데 바로 금선천金線泉이었다. 금선천은 사대 명천 중 둘째가는 샘이다. 사대 명천이란 위에 말한 표돌천과 금선천, 그리고 남문 밖의 흑호천黑虎泉, 무대아문撫臺衙門 안의 진주천珍珠泉을 말하는 것이다. 전하는 바에 따르면, 이 금선천은 샘물 안에 금실이 있다고 해서 라오찬은 한동안 이리저리 들여다보았으나 금실 무늬는커녕 쇠실 무늬도 보이지 않았다. 마침 이때 이 지방 선비 하나가 오기에 라오찬은 손을 맞잡고 공손히 인사를 건네며 물었다.

"금선천의 금선이라는 두 자는 무슨 뜻인가요?"

그 선비는 라오찬의 손을 이끌고 못의 서쪽 문으로 가더니 몸을 굽힌 채 머리를 옆으로 하고는 물위를 보면서 말했다.

"저길 보십시오! 거미줄 같은 붉은 금빛 광선이 물위에서 흔들리고 있는 게 보이십니까?"

라오찬은 그가 하는 대로 고개를 모로 꼬고는 한동안 보다가 말했다.

"보입니다, 보입니다! 저게 어떻게 된 영문입니까?"

그리고 그는 잠시 생각하다가 말을 이었다.

"아래쪽에서 올라오는 두 개의 샘물 기둥이 같은 힘으로 뿜어 올라오기 때문에 그 중간에 저런 선이 생기는 것이겠지요."

그 선비가 이같이 자신의 견해를 피력했다.

"이 샘에 관해서는 몇백 년 전부터 기록이 남아 있는데, 두 물줄기의 힘이 그렇게 오래도록 강약을 똑같이 유지해올 수 있을까요?"

"저 보십시오! 샘물이 언제고 좌우로 움직이고 있는데, 그것이 바로 양쪽 샘물의 힘이 같다는 증거입니다!"

그 선비는 참으로 그렇다는 듯이 고개를 끄덕였다. 이야기가 끝나자 서로가 손을 맞잡고 예를 표하고 헤어졌다.

라오찬은 금선서원을 나오자, 서성西城을 따라 남쪽으로 향해 갔다. 성의 모퉁이를 돌아서자 거리로 나왔고 그 길을 따라 곧바로 동쪽으로 가니 남성南城 밖의 큰 성하城河에 이르렀다. 강물은 대단히 맑아 물 속에서 고기가 노니는 것이 보이고 이끼와 수초가 석 자나 되게 자라서 물의 흐름에 따라 흔들리는 것이 아름답게 보였다. 그는 다시 걸어가다가 남쪽에 몇 개의 장방형 큰 못이 있는 것을 보았다. 그곳에는 많은 부녀자들이 못가 돌 위에서 빨래를 하고 있었다. 그곳을 지나가자 또 커다란 못이 나오는데 못의 남쪽에 몇 채의 초가가 있었다. 가까이 가보니 역시 찻집이었다. 라오찬은 찻집에 들어서자 북쪽으로 난 창가에 앉았다. 사환이 차 한잔을 끓여 오는데, 찻잔이 의흥宜興의 찻잔 모양을 닮은 것을 보고는 이 지방에서 모방하여 만든 것임을 알 수 있었다. 라오찬은 사환에게 물었다.

"듣자 하니, 이곳에 흑호천黑虎泉이 있다는데 어딘지 아시오?"

사환이 웃으며 대답했다.

"선생님, 그 창 아래를 보십시오. 그것이 흑호천이 아니고 무엇입니까?"

라오찬이 밖을 내다보니, 바로 자기 발 아래에 돌로 깎은 호랑이의 머리가 있는데, 길이가 두 자(길이의 단위. 1자는 1치의 열 배로 약 30.3센티미터에 해당함)쯤 되고 너비가 한 자 대여섯 치쯤 되어 보였다. 호랑이의 입에서는 한 줄기 샘물이 솟아 나오는데 그 힘이 대단한 듯 못 이쪽에서 못 저쪽에까지 뿜어대고, 그 물이 양쪽으로 흘러 돌아와서 성벽 아래로 흘러 들어가고 있었다. 얼마 동안 앉아 있다가 석양이 어지간히 서쪽으로 기운 것을 보고는 찻값을 치르고 천천히 남문으로 들어와 숙소로 돌아왔다.

다음날이 되자, 그는 이제 실컷 유람했다는 생각이 들어서 요령을 들고 거리로 나와 이리저리 돌아다녔다. 그가 무대문撫臺門을 지나 서쪽을 향한 골목 입구에 들어서니, 보통 크기의 집이 있는데, 남쪽으로 향한 대문에 '까오공관高公館'이라는 붉은 문패가 붙어 있었다. 문 앞에는 마르고 얼굴이 긴 사람이 자줏빛 비단 솜옷을 입고 손에는 백동 물담뱃대를 들고 서 있는데, 얼굴에는 수심이 가득 차 있었다. 그는 라오찬을 보자 말을 걸어왔다.

"선생! 선생은 인후병도 보시나요?"

"조금 압니다만……."

라오찬이 대답하자, 그 사람이 말했다.

"그러시다면 안으로 들어오시오."

대문을 들어서니, 서쪽에 세 칸 대청이 있고 집 꾸밈새가 우아하였다. 양쪽 벽에 걸려 있는 족자들은 거의가 당대 명인들의 글씨들이고, 중간에 한 폭의 그림이 걸려 있는데 인물화로 '열자어풍列子御風'의 형상을 하고 의복과 관대가 모두 바람에 날리고 있는, 필력筆力이 심히 웅건雄健한 그림이었다. 대풍장풍大風長風*이라는 네 글자로 제목을 붙였는데 대단한 달필이었다.

자리를 잡자 피차가 통성명을 했다. 그는 원래가 강소江蘇 사람으로 호를 사오인紹殷이라고 하며 무원撫院에서 문서를 관장하는 관리였다. 그가 말을 꺼냈다.

"소실이 있는데, 목병에 걸린 지 이미 닷새가 되었습니다. 물 한 방울 삼키지 못하고 있으니, 선생께서 살려주실 수 있는지, 진찰해주실 수 있겠습니까?"

"병을 본 뒤에야 말씀드릴 수 있겠습니다."

라오찬이 대답하자 까오 공公은 하인을 불러 안채에 가서 선생님이 병을 보러 오셨다고 전하라 일렀다. 그리고는 라오찬과 함께 문 두 개를 지나 들어가니 세 칸짜리 안채였다. 안에 들어서자, 늙은 어멈이 서쪽 방의 문발을 걸으며 말했다.

"안으로 드십시오!"

방문을 들어서보니 서편 벽의 북쪽으로 커다란 침상이 놓여 있고, 침상에는 꽃무늬가 있는 얇은 휘장이 쳐져 있으며 침상 앞 서쪽으로 작은 탁자와 두 개의 의자가 놓여 있었다. 까오 공은 라오찬에게 침상 앞 의자에 앉게 하였다. 그때 침상의 휘장 안에서 한쪽 손이 나오자, 늙은 어멈이 책 몇 권을 내다가 손 아래에 받쳐놓았다. 라오찬은 한 손을 진맥하고, 다시 다른 한 손을 바꾸어 진맥한 뒤 말했다.

"양손의 맥이 매우 위중합니다. 이것은 불이 찬 기운에 눌려 나오지 못하기 때문에 갈수록 위중해지는 것입니다. 어디 목구멍을 보여주실까요?"

까오 공이 휘장을 열자, 그 안에는 나이가 스무 살 안팎의 부인이 얼굴에 열이 올라 빨갛게 상기되어 몹시 지쳐 누워 있었다. 까오 공이 그 여자를 가볍게 부축하고는 창문 쪽을 향하게 했다. 라오찬은 머리를 숙이고 들여다보았다. 양쪽 인후가 부어서 거의 붙어 있고 붉은색으로 변해 있었다. 그는 진찰을 하고 나서 까오 공에게 말했다.

"이 병은 그다지 위중한 것이 아니고 화기로 인한 것입니다. 의사들에게 고한약苦寒藥을 받아 써서 화기가 발산되지 않았기 때문입니다. 또 평상시에 간의 기氣가 쉽게 움직이는 분이 되어서 그런 것이니, 두어 번 청량淸凉을 발산하는 약을 쓰면 곧 나을 것입니다."

그는 약주머니에서 약병 하나와 놋쇠로 된 도롱 하나를 꺼내어 도롱에 약을 담아 여자의 목에 두어 번 불어넣어주었다. 대청으로 돌아 나와 처방을 내리니 가미감길탕加味甘桔湯이었다. 그것은 생감초, 고길경苦桔梗, 우방자牛蒡子, 형개荊芥, 방풍防風, 박하, 신이辛夷, 비활석팔미飛滑石八味에 연경蓮莖으로 만든 보조약을 쓴 것이었다. 약방문을 떼어주자 까오 공이 물었다.

"참으로 고명하십니다. 몇 첩이나 먹여야 할는지요?"

"오늘 두 첩을 먹이십시오. 그리고 내일 다시 진찰을 해보겠습니다."

"진료비는 얼마나 드려야 하는지요?"

"저는 길 가는 나그네이기 때문에 일정한 진료비가 없습니다. 만약에 작은댁의 병이 나으신다면 제가 배를 주릴 때 밥 한 그릇 내려주시고, 다리가 아파 걷지 못할 때 찻삯이나 주시면 그것으로 충분합니다."

"그렇게 말씀하시니 병이 나은 후에 몰아서 사례를 드리겠습니다. 거처하고 계신 데가 어디신지요? 만약에 용태容態에 변동이 있으면 사람을 보내어 청하겠습니다."

"포정사가의 까오성잔에 있습니다."

그는 말을 마치자 까오 공과 헤어졌다. 이 뒤부터 매일 그를 청하여 진찰을 받으니, 병세는 점차 물러가서 사나흘 만에 보통 사람만큼 회복되었다. 까오 공은 매우 기뻐하며 여덟 냥이 돈을 사례금으로 주고 뻬이주러우北柱樓라는 요릿집에서 주석을 베풀고는 같은 관서官署의 동료들까지 초청하니 이것은 라오찬을 추천하려는 마음에서였다. 이렇게 되자 누가 알았으랴? 하나가 열에게 전하고 열이 백에게 전하여 관리나 막료들이 교자를 보내어 다투어 맞아가니 점차 틈 없이 바쁘게 되었다.

그날도 뻬이주러우에서 식사를 하게 되었는데 이것은 도대道臺* 후보자의 초청이었다. 좌석 오른쪽 윗머리에 앉은 사람이 말을 꺼냈다.

"위쭈어천玉佐臣이 조주부曹州府의 지사에 보임되었다고 하더군요!"

그러자, 왼쪽 아래편, 즉 라오찬의 다음 자리에 앉은 사람이 이렇게 물었다.

"그 사람의 차례는 아직 멀었는데 어떻게 보임되었나요?"

"그 사람은 강도들을 엄히 다스려 일 년도 못 되어 '길에 떨어진 물건도 줍지 않는다'는 풍속을 만들었으며 궁보宮保*가 그의 비범한 재능을 높이 샀다는 겁니다. 전에 어떤 사람이 궁보에게 이르기를, 전에 조주의 어떤 마을을 지나다가 남색 보자기가 길가에 떨어져 있는데 아무도 그것을 줍는 사람이 없는 것을 보고 그곳 사람에게 '이 보자기에 싼 것은 누구의 것이며 왜 주워가는 사람이 없소?' 하고 물었는데, 그곳 사람의 대답이 '지난 밤에 누가 이곳에 놓고 갔나 봅니다' 하기에, '왜 줍지 않느냐?'고 다시 물었더니 그 사람은 웃으며 고개를 설레설레 흔들면서, '주웠다가는 우리집 일가족의 목숨이 없게요?' 하더랍니다. 이와 같은 것을 보니 '길에 떨어진 물건을 줍지 않는다'는 옛사람의 말이 거짓이 아니라 오늘날에도 할 수 있나 봅니다, 라고 말하자 궁보가 이 말을 듣고는 그를 임금님께 아뢰어 추천했다는 겁니다."

"쭈어천은 재간이 있으나 아깝게도 너무 잔인하단 말이야! 일년도 못 되어 형틀에 묶여 선 채로 죽은 자가 이천 명도 넘었다니, 억지로 그런 미명을 만들기는 하였으나 억울하게 죽은 자가 얼마나 되는지 모르지요?"

옆에 있던 사람이 말했다.

"억울한 사람이 있는 거야 말할 것도 없지요. 대개 혹독한 관리의 정치란 외관상 보기 좋은 것이지요. 여러분도 기억하시겠지만 창투어피常剝皮*가 연주부徐州府에 있을 때 어땠습니까? 사람들에게 미움 꽤나 받았지요!"

그러자 다른 사람이 받아 말했다.

"쭈어천이 가혹한 것은 사실이나 조주부의 민심도 참으로 흉흉했죠. 지난날 제가 조주부에 있었을 때에 거의 매일이다시피 강도 사건이 발생하여 이백여 명의 소대를 데리고 있었지만, 마치 쥐를 잡지 않는 고양이같이 전혀 쓸모가 없었어요. 여러 현에서 잡아왔다는 강도를 보면, 거의가 빈약한 시골 사람들로 강도의 위협을 받아 당나귀를 지켜주었거나 짐을 날라다 준 사람뿐으로 진짜 강도는 백 명 중에 하나도 골라낼 수 없었어요. 오늘날 위쭈어천이 호되게 다스렸기 때문에 강도 사건이 없어진 겁니다. 그 일들을 비교해보니, 저는 참으로 부끄럽습니다!"

이번에는 ㄱ의 왼쪽 사람이 말했다.

"제 생각에는 역시 사람을 적게 죽이는 것이 옳을 것 같습니다. 그 사람이 비록 한때 이름을 날린다고 하나 장래의 응보가 어떨지 석연치 않군요!"

그의 말이 끝나자, 여러 사람이 입을 모았다.

"술은 충분히 했군요. 밥이나 먹읍시다!"

식사가 끝나자, 모두 흩어져갔다.

그로부터 하루가 지나 라오찬은 아무 할 일도 없어 방안에 한가로이 앉아 있는데, 문득 문 앞에 교자 하나가 멈추더니 어떤 사람이 들어오며 소리치는 것이었다.

"톄 선생 계십니까?"

라오찬이 내다보니, 바로 까오사오인이었다. 급히 나가 맞으며 대답했다.

"예! 있습니다. 어서 안으로 드십시오. 누추합니다."

"별말씀을……."

그들은 함께 안으로 들어와서 동쪽에 있는 두 칸쯤 되는 사랑방에 들어섰다. 남쪽으로 온돌이 있고, 그 위에 요가 깔려 있으며 북쪽에는 탁자와 두 개의 의자가 놓여 있고 서쪽에는 두 개의 작은 대나무 상자가 있다. 탁자 위에는 몇 권의 책이 널려 있고 작은 벼루와 몇 개의 붓, 그리고 인주갑이 놓여 있다. 라오찬은 그를 윗자리에 앉게 하였다. 그는 탁자 위의 책을 손 가는 대로 집어서 들여다보더니, 크게 놀라는 것이었다.

"이것은 송나라 때 장군방張君房*이 간행한 『장자莊子』군요. 어디서 나셨습니까? 참으로 진귀한 책입니다. 리창웨이李滄葦, 황피례黃丕烈* 같은 사람들조차 보지 못한 희대의 보물입니다!"

라오찬이 대답했다.

"돌아가신 저의 어른께서 남기신 헌 책 몇 권입니다. 별로 값도 나가지 않는 것이 되어 되는 대로 짐 속에 싸 가지고 다니며 심심할 때 소설 보듯이 읽는 것이지, 별로 대단한 것이 못 됩니다."

다시 아래를 뒤져보니, 소동파蘇東坡가 손으로 쓴 도연명陶淵明의 시로 바로 모자진毛子晉*이 출판한 판본이 있었다. 사오인은 재삼 감탄을 하면서 물었다.

"선생은 원래가 과거를 하신 집안의 분이면서, 어째서 공명을 얻는 벼슬을 하시지 않고 이렇듯 보잘것없는 일을 하시나요? 비록 부귀가 뜬구름 같다고는 합니다만 너무 지나치게 고상하시지 않습니까?"

이 말에 라오찬은 탄식하듯 입을 열었다.

"각하께서 고상하다는 두 글자를 저에게 말씀하셨는데 그것은 지나친 과찬이십니다. 소인에게도 결코 공명심이 없는 것은 아닙니다. 그러나 첫째는 제 성격이 분방하기 때문이고, 둘째로는 옛말에 '높은 데 오를수록 떨어질 때 무겁다'고 했듯이, 높은 데 오르지 않으려는 것은 떨어질 때 무겁지 않으려는 뜻으로 영달榮達을 구하지 않는 것입니다."

"간밤에 연회석에서 궁보께서 '막하幕下에는 모든 인재들이 모여 있으며 이름 있는 선비치고 안 모인 사람이 없어!'라고 말씀하자, 동석하고 있던 야오원 옹姚雲翁이 '지금 이곳에 한 사람이 있는데 궁보께서는 그 사람을 부르시지 않으셨습니다'라고 했습니다. 궁보께서 '누구냐?'고 급히 물으시자, 야오 옹이 선생의 학문이 어떻고 품행이 어떻고, 또 세상 인정에 통달하여 세상사에 어떻게 통달하고 있는가를 말씀드렸더니 궁보께서는 대단히 기뻐하시면서 곧 저에게 공문을 써서 보내라고 명령하셨습니다. 저는 '그것은 타당치 않다고 생각합니다. 그분은 후보도 아니었고 또 막료에 들어오겠다고 하지도 않았습니다. 또 그분이 어떤 자격이 있는지도 모르고 공문을 내린다는 것은 그다지 옳은 일이라 볼 수 없습니다'라고 대답했더니, 궁보께서 '그렇다면 초청장을 보내 청하여 보게!' 하시기에, 제가 '만약에 그분에게 병을 보아달라면 즉시 오시겠지만 막료로 초치하신다면 오시려고 할는지 모르겠습니다. 먼저 물어보는 것이 어떻겠습니까?'라고 말씀드렸습니다. 그러자 궁보께서 '그것 좋구먼! 내일 가서 알아보고 그분과 만나게 해주게!'라고 말씀하시기에, 제가 오늘 선생께 상의드리러 왔습니다. 오늘 가셔서 궁보를 만나주실 수 있으실는지요?"

"안 될 거야 뭐 있겠습니까. 하지만 궁보를 만나뵈려면 의관을 갖추어야 할 터인데 저는 그런 옷에 익숙하지 않으니 평상복으로도 괜찮으시다면 좋습니다."

"물론 평상복으로도 괜찮습니다. 잠시 후에 저와 함께 가시지요. 선생께서 제 사무실에 가셔서 기다리시면 궁보께서 오후에 나오실 터이니 그때 사무실에서 만나뵙도록 하겠습니다."

그는 교자 하나를 더 부르고, 라오찬은 몸에 맞는 평상복을 입고 까오사오인과 함께 무서撫署로 갔다. 원래 산동 무서는 명나라 때 제왕부濟王府여서 많은 지방이 옛 이름 그대로 쓰이고 있었다. 세번째 건물에 들어서니, 궁문宮門 입구라고 불리는 바로 옆이 까오사오인의 사무실이고, 그 맞은편이 궁보의 사무실이었다. 사오인의 사무실에 도착한 지 반 시간도 못 되어 궁보가 안에서 나왔다. 몸집이 크고 인상이 어질고 후덕하게 보였다. 까오사오인이 곧 앞으로 나가 맞아들이면서 몇 마디 작은 목소리로 말했다. 궁보가 바로, "이쪽으로 모시게!" 하고 말하자, 한 관리가 크게 소리쳤다.

"궁보께서 톄 어른을 부르십니다!"

라오찬은 급히 나아가 장 궁보 앞에 마주섰다. 장이 먼저 입을 열었다.

"오랫동안 흠모하고 있었습니다."

그는 손을 내밀고 몸을 틀며 말했다.

"안으로 드시지요!"

곧 이어 한 관리가 잽싸게 엷은 문발을 들어올렸다. 라오찬은 방안에 들어서자 깊숙이 읍을 했다. 궁보는 홍목紅木을 깐 캉(炕: 중국식 온돌 침대) 웃머리 상좌에 그를 앉히고 사오인을 마주앉힌 후, 자기는 다른 의자 하나를 가져와 두 사람 사이에 앉았다. 궁보는 자리에 앉자 입을 열었다.

"부찬 선생께서 학문과 경세經世에 뛰어나시다는 것은 익히 들고 있었습니다. 저는 배운 것도 없으면서 성은에 의해 이 성을 다스리는 큰 임무를 맡고 있습니다. 다른 성은 정성을 다하여 열심히 다스리면 되었는데 이 성은 하천 공사가 있어서 매우 다스리기 어렵습니다. 저로서는 달리 어떤 방법이 없어 재능이 뛰어난 선비가 있다는 소문만 들으면 초빙하여 여러 분들로부터 널리 뜻을 모으고 있습니다. 혹 마음에 두시는 바 가르침이 계시면 감사히 받겠습니다."

"궁보님의 정사에 대해서는 모든 사람이 칭송하고 있어 더 말씀드릴 것도 없습니다. 다만 하천 공사에 대하여는 외부에서 의논하는 것을 듣자 하니 가양賈讓*의 삼책三策에 의하여 강과 토지가 서로 다투지 않게 하려 하신다고 듣고 있사온데……"

"바로 그렇습니다. 보시다시피 하남河南의 강폭은 넓으나 이곳의 강폭은 좁지 않습니까?"

"그렇다고 해서 그렇게 할 수는 없습니다. 강폭이 좁아 물이 쉽게 흐르지 못하는 것은 여름장마 때 수십 일뿐이고 그 나머지는 물의 힘이 약해서 모래가 쉽게 쌓이게 됩니다. 가양의 이론은 훌륭하나 그 자신이 하천 공사를 해본 일은 없습니다. 가양 이후 백 년도 못 되어 왕경王景이라는 사람이 나왔는데, 그는 대우大禹의 맥을 계승하여 '억제抑'를 위주로 강을 다스렸습니다. 이것은 가양의 방법과는 정반대의 방법이었습니다. 그가 치수한 후에는 천여 년이 지나도록 수재가 없었습니다. 명나라 때의 반계순潘季馴이나 본조本朝의 진원랑靳文襄이 모두 그의 방법으로 이름을 날렸던 것을 궁보께서도 아시리라 믿습니다."

"왕경은 어떤 방법을 썼습니까?"

"그는 '흩어서 아홉 강으로 하고, 합쳐서 강을 만나게 한다'는 '흩다'와 '합친다'는 말에서 착안한 것이라 봅니다. 『후한서後漢書』에 '십 리에 수문 하나를 세우고 더욱이 돌아서 흐르게 한다'는 두 마디가 있는데, 이 말의 내용에 대하여는 짧은 시간 내에 모두 말씀드릴 수가 없어서 천천히 말씀 올리도록 하려 하오니 그리 알아주십시오."

장 궁보는 심히 기뻐하면서 까오사오인에게 말했다.

"당신은 관졸을 불러서 속히 남쪽 서재 세 칸을 치워 톄 선생의 짐을 관서에 옮기게 하고, 또 그들에게 언제고 내리시는 분부에 따르도록 시키시오!"

이에 라오찬이 말하기를, "궁보께서 내리시는 성의는 참으로 감사하오나, 지금 친척 한 분이 조주부에 살고 있어 찾아가볼까 합니다. 또한 소문에 위 태수의 평판이 있기에, 가서 어떤 인물인가 참고로 살펴볼까 합니다. 제가 조주에서 돌아오면 다시 궁보님의 가르치심을 받을까 합니다" 하였다.

궁보의 안색이 몹시 언짢은 빛이었으나, 라오찬은 고별하고 사오인과 함께 관서를 나와 각기 돌아갔다.

라오찬이 결국 조주로 간 것인지의 여부는 다음 장을 보시라!

4
라오둥의 이야기

라오찬은 성청省廳을 나와 교자를 내어주는 것도 사양하고, 걸어서 거리를 산책하다가 골동품점에 들러 얼마 동안 시간을 보내고는 저녁 무렵에 숙소로 돌아왔다. 그러자 여관 주인이 황급히 방안으로 뛰어들며 말했다.

"축하드립니다!"

라오찬이 망연하여 무슨 영문인지 몰라 하자, 주인이 이같이 말했다.

"제가 방금 관서의 까오 어른에게 들었사온데 순무께서 어른을 만나시겠다고 친히 초청하셨다고 하시더군요. 어른께서는 참으로 재주가 좋으십니다. 안채에 리 대인과 장 대인이라는 두 분이 계신데 그분들은 북경에서 추천서를 가지고 와서 순무께 뵈려고 네댓 번이나 갔지만 뵙지 못하였다가, 우연히 한 번은 만나뵈었는데 순무께서는 그만 화를 내시고는 명함을 받는 둥 마는 둥 현청에 보내어 처리케 했다는 겁니다. 어른의 경우와 같이 순무께서 공문까지 내려 직접 초청하여 만나보신다는 것은 굉장한 명예입니다. 아마도 곧 관직에 들어가시게 될 겁니다. 이러니 제가 어찌 축하를 드리지 않을 수 있겠습니까?"

"아마 헛소문을 들은 모양이군요. 그런 일은 없소. 까오 어른에게는 내가 그 부인의 병을 완치시켜주면, 성청 안의 진주천에 데려가서 구경시켜줄 수 있느냐고 말했더니, 어저께 까오 어른이 오셔서 진주천 구경을 가자고 약속해서 갔다 왔을 뿐이오. 어디 순무께서 나를 초청했겠소?"

"다 알고 있으니 저를 속이지 마십쇼. 아까 까오 어른이 여기서 말씀하고 계실 때, 그분의 서사에게서 들었습니다요. 순무께서 식사하러 가시다가 까오 어른의 문앞을 지나면서 식사하고 나거든 곧 가서 모시고 오겠느냐 하시고, 또 톄 선생이 일찍 외출할지도 모르니 늦게 가면 오늘 못 만날지도 모른다고 말씀하셨다는데요."

라오찬은 껄껄 웃으면서 여관 주인의 말에 대해 반박했다.

"그런 엉터리 말을 믿지 마시오. 그런 일은 없었소."

"어른께서는 걱정 마십시오. 돈을 꿔달라는 말은 하지 않을 테니까요."

이때 밖에서 크게 소리치는 소리가 들리자, 주인은 황급히 뛰어나갔다. 그곳에는 모자 위에 푸른 꽃술을 달고 호랑이 발 모양의 신을 신고 자색 옷과 하늘색 마고자에 순무원의 초롱을 한 손에 또 다른 한 손에는 붉은색 명함을 든 사람이 소리치고 있었다.

"주인 있나?"

"접니다, 나으리. 무슨 일이시죠?"

"이곳에 톄 어른이란 분 계신가?"

"예! 예! 동쪽 사랑채에 계십니다. 제가 안내합죠."

곧 두 사람이 들어오더니, 주인이 라오츠을 손가락으로 가리키며 말했다.

"저분이 톄 어른이십니다요!"

그 사나이는 급히 한 발 앞으로 나서더니 절을 하고는 명함을 높이 쳐들고 말했다.

"궁보께서 톄 어른께 문안드리옵니다. 오늘밤 학원장의 초대가 있어, 톄 어른을 초대하지 못하시기 때문에 주방에 분부하시어 술과 안주 한 상을 차려 보내드리라 하시고, 톄 어른께서 입에 맞지 않으시더라도 양해하시고 받아주십사고 말씀을 전하라 하셨습니다."

그리고는 뒤를 돌아보고, "상을 올려라!" 하고 명령했다.

그러자, 두 사나이가 메고 온 것을 내리니 세 층으로 된 장방형의 큰 찬합인데 뚜껑을 여니 첫째 찬합에는 작은 그릇들이 들어 있고, 둘째 찬합에는 위츠魚翅*·옌워燕窩* 등의 요리가 든 큰 그릇들이 들어 있고, 셋째 찬합에는 돼지 튀김이니 오리 튀김이니 하는 것들과 십여 가지 음식이 들어 있었다.

그는 하나하나 모두 열어 보이고는, "여봐, 주인!" 하고 불렀다.

이때 주인과 심부름꾼은 옆에 서서 멍하니 들여다보고 있었다.

"예, 무슨 일이온지요?"

"이걸 주방에 보내게!"

이때 라오찬이 말했다.

"궁보께서 이렇게 배려해주시니 황송할 뿐입니다."

그리고 그에게 자리를 권하였다.

그 사람은 재삼 사양했지만 라오찬이 굳이 권하자, 방에 들어와서 아랫자리의 의자에 앉으려 했다. 이에 라오찬이 그를 위쪽의 온돌에 앉게 하려 하니 그는 한사코 사양했다. 라오찬이 잔에 차를 따라주자, 그는 벌떡 일어나서 예를 표하며 말했다.

"상사께서 곧 남쪽 서재를 깨끗이 치워 톄 어른께서 내일이고 모레고 드실 수 있게 하라는 분부가 계셨습니다. 후에 무슨 분부가 계시오면 무포순방武捕巡房을 부르시면 곧 대령하겠습니다."

"고맙습니다!"

그는 일어나서 또 예를 표하고는 말했다.

"이만 물러가겠습니다. 관서에 돌아가서 보고해야 하오니, 한자 서명하여주시기 바랍니다."

라오찬은 여관 사환에게 명하여 찬합을 메고 온 사람들에게 사백 문文씩 주게 하고는, 영수증을 써서 두 냥 은전과 함께 억지로 그에게 주었다. 그 사람은 재삼 사양하다 받았다. 라오찬은 대문까지 전송하고 그가 말에 올라 돌아가는 것까지 지켜보았다. 주인은 히죽히죽 웃으며 그를 맞았다.

"어른께서는 억지로 저를 속이려 하셨지만, 이번에 순무 어른이 술과 안주까지 보내오셨으니 딴 말씀 하실 수 없으시겠죠? 방금 오셨던 분은 허 대인이라고 하는 참장參將입니다. 이 년 전에 저의 여관에 한 분 손님이 계셨는데, 순무께서 역시 술과 안주를 보내시곤 하셨습죠. 그때는 보통 것에 지나지 않았고, 또 심부름하는 사람도 일반 나졸에 지나지 않았습니다. 오늘과 같이 공대하여 찾아온 일은 저희 여관으로서는 처음입죠."

"보통 것을 가져오든 특별한 것을 가져오든 상관할 바 아니나, 이 요리들을 어떻게 처리한다?"

"몇 분 가까운 친구분들에게 나누어 보내시든지, 또는 손님을 청하십쇼. 그렇지 않으시면 청첩을 내시어 내일 대명호에 가져 가셔서 잡수시든지 하십쇼. 순무께서 보내온 술이니, 금보다 더 귀한 것입니다."

이 말에 라오찬은 웃으며 말했다.

"금보다 더 귀하다면 살 사람도 있겠군. 팔아서 자네에게 주고 방값과 밥값이나 해야 되겠어."

"별말씀을! 어른의 방값과 밥값은 저절로 다른 분이 내게 되어 있으니, 저는 아무 걱정 없습죠. 어른께서 믿지 않으신다면 어디 제 말을 시험하여 보시죠. 얼마나 신통하게 맞나?"

"어떻게 되든 간에 이 요리는 오늘밤 당신에게 줄 터이니 손님을 청해 처치하시오. 나는 저런 귀찮은 것은 먹고 싶지 않으니."

두 사람은 한동안 말을 나누다가, 결국 라오찬이 나서서 이 여관에 묵고 있는 손님들을 청하여 안채에다 주석을 벌이기로 하였다.

안채 방에 들어 있는 리와 장이라는 두 손님은 대단히 거만한 인물이었다. 그러나 오늘 톄 선생이 순무로부터 이렇듯 후대받는 것을 보고는 어떻게 하든지 그에게 다리를 놓아 그를 끌어들여 추천을 부탁하려고 생각하던 차에 공교롭게도 라오찬이 그들의 옆

방을 빌려 손님을 청하고, 그들 두 사람을 상좌에 앉게 하니 그 기쁨은 이루 말할 수 없었다. 따라서 술자리에서는 라오찬에게 전심전력으로 공손히 대하였으나, 몇 마디 말밖에는 건네볼 도리가 없었다. 술자리가 파하고 각자 흩어져간 뒤에 리, 장 두 사람은 사랑채에 나와 라오찬에게 감사하다는 인사를 하는데, 한 사람의 인사가 한나절씩이나 걸렸다.

리라는 사람이 먼저 말하기를, "노형께서는 정부에 기부금을 내시면 우선 동지同知* 벼슬을 받으셨다가 금년 안에 한 계급 승진하시고, 내년 봄에 다시 한 계급 승진하신 후 가을에는 제동濟東 태무림泰武臨의 도대 벼슬에 오르시게 되는데, 먼저 후보로 계시다가 뒤에 정식으로 임명되실 겁니다" 하는 것이다.

이어 장이라는 사람이, "리 형은 천진에서 첫째가는 부호인데, 만약 노형께서 그를 추천만 해주신다면 기부금은 리 형이 내어드릴 수 있을 겁니다. 그 돈은 노형께서 높은 지위에 오르신 후에 돌려주셔도 늦지 않을 겁니다"라고 말했다.

이에 라오찬은, "두 분으로부터 과분한 사랑을 받고 보니, 저로서는 참으로 영광입니다. 그러나 지금으로서는 벼슬길에 나서고 싶은 마음이 없으니 이후에 나가게 되면 찾아뵙고 부탁을 올리겠습니다."

두 사람은 다시 한동안 강력하게 권하더니 각자 자기 방에 돌아가 잠자리에 들었다. 라오찬은 마음속으로 생각했다.

'원래 며칠간만 머문다던 것이 이 지경이 되었으니 가면 갈수록 더욱 귀찮아지겠군. 삼십육계가 상책이야!'

그날 밤, 라오찬은 까오사오인에게 한 통의 편지를 써서 장 궁보의 후의厚誼에 감사한다고 전하라 부탁하고는, 날이 밝기 전에 여관비를 청산하고 작은 수레 하나를 빌려 타고 성을 떠나왔다.

제남부의 서문을 나와 북으로 십팔 리를 가면 낙구雒口라는 작은 도시가 있다. 황하가 아직 대청하大淸河와 합쳐지기 전에는, 성내에 일흔두 개의 샘이 있어 이것들이 모두 강으로 흘러 들어가서 원래가 대단히 번창한 곳이었으나, 황하가 합쳐지면서는 비록 상선이나 화물선의 왕래가 있다 하지만 전에 비하면 십분의 일, 이정도에 지나지 않을 만큼 아주 한산했다. 라오찬은 낙구에 도착하자, 작은 배 한 척을 빌려 사공에게 강을 거슬러서 조주부에 예속되어 있는 동가구董家口까지 가는 것으로 삯을 흥정하고는, 선불로 일백 문을 주어 나무와 쌀, 기름, 소금 따위를 사게 했다. 마침 그날은 동남풍이 불어서 돛을 올리자, 날쌔게 전진하여 해가 저물 무렵에는 이미 제하현齊河縣에 도착하여 닻을 내렸다. 다음날은 평음平陰에 이르고 사흘째에는 수장壽張에 이르렀다. 나흘째에 드디어 동가구에 도착하였다. 그날은 배에서 하룻밤을 자고 날이 밝자 뱃삯을 물고 여관에 옮겼다.

이곳 동가구는 원래 조주부潮州府에서 대명부大名府에 이르는 큰 길가에 있기 때문에 수레를 빌려주는 집이 몇 집 있었다. 그가 기숙한 여관은 둥얼팡라오잔董二房老店이라고 부르는데 주인은 성이 둥이라 하는 예순 살 남짓의 남자로서 라오둥이라고 불렸다. 그 집에는 심부름꾼 하나가 있는데 이름은 왕라오싼王老三이라 했다. 라오찬은 그 집에 머물면서 수레를 빌려 타고 조주로 갈 예정이었으나 도중에 위셴玉賢의 행적을 알아보기 위하여 천천히 가면서 살피기로 하였다. 일고여덟시가 되자 늦게 일어난 손님까지 모두 떠나가고, 심부름꾼이 청소를 하는 한편 주인은 장부 정리를 마치고 한가로이 문간에 앉아 있었다. 라오찬도 문간에 있는 긴 의자에 앉아 있다가 라오둥에게 말을 건넸다.

"이 지방 부府의 대인은 강도 사건을 매우 잘 처리한다는데 도대체 어떻게 하는 거요?"

이 말에 라오둥은 탄식하듯 말했다.

"위 대인은 관리로서는 깨끗하고 사건 처리도 열심히 하시지만 수단이 너무 엄하죠. 처음에는 강도 사건을 잘 처리했으나, 뒤에 와서는 강도들이 오히려 그의 성격을 이용하니, 위 대인이 오히려 도적들의 도구가 되었죠."

"그게 무슨 뜻이오?"

"이곳 서남쪽에 우가둔于家屯이라는 마을이 있는데 이삼백 호가 됩니다. 그 마을에 위차오둥于朝棟이라는 부자가 있는데, 아들 둘에 딸 하나와 손자 손녀가 있었습니다. 모두 장가가고 시집가서 단란한 생활을 하며 지내고 있었는데 뜻밖의 재앙이 닥쳐왔죠. 작년 가을에 한 차례 강도를 만났어요. 기실 잃은 것이라야 의복과 목걸이 등 몇백 문의 값어치에 지나지 않는 것들인데 그것을 관가에 보고했습니다. 위 대인께서 온갖 힘을 써서 종당에는 강도의 심부름꾼 두 놈을 잡고 장물도 찾아냈는데, 그 장물은 겨우 옷가지 몇 개뿐이었어요. 강도 두목은 어디로 도망쳤는지 알지도 못하고요.

그런데 누가 알았겠습니까? 이 일 때문에 강도와 원수를 지게 될 줄을. 금년 봄에 강도가 성내에서 어떤 집을 털었어요. 위 대인은 엄중히 조사를 했으나 며칠이 지나도록 한 명도 못 잡았죠. 그 후 다시 며칠이 지나서 또 한 집이 털렸는데, 털고 나서는 크게 불을 지르고 도망갔습니다. 위 대인이 이것을 보고 가만히 있었겠습니까? 물론 군사를 이끌고 잡으러 나섰어요. 강도들은 그 집을 턴 뒤, 횃불을 들고 소리치며 성밖으로 나갔는데, 손에 총을 들고 있으니 감히 누가 잡을 엄두나 냈겠습니까? 동문으로 나가자, 북쪽으로 십여 리를 가더니 그들은 횃불을 꺼버렸답니다. 위 대인이 기마대를 이끌고 그곳에 이르자 지방 순라병이 사실을 보고하기를, '총을 가진 기마대가 성밖으로 쫓아 나가자 멀리 강도들의 횃불이 보여서, 다시 이삼 리를 쫓아갔사온데 앞쪽에 다른 불빛이 보이고 두세 번 총소리가 났습니다'라고 했답니다. 위 대인은 이 말을 듣고 크게 노했답니다. 그분은 담도 클 뿐만 아니라 수하에 이삼십 필의 말과 총을 가진 군인이 있으니 두려울 것이 무엇이 있었겠습니까? 즉시 쫓아가보니 불빛은 없어지고 총소리만 들리더랍니다. 날이 샐 무렵에는 거의 뒤쫓아갔는데 그때가 공교롭게도 우가둔에 이를 즈음이었답니다. 우가둔을 지나서 계속 쫓는데 다시는 총소리도 불빛도 보이지 않더라는 겁니다.

이때, 위 대인은 잠시 생각하더니 말하기를 '더 쫓아갈 필요가 없다. 강도는 분명 이 마을에 들어갔다!' 하고 병마를 이끌고 마을에 들어와서, 거리 가운데 있는 관제묘關帝廟에서 말을 내려 부하 기병들 중 여덟 명을 뽑아 아무도 출입을 못하도록 길목을 지키게 하고는 지방 포졸과 촌장을 불러 깨웠답니다. 이 무렵, 날은 이미 완전히 새었는데 위 대인은 직접 기마대를 이끌고 동쪽으로부터 서쪽까지 집집마다 수색을 했답니다. 그러나 전혀 흔적조차 없으므로 이번에는 남쪽에서 서쪽으로 수색해 나갔답니다. 그런데 바로 위차오둥의 집을 수색하다가 세 자루의 구식 총과 몇 자루의 칼, 수십 개의 몽둥이가 나왔답니다.

위 대인은 크게 노하여 '강도는 틀림없이 이 집에 있다' 하고는 대청에 올라앉아 지방 포졸을 불러 '이 집이 누구 집이냐?' 하고 물었습니다. 그러자 지방 포졸이 '이 집은 농사짓는 선비의 집으로 노인은 위차오둥이라 하고, 두 아들이 있습니다. 큰아들은 쉐스學詩라 하고 둘째 아들은 쉐리學禮라 부르는데 모두가 선비들입니다!' 하고 대답했습니다. 위 대인은 곧 이 세 부자를 데려오라고 명령했답니다.

시골에서 부의 제일 높은 어른이 화가 나서 부르니, 얼마나 두려웠겠습니까? 대청 앞에 나온 세 부자는 꿇어 엎드린 채 다만 사시나무 떨 듯 하니 말이나 제대로 나왔겠습니까? 위 대인이 노하여 소리쳤답니다.

'이 대담한 놈! 강도를 어디다 숨겼느냐?'

노인은 이미 혼백이 달아났지만, 그의 아들들은 성내에서 공부깨나 했기 때문에 세상사를 다소 아는 편이어서 조금 담이 커 허리를 굽힌 채 대답하였습니다.

'소생의 집은 원래부터 농사를 짓는 집입니다. 어찌 강도와 내왕이 있으며 감히 강도를 숨기는 일이 있겠습니까? 더구나 지난

해에 강도를 만나 대인의 은혜까지 입었사옵니다!'

그러나 위 대인은, '내통이 없었다면 이 흉기들은 어디서 났느냐?' 하고 캐묻자, 쉐리가 '작년에 강도를 만난 뒤부터는 마을에 강도가 끊이지 않으므로 몇 자루의 칼과 몽둥이를 준비하여, 소작인이나 일꾼들에게 교대로 집을 지키게 하였던 것입니다. 그리고 강도는 모두 신식 총을 가지고 있지만 저희는 그런 것은 살 수가 없어서 포수들에게서 두세 자루의 구식 총을 사서 밤중에 두세 방 쏘아 소리를 내어 강도를 놀라게 하려고 한 것뿐입니다!' 하고 대답했답니다. 그러자, 위 대인은 '엉터리 같은 소리 마라. 양민이 감히 무기를 가질 수 있단 말이냐?' 하고는, '여봐라!' 하고 좌우 관졸들을 소리쳐 불렀습니다. 그리고 관졸들이 대답하자, '너희들은 앞뒷문을 지켜라. 내가 철저히 수색하겠다!' 하고는 기마대를 풀어서 안채부터 수색하기 시작했답니다. 옷궤다, 옷장이다 모두 수색하여 몇 푼어치 안 되는 목걸이까지 모두 푸대에다 쑤셔넣었답니다. 이렇듯 한동안 수색하였으나 법을 범할 만한 물건이 나오지 않았답니다. 그런데 어찌 알았겠습니까? 그 집의 서북쪽 구석에 농기구를 쌓아두는 헌 창고에서 예닐곱 가지 옷가지와 세네 뭉치의 낡은 비단 조각을 싼 보퉁이가 나왔다는 겁니다. 나졸들은 그것을 대청에 들고 나와서 '대인! 농기구를 쌓아놓은 곳에서 이 보따리를 수색해냈사온데 이 집 것은 아닌 것 같으니 대인께서 살펴보아주십시오!' 하고 보고하였답니다.

위 대인은 눈살을 찌푸리며 보더니, '이 옷가지들은 그저께 성내에서 도둑맞았다는 것과 흡사하구나. 잠시 관저에 가지고 돌아가서 조서와 대조해보자!'라고 명령하고는 위 부자에게 옷가지들을 가리키며, '이 옷가지들은 도대체 어디서 난 것들이냐?' 하고 물었답니다. 위 부자들은 서로 얼굴만 쳐다볼 뿐 말을 못하다가 위쉐리가 입을 열어, '이 옷가지들은 정말 어디서 난 것인지 전혀 모르겠습니다'라고 대답했답니다. 그러자 위 대인은 벌떡 일어나며 분부하기를, '열두 명의 기마병과 지방 포졸은 남아 있다가 위부자를 데리고 와라. 성에 돌아가 심문을 하겠다!' 하고는 대청에서 내려와 시종이 데리고 나온 말을 타고 나머지 사람들을 데리고 먼저 성에 돌아갔답니다.

위 부자와 집안 사람들은 모두 머리를 감싸고 통곡을 하였답니다. 한편 열두 명의 기마병들은, '우리는 밤새껏 뛰어다녀 몹시 시장하다. 어서 먹을 것을 가져와라! 먹고 빨리 돌아가야지, 모두 대인의 성격이 어떻다는 것은 알겠지? 늦으면 큰일난다!'라고 소리치니 지방 포졸들도 황망히 자기 집에 돌아가서 몇 마디씩 이르고는 행장을 꾸려가지고 오고 위씨네 사람에게 명하여 몇 대의 수레를 마련하여, 모두들 그것을 타고 성으로 들어오니 밤 아홉시 무렵에야 겨우 성내에 도착하였답니다.

한편 위쉐리의 아내는 성내에 사는 우吳씨 성을 가진 거인擧人의 딸인데, 남편과 시아버지 시아주버니가 한꺼번에 잡혀가서 쉽게 풀려날 수 없으리라 단정하고 곧 큰동서와 의논하길, '부자 세 분이 구속되어가도 성내에서 아무도 돌봐줄 사람이 없습니다. 제 생각엔 이곳 집안일은 형님께 부탁드리고 저는 성으로 들어가서 친정 아버님께 부탁드려 어떻게 손을 써볼까 하는데 어떻겠어요?'

하니 큰동서가, '좋고말고! 나도 바로 성내에서 돌봐드릴 사람은 없을까 하고 생각하던 중이야. 이곳 마을의 관리들이래야 모두가 시골 늙은이들이라서 성내는 일보러 가도 모두가 바보 같아서 쓸모가 없어!' 하고 말했답니다. 이에 우씨는 의복을 차려입고는 빠른 쌍두마차를 내어 성내로 달려갔답니다. 그 여자는 친정 아버지 면전에서 크게 한바탕 소리쳐 울었답니다. 이때가 밤 일곱시경이라 위씨 부자들보다 앞서 왔답니다. 우씨가 울면서 위씨 댁에 떨어진 재앙에 대하여 한바탕 설명하자, 그 여자의 아버지, 즉 우씨 성을 가진 거인은 온몸을 부들부들 떨면서, '저런 액신厄神을 거역하게 되면 더욱 큰일난다. 어디 내가 먼저 가보고 오마' 하고 급히 옷을 입고는 관서에 들어가서 면회를 청했답니다. 그런데 그곳 관리가 돌아와서 하는 말이, '대인의 말씀이, 지금 중요한 절도 사건을 처리 중이어서 아무도 면회할 수 없다'고 전하므로 우 거인은 평시에 관서의 법률 고문과 친분이 두터웠기 때문에 그분을 찾아가서 이 억울한 사정을 호소하였답니다. 그분 말이, '이 사건이 다른 사람의 손에 들어갔다면 걱정할 것 없소. 다만 이곳 대인은 전부터 법조문대로 처결하지 않는다오. 만약에 내가 담당하게 되면 무사하게 처리하겠다고 약속하오. 하지만 나에게 내려지지 않을 것 같으니 그렇게 되면 방법이 없소!' 하더랍니다. 우 거인은 읍을 하면서 거듭 부탁하고 급히 동문 앞에 이르러 사돈과 사위가 잡혀서 성으로 들어오는 것을 기다렸답니다.

　차 한 잔을 마셨을 만한 시간이 지나자, 기마병이 수레를 압송하여 오는 것이 있어 우 거인이 앞으로 달려나가보니, 부자 세 사람은 사색이 되어 있더랍니다. 위차오둥이 그분을 보고, '사돈 영감, 나 좀 살려주시오!' 한마디 하고는 억수같이 눈물을 쏟더랍니다.

　우 거인이 무어라 입을 열려고 하는데 옆에 있던 기마병이 '대인께서 기다리신 지 오래다. 벌써 네댓 번이나 기마병이 재촉하러 왔으니, 빨리 서둘러 가자!'고 호통을 치니 수레는 감히 멈추지 못했지요. 우 거인이 쫓아가면서, '사돈 영감, 안심하시오, 물 속이거나 불 속이거나 내 반드시 어찌해보겠소!'라고 말하는 사이에 수레는 어느덧 관문에 이르렀답니다. 관서 안에서는 많은 관원들이 나와서 재촉하더랍니다. '빨리 본당으로 데려가라!' 이어서 몇 사람의 관졸들이 쇠고랑을 가져와서는 위씨 부자에게 채운 뒤 끌어내리고 꿇어앉혔답니다. 위 대인이 도난품 목록을 내밀면서 소리치길, '도난 품목에 있는 옷가지와 하나도 틀림이 없는데 그래도 할말이 있느냐?'라고 하자 위씨 부자가 '억울합니다!' 하고 말했답니다. 그러자 위 대인은 대청이 쩌렁 울리게 탁자를 치더니, '증거가 이렇듯 있는데도 억울하다고? 저놈들을 형틀에 잡아매어라!' 하고 호통을 치자, 좌우의 관졸들이 잡아내려 끌고 갔답니다."

　그럼 다음 이야기는 어떻게 될 것인가?

5

청렴한 혹리酷吏

라오둥이 여기까지 말하자, 라오찬이 물었다.

"그렇다면, 그 세 부자는 모두가 형틀에 묶여 죽었단 말이오?"

"그렇습죠. 우 거인이 관서로 면회를 갔을 때, 그의 딸, 즉 위쉐리의 아내도 관서의 대문 앞 연생당延生堂이라는 약포藥鋪에서 소식을 기다리고 있었지요. 그러던 차에 위 대인에게 면회를 거절당한 부친이 법률 고문을 찾아갔다는 소식을 듣고, 그녀는 형세가 어긋나는 것을 짐작하고 곧 삼반三班의 반장, 즉 관졸의 우두머리를 청해왔답니다.

그 우두머리는 성을 천陳이라 하고 이름을 런메이仁美라고 하는데, 조주에서는 일을 바르게 잘 처리하는 이름 있는 관졸이었죠. 우씨는 억울한 사정을 호소한 뒤, 살려낼 방법을 부탁했답니다. 천런메이는 이 같은 사정을 듣고 나서 고개를 두어 번 설레설레 흔들더니, '강도의 복수 때문에 올가미에 걸려들었군. 댁에서는 밤에 집을 지키는 사람까지 있으면서 어찌 강도가 장물을 집 안에 집어넣도록 주의하지 않았소? 이거 정말 어리석은 일을 저질렀군!' 하고 말했답니다. 우씨는 한숨을 쉬면서 손목에 찬 금팔찌를 뽑아 천에게 주면서, '어쨌든, 반장 어른께서 골치아프시겠지만 힘써 주세요. 세 사람의 목숨을 구할 수만 있다면 돈은 얼마든지 쓰겠어요. 집과 논밭을 모두 팔아 집에 먹을 것이 없게 되더라도 살아나기만 하면 됩니다'라고 했답니다. 그러자 우두머리는 '제가 아주머니를 대신하여 힘써보겠습니다만, 잘되더라도 너무 기뻐하시지 말고 잘 안 되더라도 저를 원망하진 마십시오. 저로서는 힘껏 해보겠습니다. 이제 조만간에 세 부자분이 도착하시리라 믿습니다. 대인께서는 이미 당상에 나와서 기다리시니, 저는 급히 들어가서 아주머니를 위하여 알아봐야겠습니다.' 그는 말을 마치자 곧 인사를 하고는 떠났답니다.

관서로 돌아온 그는 금팔찌를 사무실 탁자 위에 탁 내놓으며 입을 열기를, '여러 형제들! 오늘 위씨 댁 사건은 확실히 억울한 것인즉 여러분께서 어떤 좋은 방법이 있다면 의견을 말해보시오. 만약 그들 세 사람의 목숨을 살려낸다면, 첫째는 좋은 일이요, 둘째는 여러분이 얼만큼의 돈을 얻을 수 있을 것이오. 누구든지 묘안을 낸다면 이 팔찌를 드리겠소'라고 말했답니다. 그러자 여러 사람들이, '꼭 어떤 방법이 있다고 말할 수는 없으나, 그때그때 기회를 보아 일을 처리해 나가야 할 겁니다' 하고 제각기 서로 먼저 당상에 서 있는 서기에게 귀띔해주러 가더랍니다. 이때 위씨 세 부자가 당상에 도착하였답니다. 위 대인이 '형틀에 잡아 세워라!' 하고 소리치니 몇 명의 관졸들이 세 부자를 단 아래로 끌어내렸답니다. 그러자 거기에 있던 그날의 당직 반장이 탁자 앞으로 나아가 한쪽 무릎을 꿇고 말하기를, '대인께 아뢰오. 오늘 형틀이 빈 것이 없사오데 어찌하올지 분부를 바랍니다' 하고 말했답니다. 위 대인은 이 말에 벌컥 화를 내며, '허튼 소리 마라! 요 며칠 사이엔 형틀을 사용한 일이 없는데, 빈 것이 없다니?' 하고 물었답니다. 당직 관졸이 대답하길, '겨우 열두 개 형틀이온데 사흘 동안에 모두 꽉 찼사오니 대인께서 문서를 살펴보시옵소서' 하고 말했답니다. 위 대인은 문서를 들고 점검을 하면서 '하나 둘 셋, 어제는 셋이고, 또 하나, 둘, 셋, 넷, 다섯, 그저께는 다섯이라. 또 하나, 둘, 셋, 넷, 그끄저께는 넷이라. 음! 정말 빈 것이 없군! 하고 중얼거리더랍니다. 그 관졸이 또 말하길, '오늘은 우선 수감하는 것이 어떠하올지요? 내일이면 틀림없이 몇이 죽을 터이니, 형틀이 비는 대로 저들을 채워놓는 것이 어떠하올지 분부를 내리소서' 하자 위 대인은 한동안 생각에 잠겼다가, '나는 저놈들이 몹시 밉다! 만약에 수감하게 되면 하루라도 더 살려두는 것이 되지 않겠나? 결단코 안 되지! 너 가서 그저께 잡아온 놈 네 놈을 내 앞에 끌어내라!' 하고 명령했답니다. 그러자 관졸이 곧 그 네 사람을 풀어 단 앞으로 끌어내렸답니다. 위 대인은 몸소 단 아래로 내려와서 네 사람의 코를 잡아본 뒤, '아직도 숨결이 남아 있구나' 하고 다시 당상에 올라와서는, '한 놈에게 이천 대씩 곤장을 쳐라. 그래도 안 죽나 보자!'라고 하였답니다. 얼마 뒤 그들은 몇십 대도 맞기 전에 모두 죽어버렸다는 겁니다.

관졸들은 할 수 없이 위씨 부자를 형틀에 맨 뒤, 발 아래에 돌덩이를 세 개씩 괴어 사나흘 동안 죽지 않게 하는 한편 급히 방법을 강구하여 보았으나, 누구도 그들을 구제할 방법이 떠오르지 않더랍니다.

한편 우씨는 참으로 어질고 덕 있는 부인으로서, 매일 형틀 앞에 와서 인삼죽을 끓여 먹이고는, 돌아와서는 울고 울다가 사람들을 찾아다니며 애걸하고 머리를 조아리는 등 온갖 방법을 다하였답니다. 그러나 누구 하나 위 대인의 마음을 돌릴 수는 없었답니다. 결국 위차오둥은 나이가 많았기 때문에 사흘째 되던 날 죽고, 위줴스도 나흘째 되던 날 죽고 말았답니다. 우씨는 위차오둥의 시신을 인계받아 몸소 수의를 입히고 염을 하고, 또 시아주버니의 시신도 인수하여 염을 하고 나서는 자기 남편의 뒷일을 자기 아버지에게 부탁하였답니다. 그리고 자기는 관서에 달려가서 남편인 위줴리 앞에서 숨이 넘어갈 듯 애처롭게 울고 나서 마지막으로 남편에게, '당신은 천천히 오세요. 저는 시아버님을 위하여 먼저 저승에 가서 계실 자리를 돌보아드려야겠어요!' 하고 말을 마치자, 품속에서 한 자루 비수를 꺼내더니 목을 찌르고 그만 숨을 거두었답니다.

이때, 천런메이는 우씨 작은 며느리의 정절을 현장에서 보고, 이것은 자고로 드문 일이며 열녀비를 세워주어야 할 일이라고 생각하고는, '지금 위줴리를 풀어준다면 살아날 수 있을 것이니, 여러분! 이 일을 이유로 대인께 말씀 올려보는 것이 어떤가?' 하고 말했답니다. 그러자 여러 관졸들도 찬성하므로, 천 반장은 곧 안으로 들어가서 문서 처리를 맡고 있는 관리에게 가서 우씨의 의절를 소상히 설명하고, 또 백성들의 원성에 대해 설명한 다음 이렇게 말을 이었답니다.

'우씨가 비록 남편을 위해 자결했으나, 기실은 효의절렬孝義節烈의 넉 자를 모두 갖춘 것이니 존경할 만하고 또한 가련하오. 그러니 대인께 말씀드려 남편을 석방하여 그녀의 원혼을 위로해주는 것이 어떨까 하오?'

그 사람은 이에, '옳은 말이오. 내가 들어가보겠소!' 하고 모자를 집어 쓴 뒤 사무실에 들어가서, 위 대인께 우씨의 효열과 백성들이 은혜를 베푸시기를 바란다는 것을 한바탕 설명하였답니다.

그러자 위 대인은 껄껄 웃으며 말하기를, '너희들 잘 노는구나. 갑자기 자비를 베풀라고! 너희들, 위가에게 자비를 베풀면서 어째서 주인에게는 자비를 베풀지 않느냐? 이 일은 억울하건 아니건 이제 와서 중도에 그칠 수는 없다. 그를 놓아준다고 하여도 감사하기는커녕 부형父兄의 원수를 갚는다고 앙심을 품을 뿐 아니라 오히려 내 앞길까지 망치려 들걸! 이번 일을 보고하면 장 궁보는 틀림없이 팔월에 자리가 나는 조혜도潮惠道로 나를 추천하여 후보가 되게 해줄 거란 말이다. 그렇게만 되면 이 푸른 모자술이 빨갛게 된다는 것을 알아야 돼. 옛말에도, 김을 매려면 풀뿌리까지 없애라고 했어. 바로 그 이치야! 더욱이 위가는 미운 놈이야. 그놈의 뱃속에서는 내가 그의 집안을 억울하게 망쳤다는 생각이 들끓고 있을 게야. 만약 여자만 아니었다면 죽었더라도 이천 대의 곤장을 더 쳤어야 속이 풀렸을걸! 너는 나가서 이제부터 누구든 또 와서 위가 놈을 살려주라고 탄원하면 바로 뇌물을 받고 하는 것으로 간주하고 처리하겠다 일러라. 만약에 다시 지껄이는 놈이 있으면 내게 와서 보고할 것 없이 형틀에 묶어놓으면 된다!'고 말하더랍니다. 문서 관리는 물러 나와서 자초지종을 천런메이에게 알리니 모든 사람들이 한숨만 쉬고 흩어져갔답니다.

한편, 우씨 집안에서는 관을 준비해 와서는 시신들을 거뒀답니다. 그날 밤에 위쉐리도 숨을 거두니 한 집안 네 개의 관을 모두 서문 밖 관음사에 안치하였답니다. 저도 금년 봄에 성에 갔다가 그 앞을 지나면서 볼 수 있었습니다."

라오찬이 다시 물었다.

"위씨 댁은 그 뒤에 어떻게 됐소? 복수할 생각은 안 하던가요?"

"위씨 집에는 어린아이들과 과부만이 있으니, 어떻게 합니까? 더구나 지금 대청국大淸國의 법률에 백성이 관가로부터 억울함을 당해도 참는 것말고는 다른 방법이 없으니 말입니다. 만약에 상고를 한다 하여도 조례에 따라 여전히 그의 손에 심문을 받게 될 것이니, 공연히 고생만 더 하게 되는 것이 아니겠습니까? 위차오둥의 사위는 지방 과거에 합격한 사람인데, 위쉐스의 아내가 성내로 그를 찾아가서 상고를 하려 상의했답니다. 그러자, 세상 물정을 잘 아는 노인이 일러주기를, '그건 안 돼. 타당치 못한 일이야. 자네는 누구를 시켜서 상고하려 하나? 만약에 남을 보낸다면, 자기에게 상관없는 일에 관여한다고 죄를 뒤집어쓰게 되네. 만약에 큰 며느리를 보낸다면, 두 아이들이 아직 어리니 누가 기르겠나. 오히려 위씨 집의 향을 피울 자손조차 끊기네!' 하였습니다. 또 어떤 사람은 '큰며느님은 안 돼요. 사위분이 가시는 것이 나을 거요'라고 권했답니다. 그런데 사위는, '제가 가려면 갈 수 있습니다. 그러나 일을 무사히 치르지 못할 뿐만 아니라 오히려 형틀에 하나의 주검을 더할 뿐이지요. 생각해보시오. 순무는 반드시 위 대인에게 재심하도록 회부할 것입니다. 비록 위원을 파견하여 심문에 입회시킨다 하더라도 관官은 관끼리 서로 옹호할 것입니다. 그는 또 도난 품목을 제시할 것이고, 우리는 다만 그것은 강도들이 옮겨놓은 장물이라는 말을 되풀이하는 데 지나지 않을 거고. 그러면 그는 강도들이 옮겨놓는 것을 보았느냐고 말할 터이니 무슨 증거가 있나요? 그때는 할 말이 없어요. 그는 관이고 우리는 민이오. 그는 도난품 목록이 있지만, 우리는 그것을 뒤집을 만한 증거가 없어요. 그러니 이 재판을 이길 수가 있겠어요?' 하고 말했답니다. 여러 사람들도 생각해보니, 달리 방법이 없어서 그것으로 끝났답니다.

그 후에 소문을 들으니 장물을 옮겨놓은 그 강도가 이런 사정을 듣고는 대단히 후회하면서 말하기를, '나는 당초에, 그가 도난 신고를 하여 내 부하를 죽였기 때문에 그런 계략을 써서 몇 개월 간 재판을 받게 하여 일이천 냥쯤 손해보게 하려고 한 것뿐인데, 이렇듯 멸족의 화를 당하여 많은 목숨을 잃게 될 줄이야 누가 알았나? 나와 그가 그토록 큰 원수를 진 일은 없는데'라고 하더랍니다."

라오둥은 이렇게 말을 마치더니 다시 이어, "생각해보십쇼. 강도에게도 양심이 있는데 위 대인은 도리어 강도의 도구 노릇을 하였으니!" 하고 말했다.

"그 강도가 했다는 말은 누가 들었다는 거요?"

"그건 천런메이였죠. 그는 이 사건에 뛰어들었다가 저지를 당했고, 위씨 집의 비참한 죽음을 목격했으며, 또 금팔찌를 받고 아무 일도 못한 것이 마음에 걸렸기 때문에, 여러 사람들의 분노를 터뜨리게 하고 뜻을 합쳐서 이 사건을 파헤쳤던 것이죠. 한편 인근의 강호 영웅들도 그 강도의 행위가 너무 악랄하다 하여 합세한 결과 한 달도 못 되어 대여섯 명의 강도를 잡았답니다. 그 중 세네 명은 다른 사건에 연루되어 형틀에 묶여 죽었으나 위씨 집에 도난품을 집어넣은 두세 놈은 위 대인에 의해서 풀려 나왔다는 겁니다."

"위셴은 참으로 가혹한 관리였군! 참으로 못된 인간인데! 그가 이 사건 외에 다른 사건도 어떻게 처리했는지 모르겠군!"

"억울한 거야 머리털같이 헤아릴 수 없죠. 제가 천천히 몇 가지를 말씀드릴 터이니 들어보십쇼. 저희 동네에도 억울한 사건이 있었는데, 인명에는 미치지 않았으니 사건이라고 할 수는 없겠죠."

라오둥이 다시 입을 열려고 하는데 심부름꾼이 소리치는 게 들려왔다.

"선생님! 여러 사람들이 함께 식사하자고 기다리고 계세요. 저희 주인은 터진 자루처럼 말에 끝이 없어요."

라오둥은 이 말을 듣자, 곧 일어나서 밥을 내오려고 안으로 들어갔다. 그러자 몇 채의 수레들이 연이어 밀려오고 식사할 손님들도 연이어 들이닥치니, 라오둥은 한가로이 이야기를 다시 꺼낼 틈이 없게 되었다.

얼마 후 식사가 끝난 뒤에도 라오둥은 이곳 저곳에서 밥값 계산을 하고 응대하는 등 장사하기에 대단히 바빴다. 라오찬은 별로 할 일도 없어서 시내로 산책하러 나갔다.

대문을 나와 동쪽으로 이삼십 걸음 나가니 작은 상점이 있는데, 기름이나 소금 따위를 파는 잡화점이었다. 라오찬은 들어가서 라저우차오蘭州潮 담배 두 봉지를 사고 의자에 앉았다. 계산대 안쪽에 앉아 있는 나이가 쉰 남짓 되어 보이는 남자에게 말을 걸었다.

"성함이 어떻게 되시나요?"

"성은 왕王이고, 이곳 태생입니다. 선생께서는?"

"성은 톄이며 강남 출신이오."

"강남은 좋은 곳이지요. 위에는 천당이 있고 아래로는 소주蘇州와 항주杭州가 있으니 우리가 사는 여기 암흑의 지옥에 비할 바가 아니죠!"

"이곳도 산수가 있고 벼를 심고 보리도 심는데, 강남과 다를 게 무어 있겠소?"

그 남자는 길게 한숨을 쉬더니, "한마디로 다 할 수 있나요!"라고 할 뿐 더 말을 잇지 않았다.

"소문에 듣자니, 이곳 태수인 위 대인은 대단히 청렴한 분이라던데요."

"청렴한 관리이긴 하죠."

그는 잠시 말을 끊었다가, "관서의 입구에 열두 개 형틀을 만들어놓고 있는데, 어느 날이고 비는 날이 없어요. 어느 하루고 하나쯤 비기 어렵죠."

이런 말을 주고받고 있을 때, 안에서 중년 부인이 나오더니 선반에서 물건을 찾기 시작했다. 손에는 큼직한 그릇을 든 채 그를 흘끗 볼 뿐 여전히 물건을 찾는다.

라오찬이 입을 열었다.

"강도가 그렇게도 많소?"

"누가 압니까?"

"아마 억울한 누명이 많겠지요."

"억울한 일은 없어요!"

"듣자니 저들은 무슨 죄를 저질렀다고 멋대로 누명을 씌우고는 형틀에 매어 죽이고, 또 말을 하면 그 말이 법에 어긋난다 하여 저들의 손에 걸려 죽고 만다는데, 정말 그런 일이 있나요?"

"아니, 없습니다."

그 남자는 대답을 하면서, 얼굴이 파랗게 질리고 눈두덩이 점점 빨개지기 시작하더니, 눈에는 눈물이 괴었다. 안으로 들어가던 부인은 바깥쪽을 흘끗 보더니, 흐르는 눈물을 주체하지 못하고 좌르르 흘리고 말았다. 한쪽 옷소매로 눈을 가리고 안으로 들어가더니, 안마당에 들어가서야 와! 하고 울음을 크게 터뜨리는 것이었다.

라오찬은 그에게 더 물어보고 싶었지만, 그 사람의 안색이 너무 처참하기에 틀림없이 어떤 억울한 일이 있을 것이라고 짐작이 갔으나, 감히 말이 나오지 않아서 별수없이 그대로 나와 여관으로 돌아왔다.

그는 자기 방에 돌아와서 얼마 동안 책을 두어 페이지 읽다가, 문득 한 가지 일이 생각났다. 그는 라오둥의 바쁜 일이 이미 끝났으리라 생각되어 방에서 나와 라오둥을 붙잡고 한담을 나누다가,

방금 작은 상점에서 일어났던 일을 이야기하고 물었다.

"어떤 사연이 있나요?"

"그 사람은 왕이라고 하는데, 부부 두 사람뿐이죠. 서른 살에야 가정을 이뤄 사내아이를 낳는데, 올해 스물한 살입니다. 그 상점은 대수롭지 않은 물건을 팔고 있는데 그것들은 모두 이 고장에 장이 섰을 때에 사들인 것이고, 좀 나은 것들은 모두 그의 아들이 성내에서 사오곤 했죠. 그런데 지난 봄에 성내에 갔다가 어찌 된 일인지 술 두어 잔을 과하게 마시고는 남의 상점 앞에서 위 대인을 바보라느니, 흉악하다느니 어쩌구저쩌구 멋대로 욕을 하는데 위 대인의 심복인 염탐꾼이 나타나 그를 관서로 잡아갔답니다. 위 대인은 당상에서, '네 이놈! 헛소문을 내어 군중을 현혹시키다니 이 고얀 놈!' 하고 한바탕 욕을 하고는 형틀에 잡아 매었는데 이틀이 못 되어 죽고 말았죠. 어른께서 보신 중년 부인이 바로 왕씨의 처로서 마흔 살쯤 되었죠. 그들 부부에게는 그 아들뿐이고 따로 아무도 없답니다. 어른께서 위 대인의 말을 꺼내니, 그들이 어찌 마음 아파하지 않겠습니까?"

"위셴이란 놈! 참으로 죽어도 죄가 남을 놈이군! 그런데 성에서는 왜 그를 그토록 칭송하고 있을까? 정말 괴상한 일이군! 만약에 내가 권세를 잡는다면 그놈은 살려둘 수 없는 놈이야!"

"입 조심하십쇼. 이곳에서야 말씀하셔도 괜찮지만, 성내에 가시면 그런 말씀 마십쇼. 목숨이 위태롭습니다!"

"걱정해주어 고맙소. 조심하겠소."

그날은 저녁을 먹고 편히 잠을 잤다. 다음날, 라오둥과 하직하고는 수레를 타고 밤에야 마촌집馬村集에 도착하였다. 이 마을은 동가구보다 조금 작은 곳으로 조주부에서 오십 리쯤 떨어진 곳에 있었다. 라오찬이 거리를 살펴보니 여관이 셋뿐인데 두 집은 벌써 손님이 찼으나 한 집은 전혀 사람이 들지 않았고 대문조차 닫혀 있었다. 라오찬은 문을 밀고 들어갔지만 사람을 찾을 수 없었다. 한동안 있으니까 어떤 사람이 나와서, "저희 집은 요 며칠 손님을 받지 않습니다" 하고 말하기에, "무슨 이유요?" 하고 물었지만 대답하려 들지 않았다. 라오찬은 다른 집으로 가려고 해도 잠자리가 없을 것이므로 재삼 부탁했다. 그 사람은 별로 내키지 않는 듯한 표정으로 방 하나를 내어주면서 말했다.

"드릴 차도 없습니다만, 손님께서 주무실 곳이 없으시다니 이곳으로 참아주셔야겠습니다. 주인께서는 오늘 성내에 시신을 거두러 들어가셔서 아무도 여관을 돌볼 분이 계시지 않습니다. 식사를 하시려면 남쪽에 음식점이 있으니 거기에서 하십쇼."

라오찬이 황급히 대답했다.

"고맙소. 길 가는 나그네가 이만하면 됐습니다."

"저는 대문 옆 남쪽 끝방에 있으니 일이 있으시면 부르십쇼."

라오찬은 "시신을 거두러"라는 말을 듣고는 마음이 놓이지 않았다. 저녁밥을 먹고 돌아오면서 몇 조각 빙간(餠乾: 과자의 일종)과 창성궈(長生菓: 땅콩) 네댓 봉지, 그리고 술 두 병을 사 들고 돌아왔다. 그 심부름꾼이 등불을 밝혀들고 왔을 때 라오찬이 말을 건넸다.

"여기 술이 있는데, 대문을 잠그고 한잔 합시다!"

심부름꾼은 흔쾌히 응낙하고는 뛰어나가 대문을 잠근 뒤 곧바로 들어와서 선 채 말했다.

"혼자 드십쇼. 제가 어찌 감히."

라오찬은 그를 잡아 앉히고는 한 잔을 따라주니, 그는 손을 맞잡고 연방 황송하다고 하면서도 기실 순잔은 이미 입으로 가 있었다. 처음에는 몇 마디 한담을 하다가 몇 잔 술을 나눈 후에 라오찬이 물었다.

"당신이 아까 말하길 주인이 성에 시신을 거두러 갔다고 하였는데, 그 말은 어떤 뜻이오? 누가 위 대인에게 죽임을 당했다는 것은 아니겠지?"

"다행히, 여기에 아무도 없으니 제가 마음 놓고 몇 말씀 드리죠. 이곳 위 대인은 정말 지독한 분이에요! 살아 있는 염라대왕보다 더하죠. 걸렸다 하면 죽고 맙니다! 저의 주인은 그의 매부 때문인데, 그 매부라는 사람은 매우 착실한 사람입니다. 주인은 남매인데 두 사람의 사이가 매우 좋기 때문에 이 여관의 뒤쪽에서 함께 살고 있었습니다. 그의 매부는 언제나 시골의 무명 짜는 곳에서 두어 필의 무명을 사다가는 성내에 내다 팔아서 몇 푼 안 되는 돈이나마 벌어서 가용에 보태고 있었습니다.

어느 날, 네 필이나 되는 흰 무명을 지고 성내에 들어가서는 성황묘 앞 땅바닥에 펼쳐놓고 팔았답니다. 아침 일찍이 두 필을 팔고, 오후에 다섯 자를 끊어 팔았답니다. 그런데, 마지막에 어떤 사람이 와서는 온 필에서 여덟 자 다섯 치만 끊어주면 돈을 몇 문 더 내겠다고 사정하더랍니다. 시골 사람이 몇 푼 더 벌고 싶어 그가 하자는 대로 끊어주었답니다. 그런데, 누가 알았겠습니까? 두어 술 밥을 먹을 만한 시간도 못 되어 위 대인이 말을 타고 묘문 앞을 지나가더랍니다. 옆에 있던 어떤 사람이 뭐라고 두어 마디 지껄이자, 위 대인이 그를 가리키면서 '무명과 함께 저 사나이를 관서로 연행해라!' 하고 명령하더랍니다.

관서에 도착하자, 위 대인은 당상에 자리를 정한 뒤 무명을 올리라 하고는, 그것을 보더니 대청이 울리게 탁자를 크게 치면서 묻더랍니다.

'이 무명은 어디서 났느냐?'

'시골에서 사왔습니다.'

'필마다 몇 자 몇 치냐?'

'하나는 한 필에서 다섯 자를 끊어내고 또 하나는 여덟 자 다섯 치를 끊어 팔았습니다.'

'너는 소매를 하면서 왜 같은 필에서 끊어 팔지 않고 여기서도 끊어내고 저기서도 끊어냈느냐! 지금 남아 있는 것이 몇 자 몇 치냐? 왜 말을 못해?' 하고 관졸을 시켜 재어보게 하더랍니다. 그 관졸이 재보고는 '하나는 두 장 다섯 자이고, 하나는 두 장 한 자 다섯 치입니다' 라고 보고하자, 대인은 이 말을 듣고 크게 노하더니 한 장의 종이를 내주면서, '너, 글자를 아느냐?' 하기에 '모릅니다' 하였더니 옆에 있는 서기에게 그것을 읽게 하더랍니다.

'17일 새벽에 진쓰金四가 신고합니다. 엊저녁 해가 지고 나서 서문 밖 시오 리 되는 곳에서 강도를 만났습니다. 한 사람이 숲속에서 나오더니, 큰 칼로 저의 어깨를 내리치고는 돈 사백 문과 백포 두 뭉치를 빼앗아갔는데, 한 뭉치는 길이가 두 장 다섯 자이고 다

른 한 뭉치는 두 장 한 자 다섯 치입니다.'

여기까지 읽자 위 대인이 호령하길, '무명의 빛깔과 길이가 모두 도난 품목과 같은데, 그래도 네가 강도질 하지 않았다고 억지 변명을 할래? 저놈을 잡아 가두어라! 그리고 무명은 진씀에게 돌려주어라! 이상!' 하고 사건 처리를 끝내더랍니다."

6

관리들의 횡포

여관 심부름꾼이 "주인의 매부가 끌려가 형틀에 묶이고 무명필은 진쓰에게 돌려주는 것으로 재판이 끝났다"고 말을 하자 라오찬이 입을 열었다.

"그러고 보니, 이제 알겠군. 포졸의 올가미에 걸려들었군. 그래서 당신 주인이 시신을 가지러 가지 않을 수 없었군. 그런데 그는 착실한 사람이라면서 왜 그런 화를 당했는지 주인은 알아보았소?"

"그가 잡히자, 저희는 곧 알았습죠. 모두가 그의 입이 가벼워 일어난 재난이었죠. 제가 소문에 듣자니, 성내 남문 앞 큰 거리 서쪽 골목에 부녀 단둘이 사는 집이 있었는데, 아비는 마흔 살쯤 되었고 딸은 열여덟아홉 살로 자색이 뛰어났으나 아직 짝을 맺지 않고 있었답니다. 아비는 조그마한 장사를 하며 토담이 있는 뜰에 초가 삼간을 짓고 살았답니다. 어느 날 이 처녀가 문 앞에 나왔다가 부의 기마대 십장什長*인 화꺼뽀花肐膊* 왕싼王三의 눈에 띄었는데, 왕싼은 그녀의 아름다움에 반하여 어떻게 수작을 부려 그녀를 농락하고 말았답니다. 그런데 얼마 후 일은 벌어졌습죠. 그녀의 아비가 돌아와서 이것을 알고는, 미친 듯이 화를 내며 딸을 한바탕 때리고 대문을 자물쇠로 잠그고 딸을 나가지 못하게 하였답니다. 반 달도 못 되어 왕싼은 방법을 바꾸어 그녀의 아비를 강도로 몰아 형틀에 묶어 죽게 한 뒤 그녀를 아내로 삼고, 초가삼간도 자기의 것으로 만들었답니다.

주인의 매부는 전에 그 집에 무명을 팔러 두어 번 간 일이 있었기 때문에, 그 집과 안면이 있었고 이 사건도 알고 있었답니다. 하루는 음식점에서 두어 잔 술이 지나쳐서 그만 주정을 부렸다는 겁니다. 그곳 북쪽 거리에 사는 대머리 장얼張二이라는 자와 술을 마시면서 한다는 말이, '그런 놈들에게 어째 천벌이 안 내리나?' 하면서 지껄였는데, 그 대머리 장얼 또한 이해 관계를 따질 줄 모르는 사람이라 듣고는 재미있다고 연방 이것저것 묻다가 말했답니다.

'그놈은 의화단義和團의 작은 두목이었다네. 이랑신(二郎神: 변화술로 요괴를 퇴치한다는 눈이 셋 달린 전설상의 신)이니 관어른(關爺: 촉한의 명장 관우關羽) 등의 부적이 항상 그의 몸에 붙어다녀서 천벌을 받을 만한데 말이야!'

그러자, 주인의 매부가 한다는 소리가, '누가 아니래나? 얼마 전에 듣자니 그가 손대성孫大聖*을 청했다는데, 그분은 오시지 않고 저팔계가 왔다는 거야. 만약에 양심이 없는 놈이 아니라면 왜 손대성이 오시지 않고 도리어 저팔계를 보내셨겠나? 내 생각에 그가 그런 나쁜 마음보를 가지고 있으니, 언젠가 손대성이 노하여 여의봉을 들어 한 대 치면 그놈도 배겨나지 못할 거야!' 하고 두 사람이 신이 나서 지껄이고 있었답니다.

그런데 어느 사이에 기마대의 한 친구가 엿듣고는 왕싼에게 일러바치고는, 두 사람의 얼굴을 잘 기억해두었다가 몇 달이 안 되어 주인의 매부를 해치운 겁죠. 대머리 장얼은 사세가 불리한 것을 알고는 가족이 없는 것을 다행으로 여기고 날이 밝자 하남 귀덕부歸德府의 친구에게로 도망가 버렸답니다. 술도 이제 다하였으니 주무십쇼. 내일 성에 들어가시면 부디 말씀을 삼가셔야 합니다. 이곳 사람들은 누구나가 떨고 있습죠. 조금이라도 마음을 놓았다가는 형틀에 목이 달아납니다요" 하고 일어나더니 탁자 위에서 반토막 난 향을 집어 등심지를 긁으면서, "제가 가서 기름병을 가지고 와서 기름을 더 넣겠습니다" 하고 말했다. 그러나 라오찬은, "괜찮소. 이제 잡시다" 하고는 각기 헤어졌다.

이튿날 이른 아침, 라오찬이 짐을 꾸려 차부를 시켜 수레에 싣고 있는데, 그 심부름꾼이 나와서 재삼 당부하는 것이었다.

"성에 들어가시면 절대로 너무 말씀을 많이 하시지 마십쇼. 주의하십쇼."

라오찬은 웃으며 대답했다.

"생각해주어서 고맙소."

차부는 수레를 밀고 남쪽 큰 길을 향해 출발했다. 정오가 되기도 전에 이미 조주부에 도착했다. 북문으로 들어가니 바로 부청 앞 큰 거리이다. 여관 하나를 찾아 들어가 사랑채에 거처를 정했다. 사환이 와서 식사를 어떻게 하겠느냐고 묻기에 보통으로 하라고 했다. 식사를 마치고는 관문 앞으로 갔다. 대문에는 붉은 채색 비단이 걸려 있고, 양쪽에는 과연 열두 개의 형틀이 있는데 한 사람도 없이 모두 비어 있어서 마음속으로 이상히 생각하였다.

'여태껏 오는 길에 들은 소문은 모두가 헛소문이었나?'

생각하면서 한동안 서성거리다 여관에 돌아왔다.

여관 안채에는 높은 모자를 쓴 많은 관원들이 보이고 뜰에는 한 채의 커다란 교자가 놓여 있고, 솜옷에 높은 모자까지 쓴 많은 가마꾼들이 그곳에서 떡을 먹고 있었다. 또 '성무현 민장城武縣民壯'* 이라고 쓴 옷을 입은 사람도 몇이 있었다. 그는 속으로, '안채에 든 사람이 성무현감인가 보다' 하고 생각했다. 한동안 시간이 지난 후 안채 쪽에서 '대령해라!' 하는 소리가 들려오더니, 가마꾼들이 곧 교자를 섬돌 아래로 옮기고 앞머리에 붉은 우산을 든 우산잡이가 나서며 마구간에서 두 필의 말을 끌고 나왔다. 그러자, 안채의 붉은 문발이 걷히면서 수정 모자술에 관원만이 다는 구슬을 걸친, 나이가 쉰 살쯤 된 사람이 나와 섬돌에 내려서더니 교자에 올라탔다. 그러자 가마꾼들은 '영차!' 하고 소리를 지르며 둘러메고 문을 나서는 것이었다.

라오찬은 그 사람을 보자, '어쩐지 낯이 익은데……? 나는 이곳에 처음 왔으니, 오기 전에 어디서 만나본 사람일까?' 하고 한동안 생각하였으나 생각나지 않아서 그만두고 말았다. 해가 아직 이르기에 다시 거리로 나가 이곳의 치적을 물어보았다. 모두 이구동성으로 좋다고 하면서도 얼굴에는 처참한 빛을 띠고 있기에 속으로 머리를 끄덕이며 '옛사람의 말에 가혹한 정치가 호랑이보다 더 사납다'고 했는데 정말 틀림없다고 깊이 감탄했다. 여관에 돌아와서 문간에 잠시 앉아 있으려니까, 성무현감이 돌아왔다. 여관 문을 들어서면서 유리창 밖을 내다보다가 라오찬과 눈길이 마주쳤다. 그러나 그 순간에 교자는 이미 안채 섬돌 아래에 이르렀다. 성무현감이 교자에서 나오자, 부관이 교자의 발을 내리고 섬돌에 따라 올랐다. 그는 멀리 라오찬을 건너다보면서 부관에게 무어라 몇 마디 하자 부관은 문간을 향하여 달려왔다. 현감은 여전히 그곳에서 기다리고 있었다. 부관은 문간까지 오더니 라오찬에게 말을 건넸다.

"실례지만 톄 어른이 아니시옵니까?"

"그렇소. 어떻게 아시는지? …… 주인의 성함은?"

"소인의 주인 어른의 성은 선申이라 하옵고 새로 성에서 나오셨는데, 순무로부터 성무현감에 임명되셨습니다. 주인께서 안채로 드십사 청하십니다."

라오찬은 그제서야 문득 생각이 났다. 이 사람은 바로 문안위원文案委員인 선둥자오申東造였다. 비록 두세 번 만난 일은 있으나 이야기를 제대로 나누어본 일이 없어 미처 생각나지 않았던 것이다. 라오찬은 곧 나아가 둥자오를 만나 서로 인사를 마쳤다. 둥자오는 방안으로 안내해 자리를 권한 뒤, "실례합니다. 옷을 갈아입고 나오겠습니다" 하고 잠시 자리를 비웠다. 관복을 벗고 평복으로 갈아입은 그는 객과 마주앉았다.

"부補 옹께서는 언제 오셨나요? 이곳에 도착하신 지 며칠이나 되었는지요? 바로 이 집에 유하고 계신가요?"

"오늘 도착했습니다. 성을 떠난 지 불과 육칠 일 만에 바로 여기까지 왔습니다. 둥東 옹께서는 언제 성을 떠나셨나요? 임지에 가셨다가 오시는 길입니까?"

"저 역시 오늘 도착했습니다. 그저께 성을 출발했지요. 저 인마들은 마중나온 것들입니다. 성을 떠나오기 전에 야오姚 옹께서 하시는 말씀이 '순무는 부 옹이 떠나신 것을 알고 매우 애석해하시면서, 자기는 일생 동안 명사들을 중히 대접하여 초청하지 못한 사람이 없었는데, 오늘 처음으로 부귀를 뜬구름같이 여기는 톄 옹을 만나고 보니 마음속으로 반성하게 되고, 더욱더 초조함을 감당할 수 없다고 말씀하시더라'고 하셨습니다."

"순무께서 재능 있는 자를 매우 아끼심에, 저도 존경하고 참으로 감복하고 있습니다. 제가 떠나온 이유는 결코 은둔하여 명성을 더욱 높이겠다는 것이 아니라, 첫째로는 자신의 재능이 미천하여 세상에 드러낼 만한 것이 못 되고, 둘째로는 이곳 위 대인의 명성이 너무나 커서 도대체 어떤 인물인가를 보려고 한 것뿐이지, 고상하다느니 하는 것은 저에게 천부당만부당할 뿐 아니라 또한 마음 편하지 못한 일입니다. 천지가 재사才士를 낼 땐 그 수가 한정되어 있어 저같이 어리석은 자의 고상한 점은 자신의 결점을 나타내지 않는 데 있는 것일 뿐이지, 만약에 참으로 제세濟世의 인재가 세상에서 은둔한다면 그것은 천지가 재사를 세상에 낸 뜻에 위배되는 것이라고 생각합니다."

"여러 차례의 고견에 감복할 뿐입니다. 오늘 드린 말씀은 평민

으로서 드린 것뿐입니다. 그러고 보니 장저長沮나 걸닉桀溺* 같은
사람은 공자가 취하지 않았던 바입니다. 지금 부 옹이 보시는 바
에 의하면 이곳 위 대인은 어떤 인물인 것 같습니까?'

"하급의 혹독한 관리에 지나지 않습니다. 아니 질도郅都나 영성
寧成*보다도 한층 저급한 인간입니다."

둥자오는 연방 고개를 끄덕이더니 또 물었다.

"저희들은 이목이 한정되어 있습니다. 선생께서는 포의布衣로
편력遍歷하시니 틀림없이 사실대로의 진상을 아실 수 있을 것입니
다. 제 생각에도 위 대인이 그토록 잔인하다니 반드시 많은 무고
한 일들이 있었으리라 믿습니다. 그런데 왜 상고하는 사람이 없을
까요?'

이에 라오찬은 오면서 들은 바를 자세히 설명하였다. 이제 겨우
절반쯤 이야기하고 있는데 부관이 식사가 준비되었다고 알려왔
다. 둥자오는 라오찬에게도 함께 하자고 하였다. 라오찬도 사양하
지 않았다. 식사 후에 다시 이야기를 계속했다. 이야기가 끝나고
는 이렇게 말을 덧붙였다.

"저는 한 가지 의혹에 싸여 있는데, 그것은 오늘 관서의 문 앞에
가보았더니 열두 개의 형틀이 모두 비어 있다는 것입니다. 시골
사람들이 한 말들이 거짓이 아닌가 생각했습니다."

"그건 그렇지 않습니다. 제가 하택현荷澤縣에 갔을 때 듣자 하니,
위 대인은 어저께 순무가 그를 후보에서 원직으로 임명했다는 공
문을 받았답니다. 또 상주문에 그를 추천하여 도원道員의 후보로

하였고, 도원이 되어 돌아온 후에는 이품의 관직을 내리도록 추천하기로 했다 하여 사흘 동안 형의 집행을 멈추고 모두가 그를 축하하게 하려는 이유 때문이랍니다. 관서의 대문에 붉은 채색 비단을 걸어놓은 것을 못 보셨습니까? 듣자 하니, 형 집행을 멈추던 첫날에는, 반쯤 죽은 자들을 형틀에서 풀어 옥에 가두었답니다."

그들은 서로가 길게 탄식하였다. 라오찬이 이같이 말했다.

"오시느라 고단하셨겠습니다. 시간도 늦었으니 편히 쉬십시오."

"내일 밤에 또 오셔서 말씀이라도 나누시기 바랍니다. 또 저는 매우 처리하기 어려운 사건도 있고 하여 가르치심을 바랍니다. 저버리지 마시기 바랍니다."

말을 마치자, 각자 헤어져 자기 잠자리로 돌아갔다.

이튿날, 라오찬이 일어나 날씨를 보니 구름이 많이 낀 것이 음침하였다. 서풍은 심하게 불지 않으나 몸에 걸친 무명옷이 바람에 펄럭였다. 세수를 하고 여우탸오(油條: 아침에 콩국과 함께 먹는 길쭉한 모양의 밀가루 튀김) 몇 개로 요기를 하고는 별로 기분 좋은 것도 없이 거리를 배회하였다. 성 위에 올라가서 먼 경치를 구경하려고 생각을 하고 있는데, 하늘에서 눈이 송이송이 흩날리며 내리기 시작했다. 잠깐 사이에 많은 눈이 빙글빙글 돌며 어지러이 내리기 시작하는데 갈수록 더욱 심해졌다.

그는 급히 여관에 돌아와서는 화로를 가져오게 하였다. 창호지에 눈발이 부딪히고 찢어진 곳으로 바람이 불어들어 끊임없이 푸득푸득 소리를 내었다. 창호지 뚫린 다른 작은 구멍은 소리 없이 크게 흔들리고만 있었다. 방안은 음산하여 몹시 싸늘했다.

　라오찬은 할 일 없이 앉아 있었다. 상자 속에 있는 책조차 꺼내기 귀찮아서 그대로 멍하니 앉아 있다가 문득 생각나는 바가 있어 베갯머리에 있는 문갑에서 붓과 벼루를 꺼내어 벽에 시 한 수를 썼다. 위셴에 관한 것이었다. 그 시는 이러하였다.

> 득실得失이 살과 뼈를 빠지게 하는데도
> 이것으로 공功을 서두르니,
> 원망은 성궐을 덮어 어둡고
> 피는 모자 위에 달린 구슬에 물들어 붉구나!
> 곳곳에 부엉새 울음처럼 구슬픈 비가 오고
> 산과 산, 산에 호랑이처럼 매서운 바람이 부네.
> 백성 죽이기를 도적 죽이듯 하니
> 태수가 바로 그 원흉이라네!

　그는 시를 다 쓰고 나서 끝에다, "강남 서주 톄잉이 쓰다"라고 적은 뒤에 점심을 먹었다.

　오후에는 눈이 더욱 많이 내렸다. 방문 앞에 서서 밖을 내다보니, 크고 작은 나뭇가지가 마치 새 솜을 걸어놓은 것 같았다. 나무 위에 앉았던 몇 마리 까마귀들이 목을 움츠리고 떨고 있으며 깃털 위에는 눈이 쌓여 거의 묻히고 있었다. 또 많은 참새들이 처마 아래에 몸을 숨기고는 머리를 움츠리고 추위와 굶주림에 떠는 꼴이 가련하게 느껴졌다.

'저 새들은 초목의 열매나 작은 벌레로 배를 채워 목숨을 이어 가건만 지금은 온갖 벌레가 칩거하고 있어 찾아낼 수 없고, 초목의 열매는 눈에 덮였으니 어디가 찾아볼 것인가? 만약에 내일 날씨가 맑고 바람이 서북풍으로 변한다면 눈이 얼음으로 변하여 더욱 먹이를 찾을 수 없을 것이니, 어떻게 내년 봄까지 주리지 않고 살아갈 수 있을 것인가?'

그는 생각이 여기까지 미치자, 새들이 걱정스러워졌다. 또 생각하기를, '저 새들은 비록 춥고 배고프지만, 아무도 총으로 쏘아 죽이거나 그물로 잡지는 않는다. 잠시 춥고 배고프겠지만 내년 봄이 되면 곧 쾌활하여지리라. 조주부의 백성들은 모두가 몇 년 내내 고생만 하고 있으니, 저렇듯 혹독한 관리가 있어 움쩍만 하여도 강도로 몰려 형틀에 묶여 죽임을 당하지만 한마디 말조차 못하여, 춥고 배고픔 외에 이보다 더한 고초가 있으니 저 새들보다 더 고생스럽지 않겠는가?'

이런 생각에 그는 하염없이 눈물을 흘렸다. 이때 까마귀가 까악 까악 한바탕 짖는 것을 보았다. 그것은 춥고 배고픔을 호소하는 것이 아니라, 오히려 언론의 자유를 즐기며 조주 백성에게 뽐내는 것 같았다. 이런 생각이 들자 자기도 모르게 화가 머리끝까지 치밀어올라 당장 위센을 죽여버리지 못하는 것이 한스러웠으며 그렇게 하여야 한이 풀릴 것 같았다.

바로 이렇듯 여러 가지 생각에 잠겨 있는데, 문득 문 밖에서 교자 한 채와 하인들이 들어오는 것이 보였다. 선둥자오가 외출했다가 돌아오는 것이었다. 이때 문득 한 가지 생각이 그의 머리를 스쳤다.

'내가 왜 보고 들은 바를 편지로 써서 장 궁보에게 보고할 생각을 하지 못했을까?'

이에 그는 상자에서 편지지와 봉투를 꺼내고 붓을 들었다. 그러나 방금 벽에다 시를 쓰느라고 갈아놓은 벼루의 먹은 이미 얼어 있었다. 붓을 입김으로 녹여가면서 쓰는데 미처 두 장도 못 써서 날이 저물기 시작하였다. 벼루 위의 먹은 입김으로 녹이면 곧 얼어붙곤 하여 한 번에 불과 네댓 자밖에 쓰지 못하였는데 시간이 상당히 지체되었다.

그가 이렇듯 총망하게 쓰는 동안에 주위가 어둡기 시작하더니 종당에는 보이지 않게 되었다. 날씨가 흐리기 때문에 평시보다 더 일찍 어두워진 것이다. 그는 심부름꾼에게 등잔을 가져오라고 소리쳤다. 얼마 후에야 심부름꾼이 손발을 움츠리고 등잔을 들고 오는데 입으로는 연방 "아이 추워! 아이 추워!" 하면서 들어왔다. 등잔을 놓은 뒤 손가락으로 불씨를 붙이는 종이를 잡고, 몇 번 불어서야 겨우 불을 당겼다. 등잔에 언 기름을 새로 넣었기 때문에 그것이 조개껍데기같이 굳어져서 불이 붙었어도 밝지 않았다. 심부름꾼은, "기름이 녹으면 곧 밝아집니다" 하면서 심지를 만지작거렸다.

그러더니 손을 움츠려 소매 속에 넣고는 불이 꺼지지나 않나 하고 서서 지켜보았다. 처음에는 불빛이 작은 콩알만 하더니 점차 기름이 배면서 완두콩만하게 커졌다. 이때 심부름꾼이 문득 벽에 글자가 씌어 있는 것을 보고는 깜짝 놀라면서, "저거 어른께서 쓰신 겁니까? 무어라고 쓰셨나요? 위험한 일은 하시지 마십시오. 정말 농담이 아닙니다" 하고는 머리를 돌려 바깥쪽을 살펴보았다. 그리고 아무도 없다는 것을 알자 다시 말했다.

"잘못하면 목숨은 잃으시고 저희들도 화를 입게 됩니다."

라오찬은 웃으며 말했다.

"걱정하지 말게나. 아래에 내 이름이 씌어 있으니 자네들과는 상관없네!"

이렇게 말하고 있을 때, 밖에서 붉은 술이 달린 모자를 쓴 사람이 들어오면서, "톄 어른!" 하고 불렀다. 심부름꾼은 슬금슬금 도망쳐 나갔다. 들어온 사람은, "저희 주인께서 어른을 식사에 초대하십니다."

그는 바로 선둥자오의 부관이었다. 라오찬이, "주인 어른 혼자 드시라 하시오. 나는 벌써 저녁을 차려오라고 일러놓아서 곧 들어올 거요. 가서 고맙다 하더라 일러주시오" 하고 말하자, 그 사람이 다시 말했다.

"저희 주인께서는 여관 음식이 입에 맞지 않으실 거라고 말씀하셨습니다. 어떤 사람이 꿩 두 마리를 가져왔는데 이미 요리 준비를 해놓았습니다. 또 양고기 요리도 해놓았기에, 톄 어른을 모시고 휘궈(火鍋: 일종의 신선로 요리) 드십사고 하시는 것입니다. 또 주인께서는 톄 어른이 오시지 않으신다면 식사를 가지고 이리로 오시겠다고 하시니, 제가 보기에 역시 가시는 편이 좋겠습니다. 저쪽에는 이곳보다 네댓 곱절이나 더 큰 화로가 있어 매우 따뜻하고 하인들도 옆에서 시중을 들고 있으니, 저쪽으로 가시는 것이 편하시겠습니다."

라오찬은 할 수 없이 그쪽으로 갔다. 선둥자오가 보고, 입을 열었다.

"부 옹, 그 방은 어떻습니까? 이렇게 큰 눈이 오니 술이나 한 잔 하시지요. 오늘 어떤 사람이 신선한 꿩을 보내주었는데 요리하면 대단히 먹음직스러울 것 같습니다. 떡 본 김에 제사지낸다는 격입니다만."

말을 하면서 자리를 잡자 하인이 꿩고기를 받쳐들고 들어왔는데 과연 붉고 흰 것이 매우 먹음직스러웠고, 요리를 먹으니 그 맛이 더욱 향기로웠다. 둥자오가 물었다.

"선생, 맛이 어떻습니까?"

"참으로 향기롭군요. 어째서일까요?"

"이 꿩은 비성현肥城縣 도화산桃花山에서 나는 것인데, 그 산에는 소나무가 많아서 꿩들이 소나무의 꽃가루와 열매만을 먹고 살기 때문에 소나무의 향기가 나서 일명 '송화松花 꿩'이라고도 부릅니다. 비록 이 고장에 있다고는 하나 얻기는 어려운 것이라고 합니다."

라오찬이 칭찬하고 있는데 주방에서 요리가 들어왔다. 식사를 마치자, 둥자오가 안에 들어가서 차를 마시자고 했다. 이때 문득 라오찬이 아직도 무명옷을 입고 있는 것을 보고는, "무명옷으로 춥지 않으십니까?" 하고 물었다.

"전혀 추운 걸 모르겠습니다. 저는 어려서부터 가죽옷을 입지 않아서 무명옷이 관리들이 입고 있는 가죽옷보다 더 따뜻하게 느껴집니다."

"그럴 리야 없지요."

그는 하인을 부르더니 말했다.

"내 옷상자에서 흰 여우털로 만든 갖옷 한 벌을 꺼내어 톄 어른 방에 갖다 놓아라!"

"절대로 마음 쓰시지 마십시오. 제가 결코 사양하는 것이 아닙니다. 천하에 갖옷을 입고 요령을 흔들고 다니는 자가 어디 있겠습니까?"

"선생은 요령을 흔들고 다니지 않아도 되십니다. 세상을 바로잡으시는 데 하필이면 이렇게 하셔야만 되십니까? 저 같은 인간을 버리지 마시고 받아주십시오. 선생이 나쁘게 생각하실는지 어떨지 모르겠으나, 두어 마디 더 올리겠습니다. 어저께 선생께서는 은둔하여 세상에 이름을 더 높이는 것을 비속하다 하시고 또 천지가 재사オ士를 내는 데 한정이 있으므로 구태여 스스로 미천하다고 하면 안 된다고 말씀하셨는데, 그 말씀에는 전적으로 감복하였습니다. 그러나 선생은 입으로만 그렇게 말씀하시지 실제로는 그렇지 않은 것 같습니다. 순무께서 선생을 초청하여 벼슬길에 모셨는데도 선생은 야반에 도주하셔서 꼭 요령만을 흔들려고 하십니다. 그렇다면 '벽을 뚫고 도망친다'*거나 '귀를 씻고 듣지 않는다'*는 옛 성인의 행위와 다를 바가 무엇입니까? 제 말이 우둔하고 잘못이 있어도 용서해주십시오. 저를 책망하시지 마시고 재삼 생각해보십시오!"

"요령을 흔들고 다닌다고 하여 세상이 구제되지는 않습니다. 그렇다고 지금 관계官界에 나선다면 세상을 건질 수 있을까요? 성무현의 장관이신 영감께 여쭙고 싶은데 어떻게 하면 백성을 구할 수 있을 것 같습니까? 영감께서는 반드시 가슴속에 어떤 계획이 서 계실 것이니 한두 가지 가르침을 내려주시기 바랍니다. 제가 알기에 영감께서는 이미 몇 군데에서 현을 다스리신 일이 있으시니 백성을 다스리심에 발군拔群의 치적도 있으시겠지요."

"그렇게 말씀하신다면……, 저 같은 범인은 그저 관계에 어물어물 섞여 있을 뿐이지요. 선생과 같이 재량이 뛰어나신 분들이 조정에 나오시지 않으니, 정치가 부진한 것입니다. 참으로 애석합니다. 재량이 있는 분들은 숨어서 나오지 않고 범속한 자들만이 관직을 탐하여 정사를 그르치고 있으니, 이것이 바로 천지간에 가장 유감스러운 일입니다."

"범속한 자가 관직을 탐하는 것을 그다지 중요하지 않습니다. 가장 중요한 것은 재능이 있는 자가 억지로 벼슬을 하고, 또 고관이 되려고 발버둥치는 것이지요. 관모의 구슬에 피를 묻히고, 백성을 죽이고, 상관에게 아첨하고, 이런 일들은 모두 재능이 있는 자들의 짓입니다. 위 대인이 어떤가 보셨겠지요? 그는 벼슬을 하고자 또 대관大官이 되고자 천리天理를 위배하여 이 지경에까지 이르렀는데도 그의 명성은 혁혁하여 몇 년이 안 되어 몇 성을 겸직하는 대관이 될 겁니다. 벼슬이 크면 클수록 해도 크고, 한 개의 부를 통치하게 되면 그 부가 상하고, 한 개의 성을 통치하면 그 성이 황폐하며, 한 나라를 다스리게 되면 그 나라가 망하게 됩니다. 이것으로 보아 재능이 있으면 있는 만큼 해가 크고, 적으면 적은 만큼 해도 적은 것이라 봅니다. 어떻게 생각하시는지요? 만약에 그런 자들이 나와 같이 요령을 흔들며 빈들거리고 다닌다면, 병자들은 그에게 치료를 받으려 하지 않을 겁니다. 작은 병은 사람을 죽음에까지 이르게 하지는 않습니다. 만약에 그가 의사로서 일 년에 한 사람씩 치료하다 죽인다 하더라도 일만 년이 지나도 그가 조주부에 부임한 이래 죽인 사람의 수보다는 결코 많지 않을 겁니다."

그럼, 선둥자오는 무어라고 말했을까. 그것은 다음 회에.

7
책략을 바치다

라오찬과 선둥자오는 위센이야말로 재능이 있는 것을 기화로 빨리 고관이 되고자 이와 같이 하늘의 이치를 위배하고 있다는 결론에 이르자, 서로가 길게 탄식했다. 둥자오가 말했다.

"바로 그렇습니다. 제가 어제 선생과 상의하고 싶다고 한 것이 바로 이 일입니다. 위 대인이 이토록 잔인 무도하나 저는 불행히도 그의 부하여서 그의 명에 따라야 하니 정말 참을 수가 없습니다. 그러나 따르지 않을 수도 없습니다. 선생께서는 경험이 많으시고, 어렵고 험한 일을 극복하고 백성의 괴로움에 대하여도 익히 아실 것이니, 선생께서는 반드시 좋은 계책을 지니셨으리라 믿습니다. 인색해하시지 마시고 가르쳐주시기 바랍니다."

"어려움을 알면 쉽게 이루어진다는 말이 있습니다! 영감께서는 지금 부끄러움 없이 물어주시는데, 먼저 어떻게 하시려는지 그 취지부터 묻고 싶습니다. 만약에 상관에게 잘 보이시려면 더욱 열렬

한 위세로 위 대인의 방법을 따라 이른바 백성을 도적으로 몰아야 하고, 또 부모와 같은 관리가 되어 백성을 위하여 해독을 없애려면 도적을 양민으로 교화시키는 방법이 있습니다. 만약에 관직이 조금만 높아져 통치 구역이 넓다면 이 일은 용이하지만, 겨우 한 현으로서는 예산이 부족하여 고생만 되고 손을 쓰기가 어려울 것입니다. 그러나 불가능한 것은 아닙니다."

"물론 백성을 위해서 해독을 없애는 것이 위주입니다. 과연 지방이 평온해질 수만 있다면, 비록 차례에 따르지 않는 특별 승진이 안 되더라도 춥고 배가 고프게까지는 안 될 것입니다. 자손을 위하는 것이라면 무엇이고 할 수 있지 않겠습니까? 다만 예산이 너무 부족하여 고생은 되나 전임자는 위병을 오십여 명이나 두었다지만 도난 사건은 여전히 거듭 발생하였고, 더구나 공금이 비어 이것 때문에 견책을 받아 면직되고 말았습니다. 저는 다소의 손실을 입을지라도 관하만 안정될 수 있다면 어떻게든 보충할 생각입니다. 만약에 안 된다면 어떻게 해야 할까요?"

"오십여 명의 소대라면 그 비용도 과중하였겠습니다. 그렇듯 많은 병졸을 두게 되면, 오히려 지방에서 공연히 소요만 일어날 뿐이지 무슨 이익이 있겠습니까? 그렇게 결손이 났을 경우, 일 년에 얼마 정도면 손실 없이 지낼 수 있는지요?"

"천 냥 정도면 결손에까지는 이르지 않습니다."

"그렇다면 일은 쉽게 처리될 수 있겠습니다. 영감께서는 일 년에 천 이백 냥만 준비하시고 제 안을 받아들이신다면, 현내에 도난 사건이 한 건도 없게 해드릴 수 있습니다. 만약에 도난 사건이 일어나더라도 즉시 체포할 수 있는데 어떻게 생각하시는지요?"

"선생께서 저를 도와주신다면 백배 감사드리겠습니다."

"제가 하는 것이 아니라, 영감께 가장 훌륭한 방법을 전해드리는 것뿐입니다."

"선생이 하시지 않으신다면 이 방법을 누가 시행할 수 있겠습니까?"

"바로 이 방법을 시행할 사람을 추천하여드리는 겁니다. 그런데 이 사람에게는 절대로 소홀히 대해서는 안 됩니다. 만약 소홀히 대하면 즉시 떠나버립니다. 그가 떠나고 나면, 그 지방의 화는 반드시 더욱 격렬해집니다. 이 사람은 성을 류柳라 하고 호를 런푸仁甫라 하며 이웃 읍인 평음현平陰縣 사람으로 평음의 도화산桃花山에 살고 있습니다. 열네다섯 살 때에 숭산嵩山에 있는 소림사에서 권술拳術을 익혔습니다. 그런데 이름은 날렸으나, 자신이 그렇게 뛰어난 바가 못 됨을 깨닫고는 강호를 떠돌기 십 년에 사천四川의 아미산峨嵋山에서 우연히 무술이 뛰어난 어느 승려를 만나 그를 스승으로 태조신권太祖神拳을 익혔답니다. 그는 승려에게 그 권법을 어디서 배우신 거냐고 묻자, 소림사에서 배웠다는 것입니다. 그는 크게 놀라서 묻기를, '소생은 소림사에서 사오 년간 있었지만 그런 권법을 보지 못했사온데 사부님께서는 어느 분에게서 배우셨나요?' 하자 승려의 대답이, '이것은 소림권법이기는 하나 소림에서 배운 것은 아니야. 지금 소림에서는 이 권법이 벌써부터 전해져 내려오지 않고 있어. 자네가 배운 태조권은 달마達摩가 전한 것이고, 소조권少祖拳은 그의 제자 신광神光이 전한 것이네. 처음에 이 권법이 전해오기는 승려들에게만 한해서였지. 이것을 익히면 신체가 건장해지고 정신이 단련되어 만약에 구도의 길에 나섰을 때, 또는 단신으로 길을 갈 때, 호랑이나 늑대, 강도 같은 것을 만나는 수가 있는데, 승려는 무기를 가지고 다니지 않기 때문에 이런 권법으로 자신의 생명을 보호하였던 거야. 또 골격이 건장하고 신체가 견실하면 춥고 배고픈 것도 참을 수가 있지. 여기저기 돌아다니며 도를 닦는 승려가 험한 산이나 후미진 들로 고명한 사람이나 덕 있는 사람을 찾아다닐 때, 자고 먹는 두 가지 일 가운데 어느 하나인들 온전하기 어렵지 않겠나? 이것이 바로 태조와 소조가 권법을 전하게 된 본뜻일세. 그러나 후에 소림사의 권법이 유명해지자, 외부에서 많은 사람들이 와서 배웠는데 배워 나간 자 중에는 강도짓을 하는 자, 부녀자들을 겁탈하는 자까지 있다는 소문이 자주 있었던 거야. 지금 나로부터 사오 대 이전의 선조들은 이런 폐단 때문에, 정통의 권법을 숨기고 다만 외관상 별로 대단치 않은 권법만을 내어 명맥만을 이어왔다는 거야. 나의 이 권법은 한중부漢中府에 계신 덕행이 높은 어른께 배운 것인데, 만약에 열심히 수련한다면 감봉지甘鳳池*의 지위에 오를 수가 있을 거야!'라고 하더랍니다.

류런푸는 삼 년 동안 사천에 살면서 그 묘기를 모두 터득하였답니다. 그 무렵 월粤 지방에 반란군이 일어나서 그는 사천에서 나와, 상군湘軍과 회군淮軍에 들어가서 복무했습니다. 그런데 상군은 반드시 호남 출신이라야 하고 회군은 반드시 안휘安徽 출신이라야 출세할 수가 있으며 타지방 사람은 추천해주지 않기 때문에 그대로 이용당하는 것에 지나지 않았으나, 런푸는 그래도 도사都司* 벼슬에까지 오를 수 있었답니다. 후에 반란이 평정되자 그는 더 있을 생각이 없어서 고향에 돌아와 농사를 지으며 조용히 살다가 한가한 때면 제齊, 예豫 두 성을 찾아 여러 곳을 돌아다니며 유람하였답니다. 이 두 성에서 무술을 아는 사람치고 그의 명성을 모르는 사람이 없었으나, 그는 제자를 두려고 하지 않았다는 겁니다. 그는, '이런 사람이라면 분수에 맞게 살 거라'고 여기는 사람에게만 몇 가지 권술과 봉술을 가르쳤으나 그것도 매우 신중히 했답니다. 따라서 이 두 성에 있는 무예인치고 그와 대적할 만한 사람이 없어, 모두 존경하고 두려워한답니다. 이 사람을 귀빈으로 청하여, 매월 백 냥씩 주어 그가 어떻게 하든 맡겨두면 됩니다. 그에게 열 명의 작은 소대를 주어 시중을 들게 하고 한 사람에게 월급으로 여섯 냥씩 주고 나머지 사십 냥은 지나다니는 호걸들의 술값으로 하면 충분합니다.

대개 하남, 산동, 직예直隸의 세 성과 강소, 안휘 두 성의 북쪽 반은 한 지역이 되어 있습니다. 이 지역의 강도로는 두 가지 종류가 있는데, 하나는 큰 도적으로 그들에게는 두목이 있고, 명령과 규율이 있으며 그들 중에는 뛰어난 인물도 많이 있습니다. 다른 하나는 좀도둑인데, 이들은 불량배나 방탕자들로서 아무 때 아무 곳에서나 깡패짓으로 마구 도둑질을 하지만, 아직 총 따위 무기를 갖고 있지 않으며, 또 단체끼리 서로 돕지도 않으며, 겁탈한 후에는 도박이나 술로 탕진하지 않는 자가 없어서 쉽게 잡아낼 수가 있습니다. 예를 든다면, 위 대인이 처리한 강도 가운데 구할 오푼은 양민이고 나머지 오푼이 바로 이런 작은 도적입니다. 만약에 큰 도적이라면 두목급은 말할 것도 없고 부하들조차도 위 대인에게는 단 한 명도 잡히지 않았을 겁니다. 그러나 큰 도적은 오히려 쉽게 서로가 통할 수 있습니다. 가령 북경의 표국(鏢局: 호송 호위조직)이 십 내지 이십만의 대금을 겨우 한두 사람의 보호로도 무사히 운반하는 게 그것입니다. 이러한 거액을 일이백의 단체를 이룬 강도들이 겁탈하려 하면 손쉬운 일이며 한두 곳의 표국인들 그들의 상대가 될 것 같습니까? 모두가 큰 도적들과는 내통이 되어 어떤 규범 아래에서만 표국을 곤란에 빠뜨리지 않고 있기 때문입니다. 따라서 표국의 수레 위에는 표국의 부호를 달고 구호를 부르게 하고 있습니다. 구호를 외치면 도적을 만나더라도 서로가 인사를 할 뿐 도적들은 절대로 손을 대지 않고 멀리 사라집니다. 표국의 부호는 큰 도적들이 모두 알고 있으며 큰 도적들의 소굴도 표국이 모두 알고 있다는 겁니다. 만약에 큰 도적의 부하들이 표국이 있는 곳에 와서 암호를 대면, 그들은 그가 어느 파의 친구인가를 곧 알아보고는 반드시 그를 유숙케 하고 술과 밥을 대접하고, 떠날 때에는 노자까지 주어 보낸다는 겁니다. 만약에 두목일 경우에는 온갖 정성을 다하여 접대를 한다는 겁니다. 이것이 강도의 규칙이지요.

제가 방금 말씀드린 류런푸는 강호에서도 이름을 크게 날리고 있어 북경의 표국에서 여러 번 그를 초청했으나, 그는 응하지 않고 시골에 숨어서 농부가 되기를 원하고 있습니다. 만약에 이 사람이 오게 되면 귀빈의 예로써 대접해야 하며, 이는 마치 양민의 재산을 보호하기 위한 표국을 설치하는 것과 같습니다. 그가 일이 없을 때에 거리의 찻집이나 술집에 앉아 있게 되면 이곳을 내왕하는 강호 친구들을 그가 보고 알 것이니, 수시로 몇 잔의 차와 식사를 나누게 한다면, 열흘이나 반 달이 못 되어 도처에 있는 큰 도적의 두목들이 모두가 그의 출현을 알고는 즉시, '누구든 그곳에서 소란을 벌이는 것을 금한다!' 하고 명령하게 됩니다. 매달 나머지 사십 냥은 바로 이런 일에 쓰자는 겁니다. 좀도둑들의 경우에는, 원래가 계통이 없어 아무데서나 함부로 겁탈을 하는 자들이므로 가까운 곳이라면 비밀히 일러바치는 이가 있을 것이고, 피해자가 미처 현청에 보고하러 오기도 전에 그의 부하가 체포해 올 것입니다. 만약 조금 먼 곳에서 도난 사건이 발생한다면 그의 친구들이 몰래 잡아주게 될 겁니다. 어디서든지 반드시 모두가 잡히게 됩니다. 따라서 열 명의 소대라 하더라도 기실 네댓 명만 있으면 그의 심부름을 하기에는 충분합니다. 나머지 대여섯 명은 영감의 교자 앞에 세워 위풍을 과시하게 하거나 잔심부름을 시키는 데 쓰게 하는 것이지요."

"선생의 방법은 참으로 오묘합니다. 그러나 그 사람이 표국의 초빙에도 응하지 않았는데, 이런 소읍의 초빙에는 더구나 응하지 않을 것이니 어떻게 합니까?"

"그거야 영감께서 초빙한다면 그는 물론 오지 않습니다. 때문에, 제가 자세히 편지를 써서 한 개 현의 무고한 백성들을 구하고자 한다는 이야기를 하여 그의 의협심을 발동시키면 자연히 오려고 할 것입니다. 더구나 저와는 정의가 두터운 사이가 되어 제가 전하면 꼭 옵니다. 제가 스무 살 남짓할 때 천하에 반드시 큰 난리가 있으리라는 것을 예견하고는 온갖 힘을 다하여 무예와 재능이 있는 인사들을 찾아가 사귀었으므로 병법을 함께 논하던 친구들이 많이 있습니다. 이 사람은 그 무렵 하남에 있었는데, 저와는 가장 막역한 사이여서 유사시에 국가가 우리를 필요로 하는 날 모든 동지들과 함께 서로 돕기로 약속한 사이입니다. 그때 지리, 무예, 무기 제조, 병법을 논하던 많은 친구들이 있었는데 류 군의 무예가 유독 가장 뛰어났어요. 그러나 후에 와서 우리 일동은 깨달았어요. 천하를 통치하는 데는 다른 종류의 인재들이 있다는 것과 우리 같은 사람들이 배운 바는 전혀 쓸모 없다는 것을 말이지요. 그래서 각자 자기의 생명을 유지하며 밥줄을 찾아 흩어지고, 영웅의 기개는 동해에 팽개쳐버렸답니다. 비록 이렇게 헤어지기는 하였으나 그 옛날의 정분이 끊어지거나 하지는 않았습니다. 그래서 제가 편지를 보내면, 그는 반드시 온다는 겁니다."

둥자오는 그의 말을 듣자, 깊이 머리를 수그린 채 예를 표하며 말했다.

"이 보직에 임명되고서부터는 하룻밤도 편히 잠을 자지 못했는데, 오늘 이런 방법을 얻게 되니 마치 꿈에서 깨어난 것 같고 병이 나은 것 같아서 참으로 기쁩니다. 그런데 편지는 어떤 방법으로 보내야 됩니까?"

"반드시 믿을 만한 친구를 시켜 수고하도록 하는 것이 좋겠습니다. 만약에 되는 대로 심부름꾼을 보낸다면, 가볍게 취급하는 것이 되어 틀림없이 오지 않을 뿐 아니라, 저까지도 이상하게 여겨지게 됩니다."

"그렇지요. 그렇고말고요. 제 아우가 있는데 내일 이곳에 도착하니 그에게 시키겠습니다. 편지는 언제쯤 써주시겠습니까? 곧 써주시면 고맙겠습니다."

"내일은 종일 외출하지 않겠습니다. 이것은 긴 편지가 될 터이니까요. 장 궁보에게 보내는 것은 야오 옹에게 부탁하여 전해드리도록 하겠습니다. 위셴의 학정虐政을 상세히 써야 할 터이니, 아마 내일 안에는 두 가지가 모두 끝날 것입니다. 저는 모레 출발할까 합니다."

"모레 어디로 가십니까?"

"먼저 동창부東昌府에 가서 류샤오후이柳小惠 댁을 방문하여 그가 소장하고 있다는 송·원대의 책을 보고 그 후 제남성에 가서 설을 쇨까 합니다. 그 후의 행적은 저 자신도 모르겠습니다. 오늘은 밤도 깊었으니 쉬도록 하시지요."

그가 몸을 일으키자, 둥자오가 하인을 불렀다.

"불을 밝혀 저 어른을 방에까지 모셔드려라!"

문발을 걷자, 뜰은 온통 눈으로 덮여 이미 예닐곱 치나 쌓여 갈 수가 없게 되었다. 다만 대문으로 나가는 길만은 사람들이 항상 다니기 때문에 연방 눈을 쳐서 길이 나 있으나 사랑채로 나가는 길은 이제 자취조차 보이지 않고 다른 곳과 같이 눈이 쌓여 있었다. 둥자오는 사람을 시켜 삽으로 길을 내게 하고는 라오찬을 돌아가게 하였다.

라오찬이 자기 방의 문을 열고 들어가 보니 등잔은 이미 꺼져 있었다. 안채에서 보내온 두 자루의 초에 불을 붙여놓고 다시 편지를 쓰려고 하였으나, 붓과 벼루가 꿈쩍도 하지 않아 별수없이 잠을 잤다.

다음날이 되자, 눈은 비록 그쳤으나 추위는 전날보다 더욱 심했다. 라오찬은 여관 심부름꾼을 불러 숯 다섯 근을 사와 큰 화로에 피우게 하고 또 창호지 몇 장을 사서 문틈을 바르게 하니, 잠시 후 방안은 따뜻한 기운이 돌기 시작하여 어제와는 비할 바가 아니었다. 벼루를 불에 녹여 어제 쓰다 만 편지를 상세히 써서는 봉하고 또 류런푸에게 보내는 편지도 써서 모두 안채에 보내어 둥자오에게 주었다. 둥자오는 야오 옹에게 가는 편지는 심부름꾼을 시켜 파발로 보내고, 류런푸에게 보내는 편지는 베갯머리에 있는 상자에 간수하였다. 주방에서 음식을 날라오자, 두 사람이 함께 식사를 한 뒤 다시 이야기를 나누고 있는데, 하인이 들어와서 알렸다.

"둘째어른께서 선생님과 함께 도착하셨습니다. 서쪽 채에 드셨는데 세수를 마치면 건너오시겠답니다."

잠시 후 문 앞에 마흔 살쯤 되어 보이는 아직 수염을 기르지 않은 사람이 나타났다. 엷은 남색 비단에 모피를 댄 옷을 입고 긴 소매의 가죽 덧옷을 입었으며 융으로 된 신을 신었는데 눈 때문에 흠뻑 젖어 있었다. 그는 황망히 방으로 들어와 그의 형에게 인사를 하는 것이었다. 둥자오는 라오찬에게, "제 아우입니다. 호를 쯔핑子平이라고 합니다" 하고는 고개를 돌려, "이 분이 톄부찬 선생이시다" 하고 소개했다. 선쯔핑은 한 걸음 앞에 나와 예를 표하면서 인사를 했다.

"존함은 익히 듣고 있었습니다."

"저녁은 먹었느냐?" 하고 둥자오가 물었다.

"방금 도착하여 세수하고 건너와서 아직 먹지 못했습니다."

둥자오가 하인에게 분부했다.

"주방에 둘째어른 식사를 올리라 전해라!"

"괜찮습니다. 이따가 선생님과 함께 먹겠습니다"라고 쯔핑이 말했다.

하인이 들어오더니, "주방에 분부하여 한 상 차려오게 하여 둘째어른과 선생님이 함께 식사하시도록 하라고 하였습니다"라고 말했다.

이때 다른 하인이 문발을 걷고는 커다란 붉은 명함을 몇 장 들고 들어왔다. 라오찬은 고문들이 찾아온 것을 알고는 그 틈에 나왔다.

저녁 식사를 마친 후, 선둥자오는 또 라오찬을 안채에 청하더니 어떻게 도화산으로 가며 어떻게 류런푸를 방문하는지 쯔핑에게 상세히 일러주기를 청하고 쯔핑 또한, "어디로 가는 것이 편합니까?" 하고 묻기에, 라오찬이 일러주었다.

"이곳에서는 어떻게 가야 하는지 나도 잘 모르겠는데, 전에는 성성省城에서 황하를 따라 평음현으로 가서 다시 거기서 서남쪽으로 삼십 리쯤 가면 산 아래에 이르는데, 산을 오르려면 수레를 탈수 없으니 노새를 끌고 가는 게 가장 좋을 겁니다. 가다가 평탄한 곳에 이르면 노새를 타고 가시고 조금 위험스러운 데는 몇 걸음 걸어서 가는 것이 좋을 겁니다. 산에 들어가면 두 갈래의 큰 길이 있는데 서쪽 골짜기로 십여 리쯤 가면 관제묘가 나옵니다. 그곳의 도사와 류런푸가 자주 내왕이 있으니, 거기서 물으면 곧 알 수 있을 겁니다. 그 산에는 관제묘가 동쪽과 서쪽에 하나씩 있는데 지금 말씀드린 것은 서쪽입니다."

선쯔핑이 명백히 알아듣자, 각자 방에 돌아가서 휴식했다.

이튿날 아침 일찍 라오찬은 나귀가 끄는 수레 하나를 세내어 짐을 챙겨 실었다. 선둥자오는 관서에 인사를 가고 없으므로, 그는 지난 밤에 보내온 여우 가죽의 갖옷과 편지 한 통을 써서 여관 주인에게 주며 일렀다.

"선 대인이 돌아오시면 이것을 전해드려요. 지금 드리면 안 돼요. 일이 그르쳐지니까."

여관 주인은 황망히 나무 상자를 열고 그 안에 간수한 후 라오찬이 떠나는 것을 전송하였다. 그는 수레에 오르자 동창부를 향하여 떠났다. 풍찬노숙하며 사흘 만에 동창성에 도착하여 깨끗한 여관을 찾아 들어 그날 밤을 편히 쉬었다.

다음날 아침식사를 마치자 거리로 서점을 찾아 나섰다. 한동안 헤매고 나서야 겨우 책방 한 집을 찾아냈다. 세 칸쯤 되는 곳인데 한쪽에서는 지필묵을 팔고 다른 한쪽은 책을 파는 곳이었다. 그는 책 파는 쪽의 주인에게 다가가서 자리에 앉으며 물었다.

"여기서는 어떤 책을 팔고 있소?"

"이곳 동창부는 문풍文風으로 유명하여 관하 십 현을 속칭 '십미도十美圖'라고 하며 집집마다 생활이 풍족하고 노래가 없는 집이 없습니다. 십 현에서 사용하는 책은 어느 것 하나 저희 서점에서 팔지 않은 것이 없으며 저희 상점 뒤쪽에는 창고가 있고, 또 공장도 있어 많은 책을 모두 저희 스스로 출판하여 외지에 가서 사오는 일이 없습니다. 선생은 성함이 어떻게 되시는지요? 이곳에는 어떤 용무로 오셨나요?"

"나는 성을 톄라 하오. 이곳에는 친구를 방문하러 왔소. 여기 옛날 책도 있소?"

"있죠. 있구말굽쇼. 어떤 책이 필요한지 모르겠지만 도서 목록도 있습니다."

그러면서 주인은 고개를 돌려 서가 위의 종이들을 가리켰다.

"보십쇼. 이것이 『송판당묵선崇辦堂墨選』, 『목경재目耕齋』 1, 2, 3집, 『대제문부大題文府』, 『소제문부小題文府』, 그리고 가장 오래된 것으로는 『팔명숙초八銘塾鈔』가 있습니다. 이것들은 모두가 문학 서적이고 잡학서로는 『고당시합해古唐詩合解』, 『당시삼백수唐詩三百首』, 더 옛것으로는 『고문석의古文釋義』가 있어요. 또 하나 귀중한 책으로 『성리정의性理精義』라는 것이 있는데 이 책을 보시면 성정 도리性情道理와 정신 예의는 모두 알게 되죠. 한 부 사서 보시지 않겠습니까?"

"그런 책은 모두 필요없네" 하고 라오찬이 웃으며 말하자 주인이 말했다.

"또 있습죠. 저쪽에 있는 것은 『양택삼요陽宅三要』, 『귀촬각鬼撮脚』, 『연해자평淵海子平』, 『제자백가諸子百家』 등 저희 서점에는 모두 있습니다. 제남성이 큰 도시라 해도 많은 책을 모두 갖추고 있지는 못합니다. 황하 이북에는 저희 상점이 첫째입니다. 따라서 이삼백 리 이내의 여러 학교에서 쓰고 있는 '삼백천천三百千千'은 모두가 저희 상점에서 나간 것입니다. 1년에 만 권은 팔립니다."

"여기서 판다는 '삼백천천'이란 책은 본적이 없는데 어떤 책이오? 왜 그렇게 많이 팔리나?"

"점잖으신 분이 농담하시는군요. 그런 책을 모르신다고 하시다니! 그것들은 책 한 부의 이름이 아니라, '삼'은 『삼자경三字經』, '백'은 『백가성百家姓』, '천'은 『천자문千字文』, 또 하나의 '천'은 『천가시千家詩』입니다. 이 『천가시』는 잘 팔리는 것이 아니어서 일년에 겨우 백여 부가 나가니, '백'이나 '천'만큼 많이 팔리지는 않습니다."

"사서오경四書五經은 사는 사람이 없다는 건가요?"

"사는 사람이 없을 리 있겠습니까? 사서도 있고 시詩·서書·역易, 삼경도 있습니다. 만약에 『예기禮記』나 『좌전左傳』이 필요하시다면 성성에 편지를 내어 가져올 수도 있습니다. 방문하신다는 친구분은 어느 댁이신가요?"

"류샤오후이라는 분인데, 전에 그분의 어른이 내가 살던 곳의 총독을 지내셨소. 소문에 그 댁에 고서가 많고 또 『납서영納書楹』이라는 책을 출판하였다는데 모두가 송·원대의 판본에 관한 것이라더군. 참고로 구경할까 하는데 어떻게 하면 볼 수 있겠소?"

"류씨 댁이라면 이곳의 첫째가는 명문 댁인데 어찌 모르겠습니까? 류샤오후이 어른은 벌써 돌아가시고, 그분의 아드님으로 과거에 장원으로 합격한 류펑이柳鳳儀라는 분이 호부의 주사로 계십니다. 그 댁에는 책이 대단히 많아 큰 나무 상자에 넣어두고 있는데 수백 상자가 될 것이라 하며, 다락에 쌓아놓고 있어 아무도 보는 사람이 없답니다. 그 댁의 가까운 친척 중에 류싼예柳三爺라는 수재秀才가 계신데, 그분이 저희 서점에 오셨을 때 제가, '그 댁의 책들이 얼마나 귀중한 것들인지 들려주실 수 있겠습니까?' 하고 여쭈었더니 그분 말씀이, '나도 아직 본 일이 없어 어떤 것인지 모르네' 하시기에, '벌레가 먹으면 어떻게 합니까?' 하고……."

주인이 여기까지 말을 했을 때, 밖에서 한 사람이 들어오더니 라오찬의 소매를 이끌며 말했다.

"속히 돌아가십시오. 조주부에서 급히 사자가 와서 뵙겠다고 기다리고 계십니다. 속히 가십쇼!"

"그 사람에게 조금 있다 간다고 기다리라고 하게!" 하자 그 사람이 다시 말했다.

"저는 거리를 한나절이나 찾아다녔습니다. 저의 주인이 어찌나 서두르시는지, 속히 돌아가주십시오."

"자네가 이미 나를 찾아냈으니 자네에게는 아무 잘못도 없는 거네."

여관의 심부름꾼이 돌아가자, 서점 주인은 그가 멀어져가는 것을 보고는 라오찬에게 낮은 소리로 말했다.

"여관에 두신 짐은 얼마나 값나가는 겁니까? 이곳에 믿을 만한 친구분은 계신가요?"

"값나가는 짐도 없고 믿을 만한 친구도 없소. 왜 그런 걸 묻는 거요?"

"지금 조주부의 위 대인은 대단한 분이 되어, 옳고 그른 것 가리지 않고 자기 멋대로 일을 처리하고는 형틀에 묶어 죽이고 있습니다. 조주부에서 사자가 왔다면 누군가가 어른을 고발한 모양입니다. 좋은 일보다 흉한 일일 것이니 도망가시는 것이 좋겠습니다. 값나가는 짐이 아니라니 버리는 것이 낫지요. 목숨이 더 중요하니 말입니다."

"겁날 것 없소. 그가 나를 강도로 체포할 수 있소? 나는 걱정하지 않소."

라오찬은 고개를 끄덕이며 서점을 나왔다. 거리에 나서니 맞은편에서 작은 수레 한 채가 오는데, 반쪽에는 짐을 싣고 반쪽에는 사람이 타고 있었다. 라오찬은 눈치빠르게 그를 보자 소리쳤다.

"거, 진얼金二 형 아니야?" 하면서 급히 앞으로 다가가자 수레 위의 사람도 급히 수레에서 뛰어내리고 자세히 보더니 대답했다.

"오! 이거 톄 형 아니야? 여긴 어떻게 왔지?"

라오찬은 그 이유를 말하고는 "식사 전이겠지? 여관에 가서 이야기나 하다 가게. 어디서 왔다가 어디로 가는 거야?"

"지금이 몇시라고, 벌써 밥은 먹었네. 오늘은 길이 바쁘네. 직예에서 남쪽으로 가는 길인데 급한 일이 있어 지체할 수가 없네."

"그렇다면 붙잡을 수가 없군. 잠깐만 기다리게. 류 형께 몇 자 편지를 쓸 터이니 갖고 가서 전해주게."

그는 말을 마치자, 다시 서점으로 가서 붓과 종이와 봉투를 샀다. 그리고 서점의 벼루를 빌려 간단히 한 통의 편지를 써서 진얼에게 주면서 하직 인사를 했다.

"멀리 전송 못하네. 산에 있는 친구들에게 안부 전해주게."

편지를 받은 진얼은 인사를 한 뒤 수레를 타고 떠나갔다. 라오찬은 여관으로 돌아왔다.

8

도화산을 찾아서

라오찬은 여관 심부름꾼에게 조주부에서 사자가 왔다는 말을 듣고는 매우 이상한 생각이 들었다.

'위셴이 나를 강도로 취급하고 잡자는 것일까?'

여관에 이르자 한 사람이 급히 나서더니 인사를 하고는 손에 들고 있던 보자기를 옆 의자에 내려놓은 뒤, 품속에서 편지 한 통을 꺼내어 두 손으로 받들어 올리며 말했다.

"선 대인께서 톄 어른께 문안 올리라 하셨습니다."

라오찬은 편지를 받아보았다. 선둥자오는 숙소에 돌아와 여우 가죽의 갖옷이 돌아와 있는 것을 보고는 몹시 괴로웠다. 그가 갖옷을 받지 않은 것이 필연코 길손의 행색에 맞지 않기 때문이었으리라 여기고는 헌옷집에서 양가죽 옷 한 벌을 사서 보내면서 "만약에 또 받지 않으신다면 이것은 너무 심하게 저를 멀리하시는 것으로 알겠습니다"라고 편지에 썼다. 편지를 보고 난 라오찬은 옷으면서 사자에게 말했다.

"당신, 부에서 온 사자요?"

"네, 조주부 성무현의 군사입니다."

라오찬은 그제야 여관 심부름꾼이 '성무현'이라는 세 마디를 빼먹은 것을 알았다. 그는 회답을 쓰고는 두 냥을 심부름값으로 얹어주어 돌아가게 하였다.

다시 이틀이 지났다. 류씨네 책은 모두 큰 상자 안에 넣어 자물쇠를 잠가놓아 외부 사람은 볼 수 없을 뿐 아니라 집안 친척들조차 볼 수 없다는 사실을 알았다. 그는 마음이 불쾌해진 나머지 붓을 들어 벽에 시 한 수를 썼다.

창웨이滄葦, 준왕遵王, 스리쥐士禮居, 예윈징藝芸精 등 네 사람의 장서가가 함께 동창부에 와서는 서고에서 종이 먹는 좀으로 갇혔다네.

쓰기를 마치자 길게 탄식하다가 그대로 잠이 들었다. 잠시 이야기를 바꾸기로 한다.

그날 둥자오는 관서에 들어가서 위 대인을 만났던바, 난세亂世에는 중형으로 다스리지 않으면 안 된다는 말을 듣고 형틀에 대하여 이야기를 몇 마디 나눈 후, 위 대인이 차를 내오자 하직하고 여관으로 돌아왔다. 그러자 주인이 공손히 갖옷 한 벌과 라오찬의 편지 한 통을 두 손으로 받들어 올리는 것이었다. 둥자오는 그것을 받아보자 매우 불쾌하였다. 선쯔핑이 옆에서 물었다.

"형님, 무슨 기분 나쁜 일이 있었나요?"

둥자오는 라오찬이 무명옷을 입고 있었기 때문에 갖옷을 준 일과 그 동안 서로 의논하여 뜻을 같이했던 일을 이야기한 뒤 이어서 말했다.

"그 사람이 떠나면서 이 옷을 두고 가다니 너무 예의에 벗어나는 짓이 아니냐?"

"이 일은 형님께도 잘못이 있습니다. 제가 보기엔 그분이 받지 않은 데는 두 가지 이유가 있다고 봅니다. 하나는 이 갖옷의 값이 비싼 것이 되어 마음 편히 받을 수 없었던 것과, 또 하나는 무명 겉옷 안에 이 갖옷을 입을 수가 없어서 받아야 소용이 없기 때문입니다. 형님께서 그토록 진정이시다면 양가죽 옷 한 벌이나 무명이나 명주로 된 옷 같은 것을 사서 보내시면 틀림없이 받을 겁니다. 그분은 결코 교만하거나 속임수를 쓰는 사람같이 보이지는 않았습니다. 형님 생각은 어떠신지요?"

"음! 바로 그렇군. 네가 사람을 시켜 그렇게 해서 보내다오."

쯔핑은 그렇게 하여 사람을 시켜 보내는 한편, 형이 부임하여 가는 것을 전송하고는 현서에서 빠른 수레를 가져다 간단히 몇 명의 시종만 데리고 평음으로 출발했다. 평음에 이르자 두 채의 작은 수레로 바꾸어 짐을 옮겨 싣고 현에서 말 한 필을 얻어 타고 출발하니, 그날 안에 도화산 아래에 이르렀다. 계속하여 전진하였으나 말 타고 오르기에는 매우 불편하였다. 다행히 산의 초입에 마을이 있어서 작은 가게에서 잠시 쉬었다가 마을 사람에게 나귀를 빌리고 말은 돌려보냈다. 식사를 마치고 산을 향하여 출발했다. 마을을 벗어나자 눈앞에 강이 가로놓여 있는데 너비가 일 리나 되며 온통 모래로 덮여 있고, 한 가닥 수로가 가운데로 흐르고 있었다. 수로 위에는 이 지역 사람들이 세운 작은 나무다리가 놓였는데, 열 자는 족히 되었다. 다리 아래 강물은 얼음이 얼어붙어 있으나 얼음 아래로 물 흐르는 소리가 마치 구슬이 서로 부딪치는 소리처럼 들리니, 흐르는 물에 작은 얼음과 큰 얼음 덩이가 서로 부딪쳐 흘러가는 소리임을 알 수 있었다. 강을 지나니 바로 동곡東谷이었다.

원래 이 산은 남북으로 뻗어 있어 중간의 기복은 보이지 않으나 좌우 양쪽의 길이 바로 양쪽 긴 봉우리로 되어 그 봉우리가 이곳에 와서 합쳐졌는데, 중간 산봉우리를 중심으로 왼쪽 큰 계곡을 동곡이라 하고, 오른쪽 큰 계곡을 서곡이라고 하였다. 양쪽 계곡의 물이 합쳐져서 시냇물을 이루었는데 이리 구불 저리 구불 세 굽이를 돌아서 계곡을 빠져 나오고 있었다. 계곡을 벗어나자 바로 방금 건넌 넓은 모래 강에 이르렀다.

쯔핑이 산에 들어서서 고개를 들어 바라보니, 앞쪽 멀지 않은 곳에 높은 산이 솟아 있는데 마치 병풍을 두른 것처럼 우뚝하고, 바위 사이로 수목이 울창하며, 큰 눈이 내려 돌은 더욱 푸르고, 눈은 더욱 희며, 나뭇가지는 누렇고, 많은 송백이 푸르게 보이니, 그 한층 한층이 마치 그림 같았다. 나귀를 타고 산수를 감상하니 비록 바람이 분다 하나 실로 통쾌하여, 시 구절을 생각하며 맑은 흥취를 한껏 돋우었다. 바로 이렇게 시상詩想에 잠겨 있는데 쿵 하는 소리와 함께 다리가 휘청거리며 몸이 흔들리더니 골짜기로 굴러 떨어졌다. 다행히 이 길은 골짜기를 따라 나 있으므로 미끄러져 떨어졌으나 그다지 깊은 데가 아니었으며, 또한 골짜기에는 눈이 두텁게 쌓이고 계곡의 물은 엷게 얼고 그 위에 눈이 쌓여 있었다. 그래서 쯔핑은 미끄러져 얇은 얼음 위에 떨어졌으나 마치 용수철 위에 떨어진 듯이 튕겨지며 굴러가다가 큰 바위를 잡고 멈추었으므로 전혀 상처를 입지 않았다. 그가 바위를 잡고 일어서서 보니, 눈 위에 한 자나 되게 커다란 구덩이가 생겨 있었다. 위에 있는 나귀를 보니 두 앞다리를 쳐들고 두 뒷다리는 골짜기 눈에 묻혀 꿈쩍 못하고 있었다. 그는 급히 큰소리로 하인들과 짐수레를 끄는 사람들을 불렀다. 그러나 아무리 살펴보아야 전혀 사람의 그림자조차 보이지 않았다.

원래 이 산은 다니는 행인이 적기 때문에 길 위에 쌓인 눈은 비록 길 옆보다 엷게 쌓였다 해도 대여섯 치나 되었다. 그 위를 나귀가 걷기에는 별로 힘이 들지 않았으며, 또 쯔핑은 산의 설경雪景에 빠져 뒤의 수레가 따라오는 것을 돌아보지 않고 전진만을 하였고, 한편 작은 수레는 눈이 쌓인 길을 밀고 가자니 힘이 들어 한 사람이 밀고 한 사람이 끌고 하여도 가는 속도가 매우 느려 나귀와는 이미 오 리나 거리가 떨어졌던 것이다.

선쯔핑은 계곡의 눈 속에 파묻힌 채 꿈쩍 못하고 수레가 오기까지 기다리는 수밖에 없었다. 얼마 후에 수레가 도착하고 여러 사람들은 멈추어 방법을 생각하였으나 아래에 있는 사람이 올라갈 수도 없고, 위에 있는 사람이 내려올 수도 없었다. 한동안 생각 끝에 짐을 묶었던 밧줄을 풀어 한쪽을 매어 계곡 아래로 내려주자, 선쯔핑은 그 밧줄로 자기 허리를 묶고 위에서 네댓 사람이 힘을 합하여 겨우 그를 끌어올렸다. 하인들은 그의 몸에 붙은 눈을 털어주고 나귀를 끌어올리니 그는 다시 나귀에 올라타고 천천히 앞으로 나아갔다. 이 길은 워낙 구불구불하고 또 기복이 심하며 작은 돌길에 눈이 얼어붙기까지 하여 대단히 미끄러웠다. 점심을 먹은 뒤 한시경에 출발하여 네시가 되도록 아직 십 리도 가지 못했다. 그는 마음속으로 생각했다.

'마을 사람들의 말이 산마을까지는 시오 리밖에 안 된다고 하였는데 세 시간이 지나도록 겨우 오 리밖에 못 왔구나. 겨울 해는 지는 것이 빠르고, 더구나 산골짜기가 되어 양쪽이 모두 높은 산으로 막혀 있으니 더 일찍 날이 저물겠지.'

그가 가면서 이런 생각을 하고 있는데 어느덧 날이 저물었다. 그는 나귀의 고삐를 잡고는 수레를 끄는 자와 상의했다.

"여보게, 날이 이미 저물었는데 아직도 육칠 리는 가야 하고, 길은 험하고 수레는 빨리 끌 수 없으니 어떻게 하나?"

"할 수 없습죠. 마침 오늘이 열사흘이라 달이 일찍 뜰 것이니 어찌 되었든 마을까지는 가야 합죠. 이렇게 깊은 산골이니 강도도 없을 터이고, 좀 늦어도 별로 겁낼 것 없겠습니다."

"강도가 없을 거라 하나, 있다고 한들 짐도 많지 않으니 겁낼 것도 없고 달라는 대로 주면 괜찮지만, 사실 겁나는 건 호랑이야. 날이 어두우니 갑자기 나와 물면 어쩌나?"

"이 산의 호랑이는 산신령이 거느리고 있어 사람을 해치지 않는답니다. 늑대란 놈이 많다고 하지만 몽둥이만 들고 있으면 겁날 것 없습니다."

말하는 사이에 계곡이 앞을 가로막는 데까지 이르렀다. 이곳은 원래 이 산에 있는 작은 폭포에서 떨어진 물이 흘러가는 계곡이었으나 겨울이 되어 물은 말라 있었다. 그러나 깊이와 넓이가 스무 자나 되어 길이 막혔다. 한쪽은 높은 산이요, 한쪽은 깊은 계곡이라 딴 곳으로 돌아갈 수도 없었다. 쯔핑은 이것을 보자 당황하여 즉시 나귀 고삐를 잡고 차부가 오기를 기다렸다가 말했다.

"이거 큰일났구나! 길을 잘못 들었어. 막힌 길인데!"

차부는 수레를 멈추고 두어 번 숨을 돌리더니 말했다.

"걱정 마십쇼. 이 길을 따라오면서 보니 다른 길은 없었으니 잘못 들었을 리 없습니다. 제가 앞으로 나갈 수 있나 보고 오겠습니다."

차부는 몇십 걸음 앞으로 나갔다 오더니, "길이 있기는 한데 가기가 나쁘겠군요. 어른께서는 나귀를 내리셔야겠습니다" 하고 말했다.

쯔핑이 나귀에서 내려 나귀를 끌고 앞으로 나가보니 큰 바위를 지나 사람이 놓은 돌다리가 있었다. 그 다리는 돌기둥 두 개를 걸쳐놓은 것으로 돌기둥 하나의 너비가 한 자 두어 치밖에 안 되며, 두 돌기둥이 붙어 있는 것이 아니라 사이가 벌어져 있고, 또 돌 위에는 얼음이 깔려 있어 미끄럽게 보였다. 쯔핑이 말했다.

"야! 겁나는구나. 이 다리를 어떻게 건너지? 미끄러졌다 하면 죽겠지! 건널 용기가 안 나는데!"

차부와 하인들이 이렇게 말했다.

"걱정 마십쇼. 마침 저희들은 짚신을 신고 있으니 발 아래가 아무리 미끄럽다 해도 겁날 것 없습니다."

그러더니 그 중의 한 사람이 나서면서, "제가 먼저 가서 시험해 보지요" 하고는 깡충깡충 뛰어 건너가서 외쳤다.

"괜찮습니다. 갈 만합니다" 하면서 다시 돌아왔다.

"그런데 수레를 밀고 갈 수는 없겠군. 우리 넷이 한 대씩 메고 두어 차례 갔다 왔다 해야겠는걸?"

선쯔핑은 그래도 마음이 놓이지 않았다.

"자네들은 수레를 메고 간다지만 나는 못 건너가겠어. 그리고 저 나귀는 어떻게 한다?"

"겁내지 마십쇼. 저희들이 먼저 어른을 부축하여 건네드릴 것이니, 다른 것일랑 걱정 마십쇼."

"부축해준다 해도 못 건너겠어. 여보게나, 나는 지금 두 다리가 오금이 붙어 어디 걸을 수가 있어야지!"

"그렇다면 다른 방법이 있습니다. 어른께서 누워 계시면, 저희들 두 사람이 머리를 또 두 사람이 다리를 들어 건네다 모시면 어떻겠습니까?"

"안 돼! 안 돼!"

그러자 다른 차부가 말했다.

"그러면 이렇게 하시죠. 밧줄을 풀어 어르신네 허리에 감고 저희 한 사람이 앞에서 잡고, 한 사람이 뒤에서 잡고 가면 마음도 놓이시고 다리의 오금도 풀릴 겁니다."

쯔핑이 생각해보니, 그렇게 하는 수밖에 없겠기에 밧줄에 매여

끌려 건너갔다. 이어서 그들은 수레를 메고 건넜다. 그런데 나귀란 놈이 한사코 건너려고 하지 않아 한동안 옥신각신한 끝에 눈을 가리고 한 사람이 끌고 한 사람이 때리면서 끌고 건너갔다. 일을 마치고 보니, 달이 밝게 비춰 온 산에 나무 그림자를 드리우고 있다. 모두가 담배 한 대씩 태우며 잠시 쉬고는 다시 전진하였다. 삼사십 걸음을 옮기자, "으르렁 으르렁" 하는 소리가 나며 산이 울렸다. 차부가 외쳤다.

"호랑이 울음소리다!"

그들은 걸으면서 귀를 곤두세웠다. 다시 수십 걸음을 더 가니 차부가 걸음을 멈추고 말했다.

"어른께서는 나귀를 타시지 말고 내리시는 것이 좋겠습니다. 호랑이 소리가 서쪽에서 점점 가까워지는 것 같으니, 혹시 이 길로 오게 되면 피해야 합니다. 만약에 앞에서 닥치게 되면 미처 피할 수 없게 됩니다."

쯔핑이 나귀에서 내리자 차부가 또 말했다.

"나귀를 호랑이에게 주어버립시다요."

그리고는 길 옆의 작은 소나무에 나귀의 고삐를 매고는 수레는 그 옆에 놓아두었다. 사람들은 수십 걸음이나 떨어져 있는 바위 틈에 쯔핑을 숨게 하고, 차부들은 바위 아래에 엎드리고는 눈으로 몸을 덮고, 또 다른 두 사람은 산비탈의 높은 나뭇가지 위에 기어 올라 서쪽을 지켜보았다.

서쪽 봉우리 달빛 아래 한 물체가 나는 듯 달리더니 어느덧 봉우리 위에 올라 "으르렁 으르렁" 울부짖다가 몸을 아래쪽으로 날리는 순간 서쪽 계곡에서 또 으르렁거렸다. 사람들은 추위와 두려움으로 몸을 부들부들 떨면서도 눈만은 호랑이를 좇았다. 호랑이는 서쪽 계곡에 이르자 우뚝 섰다. 호랑이의 눈은 달빛을 받아 번쩍번쩍했다. 그놈은 나귀 쪽은 쳐다보지도 않고 사람들이 있는 쪽만을 보더니 또 "으르렁" 울부짖고는 몸을 움츠렸다가 이쪽을 향해 뛰어들었다. 산에는 바람기라고는 없는데 나뭇잎 소리가 "쏴쏴" 들리고 또 잎이 스르르 땅에 떨어지며 사람들의 얼굴에 찬 기운을 확 끼치니 몇 사람은 놀란 나머지 이미 혼과 넋이 빠졌다. 한동안 모든 사람이 숨을 죽이고 있었다. 그러나 잠시 후, 호랑이의 동정은 전혀 없었다. 나무 위에 있던 담 큰 차부가 내려와서는 여러 사람에게 소리쳤다.

"모두들 나오시오. 호랑이는 멀리 가버렸소!"

차부들은 차례로 나와서는 바위 틈에서 쯔펑을 끌어내니 그는 이미 놀라움에 넋이 빠져 있었다. 한참이 지나서야 비로소 그가 입을 열어 물었다.

"우리가 살았소? 죽었소?"

"호랑이는 가버렸습니다."

"호랑이가 어떻게 갔지? 아무도 다치지 않았나?"

나무 위에 있던 차부가 말했다.

"제가 보자니 그놈은 서쪽 계곡을 따라오다가 마치 새가 나는 듯 몸을 날리면서 순식간에 이쪽으로 왔어요. 그놈이 내려선 곳이 우리가 있던 나뭇가지보다도 칠팔 장이나 더 높은 곳이었어요. 그리고 놈은 다시 땅바닥에 내려앉았다가 몸을 날려 산봉우리에 이르러 으르렁 울부짖고는, 동쪽으로 가버렸답니다."

선쯔핑은 이 말을 듣자 비로소 마음을 놓으면서 말했다.

"두 다리가 오금이 저려 서 있지도 못하겠으니 어떻게 하지?"

"어른께서는 지금 서 계시는 것이 아닙니까?"

쯔핑이 고개를 숙이고 보니 과연 자기가 앉아 있지 않고 서 있는 것이었다. 그는 멋쩍게 웃으며 말했다.

"내 몸이 내 말을 듣지 않는구나."

여러 사람에게 부축을 받아 억지로 몇십 걸음을 걸어가자, 겨우 혼자 움직일 수 있게 되었다. 그는 한숨을 내쉬면서 중얼거렸다.

"목숨은 간신히 호랑이 아가리에서 벗어났지만, 이렇게 만약에 또다시 전과 같은 다리를 만난다면 이젠 건너지 못하겠어. 배도 고프고 몸도 춥고, 산 채로 얼어 죽겠어."

그런데 말을 하면서 작은 소나무 있는 데로 가니 나귀가 꼼짝하지 않고 땅바닥에 엎드려 있었다. 호랑이의 울부짖음에 놀라 이렇게 된 것임을 알 수 있었다. 따라온 사람이 나귀를 일으켜 세우고 쯔핑을 나귀 위에 앉혀 천천히 바위를 지나갔다. 이때 문득 앞쪽에 등불이 보이는데 많은 집들이 있는 듯하였다. 여러 사람이 소리쳤다.

"됐다. 됐어! 앞에 마을이 있다!"

이 한마디가 사람들의 기운을 북돋았다. 사람들의 발걸음이 가벼워졌을 뿐 아니라 나귀조차도 전처럼 위축되지 않은 듯이 보였다. 잠깐 동안에 불빛 아래에 당도하였다.

그곳은 결코 마을이 아니라 몇 채의 집뿐인데 집들이 산허리의 높고 낮은 데에 있어, 멀리서 보기에 마치 높은 건물같이 보였던 것이다. 모든 사람들이 더 갈 수 없다고 이곳에 머물다 가자고 하므로 인가의 문을 두드려 묵어가기를 청해보는 수밖에 없었다. 어떤 인가로 다가가니, 밖은 쇠퍼 무늬의 돌로 쌓은 돌담이고, 대문이 있는데 안에는 건물이 여러 채 이삼십 칸은 될 듯이 보였다. 차부가 문을 몇 번 두드리자 대답하는 소리가 났다. 곧 문이 열리면서 머리가 눈같이 희고 손에 초롱을 든 노인이 나오더니 물었다.

"어쩐 일로 오셨소?"

선쯔펑이 급히 앞으로 나서며 얼굴에 부드러운 빛을 띠고 길에서 고생하던 일들을 한바탕 설명한 뒤, 이어서 말했다.

"이 댁이 여관이 아닌 것은 잘 알고 있습니다. 워낙 깊은 산중이고 하인들이 더 이상 갈 수 없는 형편이니 하룻밤 묵어 가게 해주십시오."

노인은 고개를 끄덕이더니, "잠깐 기다려주시오. 아가씨께 여쭤보고 오겠습니다" 하고는 문도 잠그지 않고 안으로 들어갔다. 쯔펑은 마음속으로 매우 이상히 생각했다.

'이렇게 큰 집에 주인이 없다는 건가? 아가씨에게 여쭤본다니? 여자 아이가 주인일 리는 없는데? 필시 노부인을 말하는 것이겠지. 지금 그 노인은 조카쯤 되고 아가씨라는 이는 고모를 호칭하는 것임에 틀림없어!'

잠시 후 노인이 중년의 사나이와 함께 나오는데 손에는 여전히 초롱이 들려 있었다.

"손님, 안으로 드십시오."

대문을 들어서자 바로 앞에 다섯 칸쯤 되는 건물이 있고 문이 건물 중간쯤에 있고, 문 앞은 십여 개의 계단으로 되어 있었다. 중년의 사나이는 초롱을 들어 쯔핑이 계단을 올라가도록 비춰주고 있었다. 쯔핑은 하인과 차부들에게 분부하였다.

"사람과 수레는 뜰에 잠시 서 있게. 내가 들어가서 형편을 보고 부르겠네!"

쯔핑이 계단을 오르자, 노인이 처마 끝에 서서 말했다.

"북쪽에 평평한 언덕이 있는데 수레와 나귀는 그쪽에 들여놓으십시오."

여러 사람들이 그쪽으로 들어가보니 서쪽으로 세 칸쯤 되는 창고 같은 건물이 있는데, 안은 두 칸으로 갈라져 북쪽은 온돌로 되어 있고 남쪽은 빈 방이었다. 수레와 짐은 빈 방에 밀어넣고 일행 다섯 사람은 온돌방에 들게 하였다. 그런 뒤 노인은 선쯔핑에게 성을 묻고, "손님, 안으로 드십쇼" 하고는 건물 사잇길로 나와 계단을 올라갔다.

그곳은 평지였는데 온통 꽃나무가 심어져 있었다. 달빛에 비친 그 경치는 대단히 아름답고 또한 맑은 향내가 마음속에 스며드는 듯하였다. 북쪽으로 남향을 한 세 칸쯤의 건물이 있는데 빙 둘러 있는 낭하의 난간이나 기둥이 껍질째인 통나무로 되어 있었다. 들어서니 천장에 네 개의 비단 등이 매달려 있고 상비대나무로 만든 액자에는 명인의 글씨가 대단히 정교하게 씌어 있었다. 두 칸 중의 방 한 칸은 거실로 되어 있고 탁자와 의자가 놓였는데, 방의 치장이 대단히 우아하였다. 갈색 휘장이 걸려 있는 방문 앞에 이르자 노인이 소리쳤다.

"아가씨, 선씨라는 손님께서 들어오셨습니다."

그러자 문발이 걷히면서 안에서 열여덟아홉 살쯤 되어보이는 엷은 빛깔의 옷을 입은 아름답고 다정한 용모에 기품이 있는 날씬한 여자가 나오니 선쯔핑을 보고 인사했다.

"안녕하세요?"

쯔핑은 급히 정중히 예를 표하였다. 그 여자는 다시 "앉으세요" 하고는, 노인에게 손님들이 배고플 터이니 얼른 식사 준비를 하라고 일렀다. 노인이 물러가자 여자가 물었다.

"선생의 성함은……? 그리고 이곳에는 어떻게 오셨는지요?"

쯔핑이 형의 명에 의하여 류런푸를 방문하게 되었다는 것을 설명하자, 그 여자가 말을 받았다.

"류 선생은 전에 동쪽 마을에 계시다가 지금은 서쪽 마을로 이사하셨는데 그곳은 백수곡柏樹谷이라 합니다."

"백수곡은 어디쯤 있습니까?"

"서쪽으로 삼십여 리가 되는데 그 길은 더욱 험해요. 아버지께서 그저께 비번으로 돌아오셔서 오늘 귀빈이 이곳을 지나가시는데 길에서 놀라운 일들을 당하실지 모르니 저희들에게 늦게까지 기다려 술과 음식을 준비했다가 손님을 대접하라는 분부가 계셨어요. 그리고 영접하지 못하는 태만함을 나쁘게 여기지 마십사고 아울러 말씀드리라 하셨어요."

쯔핑은 이 말을 듣고 더욱 크게 놀랐다.

'이런 산속에 관서가 있을 리 없는데 근무는 뭐고 비번이 무언

가. 어떻게 미리 알았을까? 그리고 이 여자가 이렇듯 기품이 있으니 옛사람의 말에 '시골에 풍도風度가 있다'고는 하였으나 확실한 것을 물어봐야 되겠군.'

9
산골 처녀의 고담 준론高談峻論

　선쯔핑은 이 여자의 행동거지가 활달하여 시골 사람 같지 않으며 그녀의 아버지가 어디서 퇴근을 한다는 것인지에 대해 생각하다가 막 물어보려고 하는데, 밖의 문발이 움직이면서 중년의 사나이가 밥을 한 상 차려 들고 들어왔다.

　그 여자가 말했다.

　"서쪽 방의 온돌 위 탁자에 차려줘요."

　서쪽 방의 남쪽 창가는 벽돌로 된 캉이 있고 창가에 기다란 의자가 있었다. 그 양쪽에 두 개의 작은 의자가 있으며, 중간에 정방형의 탁자가 있어 탁자 삼 면에 사람이 앉게 되어 있었다. 서쪽 벽에는 유리를 낀 크고 둥근 창이 있으며 창 앞에 책상이 놓여 있었다. 가운데를 경계로 바닥까지 그물을 드리우듯 커튼이 쳐져 있었다. 사나이는 탁자에 음식을 차려놓았다. 만두 한 접시, 술 한 병, 죽 한 그릇과 따로 네 가지 요리로 모두가 산나물이고 생선이나

고기는 없었다.

여자가, "식사하십시오. 저는 잠깐 실례하겠어요" 하고는 동쪽 방으로 나갔다.

쯔핑은 오랫동안 굶주렸고 춥던 터라 의자에 앉아 먼저 술 두어 잔을 마시고 만두와 죽 한 그릇을 먹고 나니 몸이 훈훈해졌다. 사나이가 물 한 대야를 데워다 주어서 세수를 하고는 방안을 몇 바퀴 거닐고 나니 사지가 풀려왔다. 머리를 들어 북쪽 벽을 보니 네 폭의 큰 액자가 걸려 있는데, 거기에 씌어 있는 초서는 마치 용이 날고 봉이 춤추듯 글자마다 놀랍도록 잘 쓴 것이었다. 그 아래에 두 개의 서명이 있는데 위의 것은 "서봉주사정비西峯柱史正非"라 하고 아래에는 "황룽즈黃龍子가 쓰다"라 하였다. 초서를 모두 알 수는 없으나 십중 팔구는 알 것 같았다. 자세히 보니 칠언절구 여섯 수인데 음미해보니 매우 뜻이 깊었으나, 적멸허무寂滅虛無라는 불도佛道의 뜻도 아니고 그렇다고 연홍용호鉛汞龍虎라는 도가道家의 뜻도 아니었다. 그는 둥근 창 아래 책상에 종이와 붓이 있는 것을 보고 그 시들을 기록하였다. 관서로 가지고 돌아가서 신문 대신 읽으리라 생각했기 때문이다. 그 시는 이런 것이었다.

일찍이 요지瑤池 구품연대九品蓮臺에서 서왕모西王母를 배알하고,
또 희이希夷에게서 장생의 비법인 지원편指元篇을 전수받았네.
세월은 화살과 같이 참으로 빨라
돌이켜보니 세상은 이미 오백 년이 지났네.

자양紫陽의 취허음翠虛吟에 화하듯
벽력 같은 거문고 소리는 빈 산에 울리네.
인아人我의 상相은 찰나의 사이라고 하나 제거하지 못하니
하늘꽃은 호신護身의 구름을 담뿍 묻히고 있네.

인간은 태어나서 정욕情慾으로 풍파를 맞으니
사랑의 강은 아득히 끝이 없다네.
그 강물을 화원에 끌어들여 공덕功德의 물로 하여
온 화원에 만다라曼陀羅를 심으리.

뜻밖의 놀라움에 학이 날고
어두운 밤 오경에 벼락치는데,
빈 뽕나무 아래에서 세 밤을 자고 난 후부터는
인간 세상에 옳고 그름이 있음이 보이지 않네.

아지랑이와 먼지는 밤낮으로 치닫고
온갖 벌레와 화초들은 서로가 속이네.
취령鷲嶺, 열반의 즐거움을 몰래 훔쳐 오고
호공壺公, 두덕기杜德機를 바꾸어 갖네.*

보리수 나뭇잎은 시들었으나 법화法華는 새롭고
남북이 함께 하나의 등불을 전하니.

오백 명 하늘의 동자童子가 함께 젖을 얻고는
향기로운 꽃을 받쳐들고 젊은 부인을 배알하네.

쯔핑은 베끼기를 마치고는 머리를 돌려 둥근 창밖의 달빛을 바라보았다. 맑고 흰빛이 겹겹으로 층을 이루며 산을 비추고 있어 한발 한발 오르면 전혀 티끌이 없는 속세를 떠난 선경仙境일 거라고 생각되었다. '어디 밖으로 나가 조용히 산책하는 것도 묘미가 아니겠는가?' 그는 막 나가려다가 이런 생각이 들었다. '이 산은 방금 전에 지나오던 산이 아닌가? 저 달빛도 방금 밟고 오던 달이 아닌가? 올 때에는 그렇게도 음침하고 사람을 놀라게 하던 저 달빛이 지금은 산도 달도 의연히 이렇게도 사람의 마음을 드넓게 하다니? 왕희지가 말한 바, '정情은 경景에 따라 바뀌고 사귐은 세력에 따라 옮겨간다'는 뜻이 바로 이런 것이었구나!' 그는 잠시 거닐며 시 한 수를 지어 보려고 하였다. 이때 뒤에서 애교가 뚝뚝 떨어지는 목소리가 들려왔다.

"식사는 다 하셨나요? 늦어서 죄송합니다."

쯔핑은 황망히 바라보고 대답하였다.

"이렇게 후대해주시니 일생 동안 이 은혜를 갚지 못할 것 같습니다."

그 여자를 바라보니 연초록색 윗옷에 담청색 바지로 바꾸어 입었는데, 눈썹은 봄날 산 같고 눈은 가을 호수 같으며 살찐 두 뺨은 사과 같아 흰 바탕에서 붉은빛이 스며 나오는 듯하여, 그 자태가 더욱 매혹적인 것이 북방 사람들의 화장과는 달랐다. 입술은 살짝 연지를 발라 앵두 같고, 입가에는 언제고 웃음을 띠고 있으며, 미간이 반듯하여 사람으로 하여금 사랑스러운 중에도 엄숙함을 느끼게 하였다. 그 여자가 다시 말했다.

"온돌 위에 올라 앉으시지 않고? 몸이 좀 풀리셨나요?"

그들 두 사람이 자리에 앉자 노인이 들어와서 아가씨에게 물었다.

"선 어른의 짐은 어디다 놓을까요?"

"아버지께서 전날 가시면서 이 방에서 쉬시게 하라는 분부가 계셨으니 이부자리는 어른의 침상에 깔도록 해요. 함께 온 하인들의 식사는 어떻게 되었지요? 일찍 쉬게 해요. 그리고 나귀에게도 먹이를 주고!"

노인은 일일이, "네, 모두 분부대로 하였습니다" 하고 대답하였다.

그러자 여자가 다시 말하였다.

"차를 끓여줘요."

노인은 연신 "네! 네!" 하였다.

쯔핑이 입을 열었다.

"속세의 몸이 깨끗한 자리를 어지럽히고 싶지 않습니다. 앞 건물의 온돌이 넓으니 그곳에서 저들과 함께 자겠습니다."

"너무 사양하지 마세요. 이것은 저의 아버지의 분부에 의한 것이에요. 그렇지 않다면 저 같은 시골 계집애가 깊은 밤중에 손님을 맞아들일 수가 없지."

"과분하신 은혜에 감격할 뿐입니다. 그런데 아직 성함이 어떻게 되시는지 가르침을 받지 못했습니다. 부친께서는 어디서 벼슬을 하시며, 어디서 일을 보시나요?"

"성은 투涂이고 아버지는 벽하궁碧霞宮에서 근무하시는데, 한 번 근무가 닷새씩이 되어 한 달 중 반은 집에 계시고, 반은 궁에 계세요."

쯔핑이 또 물었다.

"저 액자의 글은 어떤 분이 쓰신 겁니까? 선가仙家의 분이 쓰신 것 같은데."

"아버지 친구분이신데 자주 놀러 오십니다. 작년에 쓰신 것이지요. 그분은 선가의 분도 아니시며 아버지와는 가장 가까이 사귀시는 분이에요."

"그렇다면 승려이거나 도사인가요? 시구에 도사의 냄새를 풍기기도 하고 또 많은 불가의 전고典故를 인용했더군요."

"승려도 도사도 아닌 일반 속인이세요. 그분은 언제고 이런 말씀을 하세요. '유儒, 불佛, 도道의 세 교敎는 마치 세 개의 상점같이, 세 가지 간판을 걸고 있지만 기실은 모두 잡화를 팔고 있어. 땔감, 쌀, 소금, 기름 모두 있지. 유가는 점포가 조금 크고, 불가는 조금 작고, 도가는 더 작다는 것뿐 뭐든지 팔아. 또 말씀하시기를, 무릇 도는 두 가지 층이 있는데 하나는 도의 외면이고 하나는 내면이지. 내면은 모두 같고 외면만이 각기 분별되어, 마치 승려는 머리를 깎고 도사는 머리를 늘어뜨려서 사람들이 한눈에 저것은 승려고 저것은 도사라고 알아볼 수 있게 하는 것과 같은 것이야. 만약에 승려가 머리를 깎지 않고 늘어뜨리고 장삼을 입고 다니거나 도사가 머리를 깎고 가사를 입고 다닌다면 사람들은 그들을 반대로 부르겠지. 이목구비라는 것만으로 구별할 수 있는 방법이 따로 있겠나?'라고 하신답니다. 따라서 외면으로는 구별이 되어 있으나 내면은 동일하다는 겁니다. 그로 황룡조는 유, 불, 도이 세 가지 교를 마음 가는 대로 읊으신 것이지요."

"절묘한 논리에 감복했습니다. 세 가지 교의 내면이 같다 하시나 저는 아둔하여 명백한 뜻을 모르겠군요. 어디가 같고 어디가 다른 것인지? 크고 작은 것의 분별은 어떻게 하는지? 또 유교가 크다고 하셨는데 크다는 것이 무엇인지 상세히 가르쳐주시면 감사하겠습니다."

"같은 점이라는 것은 바로 사람을 선善으로 인도하고 또 대공大公으로 인도하는 것이니 사람마다 선과 공을 다하면 천하는 태평하게 된다는 것입니다. 사람마다 악한 일만 한다면 천하는 크게 어지러워질 거예요. 유교가 공이 가장 크다는 것에 대하여는 공자를 보더라도 금방 알 수 있지요. 예를 들어 공자는 장저長沮, 걸닉桀溺, 하궤장인荷蕢丈人과 같은 많은 이단異端을 만났는데, 그들은 모두가 공자를 별로 존중하지 않았으나 공자는 도리어 그들을 대단히 찬양하였으니 이는 공자의 공이 큰 것이지요. 따라서 말하기를, '이단을 공격함은 해로운 것'이라 하였어요. 만약에 불교와 도교에 편벽된 마음이 있었다면 아마도 후세 사람들이 그것을 숭봉하지 않았을 거예요. 또 '천당'이니 '지옥'이니 '염라대왕'이니 '귀신'이니 하는 말들을 날조하여 사람들을 겁먹게 하였으나, 이런 것이 모두가 사람들에게 선한 일을 권한 것이기 때문에 공을 잃지 않은 거지요. 심지어는 자기네 종교를 숭봉하면 모든 죄악이 소멸되고, 자기네 종교를 숭봉하지 않으면 마귀의 궁에 가게 되고 죽어서는 반드시 지옥에 떨어져 칼 산과 피의 연못, 기름 가마에 토막쳐져 빠진다는 등 못하는 바가 없다고 하나 그것은 바로 사私인 것입니다. 따라서 세상 사람들이 자기네 종교만 믿으면 강도가 되든, 백정이 되든, 머리를 깎고 승려가 되든, 비록 많은 사람을 죽였더라도 죄가 없게 된다는 겁니다. 외국의 모든 종교들은 종교를 위하여 군사를 일으켜 싸움을 하여 사람을 죽였으니 그들이 처음에 가졌던 마음과 합당한 행위였다고 할 수 있겠어요? 따라서 이런 종교는 쇠퇴하는 겁니다. 예를 들어 회회교回回敎 같은 것은 싸우다 죽은 사람의 피가 장미색 보석과 같다고 하였으니 사람을 속인 극치라고 하겠지요. 애석하게도 유교는 이미 오래 전에 전해 내려오기를 그쳐 한漢나라의 유가들은 문장을 쓰는 데만 구애되고 오히려 본뜻은 잃었으며 당나라 때에 이르러서는 제창하는 사람조차 없었지요. 한유韓愈는 문장에는 통하였으나 도에는 통하지 못한 인물로 그는 제멋대로 문장을 지어 '원도原道'라고 하였는데 진정한 원도에는 위배되는 것이었지요. 그는 '임금이 영을 내리지 않으면 그 임금됨을 잃고, 백성이 쌀, 조, 실, 삼을 그 임금에게 바치지 않으면 죽임을 당하게 된다'고 하였는데, 그의 말에 의하면 폭군 걸桀, 주紂는 명령도 잘 내리고 또 백성을 잘 죽였으니 도가 통한 황제이고, 당시의 백성들이 나빴다는 것이 됩니다. 이 어찌 옳고 그른 것이 뒤바뀐 것이 아니겠는지요? 그는 또 부처와 노자老子를 배척한다 하면서 도리어 승려와 친구로 사귀었으니, 옛말에 '사람들이 자기 집 문 앞의 눈은 쓸면서 남의 집 기와 위의 서리에는 관심을 두지 않는다'는 말이 있듯이, 이렇듯 여러 가지 일을 벌이다가 벼슬이 강등되기까지 하였던 것이지요. 후세에 내려오면서 유교인들은 공, 맹의 도를 배움에 너무 힘이 들자 두어 마디 불, 도를 배척하는 구두선口頭禪을 지껄이는 것으로 성문聖門의 제자가 되는 것으로 여겼으니 노력을 덜하는 것이지요. 주자朱子도 이 범위를 벗어나지 못하고 한유의 '원도'를 좇아 공자의 『논어』를 고쳐서, '이단을 공격하면……'이라는 글자를 온갖 교묘한 수법으로 해석하여 원래의 뜻을 왜곡하게 하였어요. 공자, 맹자의 유교는 송나라의 유가들에 의하여 쇠퇴할 대로 쇠퇴해져서 단절되기에까지 이르렀던 것이지요."

쯔핑은 그 여자의 말을 듣자 숙연해졌다.

"하루 저녁 아가씨의 말을 들은 것이 십 년 동안 책을 읽은 것보다 나았습니다. 참으로 듣기 어려운 말들을 들었습니다. 그런데 장저와 걸닉이 이단이고 부처와 노자도 이단이라 하셨는데 무슨 말씀인지 잘 모르겠군요?"

"모두가 이단입니다. 선생께서도 아시겠지만 이단이란 '이異'자는 '같지 않다'는 뜻이고 '단端'자는 '첫머리'라는 뜻으로, '양쪽 끝을 잡는다'는 것은 '양쪽 끝머리를 잡는다'는 뜻입니다. 만약에 이단을 사교邪敎라고 한다면 양쪽 끝은 나무로 치면 가지의 가르침[敎]이라고 할 수 있겠지요. 양쪽 끝을 잡는다는 것은 곧 가지의 가르침을 잡는다는 것이 되니 그것으로야 어찌 논리가 성립되겠어요? 성인의 뜻은 도가 달라도 목적이 같으면 되는 것으로 곡

曲이 달라도 공工이 같으면 막지 않는 것과 같이, 다만 사람을 선으로 인도하고 공公으로 이끌기만 하면 안 될 것이 없다는 것입니다. 따라서 '큰 덕은 막힘이 없고 작은 덕은 쉽게 드나들 수 있다'고 하였어요. 처음에는 개인의 감추어진 결점을 공격하다가, 다음에는 부처와 노자를 공격하고, 후에는 주朱씨와 육陸씨의 견해차*로 드디어는 집안 싸움이 되었어요. 아울러 공자와 맹자를 조종祖宗으로 하면서도 주씨의 자손들은 육씨를 공격하고, 육씨의 자손들은 주씨를 공격하지 않았습니까? 이런 것을 '그 본심을 잃었다'고 하겠으니 도리어 공자의 '이것은 해로운 것이다'라는 말이 단안斷案이라 할 수 있겠지요."

쯔핑은 여자의 이론을 듣자 연방 찬탄했다.

"오늘 운이 좋게도 아가씨를 뵈온 것이 마치 훌륭한 스승을 만나뵈온 듯합니다. 그러나 송나라 때의 유가들이 성인의 뜻을 오해한 데가 있기는 합니다만, 그 정교正敎를 밝힌 공덕은 위대하다고 봅니다. 즉 '이욕理欲'의 두 글자와 '주경主敬', '존성存誠' 등의 글자는 비록 옛 성인의 말씀이지만 송대 유가에 의하여 제창되어 후세가 받은 은혜가 적지 않아서, 인심도 이것에 따라 바르게 되었고 풍속도 이것에 따라 순화되었다고 봅니다."

그러자 그 여자는 살짝 웃으며 매혹적인 눈길로 흘끗 쯔핑을 건너다보았다. 쯔핑은 푸른 눈썹과 붉은 입술에 머금은 교태를 보고 또 맑은 향기가 뼛속에까지 스며드는 듯하자 정신이 흐물흐물해지는 듯하였다. 그 여자는 백옥 같은 손을 내어 탁자 건너편에 있는 쯔핑의 손을 잡으며 말했다.

"선생은 어렸을 때 서당에서 스승에게 손을 잡혀 벌을 받았을 때와 지금을 비교하면 어떤가요?"

쯔핑이 묵묵히 아무 대답도 하지 못했다. 그 여자가 다시 말을 이었다.

"양심대로 말씀해주세요. 선생께서 지금 저에게서 느끼는 사랑스런 마음과 스승에게서 느꼈던 것과 비교하여 어떠신가요? 성인의 말씀에서, '뜻을 참되게 한다는 것은 스스로를 속이지 않는 것이니 악취를 싫어하고 아름다움을 사랑하는 것과 같은 것이니라'라고 하셨습니다. 또 공자께서는 '덕을 사랑하기를 아름다움을 사랑하듯 할지어다'라고 하셨고, 맹자는 '먹는 것과 색色은 본성이다'라고 하셨고, 공자의 제자 자하子夏는 '현賢을 현으로 하여 색으로 바꾸라'고 하셨으니, 이런 호색好色이 바로 인간의 본성인 것이지요. 송나라 유가들은 덕은 사랑하나 색은 사랑하지 않는다고 말하였으니 이 어찌 스스로를 속이는 것이 아니겠어요? 스스로 속이는 자를 속인다는 것은 불성실의 극치가 아니겠어요? 그들은 애써 '존성'이라고 하니 어찌 밉지 않습니까? 성인은 정情을 말하고, 예禮를 말했으나 이욕理欲은 말하지 않았어요. 공자께서 『시경』을 편찬하심에 「관저關雎」를 첫머리에 놓고, '아름답고 마음이 고운 여자는 군자의 좋은 짝일세. 그녀를 얻지 못하면 잠 못 이루어 뒤척이네'라고 하였는데, 이것이 천리天理를 말하고 인욕人欲을 말하지 않았다고 할 수 있나요? 이것으로 보아도 성인은 사람을 속이지 않은 거죠. 「관저」의 서문에, '정情을 발發하여도 예의에 그치다'라고 하였으니, 정을 발한다는 것은 예기치 못하게 일어나는 경지를 말하는 것이지요. 예를 들어 오늘밤 손님께서 오셔서 저는 대단히 기뻐 정을 발한 것이에요. 선생은 오셨을 때 매우 지쳐 있어서 시간이 지나면 더욱 피곤해지실 터인데 오히려 더욱 정신이 맑아지고 즐거워지시는 것 같으니, 이것 또한 정을 발하는 것이 아니겠어요? 젊은 여자와 중년의 남자가 깊은 밤중에 마주 앉아 음란한 데에 이르지 않고, 예의에서 그치고 있는 것입니다. 이것이 바로 성인의 도에 따르고 있는 것입니다. 송대 여러 유가들의 기만은 모두 말씀드리기 어려울 정도입니다. 그러나 송대 유가에게는 나쁜 점도 많으나 반면 옳은 점도 적지 않았어요. 그러나 지금에 와서 송대의 유교를 배우는 사람들은 모두가 공자나 맹자가 가장 미워하고 통탄하는 시골 군자들뿐이에요."

이야기가 모두 끝나기도 전에 노인이 두 개의 낡은 녹색 자기 찻잔에 차를 담아 들여와서 탁자 위에 놓자 맑은 향기가 코를 찔렀다. 그 여자는 찻잔을 들어 한 모금에 물고 양치질하여 캉 앞의 타구에 뱉고는 웃으며 말했다.

"오늘 예기치 않게 도학道學 이야기를 나누다 보니 입안에 진부한 기운이 가득 찬 것 같군요. 이제부터는 풍월風月에 대하여 이야기하고 다시는 그런 진부한 이야기는 하지 않기로 하지요."

쯔핑은 그러마 하고 찻잔을 들어 한 모금 마셨다. 대단히 맑은 향기가 목구멍을 통하여 들어와 위장 안까지 시원하게 해주며 혀끝 좌우에서는 침이 마구 솟아올랐는데 차는 향기롭고 달콤하였다. 계속하여 두 모금을 더 마시니 향기가 코끝까지 올라와 말할 수 없이 상쾌하였다.

"이것은 무슨 차이기에 이렇듯 향기롭습니까?"

"차는 별로 대단한 것이 못 돼요. 이 지역 산에서 나는 차여서 맛이 진한 데 지나지 않으나, 끓이는 물이 동쪽 산 꼭대기에서 길어 온 샘물이라서 맑은 맛이 있어요. 또 솥잎을 때고 투기로 끓이기 때문에 이 세 가지가 좋아서 차 맛이 좋은 거예요. 댁에서 드시는 차는 모두가 직접 경작한 것이 아니고 사는 것이라서 맛이 엷고, 또 물과 불을 법대로 사용치 않기 때문에 자연히 그 맛이 떨어지는 것이지요."

이때 창문 밖에서 말소리가 들려왔다.

"위구瑰姑! 오늘 귀한 손님이 오셨나 본데 왜 나를 부르지 않았나?"

그 여자는 급히 일어나며 대답하는 것이었다.

"룽龍 아저씨! 어째 이제야 오세요!"

곧이어 한 사나이가 들어왔다. 남색의 솜옷을 입었을 뿐 모자도 쓰지 않고 마고자도 입지 않은 쉰 살쯤의 중년 남자였다. 얼굴은 불그스레하여 혈색이 좋고 머리는 칠흑 같았다. 그는 쯔핑을 보자 손을 맞잡고 인사를 했다.

"선 선생! 오시느라 고생되셨지요?"

쯔핑은 마음속으로 의아하게 생각하며 물었다.

"선생의 성함은 어떻게 되시는지요?"

"성명은 감추고 지내며 황룽즈라는 호로 불리고 있습니다."

"만나 뵈어 기쁩니다. 이미 한동안 선생의 작품을 배독拜讀하였습니다."

여자가 말했다.

"캉에 오르세요."

황룽즈는 캉에 오르더니 탁자에 붙어 앉았다.

"위구, 나에게 죽순을 대접하겠다더니 죽순은 어디 있나! 가져 오게."

"어저께 캐러 가려다가 깜박 잊었더니 덩류滕六가 캐가버렸어 요. 룽 아저씨, 잡수시려면 덩류에게 찾아가 보세요."

황룽즈는 앙천대소仰天大笑하였다. 쯔핑이 여자에게 물었다.

"실례합니다만 위구가 이름자이신가요?"

"제 이름은 중위仲瑋이고 언니 이름이 뽀판伯璠인데 아저씨들은 모두들 어려서부터 그렇게 부르고 계세요."

황룽즈가 쯔핑에게 말했다.

"선 선생, 피곤하시지 않으십니까? 피곤하지 않으시다면, 오늘 밤 이렇게 만나뵈었으니 조금 늦게 주무셨다가, 내일 느지감치 일 어나셨으면 좋겠습니다. 백수곡은 길이 매우 험준하여 다니기가 대단히 나쁩니다. 더구나 큰 눈이 와서 길이 명확하지 않아 자칫 잘못하여 넘어지는 날에는 목숨을 잃을 염려도 있습니다. 류런푸 는 오늘밤에 짐을 챙겨가지고 아마 내일 정오쯤 관제묘에 갈 것이 니, 선생께서는 내일 조반을 들고 출발하시면 마침 맞게 만나실 수 있을 겁니다."

쯔핑은 이 말을 듣고 대단히 기뻐했다.

"오늘 이렇듯 여러분을 만나뵙게 되었음은 일생의 영광입니다. 은사隱士께서 태어나신 때가 당나라 때신가요, 송나라 때신가요?"

황룽즈는 또다시 크게 웃더니, "어찌 그것을 아시오?" 하고 되물었다.

"선생의 시에 '돌이켜보니 세상은 오백 년이 지났네'라 하신 것으로 보아 오백 년만 되신 것이 아닐 것 같아서입니다."

"책을 모두 믿는다면 책 없는 것이 낫다는 말이 있습니다. 저것은 제가 붓장난을 한 것뿐입니다. 선생께서 「도화원기桃花源記」*를 읽으시듯 보시면 될 것입니다"라고 하면서 찻잔을 들어 새로운 차를 마셨다.

위구는 쯔핑의 찻잔이 빈 것을 보고는 주전자를 들어 가득 따라주었다. 쯔핑은 연신 허리를 굽히며, "황송합니다" 하면서 찻잔을 들어 차 맛을 음미하는데, 창밖 멀리서 "으르렁" 하고 울부짖는 소리가 들리더니, 창문의 창호지가 부르릉 울리고 천정에서 먼지가 후드득 떨어졌다. 그는 길을 오던 때의 일이 생각나서 모골이 송연하고 얼굴이 핼쑥해졌다. 이것을 본 황룽즈가 말했다.

"호랑이 소리입니다. 괜찮습니다. 산에서 그런 동물을 보는 것은 마치 성내에서 나귀를 만나는 것과 같은 것으로 비록 사람에게 발길질을 하나 두려워할 건 없는 것과 같습니다. 오랫동안 습관이 되었기 때문이겠지요. 저놈들이 사람을 해친다고는 하나 언제고 그러는 것은 아닙니다. 산골 사람들과 호랑이는 서로가 습관이 되어 보통 사람은 호랑이를 피하고, 호랑이도 사람을 두려워하기 때문에 사람을 해친다는 것은 자주 있는 일이 아니니 두려워할 것 없습니다."

"소리로 보아 매우 떨어진 곳 같은데 어째서 창호지가 흔들리고 천장의 먼지가 떨어집니까?"

"그것이 바로 호랑이의 위세라는 거지요. 사면이 산으로 둘러싸이고 공기가 그 가운데에 집중하여 있는데 호랑이의 울부짖음이 울리면 사방 산이 모두 울리기 때문이지요. 여기서 사방 이십여 리는 모두 이렇게 울립니다. 그러나 호랑이가 평지에 간다면 그 위세가 이렇지 못하지요. 옛사람의 말에, '용이 물을 떠나고 호랑이가 산을 떠날 것 같으면 사람에게 모욕을 당한다'고 하였습니다. 이것은 마치 조정의 벼슬아치가 어떤 괴로운 일을 당하고 집에 돌아가서 그의 아내나 아이들에게 화풀이를 할지언정, 외부에 나가서는 제대로 큰소리 한마디도 못 치는 것도 또한 그 관직을 떠날 수 없기 때문인 것과 마찬가지로, 호랑이가 감히 산에서 내려오지 못하고 용이 감히 물을 떠나지 못하는 것과 같은 이치인 것입니다."

"그렇습니다. 다만 저로서 확실히 알 수 없는 것은 호랑이가 산에서는 그토록 위세가 있을 수 있는 이유인데, 그게 무엇인지요?"

"『천자문』을 읽어보셨지요? 그것은 바로 '빈 골짜기가 소리를 전하고 빈 대청이 듣기를 익힌다'는 그 이치입니다. 빈 골짜기라는 것은 빈 대청이고 빈 대청이라는 것은 빈 골짜기인 것입니다. 선생께서 문 밖에 나가 폭죽을 터뜨린다면 이곳은 한동안 울릴 것입니다. 따라서 산속에서의 우레 소리가 들판에서보다 몇 배가 더 크게 울리는 것도 바로 이러한 이치 때문이지요."

그는 말을 마치자 고개를 돌려 위구에게 말했다.

"위구! 오랫동안 네 거문고 소리를 못 들었구나! 오늘 여기 귀한 손님도 오셨으니 한 곡 연주하여 나에게도 들을 수 있는 영광을 주지 않겠느냐?"

"룽 아저씨, 그런 말씀을! 저 같은 것이 어떻게 거문고를 연주한다고? 남에게 웃음거리가 되어요. 선 선생은 성내에서 거문고의 명수들이 타는 것을 많이 들으셨을 터인데 어찌 저같이 시골 여자의 하찮은 것을 들으실 수 있겠어요! 제가 큰 거문고를 가져올 것이니 룽 아저씨가 그것을 연주해 보세요. 큰 거문고는 성에서도 귀한 것이니까요!"

"그것도 좋지. 이렇게 하지. 내가 큰 거문고를 타고 네가 거문고를 타도록 말이야. 가지러 갔다 왔다 하는 데 힘들 터이니 규방에 가서 타는 것이 낫겠지. 산마을 처녀가 벼슬하는 지체 높은 댁 아가씨의 규방같이 외인의 출입을 금하지는 않을 터이지."

그는 말을 마치자 캉에서 내려와서 촛대를 들고 쯔핑에게 손짓을 하였다.

"안으로 드십시다."

위구가 앞장서서 길을 인도하고 다음에 쯔핑, 뒤에 황룽즈의 순으로 중당을 지나 문발을 걷어 올리고 들어서니 아래위쪽으로 두 개의 침상이 놓여 있는데, 위쪽 침상에는 금침이 놓여 있고 아래쪽 침상에는 책과 그림책이 놓여 있다. 동쪽으로 난 창문 앞에는 둥근 탁자가 있고 앞쪽으로 작은 문이 있다. 위구가 쯔핑에게 말했다.

"여기가 아버지 침실이에요."

작은 문으로 들어서니 바닥이 나무 판자로 된 복도였다. 양쪽에 창문이 있으며 북쪽으로 구부러져 가다가 다시 동쪽으로 구부러졌다. 창문은 모두 유리로 되어 있으며 북쪽 창으로 내다보니 바로 산이 가까이 있어 깎아지른 듯한 절벽인데 아래를 굽어보니 대단히 깊었다. 이때 갑자기 "우르르!" 하는, 마치 산이 무너져 내리는 듯한 소리가 들리며 발 아래가 흔들흔들 요동을 하였다. 쯔핑은 깜짝 놀라 넋이 빠지는 듯했다.

10
거문고의 명연주를 감상하며

쯔핑은 하늘이 무너지고 땅이 갈라지는 듯한 소리와 함께 다리 아래가 크게 요동치자 혼비백산하여 산이 무너져 내리는 것이 아닌가 하고 있는데, 황룽즈가 말했다.

"겁내지 마십시오. 산 위의 얼었던 눈에 샘물이 잦아져서 덩어리가 되어 떨어지면서 다시 눈이 뭉쳐져 큰 덩어리가 되어 물에 떨어지기 때문에 울리는 소리가 저렇게 큰 겁니다."

말을 하면서 북쪽으로 꺾어져 가자 규방문이 나왔다. 규방은 두 칸 방인데 밖을 향하여 벽의 반은 창틀로 되었고 그 위에 창문이 있었다. 다른 삼 면은 평평한 흰 벽이며 천장이 둥글어 마치 성문 안 같았다. 규방 안은 치장이 매우 간소하여 몇 개의 나무 뿌리로 만든 의자가 있는데 크기가 모두 다르나 윤이 나게 잘 닦여 있었다. 탁자도 또한 등나무로 되어 있는데 천연 그대로를 이용한 것으로 모나지도 않고 둥글지도 않은 생긴 모양 그대로였다. 동쪽 벽에는 마른 나무로 쪽을 붙인 일인용 침대가 놓여 있고, 그 옆에는 두세 개의 노란 대바구니가 있는데 일상 입는 옷가지들이 들어 있는 듯하였다.

규방 안에는 등잔은 없고 북쪽 벽에 두 알의 야광주夜光珠가 박혀 있는데 크기가 파두巴豆 열매만한데 붉은빛을 발하나 그다지 밝지는 않았다. 바닥에는 두터운 깔개를 깔았고 침상 오른쪽에는 구부러진 나무로 만든 책꽂이가 있어 많은 책이 꽂혀 있는데 모두가 재단을 하지 않은 초본抄本들이었다. 야광주 옆에 악기들이 걸려 있는데 거문고 두 개와 큰 거문고 두 개는 알아볼 수 있으나 나머지는 무엇인지 이름을 알 수 없는 것들이었다. 위구는 규방에 들어서자 촛불을 불어서 끄고는 창문턱 위에 놓았다. 이때 밖에서 "으르릉!" 하는 소리가 연이어 일고여덟 번 울리면서 창문이 마구 흔들렸다. 쯔핑이 "이 산에는 어째서 호랑이가 이렇게 많지요?" 하고 묻자, 위구가 웃으며 말했다.

"시골 사람이 성에 나가면 모르는 것이 많아서 남의 웃음거리가 되듯이 성내 사람도 시골에 오면 역시 모르는 것이 많아서 남의 웃음거리가 되는가 보지요."

"밖에서 방금 으르릉 하던 것이 호랑이가 아닌가요?"

"그건 늑대예요. 호랑이가 어디 그렇게 많나요. 호랑이 울음은 굵고 늑대 울음소리는 뾰족해요. 그래서 호랑이 울음은 소嘯라 표기하고 늑대 울음은 호嗥라 표기하는데, 옛사람들이 글자를 고를 때 그런 것을 미리 생각해두었나 보지요."

황룽즈는 작은 탁자 두 개를 옮겨다 놓고는 거문고 하나와 큰 거문고 하나를 내려놓았다. 이때 위구도 의자 세 개를 옮겨와서는 그 중의 하나에 쯔핑을 앉게 하고는 각자 가락을 고르더니 황룽즈와 함께 각각 의자에 앉았다. 현의 가락을 고르기를 마치자 위구와 황룽즈가 두어 마디 상의를 하고는 연주하기 시작하였다. 처음에는 가볍고 느린 가락으로 그 소리가 부드럽더니 일 단이 지나자 소리가 화합되어 맑고 고운 소리가 났다. 이 단부터는 점차 손놀림이 빨라지고 큰 거문고의 가락이 거문고의 가락을 누비듯 끼여드는데 마치 파도에 따라 흔들리는 듯하였다. 처음에는 거문고와 큰 거문고의 소리가 별개의 음조로 제각기 소리를 내는 듯하더니 자세히 귀를 기울이자 그것은 마치 한 쌍의 방울새가 서로 재잘거리듯이 아름다운 화음을 이루는 것이었다. 사, 오 단 이후부터는 파도에 흔들리는 듯 점점 작아지다가 가락이 크게 튀겨지면서 황량한 혹은 광대한 느낌을 주게 손놀림이 강하고 무겁게 튀겨졌다. 육, 칠, 팔 단에 이르러서는 소리가 길어지면서 점점 맑은 음조로 변하여갔다.

쯔핑은 원래 십여 곡의 거문고 곡을 탈 줄 알아서 듣고 있자니 곧 귀에 익어 거문고와 큰 거문고의 가락을 쉽게 구별할 수 있어 큰 거문고 소리에 특별히 귀를 기울였다. 큰 거문고의 음은 오른손에서 튕겨 나오고 왼손은 현의 앞뒤로 왔다갔다하며 음을 고르는데 그 여운이 마치 여울의 물소리 같아서 참으로 들어보지 못하던 훌륭한 음율이었다. 처음에는 손가락의 놀림에 따라 음이 귀에 들어오고 점차 손가락의 놀림이 눈에 들어오지 않더니 얼마 후에는 눈과 귀에 아무것도 보이지도 들리지도 않고 몸이 바람에 실려서 구름과 안개 사이에 둥실둥실 떠 있는 듯하였다. 다시 얼마 후에는 심신을 모두 잃어 마치 취한 듯 꿈속에 있는 것 같았다. 이렇듯 황홀한 경지에 빠져 있을 때 문득 "뚱땅!" 하면서 거문고와 큰 거문고가 동시에 멎자 듣던 사람도 놀라 깨어 자기로 돌아왔다. 그는 몸을 일으키며 말했다.

"참으로 훌륭합니다. 저도 이삼 년 동안 거문고를 배웠고, 또 명수들의 연주도 많이 들어보았습니다. 전에 쑨친치우孫琴秋 선생의 「한궁추漢宮秋」라는 곡을 듣고는 참으로 세상에서 보기 드문 소리라고 감탄했는데, 오늘 이 곡을 듣고 보니 쑨 선생의 「한궁추」보다 몇 배나 더 훌륭하다고 느껴집니다. 방금 그 곡은 무슨 곡이며 악보가 있는지요?"

위구가 대답했다.

"이 곡은 「해수천풍海水天風」이란 곡으로 원래 악보가 없는 것이에요. 뿐만 아니라 세상에 알려지지 않았고, 산중에서도 탈 줄 아는 사람이 적어 외부 사람들에게는 더욱 알려져 있지 않아요. 선생께서 들었다는 것들은 모두 독주곡들이어서 두 사람이 연주하면 궁상宮商이 같은 가락이 되지요. 한 사람이 궁宮조*의 곡을 타면 다른 사람도 궁조를 탈 뿐 우羽조나 치徵조가 되지 않고 세 사람이 타도 역시 같으니 이런 것은 동주이지 합주라고 할 수는 없어요. 그러나 저희들이 타는 곡은 한 사람이 타는 것과 두 사람이 타는 것이 같지 않아요. 한 사람이 타는 것을 '자성지곡自成之曲'이라 하고 두 사람이 타는 것을 '합성지곡合成之曲'이라고 해요. 따라서 이쪽이 궁조를 타면 저쪽은 상조를, 저쪽이 각角조를 타면 이쪽은 우조를 타서 서로 다른 곡으로 화음이 되게 하지요. 성인의 말씀에 '군자는 화和하나 같이〔同〕는 하지 않는다'는 것이 바로 이 이치예요. '화'라는 글자를 후세 사람들이 잘못 풀이하고 있는 거예요."

말을 마친 위구는 일어나서 서쪽 벽에 있는 작은 문을 열고 크게 소리쳤다.

"뭐라고? 잘 안 들려!"

이때 황룽즈도 일어나서 거문고와 큰 거문고를 벽에 걸어놓았다. 쯔핑도 일어나서 벽쪽으로 가서 야광주를 자세히 보았다. 야광주가 어떻게 생겼는지를, 돌아가면 남들에게 자랑하려는 생각에서였다. 그가 다가가서 손을 뻗쳐 만져보니 몹시 뜨거워 손을 약간 데었다. 그는 이상한 생각이 들었다.

'도대체 어떻게 된 거야?'

그는 황룽즈가 거문고를 걸고 나자 그에게 물었다.

"선생! 이것은 어떻게 된 야광주입니까?"

황룽즈가 웃으며 대답했다.

"여룡주驪龍珠인데 모르시나요?"

"여주驪珠가 어째서 뜨겁지요?"

"화룡火龍이 토한 것이니 어찌 뜨겁지 않겠습니까?"

"화룡주에 이처럼 큰 한 쌍도 있나요? 비록 화룡이 토했다고 하더라도 영원히 뜨거울 수는 없을 터인데?"

"그렇다면 제 말씀을 선생이 못 믿으시겠다는 것인데, 그렇게 못 믿으시겠다면 그 뜨거운 이치를 보여드리죠."

그가 야광주 옆에 달린 구리로 된 고리를 잡아당기자, 그것은 마치 문처럼 열렸다. 원래가 그것은 조개껍데기인데 안은 깊숙한 기름 단지이고 목화실로 심지를 만들었으며, 겉은 운모雲母로 된 호롱이었다. 위에는 작은 연통으로 되어 벽 위로 빠져 나갔고, 위쪽은 많은 연기로 그을려 있었다. 서양 등과 같은 원리로 되어 있으나 서양 등과 같이 정교하지는 못하기 때문에 검은 연기가 나지 않을 수 없었다. 다 보고 난 그는 웃으면서 다시 조개껍데기를 살폈다. 그것은 큰 소라껍데기를 잘 닦은 것이어서 서양 등만큼 밝지는 못하였다. 쯔핑이 말했다.

"이렇게 하느니보다 서양 등을 사는 것이 편리하지 않을까요?"

"이 산골 어디서 서양 등을 살 수 있나요? 이 기름은 바로 앞산에서 나는 것으로 선생께서도 쓰시는 기름과 같은 기름이지만 우리가 정유精油할 수 없으므로 빛깔이 흐리지요. 그래서 벽을 파고 넣어 쓰고 있는 거지요."

그가 말을 마치고 다시 조개껍데기를 닫으니 여전히 두 알의 야광주가 되었다. 쯔핑이 또 물었다.

"이 바닥의 깔개는 무엇으로 만든 것인가요?"

"속칭 사초蓑草라고 부르는 것으로서 사립을 만들 때도 쓰이지요. 사초가 반쯤 시들 때에 베어, 응달에서 말린 뒤 가늘게 찢어서 베를 짜듯 짜는데, 이것은 위구가 만든 것입니다. 산지는 습기가 많기 때문에, 먼저 운모를 깐 뒤에 이것을 그 위에 더 깔아두면 병이 생기지 않지요. 저 벽도 운모 가루를 진흙과 함께 이겨서 바른 것인데 추위도 막아주어서, 석회보다는 더 좋습니다."

쯔핑은 또 벽 위로 눈길을 보냈다. 그곳에는 마치 목화를 탈 때 쓰는 활 같은 것이 달려 있는데, 많은 줄이 있는 것으로 미루어 악기로 짐작하면서 물었다.

"뭐라고 부르는 악기입니까?"

"공후箜篌라고 합니다."

쯔핑이 공후의 현을 손으로 튀겨보니 별로 울리지도 않았다.

"어려서 시를 읽을 때 '공후인箜篌引'이라는 제목이 있었는데, 이런 모양을 하고 있는 줄은 미처 몰랐군요. 선생께서 두어 가락만 타주신다면 견문을 넓히게 되겠습니다만, 어떠신지?"

"그대로 탄다면 아무런 뜻도 없어요. 가만 있자, 몇 시쯤 되었나? 한 사람을 불러오도록 하지요."

그리고 황룽즈는 창가로 가서 밖의 달빛을 보더니, "지금이 열 시쯤이니 상춍씨네 자매들이 아직 자지 않겠지, 불러볼까?" 하면서 위구를 보고 물었다.

"선 선생이 공후를 듣기를 원하시는데 상씨네 아후阿屬가 올 수 있을까?"

"영감이 차를 가져왔으니, 그를 시켜 불러오게 해보죠."

모두 자리에 앉자, 노인이 질그릇 화로와 물병, 찻주전자와 몇 개의 찻잔을 낮은 탁자 위에 가져다 놓았다. 위구가 그에게 말했다.

"상씨 댁에 가서 후구屬姑와 성구勝姑가 자지 않나 물어보고, 올 수 있나 알아봐줘요."

노인은 대답하고는 밖으로 나갔다. 이때 세 사람은 매화꽃 모양의 탁자를 사이에 두고 앉았는데 쯔핑이 창문에서 가장 가까웠다.

위구가 차를 따라 두 사람에게 건네고 모두 조용히 차를 마셨다. 쯔핑은 창문 틀 위에 몇 권의 책이 있는 것을 보고 집어서 보았다. 겉장에 '차중인어此中人語'라는 네 개의 큰 글자로 제목이 씌어 있었다. 책장을 넘기니 시도 있고 문장도 있는데 긴 구절의 가요가 가장 많았다. 모두가 손으로 쓴 것으로 글자들이 고왔다. 몇 수를 읽어보았으나 내용은 잘 알 수가 없었다. 우연히 책장을 넘기다가 화전지花箋紙 한 장이 나왔는데 사언시四言詩 네 수를 적은 것이었다. 그는 그것을 베껴두려고 위구를 보고, "이 시들을 베끼고 싶습니다만 괜찮으신지요?" 하고 물었다. 위구는 손에 들고 보더니, "맘에 드신다면 그냥 지니세요" 했다.

쯔핑이 자세히 보니 이렇게 씌어 있었다.

은서언銀鼠諺*

동산(東山: 산동 지방)의 새끼 호랑이*를 문으로 맞아 집을 맡겼더니,

이듬해에 사슴*을 잡아먹었네.

슬픔이 제齊, 노魯 땅에 났네.

잔해가 낭자한데 새끼 호랑이는 먹을 것이 부족하여 하늘에 날아오르고

돼지*를 추대하여 나라를 맡겼네.

새끼 호랑이는 털무늬도 뚜렷이 서산에 웅거하고

아담의 자손들*은 되는 대로 파괴되었네.

사방의 이웃이 진노하고*

하늘이 서쪽을 돌아보고는 돼지를 죽이고 호랑이를 죽이니

백성이 태평하게 되었네.

쯔핑이 여러 번 읽어보고는 물었다.

"이 시는 옛 가요 같습니다. 이 안에 반드시 어떤 뜻이 있는 것 같은데, 가르쳐주실 수 있겠습니까?"

"보시다시피 '차중인어'라고 하였으니, 외부 사람에게는 말할 수 없는 것이죠. 몇 년만 조용히 기다리시면 곧 아시게 될 겁니다."

황룽즈의 대답에 이어, 위구가 말했다.

"새끼 호랑이는 바로 위 대인이에요. 나머지는 천천히 생각하여 보시면 아실 수 있을 거예요."

쯔핑은 곧 납득하고는 더 묻지 않았다.

이때 멀리서 사람의 웃음소리가 들리더니, 잠시 후 복도에서 여러 사람의 발소리가 나고 곧이어 앞에까지 왔다. 노인이 먼저 들어와서 보고하였다.

"상씨 댁 아가씨가 오셨습니다."

황룽즈와 위구 두 사람이 맞으러 나서자, 쯔핑도 몸을 일으켰다. 나이는 스무 살 전후로 보라색 꽃무늬의 윗옷과 푸른색 치마를 입고, 머리는 위로 빗어올려 묶어 말꼬리같이 드리운 아가씨가 앞서고, 열세네 살에 남색 윗옷과 붉은 바탕에 흰 꽃무늬의 바지를 입고, 머리는 묶고 그 위에 쇠귀나물 잎같이 생긴 머리 장식을 꽂아 걸을 때마다 한들거리는 아가씨가 뒤따라 들어왔다. 서로가

자리를 권하고 나서, 위구가 소개하였다.

"이분은 성무현 선 현감의 아우님이 되시는 분인데, 오늘 마을에까지 가시지 못해 여기서 하루 저녁 쉬시게 되었어요. 마침 룽 아저씨께서도 오셔서 이야기를 재미있게 나누시다가 선 선생이 공후를 들으시고 싶다고 하셔서 두 분을 모셨어요. 주무시는 것을 깨워서 정말 미안해요."

두 아가씨가 함께 대답했다.

"별말씀을! 시골의 서투른 음악을 들어주실지 모르겠어요."

황룽즈가 말했다.

"그렇게 겸손해할 건 없어!"

위구가 나이가 위인 처녀를 가리켜 쯔핑에게 소개한다.

"이분은 언니로 후구라 하고," 그녀는 다시 나이 어린 쪽을 가리키며, "저분은 동생인 성구예요. 바로 이웃에 살고 있어 저희와 매우 가깝게 지내고 있어요."

쯔핑도 몇 마디 인사말을 하고는 다시 후구를 관찰했다. 몽실한 뺨에 눈썹이 길며 은행알 같은 눈, 입술은 붉으며 이는 희고 아름다운 중에도 영준英俊한 기상이 있어 보였다. 성구는 준수하고 미목眉目이 수려하였다. 노인이 들어와서 물병을 들어 찻주전자에 가득 따랐다. 맑은 물이 찻주전자에 가득 차자 곧 물러갔다. 위구는 잔 두 개를 집어서 차를 권했다. 황룽즈가 입을 열었다.

"시간도 늦었으니 시작해볼까."

위구가 공후를 들어 후구에게 건네주자 후구는 그것을 받지 않으려 하며 말했다.

"제 공후 솜씨는 위구 아가씨에게 따르지 못해요. 저는 피리를 가져오고 성구는 방울을 가져왔으니, 위구 아가씨가 공후를 타고, 제가 피리를 불고, 동생이 방울을 흔들면 얼마나 멋지겠어요?"

이에 황룽즈가 동의했다

"멋지고말고! 그렇게 하지."

후구가 물었다.

"룽 아저씨는 무얼 하시죠?"

"나야 듣기만 하는 거야."

"부끄럽지 않으세요? 그냥 듣기만 하시다니, 용음호소龍吟虎嘯 라고 하였으니 노래나 하세요."

"수룡水龍이라면 노래하지만 나는 밭 가운데 있는 용이니 숨어 있을 뿐 아무 짝에도 소용이 없어."

그러자 위구가 "방법이 있어요" 하고는 공후를 내려놓고 옆에 놓인 탁자로 가더니, 경磬을 가져와서 황룽즈 앞에 놓으면서 말했다.

"노래하시면서 쳐서 박자를 맞춰주세요."

후구는 앞섶에서 광채가 번쩍이는 옥으로 만든 것 같은 피리 하나를 꺼내서는 먼저 천천히 불었다. 이 피리는 입으로 부는 구멍이 있고, 옆으로 대여섯 개의 작은 구멍이 있어 손가락으로 막았다 열었다 하며 궁, 상, 치, 우의 음을 내게 되어 있어, 순라병들이 부는 소라껍데기 소리와는 달랐다. 피리 소리는 멈췄다 바뀌며 흐느끼듯 비장한 음색이었다.

위구 또한 공후를 무릎 위에 놓고는 줄을 고르고, 성구는 방울을 내어 왼손에 네 개, 오른손에 세 개를 들고는 후구를 주시하고 있었다. 후구의 피리 소리가 절을 끝맺는 것과 동시에, 성구는 두 손의 일곱 개 방울을 동시에 짤랑짤랑 흔들었다. 방울 소리가 시작되는 것과 동시에, 위구 또한 공후를 세우고 뚱땅뚱땅 하며 빠르게 늦게 타기 시작하였다. 방울 소리가 끝나고 공후 소리가 뚱땅뚱땅 울리며 피리 소리와 화음을 이루니 마치 광풍에 모래가 날리는 듯하였다. 지붕이 울리고 일곱 개의 방울이 저마다 박자를 맞추어갔다.

이때 황룽즈는 탁자에 기대어 위를 보면서 입을 열어 노래하기 시작했다. 이렇게 되자 목소리, 피리 소리, 방울 소리, 현 소리가 화합되어 구별해낼 수가 없었다. 귀에는 바람소리, 물소리, 인마의 잡다한 소리, 깃발이 펄럭이는 소리, 무기가 부딪치는 소리, 북소리 등이 어우러져 났다.

약 반 시간쯤 지나자 황룽즈가 경을 들더니 쟁쟁 하고 어지럽게 두드려 음절의 마디 사이에 화음을 넣었다. 이때부터 공후 소리가 점차 느려지고 피리 소리도 점차 낮아지면서 경의 맑은 소리만이 그치지 않았다. 잠시 후 성구가 일어나서 두 손을 번쩍 들고 방울을 어지럽게 마구 흔드니 이로써 음악이 모두 끝났다. 쯔핑은 일어나서 두 손을 맞잡고 찬사를 보냈다.

"여러분! 수고하셨습니다. 참으로 감격스럽게 감상했습니다."

그러자 여러 사람이 이구동성으로 말했다.

"부끄럽습니다. 웃음거리였습니다."

"지금 곡은 무슨 곡인지요. 그토록 살벌한 소리가 납니까?"

"「고상인枯桑引」 또는 「호마시풍곡胡馬嘶風曲」이라고 부르는 군악곡입니다. 공후로 연주하는 음악으로는 평화의 음악은 없고 대부분 비장하거나 처절한 것으로, 심할 때에는 사람을 울리기까지 합니다."

황룽즈가 대답하는 사이에, 모두들 악기를 제자리에 갖다 놓고 와 다시 자리에 앉았다. 후구가 위구에게 말했다.

"판구 아가씨는 어째서 여러 날째 돌아오지 않으시나요."

"언니는 조카가 아파서 두 달 동안이나 돌아오시지 못하고 있어요."

성구가 물었다.

"조카가 무슨 병이 났어요? 얼른 의사에게 보이지 않으시고?"

"누가 아니래요. 어린애가 말썽꾸러기라서 나으면 또 너무 먹어서 배탈이 나곤 하기를 두 번이나 하였으니 어떻게 치료가 되겠어요."

그리고는 여러 가지 집안 이야기를 한 뒤, 일어나서 작별을 고하였다. 쯔핑도 일어서니 황룽즈가, "우리도 저리로 나갑시다. 이제 자정도 되었으니 위구도 편히 자야지" 하고 말하면서 앞장서서 복도로 걸어 나갔다.

창에는 이미 달빛조차 없었지만, 창 밖의 암벽 위쪽은 쌓인 눈이 하얗게 비치고 있고 아래쪽은 깜깜했다. 열사흘 달은 이미 거의 서쪽으로 기울어 있었다. 동쪽 방에 이르자 위구가, "두 분은 여기 앉아 계세요. 제가 후구 아가씨를 바래다 주겠어요" 하고 말했다.

대청에 이르자 후구와 성구가 말렸다.

"괜찮아요. 저희들도 하인을 데리고 왔어요. 저 앞에서 기다리고 있어요."

그들의 이야기 소리가 한동안 두런두런 들리더니 얼마 후에 위구가 돌아왔다.

"너도 돌아가거라. 우리는 잠시 더 앉아 있겠다."

황룽즈가 말하자 위구는 자기 방으로 돌아가면서 인사했다.

"선생님, 이 침상에서 편히 주무십시오. 저는 이만 실례하겠어요."

위구가 가고 나자 황룽즈가 입을 열었다.

"류런푸는 참으로 좋은 사람입니다. 그런데 너무 지나치게 진실한 것이 탈이지요. 산속에서는 남아돌고, 성내에서는 좀 부족한 것 같으니 일 년쯤의 연분이라면 댁에게도 알맞을 겁니다. 일 년 후에는 정세가 변동될 터이니 말입니다."

"일 년 후에는 어떻게 될 것 같습니까?"

"조그만 변동이겠지요. 오 년 후에는 풍파가 일어날 거고, 십 년 후에는 정세가 크게 달라지겠지요."

"좋은 쪽입니까? 나쁜 쪽입니까?"

"물론 나쁜 쪽이지요! 그러나 나쁘다는 것이 바로 좋은 것이고 좋다는 것이 바로 나쁜 것이므로, 나쁘지 않다는 것이 좋다는 것이 아니고 좋지 않다는 것이 나쁘다는 것은 결코 아닙니다."

"무슨 말씀인지 잘 모르겠습니다. 좋으면 좋은 것이고 나쁘면 나쁜 것이지, 선생의 말씀에 의한다면 좋고 나쁜 것을 분별할 수 없지 않습니까? 가르쳐주십시오. 저는 사람들이 불경을 읽으면서 하는 '색즉시공色卽是空'이고 '공즉시색空卽是色'이니 어쩌니 하는 황당무계한 구두선口頭禪은 듣기만 하여도 머리가 어지러워집니다. 오늘 선생을 만나뵈오니 마치 구름과 안개가 걷히고 푸른 하늘이 보이는 듯하였는데 또 이런 알 수 없는 말씀을 듣게 되니 어찌 곤혹스럽지 않겠습니까?"

"제가 한마디 묻겠습니다. 달에 비유하자면, 달은 보름이면 밝고 그믐이면 어두워지며 상현, 하현에는 명암이 반반이 됩니다. 초사흘, 초나흘의 달은 실낱 같습니다. 왜 그럴까요? 이날이 지나면 차차 커지지요? 보름 후에는 또 점점 어두워지지요?"

"그거야 뻔한 이치입니다. 달은 원래 빛이 없는데 태양의 빛이 반사되어 태양이 비치는 반쪽은 밝고, 태양의 뒤쪽 반은 어두운 것입니다. 초사흘, 초나흘에는 달이 태양과 비스듬히 비치기 때문에 십분의 삼만 밝고 십분의 칠은 어둡게 보여 마치 실낱 같은 겁니다. 기실 달에는 반씩 밝고 어두운 분별이 없는 것입니다. 달이 차오르고 사그라지는 것은 모두 사람의 눈에 그렇게 보이는 것뿐이지 달 자체와는 아무 상관도 없는 겁니다."

"그 이치를 아시니, 좋은 것이 나쁜 것이고 나쁜 것이 좋은 것이라는 것이 달의 명암과 같은 이치라는 것을 아시겠지요."

"그 이치가 달의 차오르고 스러지는 것과 명암의 이치와 같을 수 없지요. 달의 어두운 쪽 반이 사람들을 향하고 있으면 사람들은 어둡다 하고, 밝은 쪽 반이 사람들을 향하고 있으면 사람들은 달이 밝다고 하는 것입니다. 초여드레와 스무사흘의 달은 사람과 정반대의 측면에 있기 때문에 반은 밝고 반은 어두워 상현과 하현이 된 것입니다. 따라서 사람이 보는 방향에 따라 모습이 달리 보이는 것입니다. 만약 스무여드레나 아흐레, 아주 어두운 때라도 사람이 달에 가본다면, 말할 것도 없이 달은 밝은 모습일 겁니다. 이것이 바로 명암의 이치인 것을 우리는 누구나 알고 있습니다. 반이 밝고 반이 어두운 것은 움직일 수 없는 원칙입니다. 반이 밝다는 것은 영원히 반이 밝은 것이고 반이 어두운 것은, 영원히 반이 어두운 것입니다. 밝은 것이 바로 어두운 것이고 어두운 것이 바로 밝은 것이라는 원칙은 영원히 통하지 않습니다."

이렇게 열심히 이야기하는데 문득 등뒤에서, "선생님, 그것은 잘못이에요" 하는 소리가 들려왔다.

11

북권北拳과 남혁南革

선쯔핑이 고개를 돌려보니 바로 위구였다. 언제 옷을 갈아입었는지, 위에는 꽃무늬 저고리, 바지 아래로는 여섯 치쯤 되는 한 쌍의 영지를 수놓은 신을 신었는데 아름답고 귀엽게 보였다. 한 쌍의 또렷또렷한 맑은 눈은 마치 물기를 머금은 듯, 선쯔핑은 급히 일어나며 맞이했다.

"위구 아가씨, 아직 주무시지 않았습니까?"

"자려고 했지만, 두 분의 말씀이 하도 흥미가 있어서 고담을 듣고 견문을 넓히려고 나왔어요."

"저 같은 것이 무슨 토론을 할 수 있겠습니까. 천생이 우둔하다 보니 깨달음이 없어 황 선생님의 가르침을 받고 있는 중입니다. 방금 아가씨께서 제가 틀렸다고 하셨는데 가르침을 주십시오."

"선생께서는 명백히 알지 못하시는 것이 아니라, 자세히 생각해 보지 않으신 거예요. 대부분의 사람들은 남이 뭐라고 하면 곧 그렇게 알 뿐 자기 자신의 총명을 발휘하려고 하지 않아요. 방금 달의 반은 밝고 반은 어둡다고 말씀하셨는데……, 달이 하늘에 떠서 움직이고 있는 것입니까? 움직이지 않는 것입니까? 달이 지구를 돌고 있다는 것은 누구나가 알고 있어요. 이미 지구를 돌고 있는 것임을 알고 있는 이상 그것이 움직이지 않을 수 없고 돌지 않을 수 없는 것임은 명백한 이치지요. 달이 궤도를 돌고 있다 하여 어찌 태양을 향한 쪽만이 밝다고 하겠어요. 이런 식으로 보아 그 밝고 어두움이 달 자체에는 증감이나 생멸이 없다는 것을 알 수 있으며, 그 이치 또한 본래부터 명확한 것이지요. 송대 이후 삼 교의 후예들이 남과 자신을 속여가면서 경서經書에 주석을 달아 삼 교의 성인들의 정의를 왜곡되게 풀이하였던 것이지요. 따라서 하늘은 '북권남혁北拳南革'이라는 재앙을 내려 성현의 가르침을 한 번에 말살하려 하였던 거지요. 이런 것은 자연적인 추세이지 결코 기이한 일이 아니예요. 불생불사, 불사불생, 즉생즉사, 즉사즉생이니, 여기에 어디 한 가닥 잘못이라도 있나요?"

"방금 달이 밝았다 어두웠다 하는 이치에 대하여는 약간 알 듯했으나, 지금 그 이치에 대하여 명확히 알려고 하지는 않겠습니다만, 두 분께서 장차 오 년 후에 풍파가 일어나고 십 년 후에는 형세가 크게 달라진다고 하셨는데, 그것에 대하여 몇 마디 말씀하여 주시면 감사하겠습니다."

이에 황룽즈가 말했다.

"삼원갑자三元甲子의 설에 대하여는 선생도 아실 것입니다. 동치同治 3년(1864)의 갑자가 상원上元 갑자의 첫해임은 선생께서도 알고 계시리라 믿습니다."

"네, 알고 있습니다."

"이 갑자는 이전의 세 갑자와는 다릅니다. 이번에 돌아온 갑자는 이전 육십 년의 일들을 모두 바꾸어놓습니다 동치 13년 갑술이 첫째 변變이고, 광서 10년(1884) 갑신이 둘째 변이며, 갑오(1894)가 셋째 변입니다. 그 다음 갑진(1904)이 넷째 변이고, 갑인(1914)이 다섯째 변입니다. 다섯 번의 변이 있은 후 모든 일이 안정될 겁니다. 함풍咸豊 갑인(1854)에 태어난 사람이 여든 살을 살아야만 이 육갑의 변을 모두 몸소 체험하게 된다는 것이니 매우 재미있는 일이죠."

"앞의 삼갑의 변은 저도 겪은 것이 되겠습니다. 그렇다면 갑술년에 동치 황제가 붕어하여 정세가 일변한 것이겠고, 갑신년은 프랑스가 복건福建에 와서 싸워 정세가 또 일변한 것이겠고, 갑오년에 일본이 우리 나라 동삼성東三省을 침략하여 러시아와 독일이 조정에 나서서 어부지리漁父之利를 얻어 정세가 일변한 것이겠지요.*이것들은 모두 겪었습니다. 뒤로 삼갑의 변동은 어떤 것인지요?"

"장차 북쪽에는 의화단 권비拳匪가 무자년(1888)에 일어나서 갑오년(1894)에 나타나고, 경자년(1900)에 이르러 앞의 '자'와 '오'가 맞부딪쳐 폭발했다가 갑자기 소멸될 겁니다. 이것이 북쪽의 강强입니다. 그것을 믿고 좇는 자로는 궁중의 장상將相에서 아래로 사대부나 백성에까지 이르며 그들의 주의는 한족을 압박하고 바다 밖까지 쫓아내려는 겁니다. 또 남쪽에서는 혁명이 일어나는데 무술년(1898)에 일어나서 갑진년(1904)에 이루어지고 경술년(1910)

에 이르러 앞의 '진'과 '술'이 맞부딪쳐 폭발하여 점차 흥성하는데, 그 이루어짐이 점진적이고 소멸도 느릴 겁니다. 이것이 남쪽의 강입니다. 그것을 신봉하고 좇는 자로는 역시 위로 장상에서 아래로는 사대부까지며 그들의 주의는 만주족을 구축하고 세상을 바르게 고치며 문명을 열려는 겁니다. 갑진년에는 문이 크게 열려 중국과 외국과의 불화, 한족과 만주족과의 시기 등이 모두 소멸될 겁니다. 위진인魏眞人의 『참동계參同契』*에 '원년元年에는 눈이 움튼다' 한 것은 갑진년을 가리킨 말입니다. '진'은 토土에 속하고 만물은 흙에서 납니다. 그러므로 갑진년 이후에는 문명이 싹트는 세상이 된다는 겁니다. 그것은 마치 나무의 눈이 움트거나 순이 껍질을 벗는 것과 같습니다. 눈에 보이는 것은 나무껍질이나 대껍질뿐이지만 속알맹이는 그 가운데에 숨겨져 있다가 십 년 사이에 껍질이 점점 벗겨져 갑인년에 이르러서는 완전히 벗겨지게 됩니다. '인'은 목木에 속하는 것으로 꽃잎의 상입니다. 갑인년 이후는 문명의 꽃이 만발하는 세상입니다. 비록 찬란하여 아름다우나 서방 여러 나라와 어깨를 나란히 하기에는 부족합니다. 바로 갑자년에 이르러 문명이 결실되는 세상이 되고 자립할 수가 있게 될 겁니다. 그러한 후에 유럽의 신문명이 다시 우리 나라의 삼황오제三皇五帝의 옛 문명에 영입되어 대동大同의 세상으로 들어가게 될 겁니다. 그러나 이러한 일들은 아직 요원한 것으로 삼십 년이나 오십 년 안에 이루어질 수 있는 일은 아닙니다."

쯔핑은 그의 말을 듣자 매우 기뻤다.

"그런 '북권남혁' 같은 사람들은 도대체 어떤 인연으로 이루어질까요? 하늘은 왜 이런 사람들을 내었을까요? 선생은 도에 밝으신 분이니 가르쳐주시기 바랍니다. 저로서는 전혀 알 수가 없습니다. 하늘은 호생好生의 덕이 있다고 하고 또 세상을 주재한다고 했는데 왜 이런 악인들을 내었으며, 무엇 때문일까요? 시쳇말로 이런 것을 엉망진창이라고 하는가 봅니다."

황룽즈는 머리를 끄덕이며 길게 탄식할 뿐 아무 말도 없더니 잠시 후 쯔핑에게 물었다.

"선생은 하느님이 둘도 없는 존귀하고 신성한 분이라고 생각하십니까?"

"물론 그렇습니다."

황룽즈는 머리를 옆으로 흔들면서 말했다.

"하느님보다 더 존귀한 한 분의 신이 계십니다."

쯔핑은 깜짝 놀랐다.

"아니, 그럴 수가 있습니까! 중국에 서적이 있은 이래 여태 하느님보다 더 존귀한 분이 있다는 말은 들어보지 못했습니다. 세계 각국의 어떤 사람으로부터도 하느님보다 더 존귀한 신이 있다는 말은 못 들었습니다!"

"선생은 불경을 보셨을 터인즉, 아수라 왕과 하느님이 싸운 일을 아시는지요?"

"알고야 있습니다만 믿지는 않습니다."

"이 이야기는 불경에뿐만 아니라 서양 각국의 종교에도 아수라 왕에 관한 이야기들이 있으므로 틀림이 없습니다. 아수라는 몇 년 간격으로 하느님과 싸워 결국은 지고 말았는데 다시 몇 년 후에는 또 싸움을 하였습니다. 그런데 아수라가 싸워서 졌을 때 하느님은 왜 그를 소멸하지 않았을까요? 그는 몇 년이 지나면 또 사람을 해칠 것이 아니겠습니까? 그가 사람을 해칠 것을 몰랐다면 그것은 무지인 것이고, 그가 사람을 해칠 것을 알면서도 그를 소멸시키지 않았다면 그것은 불인不仁입니다. 불인하고 무지한 하느님이 어찌 있을 수 있겠습니까? 이것은 하느님의 힘이 그를 소멸시킬 수 없었다는 것임을 알 수 있는 것입니다. 가령 두 나라가 싸움을 하는데 승패는 별도로 하고 한 나라가 다른 나라를 멸망시키거나 항복시켜 속국으로 하지 못하였다면 비록 싸워서 이겼다 하더라도 두 나라는 여전히 평등한 국가로 존재할 것은 정한 이치입니다. 하느님과 아수라도 이와 같은 것입니다. 그를 소멸시킬 수 없었고 또 그를 항복시켜 나의 명령을 듣게 할 수가 없었기 때문에 아수라와 하느님과는 곧 평등한 나라가 되었던 것입니다. 그러므로 하느님과 아수라는 존자尊者의 범위에서 벗어날 수가 없고, 존자의 지위가 하느님보다 윗자리라는 것을 알 수가 있습니다."

쯔핑이 화급히 물었다.

"저는 아직껏 들어보지 못했는데 그분의 법호法號는 어떻게 되시는지 가르쳐주십시오."

"법호는 세력존자라고 합니다. 세력이 미치는 데는 하느님도 감히 거스를 수가 없습니다. 예를 들어 말씀드리지요. 하늘에는 호생의 덕이 있어 겨울에서 봄, 봄에서 여름, 여름에서 가을로, 하늘이 내리는 호생의 힘은 충분합니다. 생각해보십시오. 만약에 여름날과 같이 온갖 나무, 풀, 벌레가 세상에 가득 차 있지 않은 때가 없게 그분이 호생을 계속하여 나간다면 일 년도 못 되어 이 지구는 가득 차버려서 어디에고 더 들어갈 빈 곳을 찾을 수가 없게 될 것 아니겠습니까? 그러므로 상설한풍霜雪寒風을 보내어 깨끗이 죽여버리고는 다시 하늘로 하여금 호생을 베풀게 하고 있으니, 이 상설한풍이 바로 아수라왕의 부하인 것입니다. 그리고 낳고 죽는 것에는 모두 세력존자가 작용하는 것입니다. 몹시 엉성한 비유가 되어 명확히 말씀드리지 못하였습니다. 그 정의를 일조일석에 완전히 전달해드릴 수가 없군요."

가만히 듣고 있던 위구가 물었다.

"룽 아저씨 오늘은 어째서 그렇듯 모두 기묘한 말씀만 하시지요. 선생님만 처음 들으시는 이야기가 아니고, 저도 듣지 못한 이야기들이군요. 도대체 세력존자가 참말로 있는 것인가요? 아저씨가 꾸며낸 우언寓言인가요?"

"그렇다면, 하느님이 있는 것일까? 만약에 하느님이 있다면 세력존자도 반드시 있지! 하느님과 아수라는 모두가 세력존자의 화신이라는 것을 알아야 해."

이에 위구는 손뼉을 치며 한바탕 웃더니 말했다.

"이제 알겠어요. 세력존자라는 것은 유가에서 말하는 무극無極이고, 하느님과 아수라왕을 합친 것이 바로 태극太極이라는 것이군요, 그렇죠?"

"그렇지, 바로 그거야."

선쯔핑도 기뻐했다.

"위구 아가씨의 말씀으로 저도 명백히 알겠습니다."

"그것은 그렇습니다만, 하느님과 아수라는 모두 종교가의 우언이 아니겠느냐 하시는데, 만약에 우언이라면 결국 무극과 태극이라 하는 것이 타당하겠지요. 그러나 하느님과 아수라의 존재나 그들과 관련된 사건들은 전부가 진실이라는 것을 알아야 합니다. 천천히 제 이야기를 들어보십시오. 이 이치를 모른다면 결코 북권남혁의 근원은 모르게 됩니다. 장차 선 선생께서는 이 두 가지 장애에 빠지지 않으시기 바라며, 위구도 아직 도가 얕으니 단단히 주의하도록 하거라. 먼저 세력존자가 태양궁을 주관하고 있다는 것을 말씀드리지요. 태양의 주위를 돌고 있는 위성들은 모두가 태양의 주동력에 의하여 돌고 있습니다. 그러므로 태양에 속해 있는 모든 부하들의 세력은 모두가 같으며 구분이 없습니다. 또 감동력은 서로 교차되어 여러 가지 변화를 낳는데 헤아릴 수 없을 만큼 많습니다. 따라서 각 종교가의 서적 중 이것에 관한 기록으로 유가의 『역경易經』만큼 정묘한 것은 없습니다. 『역경』이라는 책은 오로지 효상爻象에 대하여 말한 것입니다. 왜 효상이라고 하는가? '효'라는 글자를 보십시오."

그는 손가락으로 탁자 위에 글자를 쓰더니 설명을 계속했다.

"하나는 왼쪽으로 비껴 내리고 하나는 오른쪽으로 비껴 내렸으니 이것이 하나의 엇갈림입니다. 또 하나를 왼쪽으로 비껴 내리고 하나를 오른쪽으로 비껴 내리니 또 하나의 엇갈림입니다. 천상 천하 모든 일의 이치가 두 엇갈림 안에 있다는 것입니다. 첫번째 엇갈림은 정正이고 두번째 엇갈림은 변變이니, 하나의 정과 하나의 변은 서로 곱해지고 나눠져 끝이 없다는 것입니다. 이 이치는 참으로 정교하여 산학가算學家들은 조금 알 수 있다고 합니다. 산학가들은 같은 부호끼리 곱을 하면 양수이고 각기 다른 부호끼리 곱하면 음수가 된다 말하고, 더하고 빼고 곱하고 나누는 것을 어떻게 변화시키든 양수와 음수의 범위를 벗어나지 못한다고 합니다. 따라서 계문자季文子가 '세 번 생각한 후 행한다'고 말했으나 공자는, '두 번 생각하면 된다'고 말했습니다. 두 번은 있으나 세 번은 없는 것입니다. 번잡한 이야기는 그만하고 '북권남혁'에 대하여 다시 말씀드리죠. 권拳이라는 것은 사람의 주먹에 비유할 수 있는 것으로, 한 대 치면 맞는 것도 있고 맞지 않는 것도 있어 대단한 것이 못 됩니다. 그런데 한 대 친 것이 교묘히 맞으면 사람의 목숨까지도 잃게 되나 만약에 잘 피하면 아무 일도 없는 것이 됩니다. 장차 북권은 한 대 휘두르면 나라의 생명을 잃게까지 되는 무서운 것입니다. 그러나 한 대의 주먹이기 때문에 쉽게 지나가버립니다. 그런데 혁革으로 말하면 가죽, 즉 말가죽이나 쇠가죽 같은 것으로서, 이것은 머리끝에서 발끝까지 온통 쌀 수 있다는 겁니다. 예를 들어 피부병은 온몸이 곪아야 목숨을 잃게 되지만, 그 발병은 늦어서 마음을 기울여 치료한다면 목숨을 잃을 만큼 큰일까지 이르지 않습니다. 그러나 혁이라는 글자는 위가 괘효卦爻에 응하고 있어 소홀히 보아서는 안 됩니다. 여러분도 주의해야 합니다. 그들 도당에 섞여들게 되면 장차 그들과 함께 온몸이 곪듯 목숨을 잃게 됩니다.

제가 '택화혁괘澤火革卦'에 대하여 말씀드리겠습니다. 먼저 '택'자부터 말씀드리겠는데 산택통기山澤通氣란 바로 시내입니다. 시내에는 물이 있지 않습니까? 『관자管子』에 '택이 한 자 내려오면 생이 한 자 오른다'는 말이 있으며, 보통 '은택恩澤이 백성에게 내려지다'라고 하여 이 택은 분명히 좋은 글자입니다. 그러나 왜 택화가 흉괘인가? 또 수화기제水火既濟라는 길괘가 그 안에 있으니 사람들이 이상하게 생각하지 않을 수 있습니까? 이 두 괘의 분별은 바로 음양이라는 두 글자 위에 있으니 감수坎水는 양수陽水여서 수화기제의 길괘가 되고, 태수兌水는 음수陰水여서 택화혁澤火革은 흉괘인 것입니다. 감수의 양덕陽德은 비천민인悲天憫人에서 일어나서 '기제'의 상象이 되고, 태수의 음덕陰德은 분만憤懣과 질투에서 일어나기 때문에 '혁'의 상이 되는 것입니다. 「계사繫辭」에 '택화혁은 두 여자가 동거하며 그 뜻을 서로가 얻는다'라고 풀이하였습니다. 사람들은 일처일첩을 거느리고 있는데 서로가 질투하면 그 사람이 잘될 수 있겠습니까? 처음에는 오로지 남편을 혼자 차지하려다 이루어지지 않자 파괴주의로 나옵니다. 남편을 사랑하기 때문에 싸우고, 싸움이 붙으면 남편을 해하게 되는 것도 생각하지 않고 심지어는 자신의 생명을 잃는 것마저 생각하지 않게 됩니다. 이런 것은 질투심 많은 아녀자의 성질이라 합니다. 성인은 '두 여자가 동거하여 그 뜻을 서로가 얻는다'라는 두 마디로 표현하였는데, 이것은 남혁 제공諸公의 모습을 그대로 그려낸 것으로 사진을 찍어낸 것보다 더 선명합니다.

남혁의 수령들은 처음에는 관리나 상인들이어서 총명하고 뛰어난 인물들이었으나, 부녀자들의 음수나 질투하는 성질을 지니고 있어서 자기만이 있다는 것을 알 뿐 남이 있다는 것을 모르기 때

문에 세상에서 행하는 일이 뜻대로 되지 않는 거지요. 울분은 질투를 낳고 질투는 파괴를 낳게 됩니다. 이 파괴가 어찌 한 사람으로 될 수 있겠습니까? 같은 패를 서로 불러모아, 물이 얕은 데로 흐르고 불이 마른 데로 퍼져 나가듯 모일수록 점점 많아져서 일반 가정의 못된 자식들까지 모아들여 한 번에 불길이 번지듯 할 것입니다. 이미 거인擧人이나 진사進士, 한림翰林, 부조部曹 등의 벼슬을 하던 사람들은 조정의 혁명을 논할 것이고, 공부는 하였으나 성공하지 못한 자제들은 ABCD나, 또는 아이우에오ァィゥェォ 등을 배워 가정의 혁명을 논할 것입니다. 혁명이 논의되고 보면 천리天理나 국법國法, 또는 인정의 구속을 받지 않을 것이니, 어찌 통쾌하지 않겠습니까? 그러나 너무 통쾌한 일은 좋은 일이 아닙니다. 먹기를 너무 통쾌하게 하면 배탈이 나고, 마시기를 너무 통쾌하게 하면 술병이 납니다. 지금 천리를 관장하지 못하고 국법을 두려워하지 않고 인정을 가까이 하지 않고 멋대로 하면, 이런 통쾌는 재앙이 아니면 반드시 화만이 있을 뿐이니 능히 오래 갈 수 있겠습니까?"

이에 위구가 거들고 나섰다.

"저도 언젠가 아버지로부터 현재의 옥황상제가 권세를 잃고 아수라가 세력을 떨치고 있다고 들었어요. 그런즉 이런 '북권남혁'은 모두가 아수라의 부하인 요마귀괴妖魔鬼怪군요."

"그거야 그렇지. 성현이나 선불仙佛이 누가 그런 일을 하겠어?"

쯔핑이 물었다.

"하느님이 어찌 권세를 잃을 수 있습니까?"

"명색은 권세를 잃었다고 하나, 실은 권세를 양보한 것이지요. 아니! 권세를 양보하였다는 것도 역시 거짓 명색이고 실제로는 권세를 숨겨두었다고 해야겠지요. 예를 들어 가을이나 겨울에 식물들이 말라 죽는 것은 참으로 죽는 것이라 할 수 없는 것이 아닙니까? 다만 생기를 숨겨 힘을 비축하였다가 다음해의 성장을 위한 것이니까요. 도가의 말에, '천지가 어질지 않으면 만물을 추구芻狗*로 하고 성인이 어질지 못하면 백성을 추구로 한다'고 하였고, 또 '이미 제사에 쓰고 나서 다시 필요 없는 추구를 취하여 그 아래에 뉘면 반드시 마음이 개운치 않다'고 하였습니다. 봄, 여름에 태어난 것들은 가을, 겨울이 되면 이미 써버린 추구가 되어 부득불 버려야 합니다. 이것이 제가 말하는 세력존자의 작용이라는 것입니다. 위로는 삼십삼 천天에서 아래로 칠십이 지地에 이르기까지 사람이나 사람이 아닌 것이라도 모두가 두 파로 갈라져 있습니다. 한 파는 공리를 논하는 파로 하느님의 부하인 성현 선불이고, 다른 한 파는 사리를 따지는 파로 아수라의 부하인 귀괴요마인 것입니다."

"남혁이 천리와 국법, 인정을 파괴하였는데 어떻게 그를 믿고 따르는 사람이 있겠습니까?"

"선생은 천리와 국법, 인정이 남혁의 시대에 와서 비로소 파괴되었다고 봅니까? 아닙니다. 이미 오래 전에 망실되었습니다. 『서유기西遊記』는 도를 전하는 책으로 전체가 우언으로 되어 있습니다. 그 책 속에는 오계국烏鷄國 왕으로서 현재 왕좌에 앉아 있는 것은 가짜 왕이고 진짜 왕은 팔각의 유리 우물 안에 있다는 이야기가 있습니다. 지금의 천리와 국법, 인정은 바로 오계국의 금란전에 있는 가짜 왕과 같은 것으로 남혁의 힘을 빌려 가짜 왕을 죽인 후에 천천히 팔각 유리 우물 안에서 진짜 왕을 모셔내자는 겁니다. 참된 천리와 국법, 인정이 나와야만 천하가 태평해진다는 겁니다."

"진짜와 가짜를 어떻게 구별해냅니까?"

"『서유기』속에 있습니다. 태자가 모후에게 물으니 모후가 말하기를, '삼 년 전에는 몸이 따뜻했으나 삼 년 후에는 차기가 얼음장 같았다'고 하였습니다. 이 차다는 것과 따뜻하다는 것이 바로 진짜와 가짜의 증거입니다. 공리를 말하는 사람은 모두가 사람을 사랑하는 마음이 있기 때문에 입에서 따뜻한 김이 나오나, 사리를 따지는 사람은 전부가 사람을 미워하는 마음이 가득 차 있기 때문에 입에서 찬 김이 나오는 것입니다. 또 한 가지 비결이 있습니다. 제가 모두 말씀드릴 터이니 잘 기억하셨다가 장차 '북권남혁'의 횡액에 말려들지 않으시도록 하십시오. 북권은 귀신이 있어 작용을 한다하고 남혁은 작용하는 귀신이 없다고 합니다. 귀신이 있다는 것은 바로 요괴를 꾸며 어리석은 백성을 현혹시키는 것일 뿐 다른 뜻은 없습니다. 그러나 귀신이 없다고 하면 그 작용은 대단히 큽니다. 첫째로 귀신이 없다고 하면 조상을 섬기지 않게 되며 가정의 개념을 혁명적으로 바꿔버리게 되는 근원이 됩니다. 신이 없다면 무형의 견책이나 천벌이 있을 수 없으며 모든 천리에 위배되는 일을 할 수 있게 되고 또 못된 자식들을 선동할 수 있게 됩니다. 그러한 사람들은 국내의 외국인 거주지나 외국에서 살면서 국법을 위배하는 수단을 쓰며, 귀신이 있다고 하는 사람들을 욕하고 천리에 위배되는 수단을 행사하며 나라를 어지럽히는 신하나 불효한 자식을 호걸이라 하고 충신이나 훌륭한 관리를 노예라고 하여 인정에 위배되는 행위를 하게 됩니다. 그들의 모두가 구변이 있어 문장이나 말로써 대처하니 마치 질투의 여인이 집안을 파괴하고도 정정당당히 이유를 말하지만 집은 이미 파괴되어 있는 거나 같은 것입니다. 남혁의 여러 사람들 이론은 놀랍게도 훌륭하나 세상의 도는 그들에 의하여 파괴될 겁니다. 말하자면 이러한 종류의 난당 亂黨은 상해나 일본에서는 쉽게 판별되나 북경이나 기타 대도시에서는 판별하기가 어렵습니다. 그러나 잘 기억하여두십시오. 모든 일을 신에게 의탁하는 자는 북권당원이고, 애써 귀신이 없다고 말하는 자는 바로 남혁당원입니다. 만약에 이런 사람을 만나시면 경원하시어 죽음의 화를 벗어나도록 하시는 것이 긴요합니다."

선쯔핑은 주의 깊게 듣고는 대단히 감복하였다. 다시 더 물으려 할 때 창문 밖에서 새벽닭의 울음 소리가 들려왔다. 위구가 일어서면서 "너무 늦었어요. 정말 자야겠어요" 하고 말하더니, "안녕히 주무세요!" 하고는 문을 밀고 나갔다. 황룽즈는 맞은편의 책장에서 책 몇 권을 내어 베개로 삼고 몸을 눕히더니 어느 사이엔가 코를 골기 시작하는데 그 소리가 우레와 같았다. 선쯔핑은 방금 한 이야기들을 곰곰이 두어 번 되씹으며 잠자리에 들어갔다.

눈을 뜨자, 붉은 해가 창문에 가득 찼다. 그가 황급히 일어나보니, 황룽즈는 어느 사이엔가 가고 없었다. 노복이 더운 세숫물을 들여오고 나서 잠시 후에 조반이 들어왔다.

쯔핑이 노복에게, "미안하오. 아가씨에게 감사하다고 전해주오. 나는 급히 길을 떠나야겠소"라고 말하고 있는데 위구가 들어왔다.

"어저께 룽 아저씨가 말씀하시지 않으셨어요. 일찍 가셔야 소용 없다고요. 류런푸는 정오나 되어서 관제묘에 도착하실 것이니, 점심을 들고 가셔도 늦지 않아요."

쯔핑은 그 말대로 다시 몇 시간을 머물다가 점심 후에 위구와 작별하고 산 마을로 올라갔다. 그 마을은 인가가 제법 있으며, 점포는 많지 않으나 양편에 노점들이 들어서서 농기구나 시골의 일용 잡화 등 여러 가지를 팔고 있었다. 마을 사람에게 물어 관제묘를 찾아가니 과연 류런푸가 도착해 있었다. 만나자 수인사를 하고는 라오찬의 편지를 류런푸에게 건네주었다. 류런푸는 편지를 받아보더니 이렇게 말했다.

"저는 격식 없이 마구 생활하는 인간이 되어 관공서의 규칙도 모르고 재능도 미천합니다. 백씨의 명성에 누를 끼칠 듯하여, 사퇴하는 것이 옳을까 합니다만, 진얼 형이 톄 형의 편지를 갖고 와서는 꼭 가야 된다고 말했습니다. 또 여기 백수곡은 길이 험난하여 오시기 어려울 것 같아서 제가 여기까지 맞으러 나와 뵙고 모든 것을 사퇴하려고 생각했습니다. 선생께서 저를 대신하여 사퇴하도록 힘써주시기 바랍니다. 이렇게 말씀드리는 것은 결코 제가 게을러서나 또는 교만해서가 아닙니다. 소임을 감당해낼 수가 없을 것 같기에, 오히려 누를 끼쳐드릴까 두려워서입니다. 용서해 주시기 바랍니다."

"너무 겸손하신 말씀이십니다. 제 형님은 아랫사람을 보내면 불경할까 하여 특별히 저를 보내어 먼 길에 선생님을 모셔오라 하셨으니 물리치지 마시기 바랍니다."

류런푸는 형세가 사양하기 어려움을 알자, 별수없이 응낙하고는 자신의 일들을 깨끗이 정리한 후 선쯔핑과 함께 성무현청城武縣廳으로 갔다. 그곳에서 선둥자오를 만나 피차 이야기를 나누고는 흠모의 정을 느꼈다. 과연 선둥자오는 귀빈의 예로써 그를 대접하고 기타 모든 일들을 라오찬이 시킨 대로 처리했다.

그 후 처음에는 한두 건의 도난 사건이 발생하였으나, 한 달 후부터는 드디어 개가 밤에 짖지 않는 상태에까지 이르렀다.

12

겨울의 황하

　라오찬은 동창부를 떠나 성성을 향해 출발하니, 하루 만에 제하현의 남쪽 성내에 이르렀다. 여관을 찾는데, 거리의 여관마다 모두가 만원이어서 의아스럽게 생각했다.

　'전에는 이곳이 이렇듯 번잡하지 않았는데 어찌 된 일인가?'

　잠시 주저하고 있는데 문밖에서 한 사람이 들어오며, "됐어! 됐어! 곧 통하게 된대, 아마 내일 새벽에는 출발하게 될 거야!" 하고 소리쳤다. 라오찬은 그 말의 까닭을 물어볼 틈도 없이 또 다른 여관을 찾아가서 물었다.

　"방 있소?"

　"모두 찼습니다. 다른 집으로 가보시죠."

　"벌써 두 집이나 다녔는데 모두 방이 없다는군요. 아무 방이라도 괜찮으니 한 칸 내주시오."

　"여기서는 어쩔 수가 없군요. 동쪽 이웃에 있는 여관에 가보시죠. 오후에 단체 손님들이 드셨으니 속히 가시면 드실 수 있을지 모르겠습니다."

라오찬은 곧 동쪽 여관을 찾아가서 주인에게 물으니, 과연 방 두 개가 비어 있다기에 곧 짐을 옮겨와서 들었다. 사환이 세숫물을 가져오고 또 향나무 불씨를 가져와서 탁자 위의 화로에다 꽂고는, "손님, 담배 태우십쇼" 하기에 라오찬이 물었다.

"이곳은 왜 이렇게 번잡하지? 여관마다 만원이고?"

"요 며칠 큰 눈이 내린데다 북풍이 몰아쳐서 그저께부터 얼음 덩어리들이 흘러내리는데 집채만한 것도 있어, 부딪치면 부서질까 두려워서 배가 감히 건너지 못하고 있었습죠. 어저께부터는 상류의 물목에 얼음이 걸려 강 전체가 얼어붙었습죠. 바로 그 아래가 뱃길인데 강이 얼어붙는 바람에 몇 척의 나룻배가 얼어붙고 말았습니다. 어젯밤에 동창부의 리 대인이 이곳에 오셨습니다. 순무께 보고할 일이 있어서 여기까지 오셨다가 가시지 못하셔서 서둘러 현청에서 관리를 파견하고 많은 인부를 고용하여 얼음을 깨었습니다. 오늘 하루 종일 깨고는 건널 만한가 보려고 잠시 일손을 멈춘 동안에 그만 다시 얼어붙고 말았습죠. 손님께서 보시다시피 여관마다 손님이 만원인 것은 모두가 강을 건너가지 못한 사람들 때문입죠. 저희 여관에도 오늘 새벽까지 만원이었는데 손님 중에 어떤 노인이 강가에 나가서 한동안 살펴본 뒤, '이 얼음을 깨고 길을 통하기는 어려우니 이곳에서 죽도록 기다릴 것 없이 우선 낙구 雒口로 가서 어떤 방법이 있나 강구해야지' 하시고는 정오 무렵에 수레를 타고 떠나셨습죠. 손님께서는 참으로 운이 좋으십니다. 그렇지 않았으면 드실 집이 없을 뻔하셨습니다."

사환은 말을 마치자 짐을 챙겨 들고 나갔다. 라오찬은 세수를 하고 방문을 잠근 뒤 밖으로 나왔다. 먼저 제방에 올라가보았다. 황하는 서남쪽에서 흘러내려 이곳에 와서 구부러져서 동쪽으로 흘러가는데, 강 너비는 그다지 넓지 않아 건너편까지의 거리가 이리 가량이고 수면의 너비는 백여 장 정도밖에 되지 않았다. 위쪽에서 흘러내려온 얼음이 수면 위로 여덟 치쯤 떠오른 것이 보였다. 강 위로 일이백 걸음쯤 거슬러 올라가니 위쪽에서 얼음 덩어리가 하나둘 천천히 흘러내려오다가 이곳에 와서 앞쪽에 쌓인 얼음 덩어리에 막혀서 내려가지 못하고 멈춘 채 뒤에서 떠내려온 얼음 덩어리와 부딪쳐 뻐걱뻐걱 소리를 내며 울리고 있었다. 물의 흐름에 밀려 뒤의 얼음은 앞의 얼음 위에 덮치고, 앞쪽 얼음은 눌려서 점점 아래로 가라앉아가고 있었다. 수면은 겨우 백여 장 밖에 안 되는데 중앙의 흐름은 이삼십 장이나 되고, 양쪽은 수면과 같이 평평하게 이미 얼어붙어 얼기 전보다 더 평평하였다. 얼음 위에는 바람에 실려온 먼지가 덮여 마치 모래 벌판 같았다. 중앙의 흐름은 의연히 힘차게 흘러내리고 앞으로 미처 흘러가지 못한 얼음 덩어리들을 양쪽으로 밀쳐내어 양쪽 평평한 얼음 벌판 위로 밀어내고 있었다. 중앙의 흐름에 부딪쳐 튀어나온 얼음 조각들은 양쪽 얼음판 위로 오륙 자나 튀어서 거듭 쌓인 것이 마치 작은 병풍 같았다. 한동안 보고 있자니까, 이 얼음 조각들도 죽은 듯 움직이지 않았다.

라오찬은 다시 하류 쪽으로 걸어 내려갔다. 처음 왔던 곳을 지나 더 아래로 내려가니 두 척의 배가 보였다. 배 위에는 여남은 명의 장정들이 모두 장대를 들고 얼음을 깨는데 앞쪽을 깨다가는 또 뒤쪽을 깨곤 하였다. 강 건너편에도 두 척의 배가 있는데 역시 그들도 얼음을 깨고 있었다. 날이 점차 어두워오는 것을 보고는 여관으로 돌아오는데, 제방 위에 선 버드나무들이 땅바닥에 그림자를 드리우며 가지를 흔들고 있었다. 이미 달이 떠서 달빛이 밝게 비춰주고 있었다. 여관에 돌아오자 문을 열고 사환을 불러 불을 밝히게 하고 저녁밥을 마친 뒤 또 제방으로 나와 산책하였다.

그 무렵 북풍은 이미 잠잠해졌으나, 추위는 더욱 심했다. 다행히 라오찬은 선둥자오가 보내준 양가죽 윗옷으로 갈아입고 있어서 추위 속에서도 견딜 수 있었다. 얼음을 깨던 배는 아직도 그곳에서 얼음을 깨고 있었다. 배들은 모두 작은 등불을 켜고 있는데, 멀리서 보니 마치 한쪽 배에는 '정당현正堂縣'이라고 씌어 있는 듯하고 다른 한쪽에는 '제하현齊河縣'이라고 씌어 있는 것 같았다.

머리를 들어 남쪽 산을 바라보니, 흰 눈이 달빛에 비쳐 더욱 아름답게 보이고 겹겹으로 층을 이룬 산봉우리들은 분간하기 어려웠다. 또 몇 조각 흰 구름이 그곳을 덮고 있어, 구름인지 산인지 분간키 어려웠다. 가만히 정신을 가다듬어 보고서야 비로소 이것이 구름, 저것이 산이라고 구별할 수 있었다. 구름도 희고 산도 희고, 또 구름도 빛나고 산도 빛나고 있으나 구름은 달 아래에 있으므로 그 빛은 뒤에서 꿰뚫고 들어오는 것이고, 산의 빛은 달빛이 산 위를 비춰 산 위의 눈이 또한 반사되는 것이어서 빛이 두 가지였다. 그러나 가까운 곳은 이와 같으나 산들은 동쪽으로 이어져 멀리 있는 산일수록 하늘도 회고 산도 회고 구름도 또한 회어서 분간하기 어려웠다. 라오찬은 눈과 달빛이 어우러져 비치는 광경을 보다가 사영운謝靈運*의 시 두 구절을 생각했다.

　　밝은 달이 쌓인 눈에 비치고
　　북풍이 휘몰아치니 또한 애달픔이여.

　만약에 북풍이 휘몰아치는 추위를 경험하지 못하였다면 어떻게 '북풍이 휘몰아치니 또한 애달픔이여'와 같이 '애달픔[哀]'이라는 글자를 쓸 수 있었겠는가? 이 무렵 달빛은 땅 위를 밝게 비추고 있었다. 고개를 들어보니, 하늘에는 별 하나 보이지 않고 북쪽에 북두칠성만이 반짝이고 있는데 마치 흰 점같이 뚜렷이 보였다. 북두칠성은 비슷이 자미궁紫微宮의 서쪽에 걸려 자루는 위쪽에 두고 머리는 아래쪽으로 두고 있었다. 그는 생각에 잠겼다. '세월은 유수와 같아서 북두성의 한 자루가 동쪽을 가리키고 인간은 또 한 살을 더 먹었네. 한해 한해가 이렇듯 허무하게 지나가 결국에는 어떻게 될 것인가?' 또 『시경』에 있는 '여기 북쪽에 말[斗]이 있으나 술을 풀 수가 없네'란 구절을 생각했다. '지금 국가는 다난한 때를 맞고 있음에도, 왕공王公이나 대신들은 처벌을 두려워하여 될 수 있는 대로 일을 하지 않는 주의로 나와 모든 일들을 폐하고 있으니, 장차 이 나라는 어찌 될 것인가? 나라가 이 꼴이니 사내 대장부 어찌 집의 일만을 돌보고 있을손가?'

　여기까지 생각이 미치자 알지 못하는 사이에 두 뺨에 눈물이 흘러내렸다. 경치를 더 구경할 마음도 사라져 천천히 여관으로 돌아갔다. 그는 걸어가면서 얼굴에 무언가 붙는 것 같아서 손으로 문지르니 그것은 양볼에 얼어붙은 두 줄기 얼음이었다. 처음에는 어떤 영문인지 몰랐으나 잠시 생각해보고는 혼자 웃었다. 방금 흘린 눈물이 날씨가 차서 금세 얼어붙은 것이었다. 땅 위에도 틀림없이 몇 방울의 눈물이 떨어졌으리라. 괴로운 마음으로 여관에 돌아오자 그대로 잠자리에 들어갔다.

다음날, 일찍 일어나서 다시 제방으로 나가보니 얼음을 깨던 두 척의 배는 강가에 이미 얼어붙어 있었다. 제방 가에 있는 사람에게 물었더니, 지난 밤중까지 일했는데 앞쪽을 깨면 뒤쪽이 얼어붙고 뒤쪽을 깨면 앞쪽이 얼어붙곤 하여 오늘은 깨지 않고 결국 얼음이 꽁꽁 얼어붙으면 그 위를 건너가려 한다고 하였다. 그래서 라오찬도 그 방법밖에 없을 거라 생각했다. 할 일도 없기 때문에 성내로 돌아와 한 바퀴 산책을 하였다. 큰 거리에는 점포가 있을 뿐이고 뒷거리에는 기와집도 별로 없는 매우 황량한 모습이었다. 북방은 대부분이 이와 같은 모습이어서 별로 크게 이상할 것도 없었다. 방에 돌아와서 책 꾸러미를 풀고 손에 잡히는 대로 책을 꺼내니 마침 『팔대시선八代詩選』이 나왔다. 그것은 성성에서 어떤 호남 사람의 병을 치료해주고 사례로 받은 것이었다. 성성에 있을 때는 너무 바빠서 자세히 보지 못하고 책 꾸러미 속에다 넣어두었던 것이었는데, 오늘은 할 일도 없고 하여 자세히 읽어보아야겠다고 생각하였다. 원래가 스무 권으로 되어 있는데 첫 두 권은 사언시이고, 셋째부터 열한 권째까지는 오언시, 열두 권째부터 열네

권째까지는 신체시이며 열다섯 권부터 열일곱 권째까지는 잡언雜
言이고, 열여덟 권째는 악장樂章이고, 열아홉 권째는 가요歌謠, 마
지막 스무 권째는 잡저雜著였다. 제목을 대충 훑어보니 신체시 중
에 사조謝朓의 것 이십팔 수와 심약沈約의 것 십사 수가 있고 고체
시에는 사조의 것 오십사 수와 심약의 것 삼십칠 수가 나오는데
어딘지 불분명한 것 같아서 열 권째와 열두 권째를 내어 대조하여
보았으나 신체시와 고체시의 구별을 분간할 수가 없었다. 그는 마
음속으로 생각했다.

'이 시들은 왕임추개운王壬秋闓運이 편찬한 것인데 그는 당시 유
명한 사람으로『상군지湘君志』같은 것은 대단히 잘되었다고 하여
보는 사람들 모두가 칭찬하였는데, 이 시선집은 왜 이토록 마음에
들지 않는 것일까?'

또 이런 생각도 했다.

'심덕잠沈德潛이 편찬한『고시원古詩源』같은 것은 가요와 시를
한데 섞어놓은 것이 큰 결점이고 왕사정王士禎의『고시선古詩選』도
역시 마음에 들지 않는군. 역시 장한풍張翰風의『고시록古詩錄』이
그중 낫군. 어찌 되었든 옛사람의 시를 읊으며 소일하기로 하자.'

그는 한나절이나 책을 읽다가 다시 여관 대문간에 나와 한가하
게 서 있었다. 얼마 후에 막 돌아들어오려 하는데, 붉은 술이 달린
모자를 쓴 하인 차림의 사나이가 그의 앞에 오더니 공손히 인사를
하고는, "톄 어른께서는 언제 오셨습니까?" 하고 물었다. 그는 "나
는 어제 왔소!" 하고 대답은 했으나 누구의 하인인지 전혀 기억이
나지 않았다. 그러자 그 하인은 라오찬이 자기를 알아보지 못하는

것을 보고 웃으며 말했다.

"저는 황성黃升이라 부르옵고, 저의 어른은 황잉투黃應圖 어른이십니다."

"아! 그래 그래. 내 기억력이 이렇게 나빠서야! 수시로 댁으로 찾아갔으면서 자네를 못 알아보다니!"

"귀하신 어른은 건망증이 심하신 것 아닙니까?"

라오찬은 웃으면서 대답했다.

"아냐. 사람이 귀하지도 못하면서 이렇게 건망증이 심하단 말이야. 주인께선 언제 오셨으며 어디 머물고 계신가? 심심하던 차에 가서 이야기나 나눠야겠네."

"주인 어른께서는 장 대인의 위임으로 이곳 제하 부근에 목재 팔백만 료(料: 목재를 세는 단위)를 사러 오셨습니다. 이제 모두 사셨고 위원의 검사도 마쳐서 성성에 돌아가려는 참인데 강이 막혀서 이삼 일 기다려야 떠나실 수 있을 것 같습니다. 어른께서는 이 여관에 묵고 계십니까? 어느 방이시죠?"

라오찬은 손으로 서쪽을 가리키며 말했다.

"바로 저 방이네."

"저희 주인 어른께서는 바로 북쪽 방에 계십니다. 그저께 밤에 오셨는데 그 전까지는 일에 쫓기셨습니다만 위원들의 검사가 끝나서 겨우 이곳에 오셔서 머물고 계십니다. 지금 현청에서 점심식사를 하고 계신데 끝나시면 리 대인의 초대가 또 있어서 저녁식사는 들어와서 하실지 아직 잘 모르겠습니다."

라오찬이 고개를 끄덕이자 황성은 돌아갔다. 황잉투는 호를 런뤠이人瑞라고 하며, 나이는 서른 살쯤으로서 강서江西 사람인데, 그의 형이 한림으로 있다가 어사御使로 전출되었다. 군기처 소속의 따라미達拉密*와 친교가 있어 황런뤠이는 연관捐官으로 동지 벼슬을 얻어 산동의 하천 공사에 참여하고 있었다. 군기대신의 추천이어서 순무도 특별히 보살펴주고 있었다. 추천을 얻어 임금님께 아뢰어지면 지부知府의 벼슬에 나갈 것이 확실한 인물이었다. 사람됨도 별로 속되지 않아 성성에 있을 때 라오찬도 자주 왕래하였던 터라 잘 알고 있었다.

라오찬은 잠시 더 문간에 서 있다가 방에 돌아오니 어느덧 황혼 무렵이었다. 한동안 시를 읽고 있는데 글자가 보이지 않게 되어 촛불을 켰다. 이때 밖에서 사람이 들어오더니, "부 옹, 부 옹! 오랜만이야!" 하고 소리친다. 급히 일어나보니, 바로 황런뤠이였다. 서로 인사를 나누고는 자리에 앉아 헤어졌던 동안의 일들을 서로 이야기했다. 황런뤠이가 말했다.

"부 옹, 아직 저녁식사 전이겠지? 내 방에 누가 보내온 냄비 요리와 다른 요리 몇 접시가 있는데, 입에 별로 맞지 않을 것 같아서 오늘 아침에 주방에 살찐 닭과 몽골버섯을 넣어 볶으라고 했으니 먹을 만할 것 같네. 내 방에 가서 식사를 하세. 옛사람이 이르기를, '가장 심한 비바람에 옛 친구가 온다'고 했네. 이렇듯 강이 얼어붙어 무료하고 보니, 비바람보다 더욱 견디기 어려운데 친구를 만났으니 이제 적막하지 않게 되었네 그려."

"좋고말고, 좋은 안주가 있다니 자네가 청하지 않아도 가겠네."

황런뤠이는 탁자 위에 책이 놓여 있는 것을 보고는 손 가는 대로 짚어보니 『팔대시선』이었다. "이 시들은 잘 뽑은 것들인가 보군!" 하면서 몇 수 보다가 내려놓고는, "내 방으로 가세!" 하였다. 라오찬은 책들을 정리하고는 방문을 잠그고 런뤠이를 따라 안채로 들어갔다. 그곳은 세 칸의 방으로 되어 있는데 하나는 안방이고 나머지 두 개가 바깥방이었다. 문에는 비단 문발이 쳐져 있고 방 가운데에는 팔선탁자가 놓였는데 그 위에 유포가 씌워져 있었다. 런뤠이가, "식사는 다 됐나?" 하자 하인이 대답했다.

"잠깐만 더 기다리셔야겠습니다. 닭이 잘 익지 않습니다."

"먼저 접시부터 가져와. 술부터 먹자."

하인이 대답하고 나갔다가 잠시 후 탁자에 상을 차려 놓았는데, 수저가 네 벌이고 술잔도 넷이었다. 이에 라오찬이 물었다.

"또 누가 있나?"

"잠깐 있게. 곧 알게 되네!"

술잔과 수저는 놓여졌으나 의자가 두 개뿐이어서 하인이 다시 나가 의자를 가져왔다.

"캉에 올라가서 앉세!"

런뤠이가 말했다. 바깥방 서쪽은 캉이 있고 캉 위에는 돗자리가 깔려 있었다. 캉 중간에는 호랑이 털가죽이 깔려 있고 그 위에 아편을 피우는 기구가 놓여 있었다. 아편 기구가 있는 곳의 양쪽에는 늑대 가죽털의 요가 깔려 있고, 그 중간에 타이꾸太谷 등불이 빛을 발하고 있었다. 왜 타이꾸 등이라고 부르는가 하면 산서山西에는 부자가 많기 때문에 거의 모든 사람들이 아편을 피우고 있어, 아편을 피우는 기구가 다른 곳에 비하여 매우 훌륭하였다. 타이꾸란 현縣의 이름으로 이 현에서 나오는 등불이 바로 타이꾸 등불이다. 모양도 좋고 화력도 좋으며 불꽃도 커서 오대주五大洲에서 첫째로 손꼽히고 있었다. 만약에 구미歐美에서 나왔다면 세계 제일 가는 등 만드는 사람으로 신문에 게재되어 이름을 날렸을 것이고 그 국가에서도 그에게 전매 특허를 주었을 것이지만, 아깝게도 중국에 태어났기 때문에 그런 혜택을 못 입었다. 어떻든 중국에는 그런 조례가 없기 때문에 이 타이꾸에서 최초의 등을 만든 사람은 수주壽州에서 최초로 아편 피우는 대꼭지를 만든 사람처럼 비록 기물 이용으로 천하에 잘 알려졌으나 자신의 명성은 매몰되고 말았던 것이다. 비록 정당한 물건을 만드는 행위는 아니지만 이것 또한 시대가 그렇게 만든 것이니 어쩔 수 없는 것이다. 여담은 그만 하고, 아편 기구의 쟁반 안에는 몇 개의 경태람景泰藍의 합과 광주廣州에서 생산된 대나무 아편대가 두 개 놓여 있고, 양쪽에는 베개가 두 개 놓여 있었다. 런뤠이는 라오찬을 상좌에 앉히고 자신은 되는 대로 비스듬히 누운 채 아편대 하나를 집어서 아편을 담아 피우면서 말했다.

"부 옹, 자네는 지금도 피우지 않나? 사실 이것은 시간을 허비하고 일에 방해가 될 정도로 피우면 좋지 않으나, 중독만 되지 않게 한다면 심심풀이로는 아주 좋은 걸세. 자네는 왜 그토록 배척하나?"

"내 친구 중에도 피우는 사람이 많으나 중독이 되고자 피우는 사람은 없었네. 모두가 심심풀이로 피웠으나 피우다 보니 중독이 되고, 그 후부터는 심심풀이는커녕 도리어 큰 화가 되었다네. 형씨도 심심풀이 그만두게!"

"나는 자제를 하고 있으므로 결코 그렇게는 안 되네."

이렇게 말하고 있는데, 문발이 움직이더니 기생 둘이 들어왔다. 앞선 여자는 열일고여덟 살로 오리알 같은 얼굴 모습이고, 뒤따라온 여자는 열대여섯 살로 수박살 같은 얼굴 모습이다. 문턱에 선 채, 두 사람에게 인사를 했다. 이에 런뤠이가, "너희들 왔구나!" 하면서 상좌를 가리키며 말했다.

"이분은 톄 어른이시다. 성성에 계신 내 친구야. 춰이환翠環! 너는 그쪽에 앉아서 톄 어른의 시중을 들어드려라."

열일고여덟 살 되는 처녀는 곧 런뤠이 옆에 가서 캉 모서리에 앉았으나 열대여섯 살의 처녀는 앉기가 거북한 듯이 서 있었다. 라오찬은 신을 벗고 캉 가운데에 다리를 꼬고 앉고 그 여자를 앉게 했다. 그 여자는 몸을 옆으로 꼬고 조심스레 앉았다. 라오찬이 런뤠이에게 물었다.

"내가 듣기에, 이곳에는 이런 여자들이 없다고 들었는데 지금은 있는 건가?"

"아냐! 지금도 없어. 저 애들 자매는 원래 평원平原의 이십리포에서 장사하던 애들이네. 저 애들 포주의 남편은 이곳에 살고 포주 에미가 아이들을 데리고 이십리포에 가서 장사하다가 두어 달 전에 남편이 죽자 아이들만 그곳에 두면 도망갈까 두려워 포주가 모두 데려왔다네. 여기서는 장사를 하지 않으나 내가 무료해한다고 특별히 둘을 불러온 것이네. 이 애는 춰이화翠花라 하고 그 애는 춰이환이라고 하네. 둘 다 피부가 눈같이 희고 사랑스럽네. 자네 그 애 손을 보게. 자네 마음에 든다면 다행이네만."

라오찬은 웃으면서 답했다.

"아니야. 보지 않아도 되네. 자네 말이 틀리겠나?"

췌이하가 런뤠이에게 기대면서 췌이환에게 말했다.

"너, 아편에 불을 붙여 톄 어른께 드려라."

런뤠이가 "톄 어른은 피우시지 않으니 불을 붙여 내게 보내라고 해라" 하고는 불붙이는 심지를 췌이환에게 건네주었다. 췌이환은 허리를 굽혀 한 모금에 불을 붙여서는 대꼭지에 담아 건네주었다. 런뤠이는 뻐끔뻐끔 빨아댔다. 췌이환이 다른 대에 불을 붙이고 있는데 하인이 접시와 냄비를 갖다 차려놓고는, "어르신네들, 어서 술을 드십쇼" 하고 권하자, 런뤠이가 일어서면서 말했다.

"한 잔 드세. 오늘은 몹시 춥군."

라오찬을 상좌에 앉히고 자기는 맞은편에 앉아 췌이환을 상좌 옆에, 췌이화는 아래쪽 옆에 앉게 하였다. 췌이화는 술을 따르고는 술병을 내려놓고 숟가락을 들어 먼저 라오찬에게 안주를 떠다 주었다. 이에 라오찬이, "그대로 두어라. 나는 새색시가 아니니 혼자 먹을 수 있어" 하고 말하면서, 그녀에게 요리를 떠다 주었다. 런뤠이 역시 췌이환에게 요리 한 숟가락을 떠다 주었다.

"그냥 두세요. 황송해서……."

췌이환은 황망히 일어나더니 췌이화에게 한 숟가락 떠다 주었다. 그러자 췌이화가, "괜찮아요. 제가 먹겠어요" 하고는 숟가락으로 받아 입으로 가져가서 조금 먹고 내려놓았다.

런뤠이가 재삼 췌이환에게 요리를 들라고 하였으나, 췌이환은 대답만 할 뿐 손을 움직이지 않았다. 런뤠이는 문득 생각난다는 듯이 탁자를 치더니, "옳지! 옳지!" 하면서 목청을 돋우어 소리치자, 문발 밖에서 하인 한 사람이 들어왔다. 하인이 들어와서 예닐곱 자 남짓 떨어진 안에까지 와서 섰다. 런뤠이가 고개를 끄덕여 그를 가까이 오게 불러서 그의 귀에 대고 몇 마디 지껄였다. 하인은 연방 "네네!" 대답하더니 그대로 물러갔다. 잠시 후 문밖에 남색 무명 솜옷을 입은 남자가 들어왔다. 손에는 두 개의 삼현금이 들려 있는데 하나는 췌이화에게 다른 하나는 췌이환에게 건네주고는 췌이환에게 말했다.

"어르신께서 요리를 먹으라고 하신다. 어른들게 잘 시중드려라!"

췌이환이 마치 똑똑히 못 들었다는 듯이 그 사나이를 쳐다보자, 사나이가 다시 말했다.

"너보고 먹으라고 하신다. 아직도 잘 모르겠니!"

췌이환이 고개를 끄덕이며, "알았어요" 하고는 숟가락을 들어 황런뤠이에게 휘퇴이火腿*를 떠주고, 또 하나는 라오찬에게 떠주었다.

"됐어, 그만!"

라오찬이 말하자 런뤠이가 술잔을 들었다.

"먼저 한 잔 건배하세. 그리고 저들 자매에게 두어 곡 노래를 부르게 하세. 들어!"

말하는 사이에 그 여자들은 삼현금의 가락을 고르고는 노래를 불렀다. 런뤠이는 젓가락으로 냄비 안을 한동안 뒤적이다가 맛있는 것이 없는 것을 보고는 말했다.

"이 냄비에 든 요리들은 모두 이름이 붙어 있는데, 자네 알고 있나?"

"몰라!"

라오찬이 대답하자 그는 젓가락으로 가리키며 말했다.

"이것은 노발충관怒髮衝冠*의 물고기 지느러미이고, 이것은 백절불굴百折不屈*의 해삼이며, 이것은 연고유덕年高有德*의 닭이고, 이것은 주색과도酒色過度*의 오리이며, 이것은 시강거포恃强拒捕*의 돼지 발꿈치이며, 이것은 신심여수臣心如水*의 국물이네" 하고 설명하자, 두 사람은 한바탕 크게 웃었다.

그들 두 자매는 다시 두세 곡 더 불렀다. 하인이 찐 닭요리를 가져오자 라오찬이, "술은 충분했네. 식기 전에 밥이나 드세" 하고 말했다. 하인이 곧 밥 네 그릇을 가져왔다. 췌이화가 받아 두 사람 앞에 각각 놓고 닭곰탕을 떠놓았다. 식사를 마치자 얼굴을 닦은 뒤 런뤠이가, "다시 캉 위에 올라가 앉지" 하였다.

하인이 상을 치우는 동안 네 사람은 캉 위로 올라갔다. 라오찬이 상좌에 앉고 런뤠이가 아랫목에 앉자 췌이화는 런뤠이의 품에 안겨 그에게 아편을 태워주고, 췌이환은 캉 옆에 앉아 무료히 삼현금의 줄을 둥둥 퉁기고 있었다.

"부 형! 오랫동안 자네의 시를 못 보았네. 오늘 타향에서 옛 친구를 만났으니 마땅히 한 수 지어 우리들에게 들려주지 않겠나?"

"요 이삼 일 동안 강이 언 것을 보고는 시를 짓고 싶은 생각이 나서 마침 저쪽에서 그것을 생각하던 중이었는데 자네가 소란을 떨어 시상詩想이 '주색과도'의 오리에게 들어가버렸네."

"자네 그토록 빨리 '시강거포'해서는 안 되네. 그렇다면 내가 '노발충관' 하겠네."

그리고는 두 사람이 함께 "핫, 핫, 하!" 하며 크게 웃었다.

"그래, 그래, 내일 써서 보여줌세."

"그건 안 되네. 저것 보게. 저쪽 벽을 널찍하게 새로 단장한 것은 자네의 시작詩作을 위해 특별히 마련한 것이네."

라오찬은 머리를 흔들면서 말했다.

"저곳은 자네가 시 쓸 곳으로 남겨둠세!"

런뤠이는 아편대를 쟁반 안에 던져넣었다.

"조금이라도 허술히 하면 도망치는군. 마음대로 도망칠 수 있을 것 같나?"

런뤠이는 몸을 일으켜 방안으로 들어가더니 붓과 벼루와 먹을 갖고 와서 탁자 위에 놓았다.

"췌이환, 너 먹을 갈아라!"

췌이환이 식은 찻물을 따라 먹을 갈기 시작했다. 췌이환은 잠깐 사이에 먹을 다 갈았다.

"다 갈았습니다. 쓰십시오."

"췌이화, 넌 등잔을 들고 있거라. 췌이환은 벼루를 들고, 나는 먼지를 털지."

런뤠이가 털개를 들고는 붓을 라오찬의 손에 건네주었다. 췌이화가 촛대를 들어올리자, 런뤠이가 먼저 캉에 올라가서 새로 단장한 곳을 털었다. 췌이화와 췌이환도 캉 위에 올라와서 좌우에 섰다. 런뤠이가 손짓을 했다.

"자! 올라오게!"

"자네 법석에는 못 당하겠군."

라오차우 우으면서 캉에 올라, 붓을 벼루에 대고 충분히 저셨다.

붓을 "후! 후!" 하고 분 뒤에 벽 위에 이리 구불 저리 구불 쓰기 시작했다. 췌이환은 벼루의 먹이 얼까 두려워서 연방 "후! 후!" 하고 김을 불었으나, 붓에는 엷은 얼음이 붙어 붓끝이 써갈수록 굵어졌다. 잠시 후 쓰기를 마쳤다.

땅은 갈라지고 북풍이 노호怒號하니 온통 얼음이 강을 덮었네.

뒤의 얼음이 앞의 얼음을 쫓아 서로 넘고 또 서로 부딪쳐,

강 굽이를 막을 듯이 높다랗게 은빛 다리를 놓았네.

돌아갈 사람은 길게 탄식하고 길손도 공연히 탄식하네.

넘칠 듯 가득 찬 물을 사이에 두고 수레도 갈 수가 없어,

비단 자리에서 기생과 더불어 노래를 부르며 이 처량한 밤을 어지럽히네.

런뤠이는 읽고 나서 감탄하며 말했다.

"좋은 시야! 좋은 시! 그런데 왜 이름을 쓰지 않나?"

"강우江右 황런뤠이라고 쓸까?"

"그럴 수야 없지. 시를 썼다는 명예를 얻는 것은 좋지만, 공무 중에 기생을 끼고 술을 마셨다면 파면 처분감일 터이니 그건 좋지

않군."

라오찬은 부찬이라고 두 글자를 쓰고는 캉에서 뛰어내렸다. 췌이환 자매는 벼루와 촛대를 내려놓고 모두가 화롯가로 와서 손을 쬐었다. 숯은 이미 모두 타버려서 다시 새 숯을 얹었고 라오찬은 캉 옆에 서서 황런뢰이를 향해 손을 맞잡으면서 말했다.

"실례 많았네. 이제 돌아가서 자야겠네."

런뢰이가 잡으면서 말했다.

"바쁠 것 없네. 나 오늘 경천동지驚天動地할 사건을 들었네. 그것은 많은 사람의 생명이 관계되어 있는 몹시 기괴한 내용이어서 바로 자네와 상의하고 내일 아침에 곧 복명復命하려고 생각 중이네. 두어 대 피우고 정신을 가다듬어 이야기하세."

라오찬은 별수없이 다시 자리에 앉았다.

13

기녀의 슬픈 사연

라오찬은 다시 주저앉은 뒤, 황런뤠이가 아편을 피우고 나서 경천동지할 사건을 들려주기를 기다리면서 되는 대로 옆으로 누웠다. 췌이환도 이 무렵에는 꽤 친숙해져서 라오찬의 무릎 위에 기대면서 애교스럽게 물었다.

"뎨 어른 댁은 어디세요? 이 시는 무슨 뜻이죠?"

라오찬이 하나하나 그녀에게 설명해주자 그 여자는 골똘히 생각에 잠기더니, "참말 틀림없는 말씀이군요. 그런데 시라는 것은 이런 말을 하는 건가요?" 하고 되물었다.

"이런 말을 하지 않는다면 어떤 말을 하지?"

"제가 이십리포에 있을 때 많은 손님들을 뵈었는데 그분들도 언제나 벽에 시를 쓰셨어요. 저는 그분들이 그 시를 설명해 들려주시는 것이 가장 큰 기쁨이었어요. 그분들의 이야길 들어보면 대개두 가지 뜻으로 나눠지더군요. 상등에 속하는 손님이면 자신의 재능이 뛰어난데 천하 사람들이 자기를 알아보지 못한다고 말씀하시고, 조금 하등에 속하는 손님이면 저 여자 애가 얼마나 예쁘고, 자기와는 얼마나 좋아하는 사이라는 것을 말하더군요. 그런 손님들의 재능이 어떤지 저희들은 알 수 없으나, 어떻게 된 것이, 거쳐 가시는 분들은 모두가 재능이 있는 분들뿐이고 재능 없으신 분은 보려 해도 전혀 볼 수가 없었죠. 제가 좀 바보 같은 말씀을 드리겠어요. 그토록 재능이 없는 분이 적으니 속말에 물건이 적으면 귀하다고 한 것처럼, 재능이 없는 사람이 보물같이 되지 않겠어요? 그건 그렇고, 여자 애들이 얼마나 예쁘며 어쩌고저쩌고 말하는 분들의 대상들은 모두가 저희들이 언제나 보는 몇 여자뿐이에요. 어떤 기생은 코와 눈조차 제대로 붙지 않은 애도 있는데 그분들은 서시西施에 비유하지 않으면 왕장王嬙에 비유하시고, 침어낙안(沈魚落雁: 물고기가 숨고 나는 기러기가 떨어진다)할 만큼 예쁘다 하지 않으면 폐월수화(閉月羞花: 달이 제 모습을 가리고 꽃이 부끄러워 숨는다)할 만큼 예쁘다고 하는 거예요. 왕장이 누구인지 저는 알지 못하는데 어떤 사람 말에 소군昭君 아가씨라고 하더군요. 제 생각에 소군 아가씨나 서시 아가씨가 모두 그런 모습들은 아니었으리라 생각하는데요? 정말 믿을 수 없어요.

또 여자 아이들이 자기와 어떻게 좋아지내고 사랑이 얼마나 깊고 하는 이야기를 듣고, 한 번은 제가 바보스럽게도 그 여자 아이에게 물어보았더니 그 여자 말이, 그 사람 하룻밤 내내 귀찮게 하고는 날이 밝아 그에게 화대로 두어 냥 은자라도 달라고 하면 금방 얼굴을 꼬집고 어깨를 세우며 '어젯밤에 계산대에서 모두 냈는데 또 무슨 화대냐?' 하고 소리친대요. 그래도 이쪽에서 재삼 부탁하면서 '계산대에 내신 돈은 종업원이 일 할, 계산대에서 일 할씩을 떼고 나머지는 모두 포주가 갖고 한 푼도 남기지 않아요. 저희들은 화장품값이나 몸에 걸치는 작은 옷가지까지 모두 저희 자신이 사야 해요. 그저 노래만 듣고 가시는 어른들에게는 화대를 달라고 부탁드릴 수가 없어서 주무시고 가시는 어른들에게만 두어 푼이나마 수고비를 주십사 말씀드리는 거예요' 하면, 그는 이백 전짜리 작은 꾸러미를 방바닥에 내동댕이치면서 '이런 강도 같은 년들, 정말 인간도 아닌 개년들이군!' 하고 욕을 한 대요. 생각해보세요. 이러고도 사랑이 있다고 할 수 있나요? 그래서 저는 시 쓰는 분은 별로 탐탁지 않은 분이고, 헛소문만 만들어내는 이에 지나지 않는다고 생각했어요. 그런데 어른의 시는 왜 그런 데가 없죠?"

이에 라오찬은 웃으면서 말했다.

"스승에 따라 가르치는 것이 다르고, 광대마다 그 재간이 다르다고 하지 않느냐? 내 스승은 나를 가르치실 때 그런 것을 가르치시지 않았기 때문에 다른 거야."

황런뤠이는 그제서야 한 대 피우기를 마치고 아편대를 놓으며 말했다.

"참말 그래. 사람은 인상人相에 따르지 않고 바닷물은 말로 될 수가 없다고 했듯이, 시를 짓는 것은 헛소문을 지어내는 것에 지나지 않는다는 말을 이런 아이들에게서 들으니, 이후부터는 나도 아예 시를 짓지 말아야겠어. 헛소문이나 지어낸다는 저들의 웃음거리는 면할 테니 말야."

"제가 감히 어떻게 어른께 농담을 할 수가 있어요? 저희들은 시골에서 세상 구경을 못한 애들이 되어 함부로 지껄였나 봐요. 어른께선 나쁘게 생각하시지 마세요. 제가 사죄드리겠어요."

췌이환은 몸을 황런뤠이 쪽으로 돌리고는 몇 번 머리를 조아렸다.

"누가 너를 나쁘다고 했느냐? 네 말이 참말이야. 그런 말을 한 사람이 없었을 뿐이야. 그건 마치 바둑을 두고 있는 자는 모르고 있어도 옆에서 보는 자가 잘 알고 있는 것과 같은 거야."

런뤠이가 이렇게 말하자 라오찬이 말했다.

"그건 그만 하고. 자네가 말한 그 기괴한 사건이나 얼른 말하게. 내일 새벽에 복명해야 한다면서 어찌 그렇게 늑장을 부리나?"

"서둘지 말게. 먼저 내가 말하는 이치나 들은 후에 그 사건은 천천히 듣게. 그보다 먼저 묻겠는데, 강의 얼음이 내일은 풀릴 수 있을까?"

"풀릴 수 없을 거야."

"얼음이 풀리지 못한다면, 얼음 위를 건너가겠다는 건가? 내일 출발할 수 있겠나?"

"출발할 수 없을 거야."

"출발할 수 없다면? 내일 새벽에 일어나는 길로 무슨 용무라도 있나?"

"없네."

"그렇겠지! 그렇다면 무엇 때문에 그토록 황급히 돌아가려 하나? 이렇게 답답하고 한적할 때 친구와 같이 이야기를 나누는 것이 고생 중의 낙이 아닌가. 하물며 여기 있는 두 자매가 비록 모란이나 작약꽃에는 비교할 바가 못되더라도 견우화나 담죽엽화보다는 낫지 않겠나? 초 심지를 잘라내고 차를 따르게 하는 것도 흥취가 있지 않나? 자네에게 말하네만, 성성에 있으면 자네도 바쁘고 나도 바빠서 이야기를 나누고 싶어도 여가가 없었지. 오늘 이렇게 서로가 만난 것도 쉽지 않은 인연이니 한바탕 이야기나 하세. 늘 말했네만 사람이 세상을 살아가는 데 가장 괴로운 것이 말할 곳이 없는 걸세. 아침부터 밤까지 말할 곳이 없다면 어떻겠나? 대범한 사람은 뱃속으로부터 말이 나온다고 하는데 거기에는 두 가지가 있다고 하네. 하나는 아랫배 깊은 곳에서 나오는 것으로 자기의 말을 할 때이고, 또 하나는 목구멍 속에서 나오는 것인데 그것은 남의 말에 응수할 때 하는 말이라네. 성성에 있는 사람들은 나보다 강한 사람이 아니면 나보다 못한 사람들이네. 나보다 강한 자는 나를 거들떠보지도 않기 때문에 나와 이야기를 나눌 수 없고, 나보다 못한 자들은 나를 시기하기 때문에 또한 이야기를 나눌 수 없네. 그렇다면 나와 비슷한 사람은 없느냐 하면 그렇지도 않네. 차이가 별로 없는 경우일지라도 마음씀이 전혀 다르다네. 그들은 스스로 나보다 강하다 생각하고는 나를 거들떠보지 않거나, 또는 스스로가 나보다 못하다 생각하고는 나를 시기하네. 따라서 이야기를 나눌 데가 없다는 걸세. 자네 같은 사람은 그런 것을 따지지 않는 권외의 인물이지. 오늘 이렇듯 쉽지 않게 만났고 평소부터 자네를 존경하고 있으니 자네는 나를 동정하여 함께 이야기를 나눠도 좋을 터인데 그렇게 조급히 가려고 하다니, 어찌 그토록 나를 괴롭히려 하나?"

"그래, 그래. 자네와 함께 이야기를 나누겠네. 나도 돌아가야 역시 할 일 없이 앉아 있을 텐데 무엇 때문에 억지를 쓰겠나? 자네가 두 아가씨를 불러 정담을 나누거나 재미를 보며 희희낙락할 텐데, 내가 있으면 불편할까 봐 그런 걸세. 실은 나도 도학자가 아닌 이상 찬 돼지고기를 먹으려 하겠나? 무슨 가짜 법규라도 있다고."

"바로 저 애들 일인데, 자네와 상의하려는 걸세."

이렇게 말하고는 일어나서 췌이환의 소매를 걷어올렸다. 팔뚝이 나오자, 그는 라오찬에게 가리키며 말했다.

"자네, 이 상처를 보게. 비참하지 않은가?"

라오찬이 보니 그녀의 팔뚝에 온통 푸른 줄과 보라색 점들이 있었다. 런뤠이가 다시 말을 이었다.

"팔이니까 이 정도지 아마 몸은 더 비참할 걸세. 췌이환, 옷을 벗어보아라."

췌이환은 이때 이미 두 눈에 눈물이 가득 괴어 거의 참을 수 없는 지경이던 참에 그에게 손을 잡혀 끌리자 그만 눈물이 방울방울 떨어졌다.

"무얼 보세요! 창피해요."

"이것 보게. 애가 이렇게 바보 같다니까. 보이는 게 뭐가 두려우냐? 이런 장사를 하며 뭐가 부끄럽다는 거냐?"

"부끄럽지 않고요."

췌이화는 이때 눈에다 가득 눈물을 머금으며, "그 애보고 옷 벗으라고 하지 마세요" 하고는 창문 밖을 흘끗 보더니, 낮은 목소리로 런뤠이의 귀에 대고 무어라고 두어 마디 속삭이자 런뤠이는 고개를 끄덕이고 아무 말도 하지 않았다. 라오찬은 이때 캉 위에 비스듬히 드러누워서 이런 생각에 잠겨 있었다.

'저 애들은 모두가 남의 귀한 딸들이야. 부모가 저 애들을 기를 때에는 얼마나 많은 정성을 쏟았고, 얼마나 많은 애를 썼을 것인가? 장난을 하다가 조금 다치기라도 하면 어루만져주었을 것이고 또 그뿐만 아니라 마음 또한 얼마나 언짢아했을 것인가? 만약에 남의 집 아이가 두어 차례 때리기라도 하였다면 마치 큰 원한이라도 산 듯이 대했을 것이야. 아이에 대한 극진한 사랑은 더 말할 것도 없는 것이지. 그렇듯 고생하여 어른으로 키워놓고도 기근을 만났거나 부모가 아편을 피우기 때문에, 또는 도박을 좋아했거나, 관청의 어떤 죄에 연루되어 만부득이 어물어물하는 사이에 딸을 이런 곳에 팔아 포주에게 잔혹한 대우를 받아가며 말로는 형용할 수 없는 지경에 떨어지게 했을 것이야.'

평생에 보고 들은 바, 모든 포주들의 악랄함이 마치 같은 스승에게서 똑같은 학문을 물려받기라도 하듯이 그 수단이 똑같다고 하니, 이것을 생각하면 분노와 슬픔이 치밀어 올라 라오찬은 자신도 모르는 사이에 눈에 눈물이 배어 나왔다.

좌중의 모든 사람은 한마디 말도 없이 조용히 앉아 있었다. 그때 밖에서 짐을 멘 사나이 하나가 나타나더니 황런뤠이의 하인을 따라 안채로 들어갔다. 그 하인이 나오더니 런뤠이에게 보고했다.

"주인 어른, 톄 어른의 방문 열쇠를 가지러 왔습니다. 췌이환의 짐을 넣을까 합니다."

이에 라오찬이 끼어들었다.

"주인 어른의 방으로 가져 가야지."

그러자 런뛔이가 말했다.

"이봐, 찬 돼지고기를 먹을 것 없네. 열쇠를 내어놓게."

"그건 안 되네. 나는 전부터 그런 건 하지 않네."

"나는 벌써 돈까지 치렀어. 괴로울 게 뭐 있나?"

"돈 준 것은 괜찮네. 얼마가 되는지 몰라도 내가 내일 자네에게 갚으면 되니까. 이미 돈까지 치렀으니, 저 애들 포주가 뭐라고 지껄이지는 않을 테고 또 저 애들을 못살게 굴지도 않을 테니 뭘 걱정하나?"

이때 췌이화가 끼어들었다.

"어른께서 정말로 저 애를 돌려보내시면 저 애가 손님께 잘못을 저지른 것으로 알고 틀림없이 한바탕 매를 맞게 돼요."

"다른 방법이 있지. 오늘 저 애를 돌려보내면서, 포주에게 내일 다시 저 애를 부르겠다고 하면 아무 일도 없을 것 아닌가? 더구나 황 어른이 부른 사람이니 나와는 상관없지. 내가 돈을 낸다면 일이 수월하게 되는 것이 아니겠나?"

그러자 런뛔이가 말했다.

"나는 원래 자네를 위하여 부른 것이고, 나는 지난밤에 이미 췌이화를 머물게 하였으니 오늘따라 췌이화를 보낼 수도 없는 것이 아닌가? 모두가 기분 내보자는 것뿐이지, 자네에게 꼭 이래라저래라 하는 건 아니야. 지난밤에는 췌이화가 내 방에 와서 날 밝을 때까지 밤새껏 이야기를 나눴네. 기분을 내보자는 것뿐이네. 저 애가 돌아가서 매를 덜 맞게 해주는 것도 덕을 쌓는 것 아니겠나? 저 애들의 규칙으로 머물지 않으면 젓가락을 들어서는 안 되며 만약에 어둡기 전에 와서 야밤중까지 배를 곯고 돌아간다면 틀림없이 매를 맞게 된다네. 포주는 이쪽 사정이야 어떻든, '손님이 너를 이렇게 늦도록까지 머물게 한 것은 네가 좋았기 때문인데, 무엇 때문에 너를 돌려보냈겠니? 틀림없이 네가 응대를 잘못하였기 때문이야!'라고 하며 한바탕 매질을 한다는 걸세. 따라서 나는 저 애들에게 머물다 가게 하는 걸세. 자네도 아까 보았겠지. 사환이 요리를 먹으라고 하던 소리 말이야. 그것이 바로 암호였네."

췌이화가 췌이환에게 일렀다.

"얘, 네가 톄 어른께 불쌍히 여겨주십사고 말씀 올려라."

라오찬이 대답했다.

"나 역시 별다른 뜻에서 그런 것은 아니야. 셈은 셈대로 치르고, 저 애를 돌려보내어 저도 편히 쉬고 나도 편히 쉬자는 것뿐이었어."

췌이화가 코를 훌쩍이며 말했다.

"어른께서는 편히 쉬실 수 있으시겠지만 저 애는 편할 수가 없어요."

췌이환이 몸을 돌려 라오찬의 얼굴을 마주보며 말했다.

"톄 어른, 제가 뵙기에 어른께서는 매우 자비로우신 것 같은데 왜 저희들에게는 조금의 자비도 베풀어주시지 않으려 하시나요? 어른이 계신 방의 캉 너비가 열두 자나 되지 않아요? 어른께서 이불과 요를 깔고 덮고 하셔야 석 자 이상 차지하시지 못하실 것이니 아직도 아홉 자나 남아요. 저희들에게 하루 저녁 머물다 가게 하셔도 될 것 같은데 그렇게 아까워하시나요? 만약에 저희들에게 시중을 맡기신다면 담배도 담아드리고 차도 따라드릴 수 있지 않아요? 그런 것조차 싫으시다면 캉의 어느 구석에서라도 하루 저녁 지새게만 해주시면 큰 은혜로 알겠어요."

라오찬은 어쩔 수 없이 호주머니에다 손을 넣어 열쇠를 꺼내 췌이화에게 건네주었다.

"그래. 너희들이 멋대로 소란을 피워도 좋지만 내 짐만은 건드리면 안 된다."

췌이화는 일어나서 열쇠를 하인에게 내어주며 말했다.

"수고스럽지만 사환을 들여보내주시고, 나올 때 문을 잠가주세요. 미안해요."

하인은 열쇠를 받아들고 나갔다. 라오찬은 손으로 췌이환의 얼굴을 쓰다듬으며 물었다.

"너는 고향이 어디냐? 너의 포주는 성이 뭐지? 몇 살에 팔려 왔지?"

"여기 엄마 성은 장씨예요."

한마디 하고는 다시 입을 열지 않고 소매 속에서 손수건을 꺼내더니 눈물을 훔치는 것이었다. 여자는 눈물만 연방 훔칠 뿐 소리를 내지 않았다.

"울지 마라. 내가 네 집에 대하여 물어본 것은 너를 위로하자고 한 거야. 말하고 싶지 않으면 말을 안 해도 된다. 뭐가 그렇게 괴로우냐?"

"저는 원래 집이 없어요."

그러자 줴이화가 얼른 끼여들었다.

"어르신, 나쁘게 생각하지 마세요. 저 애는 성질이 저렇게 나빠요. 그래서 항상 매를 맞아요. 사실 저 애가 괴로워하는 것도 당연해요. 이 년 전까지만 해도 저 애의 집은 큰 부자였는데 작년에 여기로 팔려 왔어요. 어려서부터 고생을 모르고 지냈기 때문에 남에게 잘 보일 줄을 몰라요. 사실 지금은 엄마가 있기 때문에 나은 편이지요. 내년이 되면 아마도 금년만큼 지내기도 어려울 거예요."

여기까지 말했을 때 줴이환은 얼굴을 가리고 엉엉 울기 시작했다. 이에 줴이화가 소리쳤다.

"이 계집애! 정말 죽고 싶은가 봐! 어른들께서 기분을 푸시려고 너를 부른 것인데 네가 울음을 터뜨리다니 실례가 아니냐? 얼른 그치지 못해!"

"그냥 두어라! 울고 싶은 대로 울게. 저 애의 가슴속에 꽉 맺힌 괴로움을 어디 가서 울어 풀겠느냐? 우리 두 사람과 같이 성깔이 없는 사람을 만나기도 어려울 것이니 실컷 울게 하면 마음이 한결 후련해질 게다."

라오찬은 줴이환의 등을 가볍게 치면서 말을 이었다.

"소리치고 울어도 괜찮다. 황 어른도 나쁘게 여길 분은 아니야. 울어도 괜찮아."

황런뤠이가 옆에서 큰 목소리로 말했다.

"줴이환아, 실컷 울어라. 수고스럽지만 이 황 어른의 가슴속에 꽉찬 괴로움까지 네가 대신 울어서 풀어주렴."

이 말을 듣자, 모두가 한바탕 웃음을 터뜨렸다. 울고 있던 췌이
환까지 얼굴을 가리고 킥킥거리며 웃었다. 췌이환은 손님 앞에서
는 절대로 울어서는 안 된다는 것을 잘 알고 있었으나 라오찬이 그
여자의 옛집에 관하여 물어보고 또 췌이화가 그녀의 집이 이 년 전
까지만 해도 큰 부자였다는 말을 하자 그만 마음의 아픈 곳을 건드
린 듯, 갑자기 눈물이 터져 나와 아무리 참으려 해도 참을 수 없었
던 것이었다. 더구나 라오찬이 가슴에 괴로움이 꽉 맺혀 있어도
어디 가서 울어 풀어버릴 데가 없을 터이니, 마음껏 가슴속이 풀
리도록 실컷 울게 하라는 말을 듣고는 마음속으로 생각했다.

'내가 이런 괴로운 처지로 떨어진 이후, 어느 누구에게서도 들
어보지 못했던 따뜻한 마음씨구나. 세상 남자들이 결코 어느 누구
할 것 없이 모두 여자를 똥이라도 밟은 듯이 하지만은 않는구나.
다만 이런 사람이 세상에 몇 명이나 있으며 평생에 몇 명을 만날
수 있을지 모를 뿐이지, 지금 한 사람을 만났지만 아마도 또 있기
는 하겠지.'

이렇듯 혼자 따지고 있으려니까 금세 슬픔이 가셔졌다. 그 여자
는 그들이 또 무슨 말을 하나 귀를 기울이고 있는데 갑자기 황런
뤠이가 자기 대신 울어달라고 크게 소리치므로 어찌 우습지 않은
가? 따라서 두 눈에는 눈물을 가득 머금고 그만 "킥킥!" 하고 웃으
면서 머리를 들어 런뤠이를 흘끗 쳐다보았다. 그랬더니 그들은 이
러한 그 여자의 꼴이 우스워서 더욱 크게 웃어댔다. 췌이환은 이
때 마음속으로는 전혀 영문을 모르면서 그들이 바보스럽게 웃는
것을 보고 어찌 된 영문인지도 모르고 우물쭈물 그들을 따라 함께

웃었다.

라오찬이 입을 열었다.

"울음도 울 만큼 울었고, 웃음도 웃을 만큼 웃었군. 내가 다시 물겠는데 어떻게 이 년 전까지는 저 애 집이 큰 부자였나 췌이화, 네가 들려주겠냐?"

"저 애는 이곳 제동현이 고향이지요. 성은 톈이라 하고 제동현 남문 밖에서 이 경(頃: 100무)이 넘는 넓은 농토를 가지고 있었고, 또 성내에는 잡화를 파는 상점이 있었어요. 저 애 식구로는 부모와 저 애 말고 금년에 겨우 대여섯 살 되는 사내 동생과 할머니가 있었어요. 이곳 대청하大淸河 주변의 토지는 거의가 목화밭이었어요. 한 무畝의 땅값이 일 조전吊錢이 넘으니 이경이면 이만 조전이나 되지 않겠어요. 상점까지 합하면 삼만여 조전이나 되죠. 전부터 만 관의 재산이면 부자라 했는데 삼만 관이나 되니 큰 부자가 아니겠어요?"

"그렇다면, 저 애의 집에 삼만 관이나 되는 재산이 있었으니 한 가족이 편안히 지낼 수 있었을 터인데 어쩌다 이 지경으로 몰락하게 되었지?"

"그게 어처구니없이 빨랐어요. 사흘도 못 되어 집안이 망하고 말았어요. 바로 재작년의 일이었죠. 여기 황하는 삼 년에 두 차례는 큰 홍수가 나지 않아요? 장張 순무는 이 때문에 몹시 초조하였어요. 그러던 참에 무슨 대인인가 남방의 유명한 재자才子라고 하는 분이 어떤 책 한 권을 순무에게 보이고 이 강의 폭이 너무 좁다는 거예요. 그래서 넓히지 않으면 안정이 안 되니, 백성들이 만든 지금의 제방을 없애고 훨씬 뒤로 물러나서 큰 제방을 만들어야 한다고 말했대요.

이 말에 그들 후보 대인들은 모두가 옳다고 찬성했대요. 이에 순무께서 말하기를, '그렇다면 제방 안의 백성들은 어떻게 한다? 돈을 주어 그들을 이사하도록 해야겠군' 하고 말씀하셨답니다. 그러나 누가 알았겠어요? 그 개 같은 후보 대인들이라는 놈들이 '백성들에게 알리면 안 됩니다. 제방 안은 폭이 오륙 리가 넘고 길이가 육백 리나 되며 십여만 호가 들어 있습니다. 그들에게 알려지는 날에는 몇 십만이나 되는 주민들이 자기들의 제방을 지키려고 하지 없애려고 하겠습니까?' 하고 말했답니다. 그러자 순무도 할 수 없이 고개를 끄덕이며 한숨을 쉬었답니다. 소문에는 눈물도 흘렸다고 하더군요. 그 해 봄에 급히 큰 제방을 만들고 제양현濟陽縣 남쪽 강가에도 제방을 만들었어요. 누가 알았겠어요? 이 두 제방이 바로 수십만 명을 한 칼로 베어 죽일 줄이야? 불쌍한 백성들인들 어찌 알았겠어요?

유월 초 어느 날이었어요. 사람들이 '큰물이 닥쳐온다'고 소리치면서 제방 위를 이리저리 뛰어다녔습니다. 강물이 하루에 한 자 이상씩 불어났어요. 열흘도 못 되어 물은 제방 위까지 거의 차서 제방 안의 평지보다 열 자나 더 높게 올라왔어요. 열사나흘이 지나니 제방 위로 순무의 명령을 전달하는 말이 수시로 왔다갔다했어요. 다음 사흘째 되는 날 점심 때쯤 되자, 각 군영에서 호각을 불어 사람을 모이게 하고 대오를 만들어서는 큰 제방 위로 올라갔어요. 그때 눈치 빠른 사람이, '안 되겠어! 큰일나겠군. 빨리 집에 돌아가서 이사할 채비를 합시다' 하고 말했어요. 그날 밤 자정쯤에는 큰바람과 폭우가 쏟아지더니 '와르르' 하면서 황하의 물이 마치 산과 같이 쏟아져 덮쳤어요. 마을 사람들은 거의가 집안에서 잠을 자고 있었는데, '와르르' 하는 소리와 함께 물이 쏟아져 덮쳐오자, 놀라 깨어서 황망히 도망쳤으나 물은 이미 처마 끝에까지 이르렀답니다. 날은 어둡고 바람이 세차며 비가 억수같이 쏟아져 물길이 너무나 사나웠어요. 이런 때 무슨 수가 있을 수 있었겠어요?"

14

홍수와 만두

췌이화가 말을 이어갔다.

"세시가 지나자, 바람도 자고 구름도 흩어지더니 달이 나와 밝게 비춰주었어요. 마을의 모습은 전혀 찾아볼 수 없고, 백성들이 만든 제방 가까이에서 살던 사람들이 문짝이나 탁자 또는 의자에 매달린 채 제방 앞으로 떠내려와서 제방 위로 기어올라올 뿐이었어요. 또 제방 위에서 살던 사람들이 대막대로 떠내려온 사람들을 건져냈는데, 그 수가 적지 않았어요. 목숨을 건진 사람들은 겨우 숨을 돌리자, 자기 가족은 하나도 없고 자기만 살아남은 것을 알고는 누구 할 것 없이 통곡을 하더랍니다. 아버지, 어머니, 남편, 아들을 부르며 울부짖는 곡성이 오백 리도 넘게 연이어졌대요. 얼마나 비참했겠어요."

이어 췌이환이 말을 이었다.

"유월 보름날이었어요. 어머니와 저는 남대문에 있는 상점에 있었어요. 밤중에 '물이 들어왔다'는 외침을 듣고 모두 황급히 일어났어요. 그날은 몹시 더워서 사람들은 거의가 속옷차림으로 마당에서 자다가 비가 와서 집안으로 들어갔어요. 어렴풋이 잠이 들었는데 밖에서 소리치는 것을 듣고 황급히 거리로 뛰어나갔어요. 열려진 성문으로 사람들이 모두 성밖으로 달려나가고 있었어요. 성곽 밖에는 작은 둑이 있는데 해마다 홍수 때 쓰이는 것으로 높이가 다섯 자 가량이었어요. 사람들은 모두 작은 둑을 지키러 나가는 것이었어요. 그때 비는 겨우 그쳤으나 날은 아직 흐렸어요. 성밖의 사람들은 죽을 힘을 다해서 성안으로 달려 들어오고, 현감은 교자도 타지 않은 채 성안으로 달려왔어요. 그리고는 성곽 위로 올라가서 소리치는 것이 들려왔어요.

'성밖의 백성들은 물건을 옮겨오면 안 된다. 시각이 급하니, 얼른 사람만 성안에 들이고 성문을 빨리 닫아라.'

저희들은 모두 성곽 위로 기어올라갔습니다. 많은 사람들이 가마니에 흙을 넣어 성문을 막을 준비를 하고 있었어요. 현감이 성곽 위에서 소리쳤어요.

'백성들이 모두 성안으로 들어왔으면 빨리 성문을 닫아라!'

성 아래에는 벌써 흙 가마니들이 준비되어 있어서 성문이 닫히자 곧 흙 가마니로 문을 막았어요. 성밖에 살던 치齊 숙부님도 성곽 위로 오셨어요. 얼마 뒤 구름은 이미 산 너머로 사라지고 달이 매우 밝아졌어요. 어머니가 치 숙부님께, '올해는 어째서 이렇게 극심하죠?' 하고 묻자 치 숙부님이, '글쎄 말이오. 지난해엔 홍수가 나도 물이 불어나는 것이 처음에는 한 자 정도밖에 안 됐고, 본

물이 닥쳐왔어도 그 배를 넘지 않았으며, 석 자를 넘어본 일이 없었어요. 물이 들어와도 밥 한 끼를 먹을 동안도 못 되어 물길이 지나가고 두 자 이상을 넘지 않았는데 올해 물은 참으로 대단하더군요. 한 번에 한 자나 되었다가 잠깐 동안에 그 배가 넘어서 형세가 좋지 않자, 현감께서도 작은 둑을 지킬 수 없으리라 생각하고 사람들을 급히 성안으로 불러들였나 봐요. 그때 물은 이미 넉 자가 넘었어요. 큰형님은 요 며칠 뵐 수 없는데 마을에 계신가요? 큰 걱정인데요'라고 말하자 어머니는, '글쎄 말예요' 하고 울먹였어요. 이때 성 위에서 떠드는 소리가 들려왔어요.

'작은 둑이 터졌다!'

성 위에 있던 사람들은 와 하고 달려 내려갔어요. 어머니는 울면서 땅바닥에 주저앉아서는, '여기서 죽으면 죽었지 못 돌아가겠다'고 하시더군요. 저는 할 수 없이 그대로 옆에 붙어서 울었어요. 그때 사람들이 '성문 틈으로 물이 새어 들어온다'고 소리치면서 어지러이 뛰어다니면서 누구네건 어느 상점이건 상관없이 옷이고 이불이고 손에 잡히는 대로 갖고 가서는 성문 틈을 막았어요. 잠깐 사이에 우리 마을에 있는 헌옷가게의 옷이나 포목점의 포목은 모두 성문 틈을 막는 데 가져가버렸어요. 얼마 후 물이 새지 않는다는 소리가 들려오더니 또 이런 소리가 들렸어요.

'흙 가마니로는 약해서 지탱할 수가 없다!'

많은 사람들이 저희 가게로 달려가서 성문에 난 구멍을 막는다고 쌀을 담은 포대를 순식간에 모두 가져가버렸어요. 또 지물포의 종이나 솜집의 솜도 모두 깡그리 가져갔어요.

그 무렵, 날이 새었어요. 이런 광경을 본 어머니는 울다가 까무러쳤어요. 저는 할 수 없이 땅바닥에 주저앉아 지키고 있었어요. 귓가에는 끊임없이 사람들의 떠드는 소리가 들려왔어요.

'이번 홍수는 정말 굉장하군! 성밖의 집들은 이미 처마에까지 물이 찼대. 이번 물은 열 자는 되었을걸? 여태까지 이렇게 큰 홍수가 있었단 말은 들어보지도 못했어.'

나중에 점원들이 올라와서 저와 어머니를 떠메고 돌아갔어요. 가게에 돌아오니 꼴 같지 않았어요. 점원의 말이, '상점 안에 있던 양식을 담아둔 포대는 모두 성문에 난 구멍을 막는 데 가져가고, 창고 안에 있던 곡식은 사람들이 마구 들어가서 퍼가고 하나도 남지 않았어요. 땅바닥에 흘린 것들을 쓸어모으면 두어 짐은 될 것 같아요' 라고 하더군요. 가게에는 일하는 할멈이 두 사람 있었는데 그 여자들의 집은 시골이어서 이번 홍수 때문에 틀림없이 어른 아이 할 것 없이 모두 죽었을 거라면서 울어대며 해가 기울어질 때까지 소란을 피웠어요. 점원들은 어머니의 얼굴에 물을 뿌려 깨어나게 하고, 모든 식구가 두어 모금씩 죽을 먹었어요. 어머니는 눈을 뜨자마자, '할머니는 어디 계시냐?' 하고 물으시니 그들은 '방에서 주무시는데, 놀라시게 하실 수가 없어서요'라고 대답했어요. 어머니가, '깨워서 음식을 드시게 해야지' 하시며 방으로 들어가셨어요. 그런데 누가 알았겠어요? 할머니는 자고 있는 것이 아니라 놀란 나머지 돌아가셨던 거예요. 콧구멍에다 손을 대보니 벌써 숨이 끊어져 있었어요. 어머니는 이것을 보자 '아이고!' 하고 울음을 터뜨리며 두어 술 잡수신 죽과 함께 핏덩어리를 토해내고는 또 까무러쳤어요. 다행히도 왕 아주머니가 할머니의 몸을 만져보더니 '괜찮아요. 심장이 따뜻해요' 하고는 입을 맞대고 숨을 불어넣고, 또 급히 생강탕을 마시게 했더니 오후가 되어 할머니도 깨어나시고 어머니도 깨어나셔서 집안이 겨우 안정되었어요.

점원 두 사람이 마당에서 말하는 소리가 들렸어요.

'성벽 아래의 물이 열네다섯 자나 된다고 하더군. 이 오래된 낡은 성도 아마 지탱하기 어렵겠는걸. 만약 성안으로 물이 들어온다면 한 사람도 살아나지 못할 거야!'

그러자 다른 점원이, '현감 어른께서 성내에 계신 것을 보니, 괜찮을 거야!' 하고 말했어요."

이때 라오찬이 런뤼이에게 말했다.

"나도 얘긴 들었는데, 누가 그런 안을 내놓았나? 가져왔다는 것은 무슨 책인지 형은 알고 있나?"

"나는 경인년에 왔고 이 일은 기축년*에 일어난 일이어서 나도 남에게 들었을 뿐이지 확실한 것을 알 수가 없네. 듣자 하니 그 치수 방안은 스쥔푸史鈞甫라는 관찰사가 창안한 것이고, 가져왔다는 책은 가양賈讓의 『치하책治河策』인가 그렇다더군. 거기에는, '당시 제齊와 조趙, 위魏 세 나라는 강을 경계로 하고 있었는데 조와 위는 산을 등지고 있고 제의 영토는 낮은 곳이었다. 제는 강에서 이십오 리의 지점에 제방을 만들었다. 이렇게 되자 강물은 동쪽 제나라 제방에 막혀 서쪽에 있는 조와 위나라에 이르게 되었다. 그래서 조와 위도 강에서 이십오 리나 되는 곳에 제방을 만들지 않으면 안 되었다'라고 씌어 있었다네.

그날 사司와 도道*의 관리들은 모두 관서에 모여 있었다네. 스 관찰사는 이 몇 구절을 여러 사람에게 가리키며 이렇게 말했다네.

'전국시대에는 두 제방의 거리가 오십 리나 되었기 때문에 수재 水災가 없었소. 오늘날 백성들이 만든 제방의 거리는 삼사 리가 주 금 넘으며 두 개의 큰 제방 거리도 역시 이십 리도 못 되오. 옛날 에 비하면 반에도 미치지 못하고 있소. 만약에 백성들이 만든 제 방을 없애지 않는다면 수재를 막을 길이 없을 거요.'

그러자 궁보가, '그러한 이치는 저도 잘 알고 있습니다. 다만 제 방 사이는 촌락이 들어차 있고 모두가 비옥한 토지입니다. 어찌 몇만 가구의 생업을 파괴할 수 있습니까?' 하고 말하자, 스 관찰사 는 다시 치하책을 궁보에게 보이면서 이렇게 설득했다는군.

'이 구절을 보시오. 어려운 것으로 말하자면, 파괴된 성곽이나 밭 또는 묘의 숫자가 일만에 이르게 되어 백성의 원한을 사게 되 어 있소. 가양이 말하기를 옛날에 대우가 치수治水를 함에 산이나 언덕이 길을 막고 있으면 그것을 허물었다. 그러므로 용문龍門을 파고 이궐伊闕을 열었으며* 돌기둥을 꺾고 비석을 깨어 하늘과 땅 의 성性을 끊어가면서 이것을 이루었다고 하오. 하물며 이것이 인 공으로 만들어진 것이라고 어찌 말할 수 있겠소?

또한 이 책에서는 작은 것을 참지 못하면 큰일을 도모하기가 어 려워진다고도 했소. 귀관은 제방 사이의 묘나 생업을 아까워하나 해마다 홍수 때문에 적지 않은 인명의 손실을 보고 있지 않소? 이 사업은 한 번 해놓으면 오랫동안 안심할 수 있는 것이오. 따라서 가양도 이렇게 말하고 있소.

'대한大漢의 영토가 만 리인데 어찌 물과 지척의 땅을 다툴 수 있겠는가? 이 공을 한 번 세우면 강은 안정되고 백성도 안정되어 천 년은 편안할 것이다. 그러므로 이 계책을 올린다'라고 했소.

가양은 한 나라의 영토가 겨우 만 리밖에 안 되니 물과 땅이 다투어서는 안 되겠다고 하였소. '지금 우리 나라는 영토가 수만 리이니 만약에 물이 땅과 다투게 된다면 어찌 옛날 성현의 웃음거리가 되지 않겠소?'라 하고.

그 관찰사는 또 저동인儲同人*의 비평을 인용하면서, '삼책三策은 마침내 간행되지 못한 전적典籍이 되고 말았소. 그러나 한 나라 이후부터 치수를 하는 자는 하책下策을 갖고 하였소! 슬픈 일인저! 한, 진, 당, 송, 원, 명 이래로 선비들은 가양의 『치하책』이 성경이나 현전賢傳과 대등한 것임을 모르고 있었으며, 아깝게도 치수하는 자 중에 선비가 없었소. 따라서 큰 공을 세우지 못했던 것이오. 궁보가 만약에 이 상책上策을 행할 수만 있다면 가양이 이천 년 후에 이르러 한 사람의 지기知己를 얻었다 하지 않을 수 있겠소? 또한 그 공명은 문헌에 실려 만세에 빛날 것이오' 하고 말했다네. 그러자 궁보는 미간을 찌푸리면서, '그러나 이것은 중요한 문제입니다. 저로서는 십여만 명의 백성이 지금 살고 있는 집을 버리게 하기가 어렵다는 것입니다'라고 하자 양사兩司가, '만약에 한 번 수고로 영원히 편할 수 있는 일이라면 어찌 큰돈을 내어서라도 백성을 이사시키지 않을 수 있겠습니까?' 하고 말했다네. 이에 궁보도 마지못해 '이 방법밖에 없다면 따를 수밖에……'라 하였다네. 후에 듣자니 은자 삼십만 냥을 내어 백성들을 옮기게 하려고 하였다는데, 왜 옮겨주지 않았는지는 나도 모르고 있네."

런뤠이는 췌이환에게 물었다.

"그 뒤에 어떻게 됐느냐? 말해봐라!"

"그 후 어머니는 정신을 차리시고 누가 뭐래도 물이 오면 물에
빠져 죽겠다고 하셨어요."

다시 췌이화가 거들었다.

"그 해에 저도 제동현에 있었어요. 저는 북문에 있는 셋째이모
댁에 살고 있었어요. 북문은 백성들이 만든 제방에서 가까운 곳이
었고 북문 밖에는 큰 거리와 점포가 즐비하기 때문에 거리 뒤쪽의
두 둑도 작지 않았어요. 듣자 하니 높이가 열석 자나 된다고 하더
군요. 그쪽은 지세가 높기 때문에 북문에는 물이 넘쳐 들어오지
않았어요. 십육일에 저는 성곽 위에 올라가서 강에 표류하는 물건
들을 모았어요. 얼마나 많은지 헤아릴 수도 없었어요. 상자도 있
고, 탁자나 의자도 있고, 문짝이나 창문도 있었으며, 죽은 사람은
말할 것도 없이 강에 가득히 표류하고 있었어요. 멀지 않은 저쪽
에 하나, 이쪽에 하나 떠 있으나 누구 하나 건지려 하지도 않았고,
부자들이 이사를 가려고 해도 배를 구할 수가 없었어요."

이때 라오찬이 물었다.

"배는 모두 어디로 갔지?"

"모두 관리들이 가져갔어요. 만두를 나눠주러 가져 갔어요."
하고 췌이화가 대답했다.

"만두는 누구에게 나눠 먹이고 배는 무엇에 쓰려고?"

"만두의 공덕은 큰 것이었어요. 마을 사람들은 반 이상이나 물

에 휩쓸려 내려가고 나머지 사람들은 모두가 조금은 약삭빠른 사람들이어서 물이 오는 것을 보자 금방 지붕 위로 올라갔기 때문에, 한 마을에서 지붕 위에 올라간 사람이 백 수십 명씩 되었어요. 그러나 사방이 모두 물이고 보니 어디서 먹을 것을 얻을 수 있었겠어요? 배고픈 것을 참지 못해 다시 물 속에 뛰어들어 죽은 사람도 있었어요. 다행히도 현감께서 파견한 관리들이 배를 타고 각처로 다니면서 만두를 나눠주었어요. 어른에게는 세 개씩 아이들에게는 두 개씩, 다음날 관리들은 빈 배로 와서 그들을 북쪽 언덕으로 보내려 하였어요. 이 얼마나 좋은 일이에요. 그러나 그 바보 같은 인간들이 지붕에 매달린 채 내려오려고 하지 않는 거예요. 왜 그러느냐고 물으니 그들의 말이, 강 가운데 있으면 현감이 그들에게 만두라도 보내주지만 북쪽 언덕에 올라가면 아무도 그들에게 먹을 것을 주지 않을 것이니, 그렇게 되면 굶어 죽게 되기 때문이라는 것이에요. 기실 현감은 며칠 동안 만두를 보내주고는 중단했어요. 그들은 역시 굶어 죽게 된 거죠. 이 얼마나 바보 같은 인간들이에요?"

라오찬이 런뤠이를 보고 말했다.

"그건 정말 황당한 짓이었군. 스 관찰사인지 무언지 모르겠으나 이 일을 창안한 자는 나쁜 마음이나 또는 전혀 사심을 먹고 하지는 않았겠지. 그러나 책만 읽었을 뿐 세상사에 어두우니 하는 일이 모두가 실패인 거야. 『맹자』에 '모든 일에 책만을 믿으려 한다면 차라리 책이 없는 것이 낫다'고 했어. 하천 공사만 그렇겠나? 천하의 큰일에서 간신들 때문에 실패하는 일이 열에 세넷이라면 세상사를 모르는 선비들이 그르치는 일이 열에 예닐곱이네."

그러고 나서 췌이환에게 물었다.

"그 후 네 아버지는 찾았느냐? 그렇지 않으면 물에 떠내려갔느냐?"

췌이환이 눈물을 훔치며 대답했다.

"물에 떠내려가지 않고 살았다면 왜 집에 돌아오시지 않았겠어요?"

이 말에 모두가 한숨을 쉬었다. 라오찬은 다시 췌이화에게 물었다.

"방금 네가 말하기를, 저 애가 내년이 되면 금년만큼도 지내지 못할 거라고 했는데 무슨 사연이라도 있느냐?"

"저희 포주 아저씨가 돌아가셨잖아요? 그 동안 장사지내는 데 수십 조전이 들었어요. 또 그 전에 포주가 주사위 놀음을 하여 이삼백 조전이나 잃어 빚이 모두 사백 조전이나 되었어요. 그래서 금년에는 더 이상 넘길 수가 없어 이 애를 대머리 콰이얼剃二에게 팔기로 했어요. 대머리 콰이얼이라는 인간은 악랄하기로 이름이 있는 자로, 하루라도 손님을 받지 않으면 불에 달군 부젓가락으로 사람을 지지는 자래요. 엄마가 그자에게 은자 삼백 냥을 달라고 하였더니, 그자는 육백 조전밖에 내지 못하겠다고 하여 결정을 못 보았어요. 지금부터 연말까지 며칠이나 되어요? 날짜는 갈수록 긴박해가고 연말이 되면, 저 애는 팔려가지 않겠어요? 팔려 가면 부젓가락이 저 애를 못살게 할 거예요."

라오찬은 그 말을 듣고는 한마디 말도 못했다. 췌이환은 눈물을 홈치고 있을 뿐이었다. 황런뤠이가 말했다.

"찬 형! 내가 바로 전에 이 애들 일로 자네와 상의하고자 한 것이 바로 이 사연이네. 이렇게 착한 애들을 눈으로 보면서 도깨비 소굴로 보낸다는 것이 너무 가련하게 여겨지네. 겨우 은자 삼백 냥 때문이니 내가 반을 내고 반은 친구들을 찾아 부탁하려고 하네. 자네도 돈의 많고 적음에 관계없이 몇 냥만 내주게. 그러나 명의는 내가 맡을 수가 없어. 그러니 만약에 자네가 이 애들을 빼내게 해준다면 이 일은 용이하게 되리라 보는데, 자네는 어떤가?"

"그야 어렵지 않네. 돈은 자네가 반을 내겠다고 하니 나머지 반은 내가 내도록 하세. 다른 사람들까지 끌어들이는 것은 타당치 못한 것 같네. 그런데 나로서는 이 애를 맡을 수가 없으니 그 방법을 다시 생각해보세."

췌이환은 여기까지 듣자 황급히 캉에서 뛰어내리더니 두 사람에게 두 차례 머리를 조아리면서 말했다.

"두 분께선 보살님이시고 생명의 은인이십니다. 돈을 내셔서 저를 불구덩이에서 구해주신다니 어떤 종 노릇이라도 기꺼이 하겠습니다. 한 가지 제가 두 분 어른 앞에 밝혀야 할 것은 제가 이렇듯 욕을 당하는 것은 제 어머니 때문이 아니고 제 자신의 잘못 때문입니다. 저의 어머니는 처음에 굶주림을 견디지 못하여 저를 지금의 포주에게 이십사 조전으로 팔았던 것인데 가운데 나선 중개인이 삼사 조전을 가져가버리니, 이십 조전만이 손에 들어왔어요. 그런데 지난해 봄에 할머니가 돌아가시자 그 돈도 모두 써버렸어요. 제 어머니는 어린 동생을 데리고 구걸을 하다가 반 년도 못 되어 굶주림과 고생으로 돌아가시고 겨우 여섯 살 난 동생이 남았어요. 다행히 전에 살던 동네에 리우李五라는 어른이 계셨는데, 그분이 지금도 제하현에 살면서 작은 장사를 하시는데 동생을 데리고 가서 되는 대로 먹여주고 있어요. 리우 어른은 그분 자신도 돌보기 어려운 처지인데 어찌 그 애를 배불리 먹여줄 수 있겠어요? 더구나 옷 같은 것은 말할 수도 없어요. 그래서 제가 이십리포에 있을 때는 마음씨 좋은 손님을 만나 천 문이나 팔백 문을 받으면 한두 달 모아 이삼천 문을 만들어 그에게 보내곤 하였어요. 지금 두 분께서 저를 구해주시겠다고 하시는데, 만약에 이삼 리 되는 가까운 곳으로 데려가신다면 말씀드릴 것도 없이 제가 돈을 아껴 그에게 보내줄 수 있겠지요. 하지만 만약에 멀리 떠나게 된다면 두 분 어른께 부탁드리오니 그 아이를 데려가는 것을 허락하여주시든가, 어디 절에 맡겨주시거나 또는 어떤 집에 맡겨주신다면 저희 가문의 조상들이 모두 두 분 어른의 은혜에 감사드리고 반드시 두 분께 결초보은結草報恩할 것이라 믿습니다. 가련하게도 저의 가문은 가문을 이을 핏줄이 이 아이밖에 남아 있지 않습니다."

여기까지 말하고는 또 울음을 터뜨렸다.

"이것 또 난처한 일이군!"

런뤠이가 말하자 라오찬은, "아무것도 어려울 게 없네. 나에게 방법이 있어"라고 하더니 그녀를 달랬다.

"아가씨! 울 것 없어. 너희 남매가 일생 동안 다시는 떨어져 살지 않게 해줄 테니 울지 마라. 우리가 방법을 생각해보려는데 우리까지 울려놓으면 좋은 생각이 떠오르지 않을 테니 얼른 울음을 그쳐!"

췌이환은 이 말을 듣자, 애써 울음을 삼키고는 그들을 향하여 몇 번이나 "쿵쿵" 소리가 나게 방바닥에 머리를 조아렸다. 라오찬은 황급히 그 여자를 일으켰다. 그러나 그 여자가 머리를 조아릴 때, 너무 세차게 방바닥에 찧어 이마에 커다란 혹이 생기고 피부가 터져 피가 흘려내렸다. 라오찬은 그 여자를 잡아 앉힌 뒤, "이게 무슨 고생이야? 가엾게도" 하고는 그녀의 이마에 흐르는 피를 가볍게 닦아주고 캉 위에 뉘었다. 그리고는 런뤠이와 상의하기 시작했다.

"우리가 이 일을 처리함에는 마땅히 두 단계로 순서를 나눠야 할 것 같네. 저 애의 몸값을 치르는 것이 첫 단계이고 짝을 찾아주는 것이 둘째 단계네. 몸값을 치르는 것도 두 단계로 나눠야 할 것 같네. 개인적인 접촉을 하는 것이 첫 단계이고 공식적인 절차를 따르는 것이 둘째 단계이네. 지금 다른 사람 중에 육백 조전을 내겠다는 자가 있다면 우리가 먼저 내일 포주를 불러 육백 조전을 주고, 뒤에 더 주기로 하세. 그런 인간들에게는 너무 서둘면 안 되네. 자네와 같이 너무 서둘면 그놈들은 마치 큰 보물이라도 만난 듯 나올 걸세. 지금은 한 냥에 이조 칠백 문이니 삼백 냥이면 팔백 십 조전에 바꿀 수 있네. 전부 따지더라도 충분하네. 포주의 말투가 어떤가에 따라서 만약에 끈질기게 나오지 않으면 개인적으로 일을 처리하는 거고, 그렇지 않고 교활하게 나온다면 제하현에 부탁하여 재판을 받게 하는 거야. 내 생각은 이런데 자네 생각은 어떤가?"

"아주 좋아!"

"자네는 절대로 이름을 나타낼 수가 없고 나 또한 이름을 낼 수 없으니, 친척의 일을 대신 처리해준다고 하면 되겠네. 일이 잘 처리되고 난 후에, 배필을 찾아주는 것이 옳겠군, 그렇지 않으면 포주가 내주지 않을 걸세."

"아주 좋아. 그 방법대로면 틀림없겠어."

"돈은 자네와 내가 반반씩 내는 거네. 얼마가 들든지 그렇게 나누세. 그런데 지금 내 짐 속에 갖고 있는 것으로는 모자라니, 자네가 빌려주면 성성에 돌아가서 갚겠네."

"괜찮네. 췌이환의 두 사람 분의 몸값이라도 내가 갖고 있는 돈으로는 부족하지 않네. 일이 잘 처리된다면 자네가 돈을 갚지 않아도 되네."

"반드시 갚겠네. 나는 유용당有容堂에 아직 은자 사백 냥을 저금하고 있네. 내가 갚지 못할까 겁내지 말고 또 내가 밥이라도 먹지 못할까 걱정하지 말게."

"그렇게 하지. 내일 아침 일찍 저 애들을 시켜 포주를 불러오도록 하세."

이때 췌이화가 말했다.

"아침에 부르지 마세요. 내일 아침에 저희들은 반드시 돌아가야 해요. 어른들께서 아침 일찍 그들을 부르시면 그들은 이런 눈치를 채고 췌이환을 시골에 감춰버리고는 딴전을 부릴 거예요. 뻔한 수작이지요. 더구나 그들은 아편을 피우는 사람들이라서 일찍 일어나지도 않아요. 오후에 어른들께서 먼저 저희들을 불러주신 후에 저희 엄마를 불러오는 것이 좋겠어요. 다만 한 가지 이런 것을 제가 말했다고는 절대로 말씀을 하지 말아주세요. 췌이환은 떠날 사람이니까 그들이 두려울 게 없지만, 저는 아직도 그 불구덩이 속에서 이 년은 더 지내야 하기 때문이에요."

15

누명 쓴 강도 사건

라오찬은 황런뤠이와 췌이환을 빼내는 방법에 대한 의견에 합의를 보고 나자, 런뤠이에게 물었다.

"자네가 아까 천지를 진동시킬 만한 사건이라고 했던 그 사건은 많은 사람들의 생명에 관계되고 또 기이한 사연까지 연관되어 있다니 도대체 사실인지 거짓인지 정말 마음이 놓이지 않네."

"너무 서둘지 말게. 방금 이 아이 하나의 일로 한나절이나 상의하지 않았나? 일에 정신이 팔려 아직 한 대도 피우지 못했네. 두어 모금 빨고, 정신이 좀 난 다음에 이야기하세."

췌이환은 너무 기뻐서 어찌할 바를 모르던 참이었는데, 런뤠이가 아편을 피우겠다는 말을 듣자 급히 불씨 심지를 가져와 불을 붙여주었다. 런뤠이는 두어 모금 빨고는 천천히 이야기를 하기 시작했다.

"여기 제하현의 동북쪽으로 사십오 리쯤 떨어진 곳에 제동진濟

東鎭이라 부르는 큰 마을이 있네. 주周나라 때 제동야인濟東野人이 살던 동네라네. 그 마을은 삼사천 호가 되어 큰 길이 있고 십여 개의 작은 거리가 있는데, 거리 남쪽 셋째 길에 쟈賈라는 노인이 있었네. 노인의 나이는 쉰이 채 못 되며 두 아들과 딸 하나가 있었네. 큰아들은 그때 서른 살 남짓이었는데 스무 살 때에 그 마을 웨이魏씨 댁의 처녀를 아내로 맞아들였다네. 쟈씨와 웨이씨 가문은 농사로 생계를 이어가는 사람들로서 각기 사오십 경頃의 농토를 갖고 있었네. 웨이씨 집에는 아들이 없고 딸만 있어 먼 일가로 조카가 되는 아이를 데려다 대를 잇게 하고는 모든 집안 관리를 맡겼다네. 이 집 대를 이을 양자는 공부하기를 매우 싫어하기 때문에, 웨이 노인은 그보다 오히려 사위를 더 좋아해서 마치 보물 다루듯 했다네. 그런데 누가 알았겠나? 그 사위가 지난해 칠월에 감기가 든 것 같더니 팔월 중순에 그만 오호라! 죽고 말았다네. 백 일이 지나자, 웨이 노인은 딸이 상심할까 해서 집에 자주 데려와서 열흘이고 보름이고 머물게 하고는 딸의 아픈 마음을 달래주었다네.

한편 쟈씨 집의 둘째아들은 금년 나이 스물넷으로 집에서 글을 읽는데, 사람이 잘나고 문장도 곧잘 하여 쟈 노인은 큰아들이 죽자 보배같이 여기는 둘째아들의 정신이 피곤할까 걱정스러워서 공부도 시키지 않았다네. 그 집 딸은 금년 열아홉인데 얼굴이 꽃같이 예쁘고 또 재간이 있어 집안의 크고 작은 일은 모두 그 딸이 도맡아하고 있었다네. 그래서 그 마을 사람들은 그 집 딸에게 쟈탄춘探春*이라는 별명을 지어 불렀다네. 둘째아들도 그 마을의 선비집 딸을 아내로 맞았는데 성격이 매우 유순하고 부드러우며 함부로 말을 하지 않아 사람들은 그 며느리가 너무 쓸모 없이 착실하기만 하다 하여 얼따이쯔二못子*라는 별명을 지어 불렀다네. 쟈탄춘도 나이 열아홉이니 어찌 시집을 보내지 않을까만, 그 마을에는 재능과 미모를 겸비하고 있는 ㄱ 여자의 배필이 될 만큼 준수한 남자가 없었다는 거야. 다만 그 마을에 우얼랑즈吳二浪子라는 사람이 있는데 사람이 태어나면서부터 뛰어나서 얼굴도 준수하고 말솜씨도 훌륭하며 집안이 부유하고 말도 잘 타며 활쏘기도 잘했다네. 쟈씨 댁과는 원래 먼 친척이어서 여태껏 내왕이 잦아 안사람들까지도 모두가 내외를 하지 않는 처지였다는 거야. 전에 우얼랑즈가 사람을 놓아 혼인을 청한 일이 있는데, 쟈 노인은 이 혼사야말로 잘된 것이라고 생각했다네. 그런데 소문에 듣자 하니, 우얼랑즈가 마을에서 이미 몇 명의 여자를 농락했고 또 도박을 좋아하며 자주 성성에 가서 방탕하게 지내는데, 한 번 갔다 하면 한 달이고 두 달이고 돌아오지 않는다는 것이었네. 쟈 노인이 마음속으로 따져보니, 그 집이 비록 시골에서 첫째가는 부자라고는 하나 그렇게 나가다가는 결국 자기 집조차 보전하지 못할 것 같기에 응낙하지 않았다는 거야. 그 후에, 다시 인물과 문벌이 맞을 만한 집안을 찾아보았으나 여태껏 찾아내지 못하고 있었다네. 따라서 이 혼사는 그렇게 접어두었다는 거네.

그런데 말이야. 금년 팔월 열사흘은 쟈씨 댁 큰아들의 일 주기여서 집안에서는 승려를 불러 열이틀, 열사흘, 열나흘 연사흘 동안 불공을 올렸는데, 불공이 끝나자 웨이 노인은 딸을 데리고 친정에 가서 명절을 지내기로 하였다네. 그런데 그날 오후에 쟈 노인의 온 가족이 죽었다는 소식을 들었던 거야. 깜짝 놀라며, 그건 거짓 소식이지 말도 안 되는 소리라고 하며 황급히 달려가보니, 향장에 이장까지 모두 모였는데 온 가족이 모두 죽고, 쟈탄춘과 그 여자의 고모만이 살아남아서 마치 울보처럼 울기만 하고 있더라는 거야. 잠시 후 웨이씨 댁의 부인과 쟈씨 댁 큰며느리도 도착하여 문을 들어서서 곡 소리를 듣자마자 뭐가 뭔지도 모르고 소리쳐 크게 울더라는군. 그때 이장은 이리저리 살펴보았다네. 문간방에 문지기 한 사람과 하인 두 사람, 대청엔 서동이 한 사람, 안방 캉 위에는 쟈 노인이 죽어 있었고, 안채 둘째 방에는 쟈씨 댁 둘째아들 부부와 그 옆에는 늙은 몸종이 한 명, 캉 위에는 세 살 먹은 어린아이 한 명, 주방에는 늙은 하녀 한 명과 잔심부름꾼 계집애 한 명, 사랑방에는 늙은 하녀 한 명, 앞사랑채에는 서사 한 명 등 어른 아이 합하여 모두 열세 명이었다네. 그 즉시로 보고서를 작성하여 밤을 도와 현청에 보고를 올렸다네. 현청에서는 이튿날 새벽에 검시관을 마을로 보내어 시체를 하나하나 검사했다네. 그런데 누구 하나 조금도 상처를 입지 않았고, 뼈마디가 굳지도 않았으며, 피부에 푸른빛도 없었다는 거야. 이것으로 보아 살해된 것도 아니고 음독한 것도 아니어서 단서를 잡을 수가 없어 처리하기가 어려웠다는 거네. 쟈씨 댁 식구들의 시체를 염하고 관에 넣는 한편, 현청에서는 보고서를 현감에게 올리기 위하여 보고서를 쓰고 있는데, 갑자기 쟈씨 댁에서 사람이 달려와서 보고하기를 모살된 형적을 발견했다는 거야……."

바로 여기까지 이야기를 했을 때, 췌이환이 고개를 번쩍 들고 소리쳤다.

"저것 보세요. 창문이 왜 저렇게 붉죠?"

그 말이 끝나기도 전에 "푸득푸득, 푹푹!" 하는 소리가 나더니 밖에서 사람들의 떠드는 소리, 큰소리로 고함치는 소리, "불이야! 불이야!" 하는 소리와 함께 몇 사람이 황급히 안채로 들어오는 소리가 났다. 문발을 들치고 보니 불은 바로 라오찬이 묵고 있는 사랑채 뒤쪽에서 타고 있었다. 라오찬은 급히 품에서 열쇠를 꺼내어 문의 자물쇠를 여는데, 황런뤠이가 크게 소리쳤다.

"두어 사람 와서 톄 어른이 물건 꺼내는 걸 도와드려라!"

라오찬이 겨우 자물쇠를 열고 문을 열자 방안에 가득 찼던 검은 연기 덩어리가 한꺼번에 밖으로 쏟아져 나오고 불길이 멋대로 창문 밖으로 쏟아져 나왔다. 라오찬은 검은 연기가 쏟아져 나오자, 급히 뒤로 물러서다가 벽돌에 걸려 넘어졌다. 마침 물건을 운반하러 왔던 사람들이 달려와서 급히 그를 부축하여 일으키고는 동쪽으로 데리고 갔다.

불길이 안채까지 번지려 하자, 황런뤠이의 하인들은 안채로 들어가서 물건을 운반했다. 황런뤠이는 마당 가운데서 큰소리로 외쳤다.

"얼른 저 서류 상자를 운반해내라. 다른 것은 나중에 하더라도!"

황성이 재빨리 서류 상자를 운반해왔다. 사람들의 손이 많아서 황런뤠이의 상자와 짐은 모두 운반되어 동쪽 울타리 아래로 옮겨졌다. 여관에서는 이미 긴 의자 몇 개를 갖다 놓고 그들을 앉게 하였다. 런뤠이가 짐을 점검해보니 모자라지는 않은데 하나가 많기에 급히 사람을 시켜 바깥방으로 가져 가게 했다. 하나가 많은 것은 무엇인고 하면 바로 췌이화의 짐이었다. 런뤠이는 현관縣官이 필연코 화재를 보러 올 것인데, 만약에 와서 본다면 난처할 것 같아서 사람을 시켜 옮기게 하였던 것이다. 그리고는 두 여자에게 말했다.

"너희들은 바깥방으로 피해라. 곧 현관이 올 게다."

그러자 두 여자는 곧 담을 끼고 앞쪽으로 사라졌다. 불이 났을 때 이웃사람들과 강에서 일하던 일꾼들까지 모두가 물통과 대야 따위들을 찾아 들고 와서 불 끄기에 힘썼으나 황하의 양쪽이 이미 단단히 얼었고 비록 중간에 물이 흐르는 곳이 있기는 하지만 아무도 물을 얻으러 들어갈 수가 없었다. 여관 뒤쪽에 큰 연못이 있기는 하나 이미 얼어붙어 평지와 같이 되어 있었다. 성밖에 우물 두 개가 있는데 물은 있어도 한 통 한 통 길어서야 무슨 소용이 있으랴! 그러나 사람들은 급하면 기지가 생긴다고 곧 연못의 얼음을 깨어 한 덩어리 한 덩어리씩 불 속에 던졌다. 얼음의 힘이 물보다 더 커서 한 덩어리를 던질 때마다 그곳의 불길이 꺼졌다. 연못은 바로 안채의 뒤쪽에 있어서 일고여덟 사람이 안채의 지붕 위에 올라가고 뒤쪽에는 수십 명이 얼음을 날라 지붕 위에 올리면 지붕 위에 있는 사람은 그것을 받아 불 속에 던지는 것이었다. 반은 불 속에 던지고 반은 안채의 지붕 위에 놓았기 때문에 불은 안채에까지 이르지 못했다.

라오찬과 런뤠이가 동쪽 담에서 사람들이 불을 끄는 것을 보고 있는데, 밖에 초롱과 횃불이 보였다. 현관이 인부들을 데리고 손에는 쇠갈고리와 장대 따위를 들고 불을 끄러 도착한 것이었다. 그들은 문을 들어서자, 불길이 이미 쇠약해진 것을 보고는 쇠갈고리로 건물을 잡아끌어 무너뜨리는 한편, 황하의 낮은 곳에서 엷은 얼음을 가져오게 하여 불 속에 던져 붙긴은 잔으니 불은 점점 꺼져갔다. 현관은 황런뤠이가 동쪽 담 아래에 서 있는 것을 보자 앞으로 가서 인사를 했다.

"대인, 매우 놀라셨겠습니다."

"별로 그렇지는 않았습니다. 그러나 부 옹께서 물건을 좀 태우셨어요."

그리고 런뤠이는 현관에게 말했다.

"쯔옹, 소개하겠습니다. 저분은 성을 톄라 하고 호를 부찬이라고 하는데, 귀하와도 매우 관계가 깊을 겁니다. 예의 그 사건을 저 사람에게 의뢰하면 잘 처리 될 것입니다."

"아! 톄부찬이 이곳에 계셨던가요? 속히 만나게 해주십시오."

런뤠이가 크게 소리치며 손짓을 하였다.

"찬 형 이쪽으로 오게!"

라오찬은 원래 런뤠이와 함께 같은 의자에 앉았다가, 현관이 들어오는 것을 보자 사람들의 물결 속으로 들어가서 불구경하는 척 그를 피했는데, 지금 부르는 소리를 듣고는 할 수 없이 왔다. 현관과 인사를 나누고는 피차가 얼마나 경모했다느니 어쩌니 인사치레를 하였다. 현관은 접는 의자에 앉고 라오찬과 런뤠이는 긴 의자에 앉았다. 제하현의 현관은 성을 왕王이라 하고 호를 쯔진子謹이라 하며 역시 강남 사람이어서 라오찬과 동향이었다. 비록 진사 출신이라고는 하나 못난 인물은 아니었다. 런뤠이가 왕쯔진에게 말하였다.

"내 생각에 제동촌의 사건은 귀하께서 궁보에게 보내는 편지를 부 옹에게 부탁하여 바이쯔소우白子壽를 파견해달라고 하여 그가 오면 틀림없이 명확히 밝혀질 거라고 봅니다. 그 절세의 인물도 그 이상은 강하게 나오지 못하겠죠. 우리는 서로 관리가 되어 그에게 실례를 할 수 없으나 부 옹은 외부 인사이므로 거리낄 것이 없을 것 같은데, 귀하의 의견은 어떠신지요?"

쯔진은 이 말을 듣고 대단히 기뻐하면서 말했다.

"쟈웨이씨賈魏*는 당연히 구원의 신을 얻는 것이 됩니다. 매우 좋습니다."

라오찬은 어찌 된 영문을 몰라 뭐라 대답해야 할지, 대답을 말아야 할지 몰라 그저 어물어물하고 있었다. 그 무렵 불은 완전히 꺼졌다. 현관은 두 사람에게 현청에 머물도록 권했다.

이에 런뤠이가 말했다.

"안채는 불타지 않았으니 나는 그곳으로 옮겨가면 되는데 톄 공이 돌아갈 집이 없군."

"괜찮네. 이미 밤도 깊었고 얼마 후에는 날이 밝을 걸세. 날이 밝으면 거리에 나가 집을 장만할 테니 아무 걱정 없네."

현관은 열심히 라오찬에게 현청에 가기를 권했다. 그러나 라오찬은 한사코 사양했다.

"저는 황 형에게 실례를 하여도 괜찮으니 안심하십시오."

현관이 다시 정중히 물었다.

"부 옹께서 태우신 물건이 무엇인지요? 크게 손해를 보셨겠습니다. 저희 현에서 변상해드릴 수 있는 것이면 작은 성의나마 다 해보겠습니다."

라오찬은 웃으면서 말했다.

"이불 한 채와 대나무 고리 하나에 무명 장삼 두 벌, 떨어진 낡은 책 몇 권, 쇠 요령이 달린 지팡이 하나, 이것뿐입니다."

현관은 웃으며, "틀림없으시겠지요" 하면서 함께 웃고 헤어지려고 하는데, 지방 경찰이 부하와 함께 철사로 한 사나이를 묶어가지고 와서는 땅에 꿇어앉혔다. 그 사나이는 마치 닭이 모이를 쪼듯이 연방 고개를 끄덕이며 입으로는 연방, "대감, 천은天恩을 베풀어주십쇼. 대감, 천은을 베풀어주십쇼!" 하고 통사정했다. 지방 경찰은 한쪽 무릎을 땅에 꿇고 현관에게 보고하였다.

"불은 이 늙은이의 집에서 났습니다. 대인께서는 관서에 데리고 가셔서 심문하시겠습니까? 이곳에서 심문하시겠습니까?"

이에 현관이 물었다.

"이봐! 성이 뭐야? 이름은? 어디 살아? 왜 불을 냈나?"

땅바닥에 엎드린 사람은 연방 고개를 조아리며 대답했다.

"소인은 성이 장이옵고 장얼張二이라 부르는 성내의 사람입니다. 이 집 이웃에서 머슴을 살고 있습니다. 어제 새벽부터 일어나서 밤 아홉시가 될 때까지 바쁘게 일하다가, 잠깐 틈이 났기에 방에 돌아가서 자려고 하였더니 속옷이 온통 땀에 젖어 드러누우니 몹시 차고 몸이 자꾸 떨려 잘 수가 없었습니다. 소인은 방안에 널려 있는 조 껍질을 보고는 몇 줌 집어다가 화롯불을 만들고, 또 창문 틀 위에 안채에 계시던 손님이 마시다 남긴 술이 있던 것을 생각해내고는 그것을 내려다가 불에 데워서 몇 잔 마셨습니다. 그런데 하루 종일 피로했던 데다가 따뜻한 불기와 또 두어 잔 술이 들어가고 나니 그만 몽롱해져서 그 자리에 앉은 채 잠이 들었습니다. 잠이 든 지 얼마 안 되어 연기가 코를 찔러 견딜 수 없어 급히 눈을 떠보니, 몸에 걸친 솜옷이 크게 타고 조 껍질을 쌓아두었던 벽 쪽까지 불이 붙어 있었습니다. 급히 뛰어나와 물을 찾아 뿌렸으나, 불은 이미 천장에까지 올라붙어 소인으로서는 어쩔 수 없었습니다. 사실대로 모두 말씀 올렸습니다. 대감님, 살려주십쇼."

현관은 "바보 같으니라구!" 라고 한마디 욕을 하고는, "관서에 데리고 가서 처리하자!" 라고 명하였다. 말을 마치자 일어나서 황, 톄 두 사람에게 인사를 하고는 재삼 런뤠이에게 예의 그 사건이 꼭 좀 잘 해결되게 힘써달라고 부탁한 후 총총히 떠나갔다.

그 무렵에 불은 이미 꺼지고 흰 연기만이 피어오르고 있었다. 런뤠이는 황성이 여러 사람들을 데리고 물건들을 날라들여와 전대로 진열해놓은 것을 보고는, "방안에 연기 냄새가 심하니, 만수향萬壽香을 가져다 태워라!" 한 뒤, 라오찬을 향하여 말했다.

"톄 형, 자네 지금도 자네 방으로 돌아가려나?"

"모든 것이 자네가 재삼 붙들었기 때문이야. 방에 돌아가 있었으면 이렇게 깨끗이 태워버리지는 않았을 거야."

"아니! 부끄럽지도 않나? 자네를 돌려보냈다면 자네까지도 불에 타 죽었을 건 뻔하지! 나에게 고맙다는 말은 하지 않고 도리어 원망하다니! 정말 사람 죽이는군."

"내가 죽일 놈이야? 자네 나에게 배상하지 않으면 이대로 두지는 않을 테야."

이렇게 농담을 주고받는데 문발이 걷히니 황성이 큰 모자를 쓴 사람을 데리고 들어와서 라오찬에게 인사를 시켰다.

"저의 주인께서 톄 어른께 문안을 올리라 하시고 이불 한 채를 보내셨습니다. 주인이 쓰시던 것이 되어 더럽혀져 죄송하오나 어른께서 써주십사 하셨습니다. 내일 재봉집에 부탁하여 새것을 만들어 올릴 것이오니 오늘밤은 우선 이것으로 참아주십시오. 그리고 여우 가죽으로 만든 윗옷과 마고자를 가져왔습니다. 입어주시면 기쁘겠습니다."

라오찬은 일어서더니 정중히 말했다.

"걱정을 끼쳐드려 미안하오. 이불은 잠시 이곳에 두어 내가 지낼 때까지 한 이틀 빌렸다 돌려드리겠소. 의복은 모두 몸에 입고 있어 불에 탄 것이 없으니 걱정하시지 않아도 되오. 돌아가면 고맙다고 전해주오."

그러나 심부름꾼은 의복을 가져 가려 들지 않았다. 이에 황런뤠이가 말했다.

"의복은 톄 어른이 절대로 받지 않으실 것이니 내가 말하더라 하고 가지고 가게."

심부름꾼은 다시 꾸벅 인사를 하고는 돌아갔다. 라오찬이 말했다.

"내 것이 탄 것은 그래도 좋다 해도 어쨌든 자네가 소란을 피운 때문에 애매하게 췌이환의 짐까지 모두 탔으니 억울하지 않나?"

"그야 더구나 문제없네. 그 애의 이불은 기껏해야 열 냥도 못 나가는 것이야. 내일 열다섯 냥을 그 애에게 주면 포주도 몹시 기뻐할 걸세."

이에 췌이환이 말했다.

"그럼요. 아마 저같이 재수 없는 년의 이불과 함께 두어서, 테어른의 많은 귀한 물건들을 태웠나 봐요."

"값나가는 물건은 없지만 송나라 때의 판본 두 권은 아깝단 말이야. 돈이 있어도 사지 못하는 것이니 그럴 수밖에. 그러나 하늘의 운수니 할 수 없지."

"송대 판본이야 별로 진기할 것이 있나만, 자네의 요령 달린 지팡이를 잃은 것이 아깝네. 자네 철밥통을 잃은 것이니 어찌 안 그렇겠나?"

"암 그렇지. 그건 자네가 꼭 변상해야겠어. 할 말 있나?"

런뭬이는 일어나서 웃으면서 말했다.

"그래, 그래. 이 애의 이불이 타버리고 자네의 요령이 타 없어진 것은 큰 복이야. 축하하네. 축하해!"

그리고 그는 췌이환에게 꾸벅 절을 하고 또 라오찬을 향하여도 꾸벅 절을 하고는, 다시 말했다.

"이제부터 저 애도 몸을 파는 여자가 될 필요가 없고, 자네도 주둥이 끝을 팔지 않아도 되게 되었네."

라오찬이 크게 소리쳤다.

"좋아 좋아. 심하게 욕하는구나. 췌이환, 가서 저 친구 입을 좀 틀어막아라!"

췌이환이 말했다.

"아미타불! 모두가 두 분께서 베푸신 자비의 덕분입니다."

췌이화가 고개를 끄덕이면서 말했다.

"췌이환은 이제부터 좋게 되고, 톄 어른께서는 이제부터 관직을 가지게 되셨으니, 이 분이 오히려 큰 복을 지고 있어요. 제가 두 분께 감사드립니다."

라오찬이 말했다.

"네 말대로야. 이 애는 잘되고 나는 고약하게 되었어."

"자, 환담은 그만하고 자네에게 묻겠는데 이야기를 하려나, 자려나? 자겠다면 짐을 챙기라 하고, 이야기를 듣겠다면 예의 기괴한 사건을 이야기하겠네."

그리고는 "이봐!" 하고 크게 소리쳐 불렀다.

"이야기를 하게. 듣고 싶네."

런뤠이가 이야기를 시작했다.

"쟈씨 집 유족이 와서 모살된 흔적이 발견되었다고 보고한 데까지 말했던가?"

쟈 노인의 탁자 위에는 먹다 남은 월병이 있었다네. 그리고 다른 사람들의 방에도 모두 월병을 먹고 난 흔적이 있었다는 거야. 이 월병은 이틀 전에 웨이씨 집에서 가져온 것이었다네. 그런데 쟈씨 댁의 새 계승자 쟈깐賈幹이 쟈탄춘과 함께, 큰며느리인 웨이씨가 다른 남자와 정을 통하고 있어, 독약을 써서 일가 열세 식구를 독살했다고 말하더라는 거야.

제하현의 왕쯔진은 쟈깐을 불러 그 간부姦夫가 누구냐고 물었더니 누구라고 말하지 못하더라는 거야. 먹다 남은 월병은 반이 남았

고, 그것도 부서져 있었는데 소 속에 비상이 들어 있었다네. 왕쯔
진은 며느리 웨이씨를 불러 이런 사실을 물었더니, 웨이씨는 월병
은 십이일에 가져왔고, 자기도 그때까지 쟈씨 집에 있었으며 당시
에 함께 먹은 사람들은 결코 죽지 않았다는 것이네. 다음에 웨이
노인을 불러서 물었더니, 웨이 노인은 월병은 큰 거리의 쓰메이치
四美齋에서 만들어 왔으므로 독이 있고 없는 것은 물어보면 증명할
수 있다고 했다네. 쓰메이치 주인을 불러 물었더니, 월병은 그의
집에서 만든 것에 틀림없으나 소로 쓴 설탕은 웨이씨 집에서 가져
왔다는 것이야. 그리하여 불가불 웨이씨의 부녀를 수감했는데, 수
감은 하였다 하나 형틀은 쓰지 않고 구치소의 한 방에 넣고 몸은
자유롭게 해주었다네. 쯔진은 마음속으로 이렇게 생각했다네.

'검시관이 시체를 조사했을 때는 중독이 아니었고, 자기가 직접
조사했을 때도 중독의 형상은 아니었으므로 만약에 월병 속에 독
이 들어 있었다 하더라도 사람들이 그것을 동시에 먹지는 않았을
것이다. 또한 중독되었어도 심하고 덜한 것이 있을 터인데 그런
구별이 없는 것이 아닌가?'

그런데 피해자 측에서 빨리 해결을 해달라고 재촉하므로, 그는
순무에게 상세히 보고를 올리고는 회심관會審官을 파견해줄 것을
요청했다네. 그러자 며칠 전에 깡성무剛聖慕가 파견되어 왔다는 거
야. 이 사람은 성이 깡이고 이름이 삐弼인데, 뤼젠탕呂諫堂의 문하
생으로, 그의 스승에게 배워 청렴한 것으로 이름이 있다네. 그는
오자마자 웨이 노인에게 두 발을 죄는 형틀 협곤夾棍을 채우고 딸
웨이씨에게는 손가락을 죄는 형틀 찰자拶子를 채웠다는 거야. 두

사람은 모두가 까무러쳐서 진술을 하지 못했다는 거네. 억울한 사람일수록 길이 좁다 하였듯이 웨이씨 집의 우직하고 충직한 서사가 주인이 억울한 일을 당하고 있는 것을 보고 돈을 장만해가지고는 성안에 들어와 수소문하던 끝에, 이리저리 궁리하다가 시골 유지인 후백 거인의 집에 이르게 되었다네."

그가 여기까지 이야기를 했을 때, 황성이 문발을 걷고 들어오더니 물었다.

"주인 어른, 부르셨습니까?"

"응, 잠자리를 봐주게."

"어떻게 볼까요?"

런뤠이는 잠시 생각하더니 말했다.

"바깥방은 추울 테니 모두 여기서 자지."

다시 라오찬에게 말했다.

"이 방은 캉도 넓으니, 자네와 내가 가장자리에서 자고, 저 애들은 한 이불에 넣어 가운데서 자게 하는 것이 어떻겠나?"

"아주 좋군. 그런데 자네가 혼자 자게 되었네."

"둘이나 있는데 혼자 자다니. 그게 무슨 소린가?"

"자네가 혼자 자든 말든 후 거인이 어떻게 했는지 얼른 이야기나 하게."

라오찬이 재촉했다.

다음은 어찌 되었는지? 다음 회를 보시라.

16

혹리의 재판

라오찬은 런뤠이에게 후 거인 집에 가서 어떻게 되었느냐고 재촉하며 물었다. 이어 런뤠이가 말했다.

"자네가 조급히 굴수록 나는 천천히 말하고 싶군. 두어 모금 빨고……."

라오찬은 빨리 듣고 싶어서 췌이환을 불렀다.

"너 빨리 두어 통 담아서 얘기를 잘하시게 해드려라."

췌이환은 아편 불씨를 들어 불을 붙여주었다. 황성은 안에다 짐을 풀어놓고는 나와서 말했다.

"저 처녀들의 자리는 저들의 하인을 시켜 펴도록 하겠습니다."

런뤠이가 고개를 끄덕였다. 잠시 후에 아까 왔던 하인이 황성의 안내로 들어왔다. 원래 부두의 규정으로 기녀들의 자리는 반드시 그 하인들이 깔게 되어 있으며, 손님의 하인들은 절대로 깔아주지 않기로 되어 있었다. 또 이불 이외에 어떤 물건이라도 그 하인들이 어디에다 무엇을 놓는다는 것을 잘 알고 놓아주기 때문에 기녀들은 손만 뻗치면 찾을 수 있게 되어 있었다. 만약에 다른 사람이 놓아주면 찾기 어렵기 때문이었다. 하인은 자리를 펴주고 나오더니 물었다.

"췌이환의 물건은 타버렸으니 어떡할까요?"

런뤠이가 말했다.

"자네는 상관할 것 없네."

이에 라오찬이 말했다.

"내게 맡기고 내일 오게. 내가 스무 냥을 배상할 것이니 새로 사다 주면 되겠지."

"아닙니다. 돈 때문이 아닙니다. 어른께서는 마음놓으십쇼. 오늘밤에 어떻게 하나 해서입니다" 하고 말하자 런뤠이가 말했다.

"그것도 상관 말게, 알겠나?"

췌이화가 말한다.

"괜찮다 하시니 돌아가요."

그 말을 듣자 하인은 머리를 숙이고 나갔다.

런뤠이가 황성에게 지시했다.

"밤도 어두웠으니, 자네는 화로에다 숯을 더 넣고 물을 얹게. 그리고 벼루 상자에서 붓을 내오고, 붉은 줄이 쳐 있는 여덟 줄짜리 편지지와 봉투, 그리고 양초 두어 자루를 탁자 위에 놓고 돌아가자게."

황성은 "예" 하고 대답하고는 시키는 대로 하였다. 황런뤠이가 아편 피우기를 마치자, 라오찬이 다시 물었다.

"후 거인의 집에 가서 어떻게 되었나?"

"이 바보 같은 시골 늙은이는 후 거인을 보자, 땅바닥에 엎드려 머리를 조아리며 말하기를, '저희 주인만 구해주신다면 댁은 자손 만대로 복록을 누리실 것입니다'라고 하자, 후 거인이 이렇게 제안했다네.

'복록 같은 것 누리지 않아도 좋소. 다만 돈만 있으면 일은 잘 처리되오. 그 어른은 내가 성성에 있을 때, 같은 부서에 있었기 때문에 잘 알고 있소. 당신이 먼저 은자 천 냥을 가져오면 처리해주겠소. 나의 수고비는 따로 줘야 되오.'

서사 늙은이는 품에서 가죽지갑을 꺼내더니 오백 냥짜리 어음 두 장을 꺼내어 후 거인에게 주면서, '일만 무사히 끝맺어주신다면 다시 얼마쯤 더 드리겠습니다' 하자 후 거인은 고개를 끄덕였다네. 그리고는 점심을 먹은 후 곧 의관을 차려 깡뻬를 찾아갔다는 거야."

라오찬은 캉 모서리를 치면서, "저런 못난!"이라고 말했다.

"바보 같은 후 거인은 깡뻬를 면회하고 몇 마디 수인사를 하고 난 뒤, 은자 천 냥 어음을 두 손으로 받들어 올리면서 '이것은 쟈씨 댁 며느리의 사건으로 웨이씨 댁에서 어른께 보내드리는 것이오니 특별히 받아주십시오' 했다는 걸세."

이에 라오찬이 말했다.

"틀림없이 돌려주었겠지?"

"돌려주었다면 좋았을 걸, 돌려주지 않았다는 거야."

"왜?"

"깡삐는 오히려 웃으며 두 손으로 받아보고는, '누구 집 어음인지 믿을 만하겠죠?'라고 하자 후 거인이, '이것은 저희 현에서 가장 큰 은행인 퉁위同裕의 것이 되어 전적으로 믿을 수 있는 것입니다' 하고 말했다네. 이에 깡삐가 '이 사건을 친 상민으로 될 낏 같소?' 하며 슬쩍 떠보니까, 후 거인은 '웨이씨 댁 사람이 무사하도록 조속히 끝맺어주신다면 더 내어도 좋다고 합니다'라고 말했다네.

'열세 사람의 목숨이니 한 사람에 천 냥씩이면 일만 삼천 냥 어치가 되오. 그러나 노형이 찾아왔으니 사정을 보아 반감하여 육천 오백 냥으로 하지요.'

후 거인은 연방, '되고말고요, 되고말고요' 했다네.

그러나 깡삐는 다시, '노형은 소개자에 지나지 않으니 당신 마음대로 할 수는 없을 거요. 그러니 돌아가서 확실히 물어보시오. 어음까지 가져오지 않아도 좋으니, 반으로 감하여 육천 오백 냥을 내겠다고 보증서만 써서 준다면 내일 결말을 내주겠다고 하시오' 하더라는 거야. 후 거인은 몹시 기뻐하며 나와서, 그 시골 늙은이와 상의했다네. 시골 늙은이는 관청에서 무사히 재결裁決을 해주겠다더라는 말을 듣고는 한 번쯤은 자기 멋대로 한다 하더라도 다년간의 주종 관계로 보아 주인이 용서해주리라 생각했고, 또한 현금이 당장 필요한 것도 아니고 해서 기쁜 마음으로 육천 오백 냥짜리 어음을 써서 후 거인에게 주고, 또 오백 냥짜리 어음을 써서 후 거인에게 사례금으로 주었다는 거야.

이 바보 후 거인은 편지 한 통과 육천 오백 냥짜리 어음을 함께 현청으로 보냈다네. 깡삐는 그것을 받고는 영수증을 써서 보냈다는 거야. 다음날이 재판이었다네. 왕쯔진도 심판관이었으나, 이런 사정은 전혀 모르고 있었다네. 법정에 나와서 죄인을 데려오라고 소리치자, 아전들이 웨이씨 부녀를 데리고 나왔는데, 둘 다 반죽음이 되어 있었다는 거야. 두 사람이 당상에 꿇어 엎드리자, 깡삐는 곧 품에서 천 냥짜리 수표와 육천오백 냥짜리 어음, 그리고 후 거인의 편지를 내놓더니, 그것을 먼저 왕쯔진에게 주어 보게 했다네. 쯔진은 뭐라 말을 할 수가 없어 마음속으로 혼자 웨이씨 부녀가 고생하게 생겼다고 생각했다는 거야. 깡삐는 쯔진을 보자마자 웨이 노인에게, '글자를 읽을 줄 아나?' 하고 물으니, 웨이 노인은 본래 선비여서 글을 볼 줄 안다고 대답했다네. 다시 쟈씨 며느리를 보고 글자를 아느냐고 묻자, 그 여자는 어려서 몇 년 동안 배웠기 때문에 조금은 안다고 말했다네. 이에 깡삐는 어음과 약속 어음을 관졸에게 시켜 그들 부녀에게 보게 했네. 그들 부녀는, '어떤 연유인지 모르겠는데요?' 하며 의아해하자 깡삐가, '다른 것은 몰라도 이 어음이 누구의 필적이고 아래쪽에 있는 서명이 누구의 이름인지는 필연코 알렷다!' 하고는 관졸을 불러, '저 늙은이에게 다시 보여주어라!' 하고 지시했다네. 웨이 노인이 다시 보고는, '이 어음은 소인의 서사가 쓴 것이온데, 그가 무엇 때문에 썼는지는 모르겠습니다' 하고 대답했다네. 그러자 깡삐는, '핫핫하!' 하고 크게 한바탕 웃고 나서, '너는 모르겠지. 그러나 내가 말해주면 곧 알게 될 거다. 어제 후 거인이라는 자가 나를 찾아와서 먼저 천 냥을 주면서, 사건을 무죄로 해달라며 무죄로 해주면 은자를 더 내겠다는 거야. 너희들 두 명은 극악무도한 인간들이어서 전날에 사형에 처해야 했을 것이지만, 기회를 보아 그자의 입을 빌려 진상을 캐보려고 후 거인을 시켜, 서사에게 가서 열세 사람의 목숨을 해쳤으니 한 사람에 천 냥이면 모두가 만 산천 냥이 된다고 이르라 했지. 그러니까 후 거인의 말이 아마도 일시에 낼 수 없을 거라 하더군. 그래서 내가 은자는 좀 늦게 가져와도 괜찮으니 그가 명백히 뜻을 정하기만 하면 되고, 만약에 한 사람의 목숨을 천 냥씩 따질 수 없다면 반으로 줄여서 한 사람 목숨에 오백 냥씩 육천 오백 냥까지는 해줄 수 있으되 그 이하로는 절대로 안 된다고 이르라 했다. 그랬더니 후 거인이 연방 응답하기에 나는 혹시 후 거인이 잊지나 않을까 하여 재삼 당부하고 그에게 절반으로 깎아준 이유를 서사에게 말해주라 했다. 아울러, 만약에 진실로 그렇게 하기를 원한다면 돈은 좀 늦어도 괜찮으니, 약속 어음이라도 써갖고 오라고 했다. 다음날 과연 이 어음을 가져왔어. 여봐! 나는 나와는 아무런 원수도 진 일이 없는데, 내가 무엇 때문에 너를 모함하겠나? 가슴에 손을 얹고 생각해봐! 나는 조정의 관리야! 순무께서 나를 파견하여 왕 대인의 재판을 도우라고 특별히 위임하셨어. 내가 만약에 너희 돈을 받고 너를 무죄 석방한다면 그것은 순무 대감의 위임을 어기는 것이 될 뿐만 아니라 또 열세 사람의 억울한 영혼이 나를 그대로 둘 것 같은가? 다시 묻거니와 만약에 너희가 사람들을 죽이지 않았다면 너희 집에서 무엇 때문에 몇 천 냥의 돈을 내겠다는 거냐? 이것이 첫째 증거야. 나에게 주겠다는 것이 육천오백 냥이니 다른 곳에 쓴 것이 얼마나 될는지 알 수도 없겠지만 나는 그 이상 더 캐지 않겠다. 만약에 너희들이 사람을 죽이지 않았다면, 내가 네 서사에게 한 사람 목숨에 오백 냥씩으로 계산하여 육천오백 냥이라고 하였을 때 네 서사가 마땅히 이렇게 대답했어야 했을 게다. 사람을 죽인 것은 사실 저희 주인이 아닙니다. 만약 위원께서 억울한 것을 풀어주신다면 칠천, 팔천 냥이라도 내겠습니다, 라고 말이야. 육천오백 냥이라는 숫자에는 감히 답을 못했을 것이어늘 어찌하여 아무 거리낌없이 한 목숨에 오백 냥씩 계산할 수 있었단 말이냐? 이것이 둘째 증거다. 너희들은 조만간 실토할 것이거늘 더 이상 형틀에서 고초를 겪지 말고 실토해라'라고 말했다네.

두 부녀는 연방 머리를 조아리며, '푸른 하늘 같으신 대감님, 정말 억울하옵니다' 하고 하소연했다네. 이 말에 깡삐는 책상을 치며 크게 노해서 소리쳤다네.

'내가 그토록 권하는데도 실토를 안 해? 다시 고문을 해라.'

관졸들이 우레와 같은 목소리로 대답하고는, 협곤과 찰자 두 형틀을 꽈당탕 당상으로 올려놓고 막 고문을 시작하려고 하는데, 깡삐가 다시 말했다.

'잠깐 고문을 멈추고 관졸들은 이리 오라.'

관졸 몇 명이 몇 걸음 다가가 한 다리를 꿇고, '대감님, 분부를 내려주십시오' 하자, 깡삐가 '나는 너희들의 솜씨를 잘 알고 있다. 너희들은 사건이 대단치 않으면 돈을 받고 고문을 가볍게 하여 범인에게 덜 고통스럽게 해주고, 또 사건이 중대하여 도저히 풀려날 수 없다고 여겨지면, 돈을 받고 고문을 심하게 하여 고통 없이 당장 죽게 하여 시체로 만든다고 들었다. 그러면 담당관이 형벌을 엄하게 해서 죽었다고 씌워 처벌을 받게 한다는 것도 모두 알고 있다. 그러니 오늘은, 웨이 여인을 찰자에 걸되 기절하게 해서는 안 된다. 얼굴색이 좋지 않으면 고문을 늦추었다가 다시 제정신이 돌아오면 고문을 해라. 열흘만 되면 아무리 장사라도 실토하지 않고서는 못 배길 게다' 하고 지시했다네.

불쌍하게도 웨이 여인은 이틀도 견뎌내지 못하고 울지도 못할 만큼 반죽음이 되었다네. 또 아버지가 고문을 받는 것을 더 이상 보고 있을 수가 없어 말했다네.

'고문을 멈춰주세요. 실토하겠어요. 제가 사람들을 죽였어요. 아버지는 아무것도 모르세요.'

이에 깡삐가, '무엇 때문에 온 집안 사람을 죽였지?' 하고 묻자, 웨이 여인이 '시누이와 불화하여 죽일 마음이 생겼어요' 하고 대답했다네.

'시누이와 불화했다면 그 여자 하나만을 죽여도 될 터인데, 무엇 때문에 온 집안 식구를 모두 죽였지?'

'저는 원래 그 여자 한 사람만을 죽이려고 했는데, 방법이 없어 독약을 월병 속에 넣었어요. 그 여자는 월병을 제일 좋아하기 때문에 그 여자가 먼저 먹고 독살되면 다른 사람들은 반드시 해를 입지 않으리라 생각했어요.'

'월병 속에 무슨 독약을 넣었나?'

웨이 여인이 비상이라고 대답하자, 깡삐는 다시 '비상은 어디서 났지?' 하고 다그쳤다네.

'사람을 시켜 약방에서 사왔어요.'

'어떤 약방에서 사왔지?'

'제가 직접 거리에 나갈 수가 없어 사람을 시켜서 샀기 때문에, 어떤 약방인지 모르겠어요.'

'누구를 시켜서 사왔지?'

'독살당한 머슴 왕얼이에요.'

'왕얼이 사왔다면 어찌 그가 월병을 먹고 독살당했지?'

'제가 그에게 비상을 사오라고 했을 때, 그에게 쥐를 잡기 위해서라고 했기 때문에 그는 모르고 있었어요.'

'너는 애비가 아무것도 모른다고 했는데, 왜 애비와는 상의하지 않았지?'

'그 비상은 시집에서 산 것이고 산 지가 매우 오래되었어요. 그것을 시누이의 밥그릇에 넣으려고 기회를 엿보았으나 며칠이 지나도록 기회를 얻지 못하다가 마침 친정에 돌아갔더니 친정에서 월병 소를 만들고 있는 것을 보았어요. 무엇에 쓸 거냐고 물었더니, 저희 시집에 명절 때 보내려고 한다기에 사람이 없는 틈에 비상을 소 속에 넣었어요.'

깡삐는 고개를 끄덕이더니, '그래, 그래' 하고는 다시, '대단히 솔직히 말해주었어. 전혀 빈틈없이 진술했어. 그런데 내가 듣기에 네 시아버지가 평상시에 너에게 몹시 각박하게 굴었다던데 그런가?' 하고 물었다네.

'시아버님은 저를 친딸같이 사랑해주셨어요. 그 이상 더 잘하실 수 없었지요.'

'네 시아버지는 이미 횡사했는데, 무엇 때문에 그를 그렇게 옹호하지?'

이 말을 듣자 웨이 여인은 고개를 번쩍 들고, 버들잎 같은 눈썹을 곤두세우면서 눈을 크게 뜨고는 소리쳤다네.

'깡 대감님, 당신은 나를 능지의 형벌로 판결하기만 하면 됩니다. 저는 이미 당신이 원하는 대로 실토를 했어요. 시아버님을 죽였으므로 능지의 벌에 해당됩니다. 그런데 당신은 무엇 때문에 고의로 죽였느니 어쩌니 하시는 겁니까? 댁에도 자식들이 있으시겠죠. 제발 물러가주세요.'

깡삐는 웃으면서, '관리가 되면 상세히 추궁해야 해' 하고는, 서기에게 '그렇다면 저들에게 자신의 진술에 서명을 하게 해라' 하고 지시했다는 거야."

황런뤠이는 사건을 이렇게 설명하고 라오찬에게 말했다.

"여기까지가 그저께까지의 사건이야. 지금 그는 다시 노인을 심문하겠다는 거야. 어제 내가 현청에서 식사를 할 때, 왕쯔진은 몹시 화가 나서 죽을 지경이면서도 입을 못 열고 있더군. 입을 열면 마치 웨이씨 집에서 돈이라도 먹은 것같이 된다는 거야. 지금 여기 와 있는 리 태존太存도 이 사건의 심리가 타당치 않다고 하지만 어쩔 수 없다는 거야. 상의한 결과, 바이 태존 즉 바이쯔소우를 불러오는 수밖에 없다는 거네. 저 미친 깡삐는 스스로 청렴하다고 자처하고 있으나, 바이 태존의 청렴함도 아마 그에게 비길 바 아닐 걸세. 바이쯔소우의 인품과 학문은 모든 사람으로부터 경모를 받고 있으므로 그도 바이쯔소우를 경시하지 못하고 있다는 거야.

그 사람 말고 깡삐를 누를 사람은 따로 없을 걸세. 하루 이틀 안에 보고를 올려야 하며, 더구나 궁보는 성질이 급하기 때문에 만약에 그대로 조정에 상주한다면 어떻게 손을 써보지 못하고 끝나네. 그런데 궁보에게 통하는 방법이 없네. 우리 동료는 모두가 혐의받기를 피하고 있네. 어제 자네를 만나자, 마음속으로 대단히 기뻤네. 어디 좋은 방법을 생각해보게나."

"나도 별로 좋은 계책이 없군. 이런 사건은 형세가 매우 급박한 것이 되고 보니, 완전한 계책을 생각해낼 수가 없네. 먼저 이런 사정을 내가 상세히 써서 궁보에게 보내어 궁보가 바이 태존을 파견하여 다시 심의하게 하는 수밖에 없겠네. 어쨌거나 한 번 해보세. 그래도 되지 않으면 할 수 없는 것이고, 천하에 억울한 일이 얼마나 많나? 그러나 내가 이 눈으로 본 이상 온 힘을 다하여 노력해보겠네."

"감복하네. 좋은 일은 서둘러야 한다네. 붓과 종이가 준비되었으니, 영감 마님, 한 자 부탁합니다. 췌이환, 가서 초에 불을 붙이고, 차를 끓여 오너라."

라오찬은 잠시 생각을 가다듬고는 런뤠이의 침실로 들어가 앉았다. 췌이환이 양초에 불을 붙여 왔다. 라오찬은 벼루 뚜껑을 열고 붓을 꺼낸 후, 종이를 펼치고 붓을 들어 쓰려고 했다. 그러나 먹통이 이미 돌멩이같이 얼어붙고 붓도 마치 대추씨같이 얼어서 쓸 수가 없었다. 췌이환이 먹통을 들어 화로에 쬐고 라오찬은 붓을 들어 화로에 쬐면서 생각을 가다듬었다. 잠시 후 먹통에서 흰 김이 오르고 얼음이 반쯤 녹자, 그는 붓을 적셔 쓰기 시작했다. 두어 줄씩 쓰고는 불에 쬐곤 하여 반 시간도 못 되어 편지 쓰기를 모두 마쳤다. 겉봉을 봉하고는 런뤠이에게 누구를 시켜 편지를 보낼 거냐고 물어보려고 췌이환을 불렀다.

"황 어른 좀 오시라고 해라."

췌이환이 문발을 들고는 자꾸 웃으며 목소리를 낮추어, "례 어른, 저것 좀 보세요" 하였다. 라오찬이 밖을 내다보니, 황런뤠이는 아편대를 두 손으로 끌어안은 채 베개는 머리에서 빠져 나가고 입에서는 세네 치나 되게 길게 침을 흘리며 잠이 들었는데, 다리에는 여우 가죽으로 된 요만을 걸치고 있었다. 저쪽에는 췌이화가 호랑이 가죽으로 만든 요 위에 두 다리를 옷 속으로 오므리고 두 손은 옷소매 속으로 오므려 넣고는 베개도 베지 않은 채, 얼굴 반쪽은 옷깃으로 가리고 반쪽 얼굴은 소매로 가리고서 깊이 잠들어 있었다.

라오찬은 이것을 보자, "자게 해서는 안 돼. 불러 깨워야지" 하고 런뤠이를 툭툭 쳤다.

"일어나게. 이렇게 자면 감기들어."

런뤠이는 깜짝 놀라 어리둥절한 듯 눈을 뜨더니 말했다.

"어, 편지 다 썼군."

"그래 다 썼네."

런뤠이는 벌떡 일어나 앉더니, 입가에 흘린 침이 옷소매에서 아편통 안에까지 이어져 몇 단계로 이미 얼음 줄기로 변한 것을 보았다. 한편 라오찬이 런뤠이를 깨울 때, 췌이환은 췌이화에게로 가서, 그 여자의 옷 속에 들어가 있는 두 다리를 더듬어 잡고는 힘껏 낚아챘다. 췌이화는 깜짝 놀라 연방 "누구야? 누구야?" 하면서 눈을 비비더니 "아이 추워!" 하는 것이었다.

두 사람 모두 급히 화롯가에 불을 쬐러 왔으나, 화로에는 숯을 더 넣지 않아 흰 재만 남고 작은 불씨 몇 개가 온기를 겨우 유지하고 있었다.

췌이환이, "방에 있는 화로는 불이 좋아요. 얼른 안에 들어가세요" 하자 네 사람이 함께 방안으로 들어갔다. 췌이환은 이불 셋이 정연하게 깔려 있는 것을 보았다. 현청에서 보내온 것은 남색과 붉은색 무늬의 이불, 그리고 두 채의 큰 요와 베개가 하나였다. 그녀는 라오찬에게 물었다.

"이 이불들 어떠세요?"

라오찬은 "너무 좋구나" 하고는 런뤠이를 향하여, "편지를 다 썼으니, 한 번 보아주게" 하였다. 런뤠이는 불을 쬐면서 편지를 받아 처음부터 끝까지 읽어 보고서는 흡족한 표정으로 말했다.

"아주 잘되었네. 이거라면 효과가 있겠어."

"어떻게 보낸다?"

런뤠이는 허리춤에서 시계를 꺼내 보았다.

"네시구먼. 잠시 있으면 날이 밝을 테니 내가 현청의 심부름꾼을 시켜 보내겠네."

"현의 관리들은 늦게 일어날 거야. 날이 새거든 여관 주인과 상의해서 사람을 사서 보내는 것이 나을 걸세. 그런데 강을 건너기가 어렵겠군."

"강은 지난밤에 건너간 사람이 있으므로, 단신이면 건너갈 수 있다네."

모두가 불을 쬐면서 이야기를 나누다 보니, 두세 시간이 금방 지나가고 어느덧 동쪽 하늘이 밝아왔다. 런뤠이는 황성을 불러 깨워 여관 주인과 상의하여 성성으로 편지 보낸 사람을 찾아달라고 부탁하라 하고는 덧붙였다.

"성성까지는 사십 리밖에 안 되니, 정오 이전에 도착하여 오후까지 영수증을 받아오면 수고비로 열 냥 주겠다고 말하게."

잠시 후 여관의 심부름꾼이 한 사람을 데리고 들어왔다.

"제 아우입니다. 어르신네께서 편지를 보내시려면 이 아이를 시켜주십쇼. 이 아이는 여러 차례 편지를 배달한 일이 있어서 잘할 겁니다. 관청에도 갔던 일이 있으니 안심하고 시켜보십쇼."

런뤠이는 성장省長에게 보낼 편지를 그에게 주었다. 그는 그것을 받아 품속에 넣고는 나갔다. 그러자 런뤠이가, "우리도 이제 자야지" 하고 말했다. 그리고 황과 톄가 양편에 자고 췌이화와 췌이환은 가운데서 잤다. 얼마 안 있어 모두 쿨쿨 잠에 빠졌다.

눈을 떠보니 벌써 정오가 되어 있었다. 췌이화네 심부름꾼이 벌써 와서 기다리고 있다가 이불을 묶어 어깨에 짊어지고는 그들을 데려가려 했다. 런뤠이가 그에게 당부했다.

"오늘밤에 이 애들 둘을 데려다 주게. 여기서는 부르러 가지 않을 거야."

심부름꾼은 응답하고는 두 여인을 데리고 갔다. 췌이환은 고개를 돌린 채, 눈에 눈물을 글썽거리며 말했다.

"잊지 마세요."

런뤠이와 라오찬은 함께 웃으며 고개를 끄덕였다. 두 사람은 세수를 하고 잠시 후에 점심을 먹었다. 점심을 먹고 나니, 이미 두 시가 되었다.

런뤠이는 현청에 들어가면서 라오찬에게 말했다.

"만약에 회답이 오면 불러주게."

"알았네. 들어가게."

런뤠이가 나가고 나서, 한 시간도 못 되어 여관 주인이 편지를 주어 보낸 사람을 데리고 왔다. 그는 온통 땀투성이가 되어 들어오더니, 품에서 자색 큰 도장이 찍힌 큰 봉투를 내어서 열고는 안에서 두 통의 편지를 내주었다. 한 통은 장 궁보의 친필로 글자가 호두알보다도 더 컸다. 한 통은 비서인 위안시밍袁希明의 편지였다. 편지의 내용은 이러했다.

"바이 태존은 지금 태안하십니다. 곧 사람을 파견했으니, 아마 육칠 일 안에 도착할 수 있을 것입니다. 궁보께서는 귀하가 이틀만 기다렸다가 바이 태존이 도착한 후 함께 상의했으면 합니다……."

라오찬은 그것을 보고 나자, 편지를 가져온 사람에게 말했다.

"쉬었다가, 밤에 와서 삯을 받아 가게."

그리고 여관 주인에게 말했다.

"황성을 불러주게."

"황 어른과 함께 현청에 들어가셨습니다."

라오찬은 생각했다.

'편지를 누구에게 주어 보낸다? 내가 가져 가는 것이 낫겠군.'

그리고는 여관 주인에게 문을 잠그게 하고 현청으로 나갔다. 대문을 들어가면서 보니 많은 군졸들이 들락거리고 있었다. 재판이 있는 것을 직감할 수 있었다. 중문을 들어서니, 과연 대청은 삼엄하고 음산하였다. 많은 관졸들이 양쪽으로 늘어서 있었다. 잠시 생각해보다가, 무슨 일인지 들어가보는 것도 괜찮겠지 하고는 관졸들의 뒤에서 들여다보려 했으나, 보이지가 않았다. 다만 대청 쪽에서 큰소리가 들려왔다.

"웨이 여인아! 너는 잘 알아두어라! 네 죄는 이미 돌이킬 수 없는 것으로 결정돼 있다. 그런데 너는 네 애비를 극력 감싸며, 그는 아무것도 모른다 하니 그 효성은 본관도 잘 알겠다. 그러나 네가 너의 간부를 실토하지 않는 이상 네 애비의 목숨도 온전하지 못하리라는 것을 알아두어라. 생각해보아라. 간부의 뜻을 따르다 보니 너는 이렇듯 고통을 겪는데, 그놈은 멀리 피하여 숨고는 너에게 밥 한 그릇도 보내주지 않고 있다. 이 얼마나 인정이 각박한 놈이냐? 죽자 하고 그놈을 대지 않고 오히려 친아버지에게 그 죄를 씌우려고 하는구나. 옛 성인의 말씀에, '세상 모든 남자가 남편이 될 수 있으나, 아버지는 하나뿐이다'라는 말이 있다. 아버지를 위해서는 남편도 돌보지 않는다 했거늘, 더구나 너에게는 잠시 좋아하던 남자에 지나지 않는다. 사실대로 진술하는 것이 옳지 않으냐?"

이때 아래쪽에서 훌쩍이고 우는 소리가 들려왔다. 그러자 대청 위에서 다시 큰소리가 들려왔다.

"그래도 실토를 않을까? 계속 고집을 부린다면 형틀에 매달겠다."

그러자 아래쪽에서 거의 죽어가는 목소리로 알아듣지 못하게 뭐라 몇 마디가 들려오더니 대청에서 다시 큰소리가 났다.

"무어라는 거냐?"

서기 한 사람이 내려가 물어보고 와서는 고했다.

"자신의 일이라면 대감께서 무엇을 물으시든 모두 대답해올릴 수 있으나, 없는 간부를 날조하여 대라고 하시니 따를 수 없다고 합니다."

대청 위에서 대청이 쩡 하고 울리게 책상을 치는 소리가 나더니, 욕이 쏟아져 나왔다.

"이 음탕한 계집년! 정말 교활하구나! 형틀에 걸어라!"

이 말에 대청 아래에 있던 모든 사람들의 "욱!" 하는 소리가 들리고, 이어서 몇 사람이 손가락을 죄는 형틀을 끌고 가는 소리가 "쿵쾅!" 하고 들려왔다.

라오찬은 여기까지 듣자, 화가 치밀어 올라 재판정이고 뭐고 가리지 않고 그곳에 서 있는 관졸들을 손으로 헤치며 크게 소리쳤다.

"좀 들어갑시다!"

관졸들이 얼른 비켜주어 라오찬은 안으로 들어섰다. 들어가서 보니, 한 사람이 웨이 여인의 머리채를 잡아들고 두 관졸이 그 여자의 손을 들어 찰자에 잡아넣으려는 참이었다. 라오찬은 앞으로 나서며 관졸을 제지시켰다.

"손을 멈춰라!"

그리고는 큰 걸음으로 대청 앞으로 나아갔다. 재판관석에는 두 사람이 앉아 있었다. 아랫자리에 있는 것이 왕쯔진이고 윗자리에 있는 것이 깡삐라는 것을 곧 알 수 있었다. 그는 먼저 깡삐에게 예를 표했다. 쯔진은 라오찬을 보자, 황급히 일어났다. 깡삐는 모르기 때문에 일어나지도 않고 소리쳤다.

"너는 누구길래 함부로 재판정에 들이와 소란을 피우느냐? 서자를 끌어내라!"

17

연분

깡뻬는 푸른 옷에 작은 모자를 쓴 라오찬이 어떤 사람인지 모르기 때문에 끌어내라고 소리를 친 것이었다. 그러나 관졸들은 본현의 현관이 벌써 일어선 것을 보고는 이 사람이 반드시 어떤 내력이 있는 인물이라 보고, 비록 대답은 "예!" 했으나 어느 한 사람 선뜻 나서는 자가 없었다.

라오찬은 깡뻬가 화가 잔뜩 나서 연방 소리치는 것을 보자, 그를 일부러 놀려주고 싶은 생각이 나서 점잖게 말했다.

"당신이 내가 누구냐고 묻는 것에 대답하기 전에 먼저 두어 마디만 하겠소. 만약에 내 말이 틀렸으면 저 아래 형틀이 많으니 당신 마음대로 나를 때리고 협곤으로 고문하셔도 좋소. 하나 묻겠는데 저기 있는 한 사람은 죽음이 얼마 남지 않은 노인이고, 한 사람은 가정 부인이요. 사건이야 어떻든 간에 당신이 저들의 손에 쇠고랑을 채웠나 본데 어떤 뜻으로 채운 것이오? 저들이 감방을 탈

주할까 두려워서 한 것은 설마 아니겠지요? 저것들은 강도에게 쓰는 형틀인데, 당신은 멋대로 양민에게 쓸 수 있소? 천지의 도리는 어디 있으며 양심은 어디 있는 겁니까?"

왕쯔진은 순무이 취신이 이미 외 있는 것은 전혀 모르고, 라오찬과 깡삐가 재판정에서 다투면 곤란하다고 생각되어 황급히 말했다.

"부 옹, 사무실로 들어가시지요. 여기는 재판정이 되어 말하기가 거북합니다."

깡삐는 화가 치밀어 눈을 크게 뜨고 씩씩거렸으나 쯔진이 그를 부 옹이라 부르는 소리를 듣고는 아마도 어떤 내력이 있는 인물인가 보다 생각하고 다시 떠들지 않았다.

라오찬은 쯔진이 난처해할 것을 알고는 서쪽으로 가서 쯔진에게 예를 표하였다. 쯔진은 황망히 답례하고는 뒤쪽 사무실로 가자고 했다. 라오찬은, "괜찮습니다" 하면서 소매 속에서 장 궁보의 회신을 꺼내어 두 손으로 쯔진에게 건넸다. 쯔진은 자색 큰 도장이 찍힌 것을 보자, 자기도 모르게 얼굴에 기쁨을 나타내며 두 손으로 받아서 펴보고는 곧 큰소리로 읽었다.

"보내주신 사연 잘 알았음. 바이 태수는 명을 받는 즉시 그곳에 도착할 것이니 왕, 깡 두 사람은 함부로 형 집행을 하지 말라. 웨이젠魏謙 부녀에게는 보증인을 세우게 하고 일단 귀가시켰다가 바이 태수가 도착하면 재심하도록 만반의 준비를 갖추라. 야오 보냄."

그는 서신을 읽고 나자, 깡삐에게 건네주고는 큰소리로 명했다.

"방금 순무의 지시를 적은 공문이 도착했다. 웨이젠 부녀의 형틀을 벗기고 보증인을 세우게 한 후, 집으로 돌려보내 바이 태존의 재심을 기다리도록 해라!"

아래쪽에서 "예" 하는 대답에 이어 큰소리로, "형틀을 풀어주라고 하신다!" 하자 일고여덟 명이 달려들어 그들 부녀의 손과 발에서 쇠고리들을 하나도 남김없이 풀었다. 그리고 그들에게 머리를 조아리게 하고는 그들 부녀를 대신하여 소리쳤다.

"순무님의 은전에 감사하옵고, 깡 대감과 왕 대감의 은혜에 감사드립니다."

깡삐는 서면을 보고 울컥 화가 났으나 감히 입 밖에 내지는 못했다. 또한 깡 대감과 왕 대감의 은혜에 감사한다는 말을 들으니, 마치 칼로 심장을 찌르는 듯하여 어찌 할 바를 모르다가 뒤쪽 방으로 들어가 버렸다. 쯔진은 여전히 라오찬을 향해 두 손을 맞잡고 말했다.

"사무실로 들어가십시오. 저는 이 일을 정리하고 모시겠습니다."

라오찬도 두 손을 맞잡고는, "대인, 공무를 보십시오. 저는 아직 할 일이 남아 있어 물러가겠습니다" 하고는 대청에서 내려와 큰 걸음걸이로 현청 문을 나왔다.

한편 왕쯔진은 서기에게 지시해서 웨이젠 부녀에게 얼른 보증인을 세우게 하고 오늘밤 안으로 그들을 내보내도록 했다. 서기는 하나하나 대답하고는 북을 울려 퇴정을 알렸다.

라오찬은 길을 걸으면서 몹시 기분이 좋았다. 그는 속으로 이렇게 생각했다.

'전날에 위셴의 여러 가지 잔혹한 소문을 듣고도 어떻게 손을 쓸 수가 없었는데, 오늘 또 다른 잔혹한 관리를 친히 눈으로 보고, 편지 한 통으로 두 사람의 목숨을 구할 수 있다니 마치 인삼을 먹은 듯이 마음속이 상쾌하구나!'

이런 생각에 잠겨 길을 걷다 보니, 어느덧 성문을 나와 황하黃河의 제방에 이르렀다. 제방 위에 올라서니 날은 저물어 가는데, 황하는 꽁꽁 얼어붙어 마치 큰 길같이 되었다. 그 위를 작은 수레들이 끊임없이 왕래하고 있었다. 그는 마음속으로, '짐은 모두 타버렸으니 걸리적거리는 것이 없어 좋군. 내일은 단신으로 성성에 돌아가서 짐이나 장만할까?' 하고 생각하다가 생각을 돌렸다.

'위안시밍이 편지에다 바이 공이 올 때까지 기다렸다가 그와 상의하라고 한 것으로 보아, 그가 사건을 솜씨 좋게 잘 처리하리라 여기지만, 만약에 용의주도하게 처리하지 못한다면 그것은 내가 감으로써 일을 그르치게 되는 계기가 아니겠는가? 며칠만 더 꾹 참아보도록 하자.'

이런 생각에 잠겨서 걷다 보니, 이미 여관 문 앞에 이르렀다. 그가 문을 들어서보니, 많은 사람들이 꺼져가는 모닥불을 뒤적이며 한데 어울려 있었다. 모두가 누더기를 걸친 가난한 사람들이었다. 그는 가보지도 않고, 안채로 들어가서 혼자 우두커니 앉아 있었다.

두어 시간이 지나서, 런뤠이가 밖에서 들어오면서, "기분 좋다. 기분 좋다" 하고 소리치고 또 이어서 말했다.

"그 바보 깡삐가 퇴청하자 하인을 시켜 짐을 싸갖고 성성으로 돌아가겠다고 하더라네. 쯔진은 궁보가 귀가 엷은 것을 알기 때문에, 그가 성성에 돌아가면 일을 그르칠까 두려워서 극력 만류했다는 거야. 그래서 그에게 말하기를, '궁보께서는 바이 태존을 파견하여 재심을 하겠다는 것뿐이고, 대인께서 돌아오라는 말씀도 없었으며 이 사건도 아직 결정되지 않았으니 결코 돌아가실 수는 없소. 이렇게 일을 내버려두고 가시면 궁보께서 화를 내시지 않겠소? 그리고 대인의 주경존성主敬存誠의 도리에도 어긋나는 것이 아니오'라고 하자, 그는 생각에 잠기더니 그대로 참고 있기로 했다는 거야. 쯔진은 자네와 함께 식사를 했으면 하기에, 내가 그것은 좋지 않으니 차라리 요리 한 상을 보내주는 것이 나을 것이고, 내가 대신 손님 대접을 하겠다고 했네. 내가 이런 임무를 맡고 왔으니 어떤가?"

"좋았어. 자네는 공짜로 먹고 나는 의리를 짊어지고, 자네 편한 대로군. 내가 사양했다면 자네는 무엇을 먹으려고 했나?"

"자네가 사양하겠다면 사양해도 좋네. 나도 자네를 따라 굶을 테니."

이렇게 말하고 있는데, 문간에 붉은 술이 달린 모자를 쓴 사람이 한 장의 쪽지를 들고 나타났다. 그의 뒤에는 찬합을 둘러멘 사람이 따랐다. 그는 곧바로 안채로 들어와서 문발을 들치고는 라오찬을 건너다보며 런뤠이에게 물었다.

"저분이 톄라오찬 어른이십니까?"

"그렇소."

그 사나이는 한 발 앞으로 나서서 문안을 드렸다.

"저희 주인께서 본현에는 좋은 요리가 없어 장만하지 못하고 조잡한 요리나마 한 상 올리니 어른께서 들어보십사 하셨습니다."

"이 여관에다 밥을 시키고 있으니 그렇게 걱정하시지 않아도 좋소. 도로 가져가서 다른 분께 보내드리도록 하시오."

"주인 영감의 부부이니, 어르신께서 받아주십시오. 지로시는 다시 갖고 돌아갈 수도 없거니와 또한 혼만 납니다."

런웨이는 탁자 위에 종이 한 장을 놓고, 붓뚜껑을 열더니 그 사람에게 말했다.

"저 사람들에게 주방으로 가져 가라고 이르시오."

그 사람은 찬합의 뚜껑을 열어, "어르신네 보아주십쇼" 하고 말했다. 그것은 물고기 지느러미의 훌륭한 요리였다.

"보통 식사로서도 미안한데, 이런 요리는 너무 지나치게 고급이 되어 더구나 받을 수 없군요."

런웨이는 붓으로 종이에다 영수증을 써서 심부름 온 사람에게 건네면서, "이건 톄 어른의 회답이오. 돌아가거든 감사하다고 말씀드려주오" 하고 말했다. 그리고 황성을 시켜 그에게 사례로 일 조전을 주고, 찬합을 메고 온 사람들에게는 이백 문씩 주자 그들은 크게 절하고 고맙다 하며 돌아갔다.

황성이 등불을 가져왔다. 반 시간도 못 되어 췌이화와 췌이환이 왔다. 그들의 하인은 시키지도 않았는데 작은 짐 두 개를 메고 와서 안쪽 방에 들여놓았다.

런웨이가 입을 열었다.

"너희들 이불을 아주 빨리 마련했구나. 한나절에 모두 된 거냐?"

췌이화가 대답했다.

"집에 있는 이불에 겉만 씌웠어요."

그때 황성이 들어와서 여쭈었다.

"진지를 올릴까요?"

"먹자!"

런뤠이가 대답하자, 잠시 후에 접시를 가져다 늘어놓았다. 런뤠이가 다시 말했다.

"오늘은 북풍이 불지 않는데도 몹시 춥구나. 얼른 술부터 데워 오너라. 오늘은 기분이 좋으니 두어 잔씩 더 마시지."

두 여자가 거문고를 들어 두어 곡씩 노래하자, 런뤠이가 말했다.

"노래할 것 없다. 너희들도 술이나 두어 잔씩 마셔라."

췌이화는 두 사람의 기분이 매우 좋은 것을 보고는 물었다.

"두 분께서 이렇듯 기분이 좋으시니 아마도 순무에게서 회답이라도 왔는가 보네요."

이에 런뤠이가 으스대며 말했다.

"회답뿐이냐? 아마 지금쯤 웨이씨네 부녀가 집에 돌아가 있을 걸?" 하고는 하나부터 열까지 모든 일을 두 여자에게 설명해주었다. 두 여자가 몹시 기뻐한 것은 말할 것도 없다.

이 말을 들은 췌이환은 웃음이 피어남을 멈출 수 없었다. 그러더니 갑자기 버들잎 같은 눈썹을 찡그리면서 아무 말도 않는 것이었다. 어떤 이유에서일까? 그 여자는 라오찬이 편지 한 통을 써서 보내자 순무가 곧 그의 말대로 따라 하였다는 것을 듣고 보니, 자기 일을 처리하는 것쯤은 재를 부는 것보다 더 쉬운 일일 것이라는 생각이 들어 웃음이 나왔던 것이다. 그러나 한편 이 사람들의 권력이 비록 그토록 크다 하더라도 지난밤에 말하던 것들이 진짜인지 가짜인지 알 수도 없으며, 만약에 입에서 나오는 대로 멋대로 한 이야기라면 이대로 끝나는 것이 아니겠는가? 이 기회를 놓친다면 일생 동안 빠져 나갈 가망은 없는 것이라는 생각도 들었다. 그래서 그녀는 두 눈썹을 찡그리고 있었던 것이다. 한편 포주는 금년 말에 그녀를 팔아버릴 것이고 대머리 콰이얼은 몹시도 흉악하게 굴 것이므로 그녀는 조만간에 죽고 말 것이다. 여기까지 생각이 미치자 얼굴이 잿빛으로 변했다. 또 한편 자기는 양가집 딸로서 어쩌다 이렇듯 미천한 몸이 되었는가, 차라리 깨끗이 죽어버리는 것이 낫겠다는 데까지 생각이 미치니, 미간에 굳은 결의가 나타났다. 그러나 한편 자기가 죽는 것은 아무것도 아니나 여섯 살 난 동생은 누가 기른단 말인가? 굶어 죽을 것 아닌가? 그 애가 죽으면 돌아가신 부모의 제사를 지낼 사람이 없어지게 되고 조상에게 향을 피울 사람조차 끊기게 될 것이다. 이런 것들을 생각하면 죽을 수도 없는 노릇이었다. 이런저런 생각, 살자니 살 수도 없고, 죽자니 죽을 수도 없는 신세를 생각하자, 자기도 모르는 사이에 눈물이 방울져 흘러내렸다. 그녀는 급히 손수건으로 닦았다. 췌이화가 이것을 보고는 얼른 핀잔을 주었다.

"애, 어른들께서 오늘 이렇게 기뻐하시는데 너 미쳤니?"

런뤠이는 그녀를 보고는 웃고만 있었다. 라오찬은 고개를 끄덕이며 말했다.

"그렇게 쓸데없는 생각은 말아라. 우리가 어떻게 하든지 방법을 생각해볼 테니."

"마음 착한 톄 어른께서 너를 빼내주실 거야. 내가 어젯밤에 한 말은 따질 만한 것도 못 된다."

쉐이환은 이 말을 듣자, 깜짝 놀라며 자기의 생각이 틀림없다고 여겼다. 그녀가 그런 생각을 런뤠이에게 막 물어보려고 하는데, 황성이 어떤 사람을 데리고 들어왔다. 그 사람은 런뤠이에게 인사를 한 뒤, 붉은색 봉투를 내밀었다. 런뤠이는 그것을 받아 안을 들여다보더니 그대로 품속에 넣고는, "알았네!" 하고는 히죽히죽 웃었다.

황성이 말했다.

"어른께 말씀 올릴 것이 있사오니 잠깐 나오십쇼."

런뤠이는 따라 나갔다가 반 시간쯤 뒤에 느릿느릿 돌아왔다. 그는 세 사람이 서로 아무 말도 없는 것을 보고서도 말 한마디 하지 않고 혼자 싱글벙글 기뻐하는 것이었다. 그러는데 현청에서 사람이 나와 라오찬에게 인사를 하며 말했다.

"저희 주인께서 어제 빌려드린 이부자리를 찾아오라 하셔서 왔습니다."

라오찬은 어이가 없었다.

'이게 어떻게 된 노릇이야? 이불을 가져 가면 나는 어떻게 자지?'

그러나 남의 물건이니 억지를 쓸 수도 없는 일인지라, "가져 가시오"라고 말했으나 마음속으로는 여간 걱정이 되지 않았다. 심부름 온 사람이 방에 들어가서 이불을 가져가자, 런뤠이가 말했다.

"오늘 우리는 매우 기분이 좋았는데, 쉐이환 한 사람이 불쾌하기 때문에 우리까지 불쾌해졌다. 술도 마시지 않을 테니, 접시에 있는 요리도 모두 치워라."

황성이 들어와서 진짜로 접시 따위 모든 것을 치웠다. 두 여자는 어찌 된 영문을 몰랐고 라오찬까지도 대단히 이상하게 생각하였다. 이어서 황성이 췌이환의 하인을 데리고 오더니, 췌이환의 이불과 짐을 갖고 나가는 것이었다. 그러자 췌이환이 물었다.

"왜 이러시는 거예요? 왜 저를 여기 못 있게 하려는 거예요?"

"나는 모르오. 가서 이불과 짐을 가져오라고 하니, 그대로 하는 것뿐이오."

췌이환은 어찌 된 영문인지 모르겠으나 좋지 않은 일임에는 틀림없다고 생각되어서, 갑자기 눈물을 머금고 런뤠이 앞에 엎드리며 말했다.

"제가 잘못했습니다. 어른께서 용서해주십시오. 어른께서 싫어하시면 저희들은 살아남지 못합니다."

"나는 너를 좋아한다. 내가 왜 너를 싫어하겠느냐? 이번 일은 나로서는 어쩔 수 없으니 톄 어른께 부탁드려봐라."

췌이환은 라오찬 앞에 다시 엎드렸다.

"톄 어른, 저를 구해주십시오."

"뭐라고? 내가 너를 구해?"

"이불을 가져가는 것을 보니 틀림없이 어제의 말이 바람결에라도 포주의 귀에 들어갔나 봅니다. 지금 저를 여기 있지 못하게 했다가, 조만간에 저를 돌아오게 하고서는 내일쯤 멀리 보내려고 하는 것일 겁니다. 그들이 어찌 관청을 상대로 싸울 수 있겠어요. 그들로서는 어디로든 보내는 것이 최선의 방법이에요."

"그 말이 옳겠구나. 런뤠이 형! 방법이 없겠나? 이 애를 잡아두지. 포주가 데려가 버리면 일은 손대기가 어려워질 텐데."

"그게 무슨 소리야. 자네가 잡아야지 누가 잡나?"

라오찬은 췌이환을 잡아 일으키면서 런뤠이에게 따져 물었다.

"자네 말을 모르는 바는 아니네. 그렇다면 어젯밤에 한 말은 따지지 않겠다는 건가?"

"깊이 생각해보았는데 상관 않는 것이 좋겠어. 저 애들을 빼내려면 어찌 됐든 순서가 있어야 하네. 그런데, 자네도 승인하지 않고 나도 승인하지 않았으니 말이 되겠나? 저 애를 빼내면 어디다 두겠나? 여관에 둔다는 것은 승낙할 수 없네. 외부 사람들은 내가 빼냈다고 할 것이 틀림없기 때문이네. 나는 이제 막 관직에 올라서 여러 사람에게 질시를 받고 있으니, 궁보에게 밀고하는 자가 없다고는 할 수 없지 않나? 그렇게 되면 산동에 못 있게 되고, 추천도 승진도 못하게 될 것이기 때문에 절대로 할 수 없네."

라오찬이 생각해보니 일리가 있는 말이었다. 이것 때문에 죽음을 보고 구해주지 않는 것은 양심상 참을 수 없는 것이고, 췌이환이 자꾸 울고 있으니 그것도 참을 수 없는 일이었다. 그래서 런뤠이에게 말했다.

"따지고 보면 그런데, 좋은 방법을 생각해보세."

"자네가 생각해보게. 만약에 방법이 있다면 나도 힘껏 돕겠네."

라오찬은 아무리 생각해보아도 방법이 없었다.

"얼른 방법이 떠오르지 않으니 여럿이서 생각해보세."

"내게 한 가지 방법이 있기는 있으나 자네가 하려고 들지 않을 것이니 그만두겠네."

"말해보게. 내가 어떻게든 해보겠네."

"자네가 저 애를 맡겠다면 말은 하겠지만……."

"그렇게 해도 괜찮겠지."

"빈말로 해서 될 수 있겠나? 일은 내가 하고 남에게는 자네가 빼내왔다고 하면 남들이 믿을 것 같나? 자네가 친필로 편지를 쓴다면 내가 어떻게 해보겠네."

"편지는 곤란한데."

"자네는 못하겠다는 거지?"

라오찬이 주저하자, 두 여자가 일제히 애원했다.

"아무것도 아닌 일이에요. 어른께서 보증만 서시면 되는 거예요."

"편지를 어떻게 쓰라는 건가? 누구에게 쓰는 건데?"

"그야 왕쯔진에게 보내는 거지. 이렇게 쓰게.

'이 기녀 누구는 원래 양가의 자녀로서 그 처지가 매우 불쌍하므로 제가 이 풍진風塵 속에서 빼내어 소실을 삼고자 하니, 형이 힘써주신다면 몸값 얼마는 갚겠소.'

그러면 그 편지로써 내가 방법을 강구하겠네. 장차 자네가 저 애를 누구에게 주거나 짝을 지어주거나 그건 자네 마음대로 하게. 나는 간섭 않겠네. 그렇지 않고는 다른 방법이 있겠나?"

이렇게 말을 하고 있는데 황성이 들어와 말했다.

"췌이환 아가씨, 댁에서 데리러 왔소."

췌이환은 이 말을 듣자, 혼비백산하여 죽자 하고 라오찬에게 편지를 써달라고 애원하였다. 췌이화는 방에 들어가서 먹과 종이를 갖고 와서 붓에 먹을 듬뿍 적셔 라오찬의 손에 건네주었다.

라오찬은 붓을 잡고 한숨을 쉬고 췌이환에게 말했다.

"억울하잖아? 너 때문에 내가 친필로 진술을 해야 하다니!"

"제가 어른께 천 번 절을 올리겠습니다. 어른께서 단 한 번만 수고해주신다면 그것은 칠층탑을 쌓는 것보다 공덕이 더 크신 것입니다."

라오찬은 말하던 대로 써서 런뤠이에게 건넸다.

"내가 할 일은 모두 끝났네. 다시 일이 잘못되면 그것은 자네 잘못이네."

런뤠이는 편지를 받아 황성에게 건네주면서 말했다.

"잠시 후에 현청에 가져 가게."

라오찬이 편지를 쓰고 있을 때, 런뤠이는 췌이화에게 뭐라고 한동안 귓속말을 하였다. 황성은 편지를 받더니 췌이환에게 일렀다.

"댁의 엄마가 할 말이 있다고 기다리니 얼른 가보시오."

췌이환은 우물우물 가려고 하지 않고, 눈으로 런뤠이를 건너다보고 구원을 요청했다. 이에 런뤠이가 그녀를 안심시켰다.

"가도 괜찮아. 내가 있지 않아?"

췌이화가 일어나서 췌이환의 손을 잡고는 거들었다.

"환아, 내가 너와 함께 갈게 안심해라. 마음 푹 놓아."

췌이환은 할 수 없이 인사를 하고는 나갔다.

런뤠이는 캉 위에 드러누워 아편을 태우며 라오찬과 이것저것이야기를 하였다. 한 시간쯤 지나자 황성이 예식 때 쓰는 새 모자를 쓰고 들어와서는, "어르신네들, 저쪽으로 가시죠" 하고 말했다. 런뤠이는, "어, 그래!" 하고는 일어나서 라오찬을 끌고 저쪽으로 가자고 말하였다.

라오찬은 이상하다는 듯이 물었다.

"언제부터 저쪽이 있었나?"

"오늘 마련된 것일세."

원래 이 여관의 안채는 딴채로 되어 있는데 양쪽으로 방이 세 칸씩 있었다. 런뤠이가 들어 있는 곳은 서쪽의 세 칸이고 동쪽 세 칸에 다른 사람이 들어 있다가 오늘 새벽에 강을 건너 출발했기 때문에 비어 있던 것이다.

황, 톄 두 사람이 손을 잡고 동쪽으로 가서 계단을 올라가보니, 벌써 누군가가 문발을 걷어올려놓았다. 방 가운데에는 모난 탁자가 놓여 있고 탁자에는 상보가 씌워져 있었다. 탁자 위에는 한 쌍의 큰 초에 불이 켜져 있고, 바닥에는 붉은 융단이 깔려 있었다. 대청을 들어서니, 동쪽 방에 남향으로 탁자보를 씌운 긴 탁자가 놓여 있고, 위쪽으로는 의자 두 개가 나란히 놓여 있으며, 양쪽에도 각기 한 개씩 놓여 있는데 모두가 팔걸이가 달린 것들이었다. 탁자 위에는 과실과 요리 접시들이 가득 놓여 있었다. 바로 전에 먹던 것들보다 더욱 훌륭한 것들이었다. 서쪽은 칸막이를 한 방인데 붉고 큰 문발이 걸려 있었다.

라오찬은 이상한 생각이 들어, "이거 어떻게 된 거야?" 하고 묻자, 런뤠이가 대답은 하지 않고 밖을 향해 크게 소리쳤다.

"새 작은마님을 모시고 나와 어른을 뵙게 해라."

그러자 문발이 걷히면서 늙은 여자 하인이 왼쪽에, 췌이화가 오른쪽에 서서 한 미인을 부축하고 나오는데, 머리에는 온통 꽃을 꽂고, 붉고 푸른 겉옷에 초록색 속바지, 분홍색 치마를 입었다. 그녀가 머리를 다소곳이 숙이고 붉은 융단이 깔린 곳까지 이르자, 라오찬이 자세히 보니 바로 췌이환이었다. 그는 그만 큰소리로 외쳤다.

"이거 어찌 된 거야. 절대 안 돼!"

"자네가 친필로 증명을 쓰지 않았나? 그러고도 지금 무슨 소린가?"

런뤠이는 따질 것도 없이 라오찬을 잡아 의자에 앉히려고 했지만, 라오찬은 앉으려고 하지 않았다. 이때 췌이환은 절을 하고 말았다. 라오찬은 할 수 없이 반절로 답례를 하였다. 늙은 여자 하인이, "황 어른, 앉으십시오. 중매를 감사합니다" 하자 췌이환이 또 절을 하니, 런뤠이는, "황송합니다" 하고는 맞절을 하였다. 그리고는 신부를 신방에 들여보냈다. 췌이화가 나와 축하의 인사를 하고 늙은 하인들도 모두 축하의 인사를 하는 것이었다. 런뤠이는 라오찬을 끌고 신방으로 들어갔다.

신방에는 새 이불을 비롯하여 모두가 잘 꾸며져 있었다. 호주湖州에서 생산된 붉은색과 푸른색 무늬의 비단 이불이 각기 한 채씩, 그리고 붉은색 초록색의 큰 요가 각기 한 채씩이고, 베개가 두 개이며, 캉 앞에는 붉은색과 자색의 노산魯山에서 생산된 비단 장막을 드리웠고, 탁자 위에는 붉은색 탁자보를 씌우고 한 쌍의 붉은

초를 놓았다. 벽에는 한 쌍의 붉은 글씨의 대련이 걸려 있는데, 이렇게 씌어 있다.

　천하의 연인들은 모두가 한 식구 되기를 원하니,
　이것은 전생에 정해진 일, 이 인연을 그르치지 말지어다.

　라오찬은 그것이 황런뤠이의 필적임을 알 수 있었다. 먹 흔적이 아직도 마르지 않고 있었다. 이에 런뤠이를 보고 웃으면서 말했다.
　"자네, 정말 장난꾸러기로군. 이것은 서호西湖의 월로사月老祠에 있던 대련인데 자네가 훔쳐 왔군."
　"좋은 문장이야. 맞지 않다고는 못하겠지?"
　런뤠이는 품에서 방금 현청에서 보내온 붉은 봉투를 꺼내 라오찬에게 건네주며 말했다.
　"이것은 자네 부인이 원래 포주에게 몸이 팔렸을 때 작성한 계약서이고, 이것은 새로 만든 계약서네. 모두 자네에게 바치네. 내가 얼마나 용의주도한가?"
　"그래? 고맙네. 그런데 자네는 왜 나에게 이런 올가미를 씌웠나?"
　"내 말이 틀렸나? 이것은 전생에 정해진 일, 인연을 그르치지 말라고 한 것 말이야. 췌이환을 위해서 꾸민 것이네. 사람을 구하는데 이렇게 철저히 하지 않으면 충분하지 못하게 되네. 자네를 위해서도 손해는 없는 것이네. 세상일들을 이런 식으로만 한다면 틀림없네."

그러면서 그는 "핫핫하!" 하며 크게 웃더니, 이어서 이렇게 말했다.

"더 떠들 것 없네. 배고파 죽겠어. 밥이나 먹세."

런뤠이는 라오찬을 끌고, 췌이화는 췌이환을 끌어 그들 두 사람을 윗자리에 앉히려 하였다. 그러나 라오찬이 절대 그렇게 하려 하지 않아서 결국 그들은 탁자보를 치우고 사방에서 마주앉았다. 이 자리에서는 각자의 즐거움이 있었으므로 마음껏 마시고 즐겼음은 말할 것도 없다. 그리고는 신방에 들어가서 잠을 잔 것도 더이상 논할 게 없다.

라오찬은 런뤠이에 의하여 억지로 좋은 일을 맞고 보니, 마음이 조금은 불쾌하여 언제고 보복을 해야겠다고 생각했다. 지난밤에 보니, 췌이화가 자신은 얼어 자면서 호피 요를 런뤠이에게 덮어준 것으로나 췌이환을 위하여 애써준 것으로 보아, 또 냉정히 관찰하건대 역시 마음이 고운 여자라는 것을 알기 때문에, 그 여자도 구해주리라 생각하고 뒤에 어떤 조치를 강구해야겠다고 작정하였다. 이튿날, 런뤠이가 달려와서는 웃으며 췌이환을 보고 물었다.

"지난밤 캉의 구석 자리에서 주무셨소?"

"모두가 황 어른의 덕분이옵니다. 어른의 장생록위패長生祿位牌*를 모셔드리겠습니다."

"무슨 말씀을, 제가 감히 어디……."

런뤠이는 겸손히 말한 뒤, 라오찬에게 말했다.

"어제의 삼백 냥은 쯔진이 입체해주었던 것이네. 오늘 내가 관서에 들어가서 갚고 왔네. 이 의복과 금침은 쯔진이 보내온 것이네. 자네도 사양할 것 없어. 돈을 보내줘도 그는 받으려 들지 않을 걸세."

"어디 될 말인가? 남에게 그렇게 많은 돈을 쓰게 하다니! 자네가 먼저 감사하다는 말을 대신 해주게. 후에 내가 갚도록 하겠네."

런뤠이는 볼일이 있어서 현청에 들어갔다. 라오찬은 췌이환의 이름이 너무 속되고 계속해서 그 이름을 부르는 것도 좋지 않을 것 같아서, 그 여자의 이름을 거꾸로 하여 환췌이라고 고치고 그것을 별호로 삼으니 훨씬 품위가 있어 보였다. 오후에는 사람을 시켜 그녀의 동생을 찾아 데려와보니 옷이 너무 남루했다. 그래서 몇 냥 주어 리우李五를 시켜 옷 몇 가지를 사 입히라고 했다.

시간은 빠른 것, 어느덧 닷새가 지났다. 그날 런뤠이가 현청에 들어간 뒤, 라오찬은 여관에서 환췌이에게 글을 가르치고 있는데, 문득 여관 하인의 말하는 소리가 들려왔다.

"현청의 왕 대인이 오셨습니다."

곧이어 쯔진의 교자가 뜰 아래에 멈추더니, 쯔진이 교자에서 내렸다. 라오찬은 문간에까지 마중 나가 그를 맞아 손님과 주인으로 나뉘어 각기 자리를 정하고 앉았다.

"바이 태존이 곧 도착하신다기에 맞으러 나왔다가, 그 길로 귀하에게 축하의 말씀도 올리고 또 잠시 한담이나 나눌까 하여 들렀습니다."

"전날에는 여러 가지로 은혜를 받았습니다. 런뤠이 형에게 부탁하여 감사의 말씀을 대신하게 하여 미안합니다. 깡 선생이 현청에 계셔서 가서 뵙고 인사를 드리지 못했습니다. 오해하지 말아주시기 바랍니다."

"무슨 말씀을."

쯔진이 겸손하게 응대했다. 라오찬의 명령으로 신부가 나와 인사를 했다. 쯔진은 몇 개의 목걸이를 보내어 상면의 예물로 하였다.

이때 갑자기 밖에서 심부름꾼이 나는 듯이 뛰어들어와서는 바이 대인이 이미 도착하여 건너편 강둑에서 교자를 내리고 얼음 위로 걸어오고 있다고 보고했다. 쯔진은 황망이 교자에 올라 맞으러 나갔다.

18

원한을 갚다

왕쯔진은 황급히 그를 맞으러 강가로 나갔다. 그때 바이 태존은 이미 얼음 위를 걸어오고 있었다. 쯔진은 명함을 올리고는 앞에 나아가 문안을 드렸다.

"대인, 수고가 많으십니다."

바이 공도 답례를 하고는 응대했다.

"아니, 이렇게 나오시기까지 하시다니! 제가 현청에 들어가서 문안을 올려야 마땅한데."

"웬걸요. 웬걸요."

강 언덕에는 채색된 천막을 쳐서 잠시 휴식하며 차를 마실 수 있게 미리 마련돼 있었다. 쯔진은 바이 태존을 그곳으로 안내하였다.

"톄 군은 떠났습니까?"

"아직 안 떠났습니다. 대인이 오시면 아마 할 이야기가 있나 봅니다. 제가 방금 톄 공의 처소에 들렀다 왔습니다."

바이 공은 고개를 끄덕였다.

"잘하셨습니다. 저는 지금 만나러 갈 수가 없군요. 깡 군이 의심하지 않을까 해서입니다."

차 한 잔을 마시는 동안에, 현에서 준비한 교자가 떠날 채비가 갖추어졌다. 바이 공은 교자를 타고 현청으로 향했다.

얼마 후 현청에서는 깃발이 걸리고 대포를 쏘고 주악을 울리는 가운데, 대문을 열어 그를 맞이하였다. 현청에 들어서자, 서쪽 응접실로 안내되었다.

깡삐는 벌써부터 의관을 갖추고는 바이 공이 들어오기를 기다렸다가 곧 명함을 보내고는 면회를 청했다. 그를 만난 바이 공이 웨이씨 사건에 대하여 상세히 묻자 깡삐는 하나하나 상세히 보고하면서 득의에 찬 표정으로 말했다.

"궁보의 편지를 보고, 궁보께서 어떤 사람의 허튼 말을 들으셨는지 모르겠으나, 소관이 보기에 이 사건의 형편은 이미 결정적인 것으로 의심할 여지가 없습니다. 웨이라는 늙은이는 돈푼이나 있는 놈이라서 소관에게 천 냥을 보내왔으나, 소관이 받지 않자 사람을 매수해서 궁보에게까지 흑백을 어지럽히려고 하였습니다. 소문에 듣자니, 무슨 약장사를 한다는 인간이라는데 그가 그에게서 많은 돈을 받고는 궁보에게 편지를 내었다고 합니다. 그자는 돈으로 기녀를 사서 지금도 성밖에 살고 있다 합니다. 듣자 하니 이 사건을 뒤집어엎기만 하면 그에게 수천 냥을 사례금으로 주기로 했다는 겁니다. 따라서 그자는 가지 않고 사례금을 받으려고 기다리고 있다 하니, 그자도 법정에 불러다 증인으로서 심문을 한다면 또 하나의 증거를 더하는 것이 되겠습니다."

"귀하의 소견이 참으로 옳습니다. 그러나 제가 오늘밤 이 사건의 전모를 한 차례 보고 난 후에 내일 우선 그 관계자들을 불러 다시 심문해보겠습니다. 귀하의 단안과 같이 될지는 아직 알 수 없으나, 지금 선입견을 가질 필요는 없습니다. 귀하와 같이 정직하고 총명한 분은 사전에 결정적인 판단을 가지게 되어 자연히 이로운 점이 많겠으나, 저는 자질이 매우 우둔하여 일을 당하여 따져보고 자세히 연구해야만 비로소 판단이 됩니다. 그렇게 하고도 과오가 없다고는 못합니다. 과오가 적으면 천만다행이겠습니다."

그리고는 성내의 일들에 대하여 이야기를 나누었다. 저녁밥을 먹고 난 바이 공은 자기 방으로 돌아와서, 사건의 전모를 자세히 두 번 읽어본 뒤 내일 관련자들을 소환하라는 명령서를 냈다. 이튿날 아홉시가 되자, 관원이 문간에 와서 보고했다.

"증인들을 모두 소환하여 대령했습니다. 대감께서는 오늘 오후에 개정하실 것인지 내일 개정하실 것인지 분부를 내려주십시오."

"관련자가 모두 왔다면, 지금 곧 개정한다. 당상에 자리 셋만 준비하면 된다."

그러자 깡뻬와 쯔진이 급히 와서 인사하고는 아뢰었다.

"대감께서 혼자 자유롭게 심문하십시오. 저희들은 감히 배심할 수도 없거니와 혹시 타당치 못한 일이라도 있을까 하여 피하는 것이 마땅할 것 같습니다."

"그 무슨 말씀이오? 저는 우둔하고 정신이 맑지 못하니 두 분께서 도와주시기 바랍니다."

두 사람은 그 이상 사양할 수가 없었다. 재판정의 준비가 되었다고 관계자가 와서 알리자, 세 사람은 모두 의관을 갖추고는 나가 대청에 앉았다. 바이 공은 붉은 붓을 들고 먼저 원고인 쟈깐을 불렀다. 그러자 관졸이 쟈깐을 데리고 와서 당하에 꿇어 앉혔다.

"네가 쟈깐이냐?"

"예."

"올해 열 몇 살이지?"

"열일곱 살입니다."

"죽은 쟈즈의 친아들이냐, 양자냐?"

"본래 정식 혈통을 이어받은 친조카이온데 양자로 들어왔습니다."

"언제 양자로 들어왔지?"

"선친께서 피해를 입고 돌아가시자, 다음날 입관을 하는데 상주喪主가 없어서 친족 회의를 열어 제가 복服을 입게 되었습니다."

"현관이 시신을 검사할 때, 너는 와 있었느냐?"

"예, 와 있었습니다."

"입관할 때, 네가 직접 입관하는 것을 보았느냐?"

"제 눈으로 보았습니다."

"죽은 사람을 입관할 때, 얼굴이 무슨 색이더냐?"

"하얀 것이 죽은 사람과 같았습니다."

"푸른색이나 자색 반점이 없더냐?"

"보지 못했습니다."

"몸의 관절이 굳었더냐?"

"굳지 않았습니다."

"굳지 않았다면, 가슴을 만져봐서 따뜻하지 않더냐?"

"어떤 사람이 만져보고는 따뜻한 기가 없다고 말했습니다."

"월병 속에 비상이 든 것은 언제 알았느냐?"

"입관하고 난 다음날 알았습니다."

"누가 알아냈느냐?"

"누님이 알아냈습니다."

"네 누이는 그 안에 비상이 들어 있다는 것을 어떻게 알았느냐?"

"원래 그 안에 비상이 들어 있는 것을 몰랐는데, 월병에 문제가 있지 않나 하는 의심이 들어서 그것을 갈라 자세히 보니 분홍색 점들이 있기에, 그걸 가져다 남에게 물었더니 어떤 사람이 비상이라 하더랍니다. 그래서 약방 사람을 불러다 자세히 살펴보게 했더니 역시 비상이라 해서 비상에 중독된 것임을 알았답니다."

"알았다. 물러가거라."

이번에는 붉은 붓을 들어 점을 찍고는 쓰메이치 주인을 불러오라 하자, 관졸이 데리고 나왔다.

"이름이 무엇이며, 쓰메이치에서는 무슨 일을 하나?"

"소인은 왕부팅王輔庭이라 하옵고, 쓰메이치의 지배인입니다."

"웨이씨 집에서 월병을 몇 근이나 주문했나?"

"스무 근입니다."

"스무 근이라는데, 더 많지도 않고 적지도 않나?"

"꼭 스무 근으로 여든세 개를 만들었습죠."

"그가 주문한 월병은 소의 종류가 한 가지였는가 두 가지였는가?"

"한 가지 종류였습니다. 모두 설탕과 깨와 호두가 든 것입니다."

"너희 점포에서는 몇 가지 종류나 팔지?"

"여러 가지입죠."

"설탕과 깨, 호두를 넣은 것도 있나?"

"있습니다."

"너희 점포에서 만든 소와 웨이씨 집의 소를 비교해볼 때 어떤 것이 더 좋았나?"

"웨이씨 집 것이 더 좋았습니다."

"어디가 더 좋았나?"

"소인은 모릅니다만 저희 집에서 월병을 만드는 사람의 말이 그 집에서는 재료를 좋은 것을 써서, 맛이 저희 것보다 더 향기롭고 더 달다고 했습니다."

"그렇다면 너희 집에서 월병을 만드는 자가 그 소를 먹어보았다는 얘긴데, 독이 있는 것을 느끼지 못했다고 하더냐?"

"느끼지 못했답니다."

"알았다. 물러가거라."

그는 또 붉은 붓을 들어 표를 하더니 명했다.

"웨이젠을 데리고 오너라!"

웨이젠은 앞으로 나와 연방 머리를 조아리며 말했다.

"대감님, 저는 억울합니다."

"나는 너에게 억울한 것을 묻지 않았다. 너는 내가 묻는 것만 대답하고 묻지 않는 것을 말하지 말라!"

그의 말이 떨어지자, 양옆에 있던 관졸들이 '우一' 하고 크게 소리쳤다. 모든 법정에서 관졸들이 크게나 작게 이렇게 소리치는 것을 함당위喊堂威라고 하는데, 이것은 범인을 혼나게 하여 거짓말을 못하게 하고 겁에 질려 자백하게 하려는 수단으로서, 어느 시대부터 내려오는 규칙인지는 알 수 없으나 전국 열여덟 개 성에서 모두 이런 방법이 전해지고 있었다.

오늘 웨이젠은 피고인 중에서도 두목 격이기 때문에 이렇게 소리쳐 그를 위협한 것이었다. 바이 공이 물었다.

"너는 월병 몇 근을 주문했지?"

"스무 근입니다."

"쟈씨 댁에는 몇 근 보냈지?"

"여덟 근을 보냈습니다."

"다른 집에도 보냈나?"

"둘째 사돈댁에 네 근을 보냈습니다."

"나머지 여덟 근은?"

"저희 가족들이 먹었습니다."

"월병을 먹은 사람이 여기에도 있나?"

"집안 사람들에게 모두 나누어주었기 때문에 여기 함께 온 사람치고 누구 하나 먹지 않은 사람이 없습니다."

바이 공은 관졸에게 명했다.

"웨이젠과 함께 온 사람이 몇이나 되는지 조사해보고 데려오너라."

곧이어 나이가 좀 든 사나이가 앞에 나오고 또 두 명의 중년 사나이가 나왔다. 관졸이 그들을 꿇어앉히고는 보고했다.

"이 자는 웨이씨 집 서사이고 저 둘은 머슴입니다."

바이 공이 물었다.

"너희들 모두 월병을 먹었느냐?"

그들이 일제히 대답했다.

"모두 먹었습니다."

"한 사람이 몇 개씩 먹었는지 말해보아라."

"저는 네 개를 받아 두 개를 먹고, 두 개를 남겼습니다" 하고 서사가 대답하자, 이어서 머슴들이 말했다.

"저희는 두 개씩 받아 그날로 모두 먹었습니다."

바이 공이 서사에게 물었다.

"두 개 남겼다면, 그것을 언제 먹었느냐?"

"아직 먹지 않았습니다. 바로 이 사건이 생겨서 월병에 독이 들어 있다는 말을 듣고는 감히 먹지 못하고 남겨두었다가 증거로 삼으려 하였습니다."

"그래, 가지고 왔느냐?"

"가지고 왔습니다. 저 아래에 있습니다."

"잘됐군."

바이 공은 관졸더러 그와 함께 가서 가져오게 하였다.

그리고는 서사와 머슴들을 물러가라고 명하고는 옆의 서기에게 물었다.

"전날 비상이 들었다는 월병은 보관하고 있나?"

"보관 창고에 보관하고 있사옵니다."

"가져오게."

잠시 후, 관졸이 서사를 데리고 그 월병을 가지고 나왔다. 그리고 보관 창고에 두었던 반쪽 월병도 가져왔다. 바이 공은 쓰메이치의 왕부팅을 불러오라고 명령한 뒤, 두 쪽의 월병을 자세히 대조하며 검토하고는 깡과 왕 두 사람에게 보이며 말했다.

"이 두 월병이 겉은 확실히 같죠?"

깡과 왕 두 사람은 몸을 굽신하며 대답했다.

"그렇습니다."

이때, 쓰메이치의 왕부팅이 나왔다. 바이공은 월병 하나를 쪼개어 그에게 살펴보게 주었다.

"그게 웨이씨 집에서 너희 집에 주문한 것이냐?"

왕부팅은 자세히 살펴보더니 대답했다.

"틀림없이 저희 집에서 맞춘 것입니다."

"왕부팅에게 서약서를 쓰게 하고는 돌려보내라."

바이 공은 당상에서 부서진 반쪽 월병을 자세히 살피더니, 깡뻬에게 말했다.

"깡 선생, 자세히 보시오. 이 월병은 설탕, 깨, 호두로 만든 것이어서 모두가 기름을 함유하고 있습니다. 만약에 비상을 넣고 소를 만들었다면 자연히 한데 융합되었을 겁니다. 그런데 보시다시피 이것은 나중에 넣은 것입니다. 다른 물건과는 전혀 융합이 안 되어 있습니다. 더구나 쓰메이치가 한 종류의 소만으로 만들었다고 진술했습니다. 오늘 이 두 가지 소를 자세히 보면 비상을 제외하고는 겉이나 안이 똑같습니다. 같은 소인데도 다른 사람은 먹고도 죽지 않았는데 쟈씨네는 죽었으니 이것은 월병 때문이 아니라는 것을 알 수 있습니다. 탕이나 물 같은 것이라면 독약을 나중에 넣을 수도 있지만, 가루로 만든 월병은 껍질이 마르면 굳어지기 때문에 나중에 넣을 수 없다는 것입니다. 두 분께서는 어떻게 생각하십니까?"

그러자 두 사람 모두 허리를 굽히고 말했다.

"그렇습니다."

"그렇다면 월병 안에는 독약이 없었으니, 웨이씨 부녀는 무죄입니다. 심리를 끝내도 되겠지요?"

왕쯔진은 즉시 그렇다고 대답했다. 깡삐는 마음이 심히 괴로웠으나 뭐라고 말할 수가 없어 할 수 없이 그렇다고 대답했다. 바이 공은 웨이젠을 데려오라고 분부하고는, 그들에게 말했다.

"본청에서 심리한 결과, 월병 속에는 독약이 없다는 것이 명백하게 밝혀졌다. 너희 부녀는 무죄이다. 심리를 마친다. 집으로 돌아가라."

웨이젠은 여러 번 머리를 조아리고는 돌아갔다. 바이 공은 다시 쟈깐을 불러냈다. 쟈깐은 원래 모자라는 인간이어서, 그의 누이가 그를 출두하게 했던 것이다. 그런데 오늘 웨이씨 부녀가 무죄 판결을 받고 석방되는 것을 보자 그는 마음속으로 당황하였고, 거기에다 자기를 부른다는 말을 듣고는 몹시 당황했다. 전에는 그에게 다른 사람이 뭐라 대답하라고 시켰으나 지금 와서는 뭐라 말할 수도 없고, 그에게 가르치던 사람조차도 어떻게 가르쳐야 할지를 모를 판이었다.

쟈깐이 불려 나오자 바이 공이 다그쳐 물었다.

"쟈깐, 너는 망부亡父의 대를 이을 아들이므로 열세 사람이 왜 죽었는지를 자세히 연구해야 한다. 네 스스로 알 수 없으면 남에게 가르침을 받아라. 왜 월병 속에 비상을 넣고는 선량한 사람을 모함했느냐? 내 생각에는 틀림없이 어떤 나쁜 인간이 너를 교사했을 터인데, 사실대로 말해라. 누가 너를 시켜 거짓 고발을 하게 했느냐? 너는 법률에 무고죄 조항이 있는 것을 모르느냐?"

쟈깐은 황망히 머리를 조아리며, 놀라움에 몸을 부들부들 떨며 울음 섞인 목소리로 말했다.

"저는 모릅니다. 모두가 누님이 시킨 것입니다. 월병 속에 비상이 들었다는 것도 누님이 알아내고는 저에게 말해준 것이지, 그 밖의 일은 저는 전혀 모릅니다."

"그렇다면, 네 누이를 법정에 불러내지 않고는 이 비상 사건을 알아낼 수 없겠구나."

쟈깐은 머리를 조아릴 뿐이었다. 바이 공은 크게 웃었다.

"핫핫하! 너는 나를 만났기에 다행이지 만약에 자세히 따지는 끈질긴 재판관을 만났다면, 월병 사건이 끝나자마자 비상 사건으로 세상이 떠들썩하게 되었을 게다. 나는 함부로 부녀자를 재판정으로 끌어내는 것을 좋아하지 않는다. 너는 네 누이에게 가서 본관이 이렇게 말하더라고 전해라. 이 비상은 틀림없이 나중에 넣은 것인데 누가 집어넣은 것인지는 본관이 잠시 추궁하지 않겠다. 왜

냐하면 너희 집 열세 사람의 목숨 건이 더욱 중요한 문제이므로, 반드시 그것을 철저히 규명하지 않으면 안 되기 때문이다. 그래서 비상 사건은 잠시 미루어두기로 하겠다. 네 의견은 어떠냐?"

쟈깐은 연방 머리를 조아리며 대답했다.

"대감님의 처분에 따를 뿐입니다."

"그렇다면 저 애에게 전말서를 쓰게 하고 그것에 의해 수사하기로 한다."

그리고 그가 물러가려고 하자, 다시 크게 소리쳤다.

"다시 시끄럽게 굴면, 내 반드시 너희들이 비상을 넣어 남을 무고한 사건을 따지겠다!"

쟈깐은 연방, "감히 어찌 그리하겠습니까" 하고는 물러갔다. 한편 바이 공은 왕쯔진에게 물었다.

"귀 현의 관졸 중에 수사에 밝은 자가 있습니까?"

"쉬량許亮이라는 자가 있는데, 그자가 좋을 것 같습니다."

"그 사람을 좀 불러주십시오."

잠시 후 관졸 한 사람이 아래에서 올라오는데 나이는 마흔 남짓이고, 아직 수염이 없었다. 그는 탁자 앞에 이르더니 무릎을 꿇고 보고했다.

"관졸 쉬량이 대령했습니다."

바이 공이 명령을 내렸다.

"너는 제동촌에 가서 열세 사람이 독약을 먹은 것인지, 또는 다른 사정이 있는지를 몰래 수사해오도록 하여라. 한 달 내로 보고해주기 바란다. 관리로서의 직권을 발동해서는 안 되며, 만약 직

권을 이용하여 행패를 부렸다면 너를 사형에 처하겠다."

쉬량은 머리를 조아리며 황망히 대답했다.

"소인이 어찌 감히……."

왕쯔지우 곧 사령장을 만들어 쉬량에게 주었다. 바이 공은 또 명령했다.

"지금까지의 모든 증인은 보증을 받을 것도 없이 모두 석방하라."

그리고 문서를 뒤져 웨이젠의 어음 두 장을 찾아내자, 다시 웨이젠을 불러내어 물었다.

"웨이젠, 당신 서사가 보낸 어음이 당장 필요한 건가?"

"억울한 죄를 대감님께서 구해주셨사온데, 모든 돈은 대감님 처분대로 하여주십쇼."

"이 오천오백 냥의 어음은 돌려주마. 그리고 이 천 냥짜리는 본관이 차용하려고 한다. 내가 쓰는 것이 아니라 쟈씨 집 사건을 수사하는 데에 드는 비용으로 써야 하기 때문이다. 사건이 해결되면 본관이 순무께 보고하여 돌려주마.

"제발 그렇게 하십시오."

웨이젠은 즉석에서 써준 영수증을 받고 물러갔다. 바이 공은 천 냥짜리 어음을 서기에게 내주면서 공문을 써주었다.

"은행에 가서 이걸 은자로 바꿔 오게."

그리고는 고개를 돌려 깡삐를 보고 웃으면서 말했다.

"깡 선생, 재판정에서 뇌물을 받는다고 웃으시겠소."

"무, 무슨 말씀을."

이어서 북을 울려 퇴정했다.

이 대사건은 제하현 사람들이 모두 알고 있는 사건이었다. 어제 바이쯔소우가 도착하더니 오늘은 관련자를 모두 소환한다기에 쟈씨 집이나 웨이씨 집에서도 이 재판이 최소한 열흘이나 보름은 걸리리라 여기고 준비하고 있었는데, 한 시간도 못 되어 판결이 나자 길거리의 사람들도 모두가 혀를 차며 감탄했다.

퇴정한 바이 공이 응접실 문을 들어서려 할 때, 방안의 시계가 "땡! 땡!……" 하고 열두 번을 치는 것이 마치 그를 환영하기라도 하는 것 같았다. 왕쯔진이 따라 들어오더니 말했다.

"대인, 편한 옷으로 갈아입으시고 식사를 하시죠."

"고맙습니다. 천천히 하지요."

그때 깡삐가 뒤쫓아 들어와서 말했다.

"두 분께서는 앉아주십시오. 제가 올릴 말씀이 있습니다."

두 사람이 앉자, 바이 공이 깡삐를 향하여 먼저 입을 열었다.

"제가 이 사건의 판결을 잘못했나요?"

깡삐가 황망히 대답했다.

"아닙니다. 대인의 판결은 틀림없습니다. 다만 저로서 명확하지 못한 것은 웨이씨가 잘못이 없으면서 무엇 때문에 돈을 썼느냐 하는 것입니다. 저는 평생 아무에게도 돈을 주어본 일이 없습니다."

바이 공은 크게 웃으며 말했다.

"노형은 남에게 돈을 주어본 일이 없으시다 하셨습니다. 그런데도 상관이 노형을 추천하여 지위를 올려주었습니다. 이것이 바로 세상 사람이 돈에만 눈을 뜨고 있지 않다는 증거입니다. 청렴한 사람은 남에게 가장 존경을 받지만 다만 한 가지 나쁜 성격이 있습니다. 그것은 그가 세상 사람을 모두 소인으로 보고 자기만이 군자인 체하는 것입니다. 이런 관념은 가장 나쁜 것으로 천하의 대사를 얼마나 그르쳤는지 모릅니다. 노형도 이런 잘못을 범하고 있습니다. 이렇게 직언하는 것을 용서하십시오. 웨이씨가 돈을 쓴 것은 시골 사람이라 식견이 없기 때문이지 달리 이상한 것은 없습니다."

그리고는 쯔진을 향해 말했다.

"이제 재판도 끝났으니, 사람을 시켜서 우리 두 사람의 명함으로 톄 군을 들어오라 청합시다."

그리고는 깡뻬를 향해 웃으며 말했다.

"깡 선생은 이 사람을 모르시죠. 바로 전에 말하시던 약을 팔고 다닌다는 사나이입니다. 성을 톄라 하고 이름을 잉이라 하며, 호를 부찬이라 합니다. 담도 크고 학문도 매우 깊지만 성격이 매우 차분하여 함부로 사람을 가볍게 보는 일은 하지 않습니다. 노형이 그를 소인 취급을 하셨으므로, 저도 일부러 노형께 조금 지나친 말을 했습니다."

"성내에서 라오찬이라고 불리는 사람이 바로 그분입니까?"

"바로 그렇습니다."

"소문에 듣자니, 궁보께서 그분을 성안의 관사에 들어와 살게 하고 벼슬을 주고 또 천거하려고 하셨는데도 싫다고 밤중에 도망쳤다던데 그 사람입니까?"

"어떻습니까? 그를 재판정에 불러다 심문해보지 않겠습니까?"

이 말에 깡뻬는 얼굴이 빨개졌다.

"제가 참으로 어리석었습니다. 그분의 이름을 들은 지는 오래지만, 아직 만나뵌 적은 없습니다."

쯔진이 일어나더니 말했다.

"대인, 옷을 갈아입으시지요."

"다 함께 옷을 갈아입고 유쾌히 마셔봅시다."

왕, 깡 두 사람은 본당으로 물러가 옷을 갈아입고 응접실로 들어왔다. 마침 이때 라오찬이 도착했다. 그는 먼저 쯔진에게 인사하고 다음에 바이 공과 깡뻬에게도 인사하자, 바이 공은 그를 깡의 윗자리에 앉게 하고 자신은 그 옆에 앉았다. 라오찬이 입을 열었다.

"이와 같은 대사건을 반 시간도 못 되어 판결을 내리시다니, 쯔소우 선생, 귀신 같은 솜씨이십니다."

"별말씀을, 전반의 쉬운 부분은 제가 파견되어 처리하였습니다만, 후반의 어려운 부분은 부찬 선생께서 처리해주셔야겠습니다."

"그게 무슨 말씀입니까? 저는 대인도 아니거니와 또한 관졸도 아니니 저와 무슨 상관이 있습니까?"

"그렇다면, 궁보께 내신 편지는 누가 쓰신 것입니까?"

"제가 썼습니다. 죽는 것을 보고 구하지 않을 수가 있어야죠."

"바로 그렇습니다. 죽지 않은 것은 구해주고 이미 죽은 것은 그 원한을 풀어주어야 하는 것이 마땅한 일이 아닙니까? 이런 기괴한 사건은 보통 사람을 시켜서는 해결할 수 없습니다. 그러니 부득이 선생께서 셜록 홈즈가 되어주십시오."

라오찬은 웃으며 이렇게 대답했다.

"저는 이런 큰일을 할 만한 능력이 못됩니다. 귀하께서 꼭 저를 쓰시겠다면 먼저 왕 대인께 저를 수사반의 반장으로 임명해주시도록 하시고, 또 사령장 한 장을 써주시면 맡아서 처리해보겠습니다."

말을 하고 있는데, 음식이 들어왔다. 왕쯔진이 권했다.

"어서 드십시오."

바이 공이 물었다.

"황런뤠이는 여기 없소이까? 왜 청하지 않았는지요?"

쯔진이 대답했다.

"청하러 보냈습니다."

말이 미처 끝나기도 전에 런뤠이가 도착하여 인사를 하였다. 쯔진이 술병을 들고 곤란해하고 있으니까, 바이 공이 말했다.

"물론 부 공이 상좌요."

그러자 라오찬이, "그럴 수는 없습니다" 하고 한바탕 사양하였으나, 결국 라오찬이 첫잔을 받고 바이 공이 두번째가 되었다. 술잔이 한 순배 돌고 벌술 마시기 유희를 하였다. 바이 공은 비록 쉬량을 파견하였으나, 그것은 외관상이고 라오찬에게 도와주기를 재삼 간청했다. 쯔진과 런뤠이도 옆에서 종용하므로 라오찬도 응낙하는 수밖에 없었다. 바이공은 이어서 말했다.

"지금 웨이씨의 돈 천 냥이 있으니 먼저 쓰시고, 그래도 모자라면 쯔진 형이 입체하여주실 것이니 비용을 아끼지 마십시오. 사건을 해결하는 것이 첫째 문제입니다."

"돈은 필요하지 않습니다. 제가 성성에서 사백 냥을 가지고 왔습니다. 쯔진 형에게 꾼 돈을 돌려주려던 참이므로 먼저 이것을 쓰도록 하겠습니다. 수사가 성공하면 궁보에게서 받아내겠습니다. 만약에 수사에 실패하면, 제 스스로 멀리 날아가버리고, 이곳에 못난 꼴을 보이지 않겠습니다."

"그야, 그러시겠죠. 다만 필요한 것은 작은 일 때문에 큰 일을 그르치는 일이 없도록 해야겠다는 겁니다."

라오찬은 그러겠다고 대답했다.

잠시 후에 자리가 파하자 바이 공은 복명하기 위해 강을 건너 성으로 돌아갔다.

다음날, 황런뤄이와 깡뻬도 성성으로 돌아갔다.

19

다시 요령을 흔들며

라오찬은 그날 바이 공의 부탁을 받고는 오후에 숙소로 돌아와서, 어떻게 처리할 것인가를 생각하고 있었다. 그런데 여관 하인이 들어와서 현청에서 쉬량이라는 관졸이 와서 뵙고자 한다고 알렸다.

"들어오라고 해라" 하자 쉬량이 들어와서 인사를 했다.

"어른의 분부를 받으러 왔습니다. 제가 이곳에서 어른의 분부를 기다려야 하는 것인지, 아니면 어디로 심부름을 보내실 것인지요? 현청에서 천 냥을 지출해주었는데, 이리로 가져올까요? 은행에 예금해둘까요? 분부를 내려주십시오."

"돈은 아직 필요 없으니, 은행에 맡겨두도록 하세. 그런데 이 사건은 정말 해결하기 어렵겠네. 독약을 먹은 것은 틀림없으나 보통 독약이 아니야. 몸의 관절도 굳지 않았고 얼굴 색도 변하지 않았네. 이 두 가지가 가장 중요한 것이네. 아마도 서양의 어떤 독약이

거나 인도의 약초이리라 생각되는군. 내일 내가 먼저 성성의 중시

따中西大 약방에 가서 한 번 조사해보겠으니, 자네는 먼저 제동촌

에 몰래 가서 서양 사람이 내왕한 일이 있나 조사해보게. 이 독약

의 출처만 알면 되는 거야. 그런데, 내가 어떻게 자네와 만나지?"

"소인에게 쉬밍許明이란 아우가 있어서 지금 데리고 왔는데 그

애더러 어른을 모시고 따라다니라고 하면 어떻습니까? 무슨 일이

생기더라도 그는 일에 익숙하여 어른께서 분부만 하시면 곧잘 해

낼 것입니다."

라오찬은 고개를 끄덕였다.

"아주 잘됐군."

쉬량이 밖에 대고 손짓을 하자 서른 살 남짓한 사내가 들어와서

인사를 했다. 쉬량이, "소인의 아우입니다" 하고는 쉬밍에게, "너

는 갈 것 없이 여기서 례 어른을 모시고 있거라" 하고 지시했다.

그러더니 라오찬에게 말했다.

"작은마님께 인사드리게 해주십시오."

라오찬이 문발을 걷고 보니, 환췌이가 창가에 앉아 있었다. 대

면시키자, 두 사람이 인사를 하고 환췌이가 답례를 하였다. 쉬량

은 쉬밍을 데리고 짐을 가지러 돌아갔다. 저녁에 등불을 밝힐 때

쯤 런뤠이도 돌아왔다.

"이틀 전에 돌아가려 했는데, 사건이 마음에 걸리고 쯔진이 한

사코 잡아서 머물렀네. 오늘로 사건도 끝났으니, 내일 새벽에 성

성에 들어가 복명을 해야겠네."

"나도 성성에 들어가야겠네. 첫째는 중시따 약방에 가서 독약

조사를 해야겠고, 둘째는 가족들을 편히 살게 하고 몸을 자유스럽게 해야 일을 처리하기가 좋을 것 같아서 말일세."

"내 집이 넓으니, 자네가 잠시 와서 살도록 하게. 싫지 않다면 말이야. 그리고 집은 천천히 구하는 것이 어떤가?"

"그거 아주 좋군."

그런데 환췌이의 시중을 드는 늙은 하인이 성성에 들어가기 싫다고 말했다. 그러자 쉬밍이 말했다.

"소인의 아내가 작은마님을 모시고 성성으로 들어갔다가, 하인을 구한 후에 돌아오도록 하겠습니다."

일을 한 가지씩 처리하고 나자, 환췌이는 동생을 데려갈 수가 없게 되어 그에게 돈 몇 냥을 주고는 둘이 한바탕 이별의 눈물을 흘렸다. 수레는 쉬밍이 모두 준비해놓았다.

이튿날 새벽에, 모두가 함께 출발하여 황하 강변에 이르렀다. 라오찬과 런뤠이는 수레를 타고 건널 수가 없어 수레에서 내려 걸어서 강을 건너려고 하였다. 강가에는 벌써부터 수레 한 채가 기다리고 있다가, 그들이 오는 것을 보자 수레 안에서 한 여인이 뛰어내리더니 환췌이를 잡고는 통곡을 하는 것이었다. 누구일까? 런뤠이는 오늘 새벽에 떠나야 하기 때문에, 췌이화를 부를 수가 없었다. 따라서 돈 계산도 황성을 시켜서 하게 했다. 췌이화 또한 여관에는 현청의 관리가 와서 환송을 할 것이라 생각하고 밤에는 감히 오지 못하고 밤새 잠을 자지 않고는 날이 밝자마자 포장 수레를 빌려 타고 황하 강변에서 기다렸다가, 송별 인사를 하려 했던 것이다.

그녀가 한동안 울고 나자, 라오찬과 런뤠이는 몇 마디 말로 위로하고는 얼음을 밟고 강을 건너갔다. 강에서 성성까지는 사십 리도 못 되었다. 한 시간 뒤에, 동전도東箭道에 있는 황런뤠이의 관저 앞에 이르러, 수레에서 내려 들어갔다. 황런뤠이가 주인으로서 의무를 다한 것은 말할 것도 없다.

라오찬은 밥을 먹은 뒤, 쉬밍을 시켜 짐을 넣을 상자를 사러 보내는 한편, 자기는 중시따 약방에 가서 지배인을 만나 상세히 물어보았다. 이 약방에는 상해에서 온 병 속에 든 각종 조제약이 있을 뿐 생약은 없었다. 다시 화학명을 물었으나 그는 전혀 모르는 것으로 보아 여기서 사간 것이 아님이 확실했다. 이렇게 되자, 라오찬은 마음이 답답해졌다. 그는 돌아오던 길에 야오윈쑹姚雲松을 찾아갔다. 마침 야오 공은 집에 있었으며, 그의 만류로 저녁밥을 먹었다. 라오찬이 제하현의 사건에 이야기가 미치자 야오 공이 물었다.

"지난밤에 바이쯔소우가 와서 이미 궁보를 뵙고는 그곳의 형편을 자세히 말해주고, 또 자네에게 부탁했노라고 말했더니 궁보께서 매우 기뻐하시더라 하더군. 그런데 자네가 성성에 온 것은 모르는가 보던데, 내일 가서 궁보를 만나뵈려나?"

"만나지 않겠네. 아직 일이 남아 있네. 조주에서 보낸 편지 건인데, 자네 궁보께 어떻게 말씀드렸나?"

"나는 편지를 그대로 궁보께 보여드렸네. 궁보께서는 그것을 보고는 며칠이나 괴로워하더니 이후부터 다시는 그 사람을 천거하지 않겠다고 하시더군."

"왜 그를 성으로 소환하지 않는대나?"

윈쑹은 웃으면서 말했다.

"자네는 역시 관계에는 문외한이군. 얼마 전에 천거하고 어찌 금방 소환할 수 있겠나? 순무는 누구나 그렇듯이 자기의 실패를 감추려는 게야. 이 지역 궁보는 뛰어난 인물이네."

라오찬은 고개를 끄덕였다. 한동안 이야기를 나누다가 라오찬은 돌아갔다.

다음날, 그는 천주교당에 가서 커티스라는 신부를 방문했다. 이 신부는 서양 의학과 문학에 밝아 라오찬은 대단히 기뻤다. 이 사건의 전후 사정을 커티스에게 말하고는 그들이 먹은 것이 무슨 약이겠느냐고 물었다. 커티스는 한동안 생각에 잠겼지만 결국 생각해내지 못했다. 그는 한동안 책을 찾아보았으나 역시 그런 약품은 없었다.

"다른 분을 찾아가보십시오. 제 지식으로는 안 되겠습니다."

라오찬은 이 말을 듣고 크게 실망했다. 성내에서는 더 이상 어쩔 수 없어 짐을 챙기고는, 쉬밍을 데리고 제하현으로 갔다. 제동촌의 수사는 어떻게 되었을까 염려스러웠기 때문이었다. 그는 서둘러 전에 가지고 있던 것과 같은 요령을 만들게 하고 낡은 약상자를 사서 많은 약재를 갖추었다. 그리고 쉬밍을 불러 따로 가라 하고, 마을에서 자기를 만나더라도 모르는 척하라고 일렀다.

라오찬은 제하현에서 작은 수레를 고용했는데, 밤낮을 가리지 않고 하루에 삼 전씩 주기로 계약했다. 혹 차부가 눈치를 채고 누설하지 않을까 하여 차부에게 거짓말을 했다.

"나는 의사질을 하려는데 여기에서는 장사가 안 되니, 어디 근처에 큰 마을이 없겠나?"

"북쪽으로 오십여 리쯤 가면 제동촌이라는 큰 마을이 있는데 매우 번화합니다. 3일과 8일에 장이 서는데 인근 몇십 리 안에서는 모두 모여들죠. 손님께서는 거기 가셔서 벌이하시는 것이 좋을 겁니다."

"그것 참 잘됐군!"

다음날, 짐을 작은 수레에 싣고, 라오찬은 걷기도 하고 타기도 하면서 마침내 제동촌에 이르렀다. 이 마을은 동서로 큰 길이 한 줄로 나 있는데 매우 번화하며, 남북으로 작은 길들이 있었다. 라오찬이 한 바퀴 돌아보니, 큰길 양편은 모두가 여관인데 동쪽으로 싼허싱三合興이라는 여관이 깨끗해 보여서 서쪽 사랑채를 빌려 들었다. 방에는 큰 캉이 있었다. 그는 차부를 자게 하고 자기도 잠을 잤다.

라오찬은 이튿날 아홉시가 되어서야 자리에서 일어났다. 그는 아침밥을 먹고 나서 요령을 흔들며 거리로 나가 큰 거리 작은 길을 한바탕 마구 돌아다녔다. 오후 한시쯤 되어 큰 거리 북쪽의 작은 길에 이르러보니 대단히 커다란 솟을대문이 있었다. 그는 속으로, '이 집이 틀림없지' 하고는 걸음을 멈추고 힘껏 요령을 흔들고 있으니까, 안에서 검은 수염을 기른 늙은이가 나와서 물었다.

"선생, 상처도 치료하실 수 있나요?"

"좀 합니다."

그 늙은이는 곧 몸을 돌려 들어갔다가 잠시 후에 나왔다.

"안으로 들어오십시오."

대문을 들어서자 중문, 다시 들어가니 대청이었다. 골방으로 들어가니 한 늙은이가 캉 모서리에 앉아 있다가, 라오찬을 보자 일어서면서, "선생, 앉으십시오" 하였다.

라오찬은 그가 웨이젠이라는 것을 알았으나 짐짓 모른 체하며 물었다.

"성씨가 어떻게 되시나요?"

"웨이입니다. 선생 성씨는 어떻게 되시는지요?"

"진입니다."

"제 딸이 사지의 관절이 몹시 아프다 하는데 무슨 약을 써야 할는지요?"

"증세를 보지 않고 어떻게 약을 씁니까?"

"그렇군요."

웨이젠은 곧 사람을 시켜 안에 알리도록 했다. 잠시 후 안에서, "들어오시랍니다" 하는 소리가 났다. 웨이젠은 라오찬과 함께 대청 뒷채의 동쪽 사랑채로 갔다. 이 사랑채는 방이 세 칸으로, 두 방은 밝은데 한 방은 어두웠다. 방 안에 들어서니, 서른 살 남짓한 부인이 초췌한 모습으로 캉 위의 안석에 기대어 앉아 있다가 억지로 캉에서 내려오는데, 몸을 지탱할 힘조차 없는 듯 보였다. 이에 라오찬이 말렸다.

"움직이지 마시오. 맥만 보면 됩니다."

웨이 노인은 라오찬을 윗자리에 앉게 하고 자기는 작은 의자에 앉았다. 라오찬은 두 손을 진맥한 뒤 말했다.

"부인의 병은 피가 맺혀 있기 때문입니다. 손을 보여주십시오."

웨이씨가 두 손을 캉의 탁자 위에 뻗자, 라오찬은 마디마디가 푸르게 멍이 든 것을 보고는 탄식하며 말했다.

"노인장, 제가 쓸데없는 말씀이나마 한마디 올리고 싶은데……."

"말씀하십시오. 괜찮습니다."

"아무에게도 말씀 말아주십시오. 이것은 형벌을 받아 생긴 것 같은데, 만약에 빨리 치료하지 않으면 불구자가 됩니다."

웨이 노인이 탄식을 하며 말했다.

"그렇습니까? 선생께서 치료하셔서, 낫게만 해주시면 크게 사례를 올리겠습니다."

라오찬은 처방을 내려 약을 지어주었다.

"만약에 효과를 보시면, 제가 쌴허싱에 묵고 있으니 부르십시오."

그는 말을 마치고 물러나왔다. 그로부터 매일 내왕했더니, 사나흘이 지나자 서로 익숙해졌다. 어느 날 라오찬은 주인의 권유로 대청에서 술을 마시게 되었다. 그 자리에서 라오찬이 물었다.

"이렇게 큰 집을 거느리시면서 왜 관가의 형벌을 받으셨나요?"

"진 선생, 선생은 타향 분이라 모르시는군요. 제가 딸을 자씨 집의 큰아들에게 시집을 보냈습니다. 그런데 어찌 된 것이 작년에 그 사위가 죽었습니다. 그 집에 쟈 아가씨라는 시누이가 있는데, 이것이 같은 마을 서촌에 사는 우얼랑즈라는 놈과 눈이 맞아 벌써부터 서로 좋아했답니다. 당시에 혼인 말이 오갔는데 아무것도 모르는 제 딸년이 그걸 깼다는 겁니다. 그래서 시누이는 제 딸에 대해 뼈에 사무친 원한을 지녔어요. 금년 봄에 시누이가 그의 고모 집에서 우얼랑즈와 결탁하고는 무슨 약인지 알 수 없는 약으로 쟈씨 집 전 가족을 독살하고, 도리어 관가에다 제 딸이 독살했다고 고발했습니다. 그런데 잔학하기가 비할 비 없는 핑삐리는 재판관을 만나, 자세한 조사도 없이 한마디로 저의 집에서 보낸 월병 속에 비상이 들었다고 판정하니, 불쌍한 제 딸년이 몇 번이나 죽을 고비를 넘겼습니다. 재판은 사형으로 확정이 되었답니다. 그런데 소문에 듣자니, 하느님께서 굽어 살피사 순무께서 친척 한 분을 몰래 파견하셨답니다. 그분이 남문 쪽의 여관에 계시면서 저희의 억울함을 알아채시고 순무께 보고하셨답니다. 순무께서는 즉시 공문을 내려보내서 저희 부녀를 형틀에서 풀어주게 하셨습니다. 열흘도 못 되어 순무께서는 다시 바이 대인을 파견하셨는데, 그분은 참으로 훌륭한 대인이어서 한 시간도 못 되어 저희의 억울함을 물로 씻은 듯이 깨끗이 밝혀주셨습니다. 소문에 듣자 하니, 다시 어떤 분을 이곳에 파견하여 이 사건을 수사하신다고 하더군요. 우얼랑즈라는 그 개놈은 저희가 옥중에 갇혀 있는 동안에 그 시누이와 매일 한데 어울려 있다가, 이 사건이 뒤집혔다는 소문을 듣고는 도망을 갔답니다."

"그렇게 큰 억울한 누명을 썼으면 왜 그를 고발하지 않으시나요?"

"소송이 그렇게 하기 쉬운 겁니까? 제가 그를 고발하면 그는 증거를 대라고 할 겁니다. 간통은 둘을 모두 잡아야 하는 건데, 둘을 잡지 못하면 도리어 꼼짝없이 되잡히게 됩니다. 하느님께서 굽어

보시니 어느 날이고 갚아주실 겁니다."

"그 독약이 어떤 것인지 들어보신 일이 있으신가요?"

"모릅니다. 저희 집에 계집종이 있는데, 그의 남편 왕얼이란 자는 물긷는 일을 하고 있었습니다. 그날, 그러니까 쟈씨 집 사람들이 죽던 날, 왕얼이 바로 쟈씨 집에서 물을 긷고 있으려니까 우얼랑즈가 그 집에 놀러 왔더랍니다. 쟈씨 집에서는 그때 바로 국수를 삶고 있었는데, 왕얼은 우얼랑즈가 작은 병 속에 든 것을 국숫물에 붓고 도망치는 것을 보았다는 겁니다. 왕얼은 이상히 여기고 후에 쟈씨 집 주방에서 그에게 먹으라고 한 국숫물을 먹지 않았답니다. 그런데 두 시간도 못 되어 소동이 벌어졌다는 겁니다. 왕얼은 아무에게도 감히 말을 못했답니다. 그런데 그의 아내가 이것을 알고는, 제 딸에게 말해주더랍니다. 제가 왕얼을 불러 물었더니 왕얼은 한마디로 모르는 일이라고 잘라 말했습니다. 다시 그의 아내에게 물었더니 그의 아내도 말을 못했습니다. 듣자 하니 그의 아내는 돌아가서 왕얼에게 한바탕 몹시 얻어맞았답니다. 이러니 어디 관가에 고발할 수 있겠습니까?"

라오찬은 한숨을 쉬고는 웨이씨 집을 나섰다. 그는 쉬량을 찾아가서 웨이씨 집에서 들은 것을 말해주고는 그에게 왕얼을 불러오게 했다.

이튿날, 쉬량이 왕얼과 함께 왔다. 라오찬은 그에게 가용에 쓰라고 은자 스무 냥을 주면서 그에게 본 대로 증언해주면 모든 먹을 것을 대주겠고, 일이 끝나면 또 백 냥을 주겠다고 했다. 왕얼은 처음에는 극력 듣지 않다가, 탁자에 놓인 은자 스무 냥을 보더니 정말인 것을 어느 정도 믿는 듯이 물었다.

"일이 끝난 후에, 은자 백 냥을 주시지 않으면 어떻게 합니까?"

"은자 백 냥을 자네에게 줄 테니 마땅한 상점에 맡겨두어도 좋네. 그리고 나에게 '우 아무개가 약을 넣는 것을 눈으로 보았으므로 증인이 되겠습니다. 일이 끝난 뒤에 모 상점에 맡겨둔 은자 백 냥을 보수로 받기로 약정했습니다. 결코 거짓말은 하지 않겠습니다'라는 증명서를 써주면 되네. 어떤가?"

그래도 왕얼은 머뭇거렸다. 이때 쉬량이 은자 백 냥을 그에게 주면서 말했다.

"자네가 도망가도 겁내지 않겠네. 먼저 받아두는 게 어떤가? 이래도 싫다면 할 수 없고."

왕얼은 한동안 깊은 생각에 잠기더니, 결국 돈에 욕심이 나서 응낙하였다. 라오찬은 붓을 들어 그대로 쓰고는 왕얼에게 먼저 은자를 가지라고 한 뒤에 쓴 것을 읽어 들려주고는, 그에게 열 십 자를 그리게 한 후 손도장을 누르게 하였다. 시골에서 물긷기나 하는 자가 백 냥이라는 큰 돈을 보기나 했겠는가? 물론 그는 기뻐하면서 손도장을 찍었다. 쉬량은 라오찬에게 말했다.

"탐문했던 바, 우얼량즈가 지금 성성에 있답니다."

"그렇다면 성성으로 들어가세. 자네는 먼저 염탐꾼을 놓아 그의 거처를 알아내게."

"어른, 그럼 성성에서 뵙겠습니다."

쉬량은 응답하고는 떠났다.

다음날 라오찬은 먼저 제하현에 가서 형편을 대강 왕쯔진에게 알리고 성성으로 들어갔다. 차부에게는 은자 몇 냥을 주어 돌아가게 했다. 그날 밤, 야오원쑹에게 가서 보고하면서 그 사람더러 대신 궁보께 보고해달라고 부탁하고, 아울러 역성현歷城顯에서 관졸 두 명을 파견하여 쉬량이 일을 처리하는 데 협조해달라고 부탁했다.

이튿날 밤에 쉬량이 와서 보고했다.

"찾아냈습니다. 우얼랑즈는 지금 안찰사가衙 남쪽 골목 장가네 집의 샤오인즈小銀子라는 창녀에게 열을 올리고 있어, 낮에는 무뢰한들과 도박을 하고 밤에는 샤오인즈의 집에 묵고 있답니다."

"그 샤오인즈의 집에는 그 여자 혼자인가? 그렇지 않으면 여러 사람이 살고 있나? 그리고 방이 모두 몇 개인지 조사해보았나?"

"그 집에는 샤오인즈와 샤오진즈小金子라는 자매가 있는데, 그들은 세 칸짜리 방에 살고 저쪽 사랑채 두 칸짜리에는 그 여자들의 부모가 살며, 동쪽 사랑채 두 칸 가운데 한 칸은 부엌이고 한 칸은 대문입니다.

라오찬은 고개를 끄덕였다. 그리고는, "그자에게는 함부로 손을 대서는 안 되네. 사건이 워낙 중대하기 때문에, 쉽게 입을 열려고 하지 않을 걸세. 왕얼의 증거 하나만으로는 그를 제압하지는 못할 걸세" 하고 쉬량의 귀에 대고 어찌어찌 하라고 방법을 상세히 일러주었다.

쉬량이 가고 난 뒤, 야오원쑹에게서 편지가 왔다.

"궁보께서 꼭 좀 만나자고 하시니 내일 정오에 문안처文案處로 나와 주시오."

라오찬은 회신을 써서 보냈다. 다음날 관서에 나가면서 문안처에 있는 야오 공의 방으로 갔다. 야오 공은 심부름꾼을 시켜 궁보의 관졸에게 통지했다. 얼마 후 사무실에 들어오라는 전갈을 받고 가니, 궁보는 미리 문간까지 나와 방 안으로 맞아들였다. 라오찬은 인사를 하고 앉으면서 말했다.

"지난번에는 궁보 어른의 은혜를 입어 감사했습니다. 실은 조금 개인적인 용무가 있어서 부득이 떠나지 않을 수가 없었습니다. 궁보께서 용서해주시리라 믿습니다."

이에 궁보가 대답했다.

"일전에 주신 글 배견했습니다. 위셴이 그토록 잔혹하리라고는 전혀 생각도 못했습니다. 제 불찰이었습니다. 앞으로는 어쨌든 조치를 강구하겠습니다만, 지금은 군부君父에 대한 도리가 아닌 것 같이 생각되어서 내보냈다 뒤집었다 할 수가 없습니다."

"백성을 구하는 것이 군주에게 보답하는 것이온데, 안 될 것도 없지 않겠습니까?"

궁보는 묵묵히 아무 대답도 없었다. 다시 반 시간쯤 이야기를 나누다가 차를 마시고 나자 물러 나왔다.

한편 쉬량은 라오찬의 계략대로 그 창녀의 집으로 가서 며칠 동안 샤오진즈와 사귀고, 함께 자고, 함께 도박을 하는 사이에 우얼랑즈와는 매우 가까운 사이가 되었다. 처음에는 쉬량이 우얼랑즈에게 사오백 냥 잃어주었는데 모두 현찰이었다. 그러자 우얼랑즈는 쉬량을 촌놈으로 깔보았다. 그러나 후에는 점차 그에게 빨려 도리어 우얼랑즈가 칠팔백 냥을 잃었다. 이백 냥은 현찰로 냈으나 나머지는 빌리는 것으로 하였다.

하루는 우얼랑즈가 파이쥬牌九*라는 노름을 하여 남에게 삼백여 냥이나 잃고 쉬량에게는 이백여 냥이나 잃었다. 가져 간 돈을 모두 써버리고 당장 돈이 필요하게 되자 우얼랑즈가, "한 판 더 하고 계산을 한 번에 하세"라고 말했으나 모두 말을 듣지 않았다.

"당장 지고도 낼 돈이 없으면서, 또 지게 되면 더욱 내지 못할 것 아니야!"

이에 우얼랑즈는 몸이 달아 계속 사정을 했다.

"집에는 돈이 있어. 여태 남에게 돈 빌렸던 일이 없네. 얼마쯤 빚이 쌓이면 사람을 시켜 집에서 갖고 오도록 할 테야!"

그러나 모두가 머리를 옆으로 흔들 뿐이었다. 이에 쉬량이 말했다.

"우 형, 우리 방법을 생각해보세. 내가 빌려줄 테니 언제 갚을 수 있겠나? 이 돈은 사흘 안에 꼭 써야 하니 일을 그르치지 말게."

우얼랑즈는 도박에 마음이 급하여 황급히 말했다.

"틀림없이 돌려주겠네."

쉬량은 오백 냥을 내주고는 그 중에서 자기가 딴 것 이백여 냥을 떼니, 나머지 삼백여 냥이 되었다. 그러나 우얼랑즈는 빚을 갚고도 모자라는 것을 알자 쉬량에게 부탁했다.

"형씨, 오백 냥만 더 꿔주면 따서 즉시 돌려주겠어."

"따지 못하면 어떻게 하지?"

"내일 틀림없이 돌려줄게."

"말로는 믿을 수가 없으니, 내일 주겠다는 증서를 써주게."

"그래, 그러지." 그는 즉시 붓을 찾아 증서를 써서는 쉬량에게 주었다. 쉬량은 다시 오백 냥을 우얼랑즈에게 꿔주었다. 우얼랑즈는 빚진 삼백여 냥을 갚고 나니, 사백여 냥이 남았다. 돈이 있고 보니 배짱이 커져서 그는 호쾌하게 소리쳤다.

"이번엔 내가 물주를 하겠어!"

그리고 연이어 두 판을 이기고 보니, 그는 매우 신바람이 났다. 그런데 이쪽으로 운이 쏠리자, 사람들이 판돈을 줄였다. 우얼랑즈는 마음속으로 한바탕 욕설을 퍼부었다. 그러나 그 후부터 패가 재수없게 기울기 시작하더니 그는 판이 더해갈수록 지고, 질수록 마음이 조급해져, 반 시간도 안 되어 사백여 냥을 몽땅 잃었다.

그런데 좌중에 타오陶라는 성을 가진 자가 있었다. 사람들은 그를 뚱보 타오싼陶三이라고 부르는데, 그가 나서며 말했다.

"내가 물주를 하지."

이때, 우얼랑즈는 한 푼도 없어서 다른 사람들이 놀고 있는 것을 멍청히 보고 있었다.

타오싼이 물주가 되어 노는데 첫줄에서는 1점을 잡아 모두에게 지고, 둘째 줄은 8점을 잡았는데 천문天門이 지地의 8점이고 상하장莊이 9점이라서 또 모두에게 졌다. 보아 하니 우얼랑즈의 패보다 형편없는 것이었다. 우얼랑즈는 급히 쉬량에게 와서 부탁했다.

"형씨, 형님, 선생. 이백 냥만 더 꿔주지 않겠나?"

쉬량은 그에게 또 이백 냥을 빌려주었다. 우얼랑즈는 백 냥을 천상각天上角에 걸고 백 냥은 통通에 걸었다.* 이에 쉬량이 옆에서 충고했다.

"이봐, 동생. 조금씩 걸어!"

그러나 그는 "괜찮아" 하고는 패를 까자, 물주는 가장 낮은 패가
나서 우얼랑즈는 이백 냥을 따고 몹시 기뻐했다. 그는 앞줄에 댔
던 돈 전부를 넷째 줄에 댔다. 물주는 천문과 하장에게 지고 상장
을 먹었다. 우얼랑즈의 이백 냥은 잃지도 따지도 않았다. 둘째 판
이 되어 첫줄에서 물주가 천강天杠이 나와 모두 먹었다. 우얼랑즈
는 아직 이백 냥이 남았다. 그런데 이때부터 물주는 크게 따기 시
작하여, 우얼랑즈도 모두 잃었을 뿐만 아니라 쉬량까지 모두 털렸
다. 쉬량은 몹시 화가 나서, 우얼랑즈가 써준 차용 증서를 탁자 위
에 놓고는 말했다.

"천문에 전부! 안 놀 테야?"

이에 타오싼이 빈정거렸다.

"놀기야 놀지. 그런데 이런, 돈이 안 되는 휴지 조각은 필요 없
어!"

"아니, 우얼이가 너를 속였다는 거야? 아니면 이 쉬 어른이 너
를 속인 일이 있어?"

두 사람이 싸움을 벌이려 하자, 여럿이 말렸다.

"타오싼, 너는 많이 땄는데 이 정도도 못 봐주냐? 우리 모두가
보증을 설 테야. 만약에 네가 땄는데 저 두 사람이 갚지 못하면 우
리 모두가 갚아주지."

그러나 타오싼은 여전히 놀아주려 하지 않았다.

"보증서를 써주지 않는 이상은……"

쉬량은 화가 극도로 올라, 붓을 집어 보증서를 쓰고, '위의 빌린
돈은 반드시 갚겠음'이라는 단서를 붙였다. 그러자 타오싼은 비로

소 응낙하고는 이렇게 말했다.

"쉬따(許大: 쉬씨 집의 큰아들놈이라는 뜻의 비속어)야, 네 엉터리를 들어주었지만, 어찌 됐든 너한테서 따야 되겠다."

"큰소리 치지 말고 네 재수 옴 붙은 주사위나 던져라!"

쉬량이 던지자 칠이 나왔다. 패를 까고 보니 천의 9점이었다. 쉬량은 패를 탁자 위에 던져놓았다.

"타오싼, 내 아들놈아! 네 아버지 패를 똑똑히 보아라."

타오싼은 그것을 보더니 말없이 패 두 개를 집어서, 하나를 보고는 다른 한 개를 천천히 빼면서 지껄였다.

"지地! 지! 지!"

그리고 탁자 위에 홱 내던지면서 말했다.

"쉬가, 내 손자놈아! 네 할아버지 패를 똑똑히 봐라."

그것은 공교롭게도 바라던 지의 패였다. 그는 차용 보증서를 움켜쥐고는 말했다.

"쉬따, 내일 돈을 가져오지 않으면, 역성현의 현청에서 만나자."

그때 모든 사람은 돈이 떨어졌고, 또 시간도 한시가 지나서 헤어질 수밖에 없었다. 쉬량과 우얼랑즈 두 사람은 샤오인즈의 집에 들어와서 문을 두드리고 들어가면서 외쳤다.

"빨리 밥 가져와! 시장해 죽겠다."

샤오진즈의 방에는 손님이 있었기 때문에, 함께 샤오인즈의 방으로 들어갔다. 샤오진즈는 쉬량의 얼굴을 덮치면서, "큰오빠, 오늘 얼마나 땄어요? 저희들에게 몇 푼 주시지 않겠어요?"

"천 냥이나 잃었다."

"작은오빠, 돈 땄어요?"

샤오인즈가 물었다.

"말도 말아라."

이렇게 수작을 하고 있는데, 밥상이 들어왔다. 생선 한 그릇, 양고기 한 그릇에, 채소 반찬 두 그릇과 접시 네 개, 국이 한 뚝배기, 술 두 병이었다. 쉬량이, "오늘 왜 이렇게 춥지?" 하니 샤오진즈가, "오늘 종일 서북풍이 분데다가 날씨가 음산하여 눈이라도 올 것 같아요" 하고 대답했다.

두 사람은 한잔 한잔 술을 마시다 보니 어느덧 둘 다 취했다. 이때 문간에서 누가 문을 두드리는 소리가 났다. 샤오진즈의 어머니인 장따쟈오張大脚가 문을 열어주고 함께 들어오면서 말했다.

"싼 어른, 미안합니다. 방이 없어요. 내일 오세요."

그러자 사나이 목소리가 들려왔다.

"이런 똥을 쌀 여편네야. 이 어른께서는 너의 집에 방이 있든 없든 상관없어. 어떤 개자식이든 용기가 있거든 속히 나와 이 어른에게 덤벼보라고 해! 용기 있는 놈이 없거든, 밖으로 쫓아내란 말이야!"

듣고 보니, 타오싼의 목소리였다. 그의 목소리를 듣자, 두 사람은 화가 치밀어 곧 뛰어나가려고 하였으나, 샤오진즈와 샤오인즈 두 자매가 결사적으로 잡았다.

20

소생蘇生

샤오진즈와 샤오인즈가 죽을 힘을 다해서 쉬랑을 붙잡고 있을 때, 우얼랑즈는 문 가까이에 있었으므로 문발 틈으로 몰래 밖을 내다보니 타오싼은 이미 집안으로 들어서 있었다. 얼굴은 술기운이 올라 벌겋게 달아올라 있었다. 그는 윗칸인 샤오진즈의 방문 발을 대여섯 자나 되게 활짝 걷어올리고는 큰걸음으로 들어섰다. 샤오진즈의 방에 있던 먼저 온 손님은 옷소매로 얼굴을 가리고는, "억!" 하고 외마디 비명을 내지르고 밖으로 도망쳤다. 장따쟈오가 따라 들어서자 타오싼이 물었다.

"두 년들은?"

"싼 어른, 앉으세요. 곧 옵니다."

장따쟈오가 대답하고는 이쪽으로 황급히 달려와서 말했다.

"두 분께서는 소리를 내지 마세요. 타오싼은 역성현의 깡패 두목으로 이곳에서는 굉장히 날리고 다니는 자예요. 현관 앞에서도 따따부따하는 놈이라서 아무도 그를 건드리지 않아요. 두 분께서는 나쁘게 생각지 마시고 저 애들을 속히 보내도록 하세요."

쉬량이 이같이 말했다.

"나는 겁나지 않아! 제까짓 것이 어쩔 테야?"

그러나 그 사이에 샤오진즈와 샤오인즈는 이미 빠져 나갔다. 우얼랑즈가 듣고 보니 땀이 바짝 났다. 자기의 차용 증서가 그의 손안에 들어 있으니 어떻게 해야 좋을지? 저쪽 방에서는 타오쌴이, "핫핫하!" 하며 웃는 소리가 연방 들려왔다.

"샤오진즈야, 너에게 백 냥을 주마. 그리고 샤오인즈 네게도 백 냥!"

두 여자의 목소리가 들렸다.

"쌴 어른, 고맙습니다."

"고마울 것 없어! 이것은 모두 오늘밤에 나의 손자 몇 놈들이 나에게 효도하느라고 바친 것이야. 모두 삼천 냥이지. 우얼이라는 손자의 차용 증서가 할아버지 손에 들어 있고, 쉬따라는 손자가 보증을 선 것이야. 내일 밤까지 못 갚으면, 할아버지가 그 애들 목숨을 갖게 되지!"

이쪽에서는 쉬량이 우얼랑즈에게 말했다.

"저놈, 정말 미워 죽겠군. 소문에 듣자하니, 저놈은 무술이 뛰어나고 또 부하가 오륙십 명이나 된다니, 우리는 이 화를 그대로 목구멍에 삼켜야 한다는 건가?"

"화가 나는 것쯤은 작은 일이야. 내일 천 냥짜리 차용 증서는 어떻게 하지?"

"내 집에 돈은 있지만, 사람을 보내 가져오려 해도 최소한 사흘은 걸릴 테니, 그렇게 되면 멀리 있는 물로는 가까이의 불을 끌 수 없다는 격이야."

타오싼의 소리가 다시 들렸다.

"오늘 너희 두 자매는 이 어른의 시중을 들어라. 다른 방에 가면 안 돼. 꼼짝하기만 하면 너의 배때기에 흰 칼이 들어갔다가 붉은 칼이 되어 나올 줄 알아라!"

샤오진즈가 대답했다.

"사실대로 말씀 올리는데요, 저희들 둘 다 오늘 손님이 있어요."

이 말을 들은 타오싼은 탁자를 "탁!" 쳤다. 찻잔이 떨어져 "쨍!" 하고 깨지는 소리가 났다.

"허튼 소리! 싼 어른이 있는데 누가 감히 자겠다는 게냐? 그들에게 대가리가 있느냐고 물어봐라. 어떤 놈이 감히 호랑이 머리 위의 파리를 때려잡겠다는 거야? 싼 어른에게는 돈을 바치는 손자가 있어. 한두 놈쯤 죽여도 몇천 냥만 뿌리면 일은 끝나게 되어 있어. 너 나가서 그 두 손자놈들에게 그래도 감히 오겠느냐고 물어보고 오너라."

샤오진즈가 황급히 달려오더니 쉬량에게 은자를 보였다. 그것은 바로 쉬량이 잃은 것이어서, 그것을 보자 그는 더욱 참을 수가 없었다. 샤오진즈가 다가오면서 낮은 목소리로 달랬다.

"큰오빠, 작은오빠, 두 분께 대단히 죄송해요. 저희 자매가 이백 냥을 받도록 해주세요. 저희들은 태어나서 이만큼 자라도록 아직 이런 백 냥짜리는 구경조차 하지 못했어요. 두 분께서는 돈이 없으시니 저희가 이백 냥을 벌어서 내일 술과 안주를 사서 두 분께 대접하겠어요."

쉬량은 화가 나서 소리쳤다.

"시끄러워, 꺼져!"

그러자 샤오진즈가 달랬다.

"큰오빠, 화내지 마세요. 정말 죄송해요. 두 분께서는 캉에 오르셔서 하룻밤만 새우잠을 주무시고, 내일 저 사람이 가고 나면 큰오빠께서 제 방에 오셔서 이불 속에서 몸을 녹이세요. 제 동생은 작은오빠를 모시고요. 어때요?"

쉬량은 연방 소리쳤다.

"꺼져! 꺼지라니까!"

어쩔 수 없이 샤오진즈는 문밖으로 나가며 속으로 이렇게 투덜거렸다.

'돈도 없으면서 무슨 큰오빠 노릇을 하겠다고. 창피한 줄도 모르고.'

쉬량은 화가 나서 얼굴이 창백해진 채 한동안 말없이 멍청히 앉아 있더니, 우얼랑즈에게 다가가 말했다.

"내가 하나 상의할 게 있네. 우리는 모두가 제하현 사람으로서, 성성에 와서 저들에게 이런 모욕을 당하다니 정말 참을 수 없네. 정말 살고 싶지 않네. 자네는 천 냥을 갚지 못하게 되며, 내일 저놈에게 잡혀 관서에 끌려가 관원을 만나기도 전에 사형私刑으로 목숨을 잃게 되네. 차라리 칼 두 자루를 찾아서 뛰어들어가 저놈을 죽여버리는 것이 낫겠네. 그렇게 되면 한 놈만 죽는 것이니 어떤가?"

우얼랑즈는 깊이 생각에 잠기는 듯하였다. 맞은쪽 방에서 떠드는 타오싼의 큰소리만 들려왔다.

"우얼이라는 자식은 제하현에서 죄를 짓고 도망친 죄인이야. 이 어르신네께서 내일 저놈을 잡아다 제하현에 끌고 가면 제 팟 놈이 살아날 것 같아? 쉬따라는 자식도 공범인지 누가 알아? 두 놈이 함께 도망친 흉악범이야."

이 말을 듣자, 쉬량은 벌떡 일어나 나가려고 하였으나 우얼랑즈가 그를 말렸다.

"나한데 한 가지 방법이 있는데, 형이 하늘에 맹세한다면 말해 주겠어."

"이봐. 왜 이렇게 의심이 많아? 자네한테 좋은 방법이 있어 저 놈을 죽이게 되더라도 제안은 내가 한 것이네. 만약에 체포되더라도 주범은 나이고, 자네는 공범에 지나지 않아. 내가 내 스스로 처리하지, 자네에게 누를 끼칠 것 같은가?"

우얼랑즈가 생각해보니 사리에 맞는 말이었고, 더군다나 내일 천 냥 때문에 틀림없이 난리가 날 것이니 방법은 오직 하나뿐인지라 입을 열었다.

"형, 나한데 말이야, 사람에게 먹여서 죽여도 얼굴이 파랗게 되지 않는 독약물이 있어. 신선조차도 그 독을 알아내지는 못하지."

쉬량은 믿을 수 없다는 듯이 말했다.

"그래? 믿어지지 않는데. 진짜로 우리 일이 성공할 수 있을까?"

"누가 속일까봐?"

"어디서 샀나? 당장 사러 가야지."

"파는 데는 없어. 내가 금년 칠월에 태산泰山 골짜기에 사는 사람에게서 얻은 거야. 내가 당신에게 줄 테니 절대로 나를 연루시키지 말아야 돼."

"그야 어렵지 않아."

그는 곧 종이를 꺼내어, "쉬모는 타오모가 미워서 타오모를 죽이려 하던 차에 우모가 좋은 약, 즉 사람이 먹으면 곧 죽는 독약을 가지고 있음을 알고 재삼 우모에게 얻기를 간청하여 약간을 나누어 받았음. 이 사건과 우모는 아무런 관계가 없음" 하고 쓰고는 우얼랑즈에게 주었다.

"만약에 체포되더라도 이 증빙서가 있으니, 자네는 아무런 관련이 없네."

우얼랑즈가 보고는 타당하다고 생각했다.

"옳은 일은 서둘러야 한다고 했으니, 약은 어디 있나? 함께 가지러 가세."

"바로 내 베갯머리의 상자 속에 들어 있어."

그러더니 그는 캉 위에서 작은 가죽 상자를 내어 자물쇠를 열고 작은 도자기를 꺼냈다. 마개는 초로 봉해져 있었다.

"태산에서 어떻게 얻었나?"

"지난 칠월에 점대墊臺에서 서쪽 길로 산에 올라갔다가, 돌아올 때는 동쪽 길로 왔는데, 그곳은 모두가 작은 길이었어. 하룻밤은 작은 객줏집에서 자는데, 캉 위에 죽은 사람을 뉘어놓고 이불을 잘 덮어놓고 있는 거야. 내가 그들에게 왜 죽은 사람을 캉 위에 놓아두느냐고 물었더니 그 집 노파가 이러는 거야.

'죽은 사람이 아니라 우리집 주인이라우. 전날 산에 갔다가 어떤 풀을 보고 그 향기가 좋아 그것을 캐 가지고 돌아와서 물에 끓여 차 대신 마셨더니, 어떻게 된 게 마시자마자 죽은 듯이 되었다오, 우리는 물론 울며불며 살려보려고 했다우. 그런데 저쪽 산속의 석굴에서 수도하는 칭룽즈靑龍子라는 도사께서 그날 이 앞을 지나다가 우리가 울고 있는 것을 보고는 영감이 무슨 병으로 죽었느냐고 묻기에 그 풀을 보였더니, 그분이 웃으면서, 그건 독초가 아니라 천일취天日醉라는 풀이라면서 살릴 수가 있다는 거유. 그러면서 자기가 해독 약초를 구해다 줄 테니 몸이 망가지지 않게 잘 돌보라 하고는, 사십구일이 지나면 약을 보내주겠다고 하면서 약만 쓰면 곧 낫는다고 합디다. 오늘로 따져 이십여 일 된다우.'

그래서 내가 아직 그 약초가 있느냐고 물었더니, 나에게 한 다발 주었어. 나는 그것을 가지고 돌아와서 물에 끓여 병에 넣고는 단단히 봉해두었지. 오늘 마침 써먹게 됐군."

"이 약이 잘 들을까? 만약에 이 약으로 저놈을 쓰러뜨리지 못하면 우리는 볼장 다 보는 거야. 자네 시험해봤나?"

"백발백중이야. 이미……."

"이미 어떻다는 거야. 이미 시험해보았다는 거야?"

"시험해보지는 않았으나 그 집에서 그것을 먹은 사람이 죽은 것처럼 누워 있는 것을 보았어. 칭룽즈가 해독을 시켜주겠다는 말을 안 했으면 벌써 매장해버렸을 거야."

두 사람이 이렇게 신나게 이야기를 하고 있는데, 문발이 활짝 걷히면서 한 사나이가 들어섰다. 그는 들어서는 것과 동시에 한 손으로 쉬량을 잡고 한 손으로는 우얼랑즈를 낚아채면서 소리쳤다.

"이놈들! 네놈들이 사람을 죽이고 재물을 빼앗을 모의를 하고 있었지?"

타오싼이었다. 쉬량은 약병을 힘껏 움켜쥔 채 그를 뿌리치고 도망치려 했으나 타오싼의 힘이 황소 같아서 뿌리쳐야 꿈쩍도 하지 않았다. 우얼랑즈는 주색에 빠진 놈이라 말할 것도 없었다. 타오싼은 이어서 입을 오므려 두어 번 휘파람을 불었다. 그러자 밖에서 두세 명의 거한들이 뛰어들어 쉬, 우 두 사람을 밧줄로 묶었다. 타오싼은 그들을 역성현의 현청 입구에까지 압송해 갔다.

타오싼이 들어가서 수부에게 보고하니, 문지기의 말이 오늘은 밤이 깊으니 잠시 관졸에게 맡겼다가 내일 아침 일곱시에 취조하겠다는 전갈이어서, 관졸들은 그들 두 사람을 관서의 식당 안에 압류했다. 다행히 쉬량은 아직 돈 몇 푼이 남아 있어 그것을 내어 관졸에게 쥐어주고 괴로움을 받지 않았다.

이튿날 아침 현청에서 재판관의 심문을 받게 되었다. 관졸 세 사람을 데리고 나온 재판관이 먼저 원고에게 묻자, 타오싼이 진술했다.

"소인은 지난밤에 장가라는 창녀집에서 유숙하였사온데 몸에는 수백 냥의 돈을 지니고 있었습니다. 그런데 이것을 쉬량과 우얼이 알고는 재물에 탐이 나서 두 사람이 소인을 죽이려고 모의하는 것을, 마침 소인이 창 밖에서 소피를 보다가 듣고 들어가서 잡아 관서로 끌고 왔습니다. 대감께서 선처해주시기 바랍니다."

재판관이 쉬량과 우얼에게 물었다.

"너희 두 사람은 재물에 탐이 나서 사람을 죽이려고 했느냐?"

이에 쉬량이 진술하였다.

"소인은 쉬량이라 하옵고 제하현에 살고 있습니다. 타오싼이 저희 둘을 모욕하므로 화가 나서 그를 죽이려고 상의하였습니다. 우얼이 자기에게 좋은 약이 있는데 백발백중이며 이미 시험하였던 바 대단히 효과가 있다고 말했습니다. 소인들이 바로 이렇게 상의하고 있다가 타오싼에게 잡혔습니다."

우얼랑즈도 진술했다.

"저는 감생監生으로 우싱깐吳省干이라 하옵고 제하현에 살고 있습니다. 쉬량이 타오싼에게 모욕을 당한 것이지 사실 저와는 아무 상관이 없습니다. 쉬량이 타오싼을 죽이려고 결심하기에 저는 그렇게 되면 큰 사고라고 생각되어 그러한 큰일을 늦출 계획으로 그에게, 쉽게 사람을 넘어뜨릴 수는 있으나 결코 생명은 해치지 않는 천일취라는 약물이 있다고 했습니다. 사실 모든 것은 쉬량의 뜻에서 나온 것입니다. 여기 증서가 있습니다."

그러면서 그는 품에서 쉬량이 써준 증서를 내어 바쳤다. 재판관이 물었다.

"쉬량, 어제 너희들이 상의할 때, 어떤 것을 말했는지 사실대로 본관에게 말해준다면 풀어줄 수도 있다."

이에 쉬량은 지난밤에 있었던 일을 한마디도 빠짐없이 말했다.

"그러고 보니, 너희들은 홧김에 한 말이지 죽이려고 했다고 볼 수는 없구나."

쉬량은 머리를 조아리며 말했다.

"대감님의 넓으신 은혜를 베풀어주시기 바라옵니다."

재판관은 우얼에게 물었다.

"쉬량이 한 말이 모두가 사실이냐?"

"한마디도 틀림없습니다."

"이 사건은 너희들에게 큰 잘못이 없다."

그는 서기에게 분부하여 진술한 바를 모두 기록하게 했다. 그리고는 다시 쉬량에게 물었다.

"그 약물은 어디 있느냐?"

쉬량은 품에서 꺼내서 바쳤다. 재판관은 초로 봉한 것을 뜯고 냄새를 맡았다. 그것은 난초와 노루 향기가 나며 약간의 술 냄새가 났다. 그는 크게 웃으며 말했다.

"핫핫하, 이런 독약이라면 누구나 먹고 싶어지겠는데?"

그리고는 약물을 서기에게 주면서 지시했다.

"이 약물을 보관해두어라. 그리고 이 두 사람의 사건은 나누어서 제하현에 넘기도록 하여라."

그는 '나누어서'라는 한마디로 쉬량과 우얼랑즈는 두 곳으로 갈렸다. 그날 밤 쉬량은 약물을 갖고 라오찬을 찾아갔다. 라오찬이 그것을 쏟아보니 색깔은 복사꽃 색이고 향기가 매우 짙었다. 혀끝으로 맛을 보니 약간 달콤하였다. 그는 탄식하듯 말했다.

"이런 독약이니 사람을 취하게 하는 것도 당연하지."

그는 약물을 유리 깔때기로 다시 병 속에 부어넣고는 쉬량에게 건네주었다.

"흉기와 사람 등 증거가 모두 갖추어졌네. 그가 부인해도 겁날 것 없어. 그런데 그의 말에 의하면, 열세 사람이 결코 죽은 것이 아니라 하니 소생할 길이 있겠지. 그 칭룽즈는 나도 알고 있는 은자隱者인데 행적이 일정하지 않으니 찾기가 어렵겠네. 자네는 먼저 왕얼을 데리고 현관에게 가서 보고하고 이 사건이 심리가 끝나더라도 상부에 보고하지 말라고 일러주게. 나는 내일 칭룽즈를 찾아가겠네. 만약에 그를 만난다면 열세 사람의 목숨을 구하게 되니 얼마나 멋진 일인가."

쉬량은 그러겠다고 대답했다. 다음날 역성현에서는 우얼랑즈를 제하현에 압송하고 쉬량과 왕얼 두 사람이 증인이 되니, 우얼랑즈는 단번에 실토하기에 그를 잠시 수감하였다. 현에서는 그를 형틀에도 매달지 않고 조용히 라오찬의 소식이 오기를 기다렸다.

라오찬은 다음날 노새 한 필을 빌려 거기에 침구를 싣고는, 조반을 먹자 태산의 동쪽 길을 향하여 떠났다. 그는 문득 순정舜井 옆에, "운명을 판단하는 안빈즈安貧子"라는 간판을 건 점쟁이가 있었던 생각이 떠올랐다. 이 사람은 이름도 꽤 있는 사람인지라 먼저 그에게 가서 한마디 물어보는 것이 좋겠다고 생각되었다. 마침 남문으로 나가면 반드시 그 길을 거치게 되어 있었다. 길을 가면서 이런 생각을 하고 있으려니 어느덧 안빈즈의 문 앞에 이르렀다. 그는 노새를 끌고 가서 판자로 된 의자에 앉았다. 피차 몇 마디 인사를 나누고 나서 라오찬이 물었다.

"소문에 선생께서는 칭룽즈와 서로 내왕이 계시다 들었는데, 근래에 그분은 어디 계신가요?"

"아, 그 친구를 만나시려고요? 무슨 일이신가요?"

라오찬은 지난 일을 안빈즈에게 이야기했다.

"너무 공교롭게 되었군요. 그는 어제 여기 와서 한나절이나 있다가 오늘 새벽에 산으로 돌아간다고 하면서 떠났소. 지금쯤 남문을 나서서 아마 십 리도 못 갔을 거요."

"정말 공교롭게 되었습니다. 그분은 어느 산으로 가셨나요?"

"이산裏山의 현주동玄珠洞이지요. 지난해에는 영암산靈巖山에 있었는데 근래에 절 참배인들이 점차 많아져서 언제나 그의 오막살이에 찾아들기에, 그것이 싫어 이산의 현주동으로 옮겼다오."

"현주동은 여기서 얼마나 떨어져 있습니까?"

"나도 가보지는 않았는데 듣자니, 오십 리 가량이라오. 여기서 곧바로 남쪽으로 가서 황아취자黃芽嘴子를 지나 서쪽으로 백운오白雲塢에 이르러 다시 남쪽으로 가면 바로 현주동에 이른다오."

"가르치심에 감사드립니다."

라오찬은 곧 몸을 일으키고는 감사의 인사를 했다. 말을 마치고는 노새를 타고 남문을 나와 천불산 아래에서 동쪽으로 산언덕을 지나 남쪽으로 갔다. 이십여 리를 가자, 마을이 있어 점심을 사 먹고는 거기에서 현주동의 길을 물었다.

"가시다가 얼마 되지 않아 큰 길 옆에 있는 황아취자를 보시게 될 것이고, 황아취자를 지나서 서쪽으로 구 리 못 되게 가면 백운오가 나옵니다. 다시 남쪽으로 십팔 리를 가면 바로 현주동입니다. 그런데 길이 매우 험해요. 걷는 데 익숙하면 평탄한 큰 길 같으나, 길에 익숙지 못하면 굉장히 고생합니다. 돌멩이가 깔리고 더욱이 가시가 많아서 일생을 가도 도착하지 못할 겁니다. 그 길에서 얼마나 많은 사람이 목숨을 잃었는지 모릅니다."

마을 노인의 말에 라오찬은 웃으면서 응했다.

"당승唐僧이 경서經書를 가지러 가는 것보다 더 어렵지야 않겠지요?"

그러자 마을 노인은 얼굴 색을 바꾸면서 말했다.

"비슷할 거요."

라오찬은 그의 호의에 무례해서는 안 되겠다 생각되어 공손히 말했다.

"노인장, 제 실언을 용서해주십시오. 다시 가르치심을 바랍니다. 어떻게 가면 쉽고 어려운지요. 가르침을 바랍니다."

"이 산길은 천연의 구곡주九曲珠와 같아서 한 발에 한 번 구부러져야지 만약에 곧바로 나가다가는 반드시 가시덤불에 걸리게 됩니다.

또 길을 구부러져 가려고만 하여도 안 되며, 그렇게 구부러져만 가면 깊은 함정에 빠져 영원히 빠져나오지 못합니다. 한 가지 비결을 말씀드리는데, 선생은 허심탄회한 분인 것 같아서 말씀드립니다. 눈앞의 길은 모두가 과거에서부터 생긴 길이니, 두어 걸음을 가다가 한 번씩 뒤를 돌아본다면 틀림없이 갈 수 있을 겁니다."

라오찬은 노인의 말에 연방 허리를 구부리면서 말하였다.

"말씀 삼가 명심하겠습니다."

마을 노인과 작별하고 일러준 대로 길을 가니, 과연 얼마 후에 현주동의 입구에 도착하였다. 그곳에는 긴 수염을 배에까지 드리운 한 노인이 있었다. 라오찬은 급히 앞으로 나가 예를 표하고는 물었다.

"도사께서 바로 칭룽즈가 아니신지요?"

그 노인은 황망히 답례를 하면서 물었다.

"선생은 어디서 무슨 일로 오셨소?"

라오찬은 제동촌의 사건을 모두 말했다. 칭룽즈는 한동안 생각에 잠기더니 자리를 권했다.

"이것도 인연인가 보오. 앉아서 천천히 이야기합시다."

이 동굴에는 의자나 가구는 없고 모두가 크고 작은 돌로 되어 있었다. 칭룽즈와 라오찬은 주객이 되어 각기 자리를 정하고 앉았다. 칭룽즈가 말했다.

"천일취의 위력은 대단한 것이어서, 조금만 먹어도 천 날을 취하였다가 깨어나는데 많이 먹으면 살아나지 못하오. 다만 한 가지 반혼향返魂香이라는 해독약이 있는데, 이것은 서악西嶽 화산華山에 있는 태고의 얼음 속에서 나는 것으로 역시 초목의 정精이 뭉쳐진 것이오. 향을 약한 불로 천천히 태우면 아무리 취했어도 모두 깨어날 수가 있소. 몇 달 전에 내가 태산 골짜기에서 한 사람이 취하여 죽어 있기에, 친히 화산에 있는 옛 친구를 찾아가서 얼마쯤 얻어 왔소. 다행히 아직 조금 남아 있어 아마 크게 쓰일 것이라 믿고 있었소."

그는 말을 마치고 돌벽 속에서 커다란 호로를 꺼냈다. 그 안에는 많은 여러 가지 물건들이 들어 있는데, 손으로 뒤적이더니 한 치도 못 되는 작은 병을 꺼내 라오찬에게 주었다. 라오찬이 쏟아 보니, 굳어버린 수지樹脂와 같은 것이었다. 빛깔은 거무스레하고 냄새를 맡아보니 마치 썩은 듯한 고약한 냄새였다.

"빛깔이나 맛이 왜 이렇게 나쁩니까?"

"목숨을 구하는 물건치고 어디 보기 좋고 냄새가 좋은 것이 있소?"

라오찬이 참으로 그럴 것이라고 깨닫고, 잘못 알지나 않을까 하여 사용법을 물었다.

"환자들을 한 방에 넣고 반드시 문이나 창문으로 공기가 통하지 않게 봉한 뒤에 향을 피워야 하오. 사람의 체질에 따라 다소 다른데, 체질이 좋으면 곧 깨어나고 체질이 나쁘면 천천히 피워주어야 살아나게 되오."

라오찬이 사례를 한 뒤 왔던 길로 돌아가는데, 밥을 먹던 주막에 이르니 이미 날이 어두웠다. 하룻밤을 묵고는 이튿날 새벽에 성성에 돌아오니 아직 아홉시도 못 되었다. 곧 성성에 가서 그 동안의 상세한 경과를 궁보께 보고했다. 이어서 가족을 데리고 제동촌으로 가겠다고 했더니 궁보가 물었다.

"가족은 왜 데리고 가십니까?"

"이 향은 남자를 치료하려면 여자가 피워야 하고, 여자를 치료하려면 남자가 피워야 한답니다. 그래서 제 첩을 데리고 가지 않으면 손을 쓸 수가 없을 것 같습니다."

"그런가요? 그렇다면 좋으실 대로 하십시오. 그런데 속히 가셨다 속히 돌아오시기 바랍니다. 얼마 후면 휴가가 되어 저도 여가가 있을 것 같아서 가르침을 받을까 합니다."

라오찬은 그러마고 대답하고는 다시 얼마 동안 이야기를 나누다가 물러났다.

그날로 라오찬은 황런뤠이의 집 하인에게 은자 몇 냥을 쥐어주고는 환췌이를 데리고 먼저 제하현으로 갔다. 그리고 전에 묵었던 남문 밖 여관에 주거를 정하고는 곧 현청에 가서 쯔진을 만나 모든 결과를 알렸다. 쯔진은 매우 기뻐하면서 말했다.

"우얼랑즈가 모든 것을 자백했습니다. 그리고 쉬량이 가져 갔던 은자 천 냥을 반납했습니다. 바이 태존의 편지를 받고 웨이젠에게 돌려주었는데 웨이젠이 한사코 받지 않아 자선당慈善堂에 의연금으로 냈답니다."

"전날 쉬량에게 은자 삼백 냥을 보내드린 것은 받으셨는지요?"

"받았을 뿐만 아니라, 큰 돈벌이를 했습니다. 궁보께서 이 일을 들으시고는 사람을 시켜 은자 삼백 냥을 보내서서 받았는데, 이틀이 지나 황런뤠이가 또 선생 대신에 갚는다고 삼백 냥을 보내왔습니다. 그 후 쉬량이 와서 선생께서 보내신 삼백 냥을 받고 보니, 모두 세 배가 되었습니다. 이것이 어찌 큰 돈벌이가 아닙니까? 궁보께서 보내신 것은 절대로 돌려보낼 수 없으나 런뤠이와 선생의 것은 돌려드리겠습니다."

라오찬은 한동안 생각에 잠기더니 말했다.

"런뤠이에게 아주 가까운 여자가 있습니다. 이름은 췌이화라 하며 바로 제 첩과 같은 집에 있었는데 사람됨이나 마음이 곱습니다. 런뤠이는 타향의 객으로 있어 적막하리라 생각되오니, 선생께서 잘 주선해주시고 이 돈으로 런뤠이를 위하여 다시 한 번 힘을 써주십시오."

쯔진은 손뼉을 치면서 좋다고 했다. 그리고는, "제가 내일 선생과 함께 제동촌에 가려고 하는데 어떻습니까?" 하더니 무언가 생각에 잠겼다가, "옳지!" 하고는 곧 관졸을 불러 내일 갈 채비를 시켰다.

다음날 왕쯔진과 라오찬은 두 채의 가마를 타고 제동촌에 도착했다. 이미 지방 경찰과 집사가 숙소 준비를 해놓고 있었다. 숙소에서 점심식사를 마치고는 쟈씨 집 식구들의 관이 놓인 곳을 찾아가 살펴보니, 마침 부근의 작은 절이 있었다. 라오찬은 절간의 작은 방 두 개를 골라놓고 사람들에게 밤을 도와 공기가 통하지 않게 문틈에 풀칠을 시켰다.

다음날 새벽에 열세 개의 관을 모두 절에 옮겨와서는 제일 먼저 머슴의 관을 열어보니, 과연 시신이 썩지 않고 있었다. 그것을 보고는 안심하고 열세 구의 시신을 모두 내어 두 방에 나누어 눕히고는 반혼향을 피우기 시작했다. 두 시간도 못 되어 모두가 조금씩 숨소리를 내었다. 라오찬의 지휘로 먼저 따뜻한 국을 먹이고 다음에 묽은 죽을 먹이고 천천히 간호하여, 이레가 지나자 각자 집으로 돌려보냈다.

왕쯔진은 사흘 전에 성으로 돌아갔다. 라오찬은 일이 모두 끝났으므로 도성으로 돌아가려고 하였다. 이때 웨이젠이 전날 궁보에게 편지를 보낸 사람이 바로 라오찬이라는 사실을 뒤늦게 알고 쟈, 웨이 양가에서 모두 찾아와서 머리를 조아리며 떠나는 것을 몹시 만류하였다. 양가에서는 각기 은자 삼천 냥씩을 주었으나, 라오찬은 한사코 받지 않았다. 양가에서는 할 수 없이 연극이나 구경하고 가라고 청하고는 사람을 성성에 파견하여 대극단을 불러오게 하였다. 아울러 북주루北柱樓의 요리사를 불러와서 라오찬이 이곳에서 새해를 맞이할 수 있게 준비를 하였다.

그런데, 다음날 밤중에 라오찬은 몰래 제하현에 돌아가고 말았다. 라오찬이 성안으로 돌아왔을 때는 날이 미처 밝기 전이어서, 현청에 가기에는 마땅치 않아 먼저 그의 거처인 여관에 가서 환췌이를 만나기로 하였다. 여관에 와서 문을 열고 들어가보니, 쉬밍의 아내가 마루에서 아직도 자고 있었다. 다시 안방의 문을 열고 캉 위를 보니, 큰 이불이 펴졌는데, 베개 위에 두 사람의 머리가 있고 깊이 잠들어 있었다. 깜짝 놀라 자세히 보니 바로 췌이화였다. 단잠을 자고 있는 것을 깨우기가 안되어 방에서 물러나와, 쉬밍의 아내를 깨우고 자신은 몸을 둘 데가 없어 뜰에 나가 서성거리고 있었다. 이때, 서쪽 채에 들었던 사람들이 짐을 내다 수레에 싣고 있었다. 먼데로 가는 손님이 출발하려는 것인 것 같았다. 멈추어 서서 구경하고 있자니, 어떤 사람이 나와서 하인들에게 분부하는 모습이 보였다. 라오찬은 그를 보자마자 큰 소리로 불렀다.

"더훼이성 형! 어디서 왔나?"

그 사람은 깜짝 놀라며 이쪽을 보았다.

"라오찬 형이 아닌가? 어떻게 여기 있나?"

라오찬은 앞의 스무 회에 달하는 이야기를 차례차례 말한 뒤 물었다.

"훼이성 형은 어디로 가나?"

"내년에 동북 지방에 병란兵亂이 있을 것 같아서, 가족을 양주揚

州에 보내는 길이야."

"하루 묵었다 가면 어떤가?"

더훼이성이 응낙했다. 이때, 췌이화와 환췌이가 일어나 세수를 마치자, 양쪽 가족이 서로 인사를 나누었다. 라오찬은 이튿날에 현청에 들어가서 웨이씨 집 사건으로 궁보가 우얼랑즈에게 금고 삼 년을 선고한 것을 알았다. 그리고 췌이화를 낙적落籍시키는 데 모두 사백이십 냥이 들었다면서 쯔진이 삼백 냥을 돌려주었다. 라오찬은 그 가운데 백오십 냥만 받고는 말했다.

"오늘 사람을 시켜 췌이화를 성성으로 보냅시다."

라오찬은 처소에 돌아오자, 쉬밍 부부를 시켜 췌이화를 성성으로 보내고 밤중에 여관에 부탁하여 장거리를 가는 수레를 빌려 오게 하고, 또 환췌이의 동생을 데려오게 하였다. 다음날 날이 밝자, 라오찬은 환췌이와 그녀의 동생을 데리고 더훼이성 부부와 함께 같은 수레로 강남으로 떠났다.

한편 쉬밍 부부가 췌이화를 데리고 황런뤠이의 집에 도착하자, 런뤠이는 매우 기뻐했다. 라오찬이 보낸 편지를 열어보니, 이렇게 씌어 있었다.

천하의 연인들은 모두가
가족이 되기를 원하나니,
이는 전생에 정해진 일일진대
인연을 어기지 말지어다.

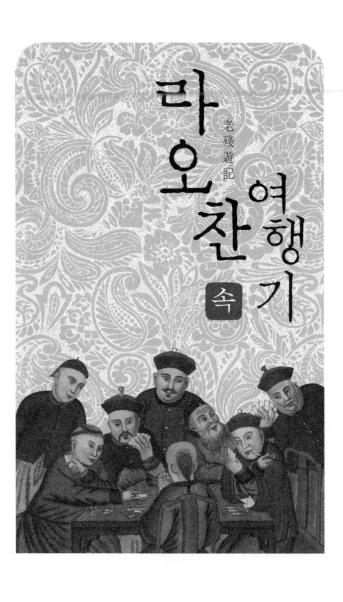

老殘遊記

라오찬

여행기

속

서문

　인생은 꿈과 같은 것이다. 인생은 과연 꿈과 같은 것일까? 그렇지 않다면 몽수(장자)의 우언寓言인가? 나로서는 알 수 없다. 부유자蜉蝣子*에게 가서 이것을 물었더니 부유자도 단정을 내릴 수 없다 하여, 영춘자靈椿子*에게 가서 물었더니 영춘자 또한 단정을 내릴 수가 없다고 한다. 소명태자昭明太子*에게 돌아와서 물었더니 소명태자가 이렇게 말했다.

　"어제의 나는 이와 같았고, 오늘의 나 또한 이와 같다. 나의 방을 보면 침상이 하나, 탁자가 하나, 자리가 하나, 등이 한 개, 벼루가 한 개, 붓이 한 자루, 종이가 한 장 있다. 어제의 침상, 탁자, 등, 벼루, 붓, 종이도 이와 같았다. 오늘의 침상, 탁자, 자리, 등, 벼루, 붓, 종이도 여전히 이와 같다. 본래부터 명확히 내가 있고 또 이러한 침상이 하나, 탁자가 하나, 자리가 하나, 등이 한 개, 벼루가 한 개, 붓이 한 자루, 종이가 한 장 있는 것이다. 마치 꿈에

새가 되어 하늘보다 높이 날다가 깨어나면, 새도 하늘도 모두 없는 것과는 다르다. 마치 꿈에 고기가 되어 연못 속으로 들어갔다가 깨어나면 고기도 연못도 모두 없는 것과도 다르다. 더욱이 높다든가 들어간다는 말은 무엇인가? 내가 나를 보면 실지로 그러한 물건이 있으나 꿈이 꿈같지 않더라도 실지로 그러한 일은 없는 것이다. 그런즉 인생은 꿈과 같은 것, 본시 몽수의 우언만이랴!"

나는 감히 결론을 내릴 수가 없어서 또 이것을 묘명杳冥*에게 물었다. 묘명이 말했다.

"너는 어제 무얼 했지?"

"아침에 일어나서 청소하고, 낮에는 점심 먹고, 저녁에는 잠을 잤으며, 거문고를 켜고 책을 읽고 친구도 만나고 이랬을 뿐입니다."

"지난 달 오늘은 무엇을 했지?"

나는 대략을 들어 대답했다. 그러자 또 작년 이 달 오늘에는 무엇을 했느냐고 묻기에 나는 억지로 기억을 더듬었으나 태반을 잊고 있었다. 십 년 전 이 달 오늘에는 무엇을 했느냐고 하면 망연하기만 하다. 이렇듯 이십 년 전, 삼십 년 전, 사오십 년 전 이달 오늘에 무엇을 했느냐고 한다면 나는 입을 다물고 대답을 할 수 없다. 묘명이 말했다.

"오십 년 전의 너는 이미 바람이 몰고, 구름이 말고, 우레가 쫓고, 번개가 격함에 따라가버렸다. 이제부터 오십 년 후의 너는 또한 반드시 바람이 몰고, 구름이 말고, 우레가 쫓고, 번개가 격함에 따라가버릴 것이다. 그러니 지난날의 꿈, 어제의 꿈, 그 사람, 그 물건, 그 일이 모두 똑같이 무無로 돌아가는 것에 무슨 구별이 있겠는가? 오십 년 전의 일월은 이미 묘연해져 어디로 갔는지 알지 못한다. 오늘의 너는 엄연히 존재하고 있다. 엄연히 존재하고 있는 너로서 오십 년 전의 일월을 보존할 수도 없고, 그것을 잠시 멈추게 할 수도 없는 것이다. 그러므로 오십 년 후의 너는 물物과 함께 변화되었고, 더구나 그 일월을 잠시나마 머물게 할 수 없음은 당연한 것이다. 이런 것을 꿈과 같다고 하는 것이니 몽수가 어찌 나를 속일 수 있을까 보냐?"

꿈의 정경이라는 것이 비록 이미 환상이고 허상이라서 다시 복원할 수 없는 것이기는 하나, 꿈속의 나는 엄연히 서술할 만한 어떤 실체가 존재하고 있는 것이다. 백 년 후의 내가 어디로 돌아갈 것인지는 모르겠으나, 이런 꿈과 같은 백 년의 정경은 있어도 이런 정경 속의 나를 서술할 것은 없다. 인생 백 년을 꿈에 비유하나 오히려 백 년이 꿈보다 허무하다고 생각된다. 아! 꿈보다 더 허무한 백 년을 왜 그다지도 부지런하게, 세심하게, 바쁘게, 시끄럽게 살려는 것인가? 비록 오십 년 전의 일월은 그것을 잠시나마 머물게 할 방법은 없으나, 그 오십 년 간에 놀라고 기쁘고 노하고 울던 일들은 참으로 영원히 잊을 수가 없는 것이다. 이 꿈같은 오십 년 간의 놀라고 기쁘고 노래하고 울던 일을 잊을 수 없으므로, 오십 년 간의 꿈도 또한 놀라고 기쁘고 노래하고 울 일이 없을 수 없고, 또한 이것들과 같이 잊을 수 없는 것이다. 이런 것들과 같이 잊을 수 없기 때문에, 이 세상에 『속 라오찬 여행기』가 있는 것이다.

1

태산에 올라 묘당에 참배하다

　라오찬은 제하현의 여관에서 가족을 동반하고 양주揚州로 돌아
가는 더훼이성을 만나, 자신도 장거리용 수레를 고용하여 어깨를
나란히 함께 출발하였다. 그날 새벽에 황하를 건널 때, 가족은 작
은 교자를 타고 짐수레와 말은 얼음 위로 끌고 건넜다. 황하를 지
나서는 동남쪽 제남부로 가는 길로 향하지 않고, 곧바로 남쪽 점
대墊台를 향해 갔다. 정오 무렵에는 이미 점대에 도착하여 점심을
마치고 저녁 무렵에는 태안부泰安府의 남문 밖 여관에 들었다. 더
훼이성의 부인이 태산泰山에 올라가 분향하고 싶다면서 하루 머물
자고 하기에, 그날 밤에는 제각기 마음 편하게 쉬었다.

　더훼이성은 이름을 슈푸修福라 하고 본시 한군漢軍의 기인旗人*
이었다. 선조의 성은 웨樂로 바로 연燕의 대장大將인 악의樂毅의 후
예였다. 명나라 만력萬曆 말년*에 나라가 날로 쇠하는 것을 보고,
이제 돌이킬 가망이 없다 여기고는 산해관山海關 밖 금주부錦州府

로 이사해와서 살았다. 숭정崇禎 연간*에는 청나라 태조를 따라 산해관에 쳐들어가 크게 공을 세워 상으로 한군에 편입되는 자격을 얻었다. 이로부터 대대로 내려오면서 본래의 성을 거두고, 이름자의 첫 자를 성으로 삼았다. 더훼이성의 부친은 양주부의 지부로 재직 중에 병사했으므로, 가족은 양주에 토지를 사서 중등급의 집을 짓고 살았다. 더훼이성은 스무 살쯤에 진사로 합격하여 한림원翰林院 서길사庶吉士*가 되었으나, 서법書法에 정통치 못했기 때문에 조고朝考*에서 불합격되어 이부주사吏部主事로 떨어져 북경에서 봉직했다. 그 무렵 양주에서 라오찬과 몇 차례 만났고 서로 뜻이 통하던 터에 오늘 우연히 만나 함께 같은 여관에 들게 된 것이므로, 그들 두 친구의 기쁨은 말로써 다 할 수 없었다.

라오찬이 더훼이성에게 물었다.

"자네, 어제 내년에 동북에서 전쟁이 있으리라 했는데, 어디를 보고 그렇다는 건가?"

"나는 어떤 친구에게서 동삼성(東三省: 요녕성, 길림성, 흑룡강성) 지도 한 장을 보았는데, 매우 정밀하여 마을의 지명까지 모두 있었네. 산천의 험난함은 더욱 자세했네. 지도 끝에는 '육군문고陸軍文庫'라는 글자가 들어 있었어. 자네 생각해보게. 일본인들이 육군을 훈련시키는 데 동삼성 지도를 학과목으로 쓰고 있으니, 그 속셈을 알 수 있지 않겠나? 나는 이것을 조정의 높은 분들에게 말했더니, 그분들은 놀라기는커녕 오히려 '일본 같은 작은 나라가 어떻게 할 수 있을라고?' 하지 않겠나? 큰 적이 앞에 이르렀는데 전혀 준비가 없으니, 슬기로운 자가 아니더라도 패배가 결정적이라는 것은 너무나 뻔하네. 더구나 예언자가 말하기를, 동북에는 살기가 매우 힘들어서 아마 조그만 전쟁이라도 일어나지 않을까 한다는 거야."

라오찬이 알았다는 듯 고개를 끄덕이자 헤이성이 물었다.

"자네, 어제 말하던 칭룽즈靑龍子란 어떤 사람인가?"

"저우얼周耳 선생의 제자라는 거야. 저우얼 선생은 호를 주스柱史라 하며 본시 은자로서 서악西嶽 화산華山 속 인적이 미치지 않은 곳에 살고 있다네. 제자는 많으나 저우얼 선생은 거의 인간 세상에 나오지 않기 때문에, 그분에게서 배웠다고는 하지만 거의가 한 다리 건너서 배운 사람들이라서 그 분의 본뜻을 오해하고 있는 사람도 부지기수라네. 그런데 칭룽즈 형제 몇 사람은 저우얼 선생에게서 직접 배워서 다른 사람들과는 다르더군. 나는 황룽즈와 며칠을 함께 지냈기 때문에 대강은 알 수 있었네."

"나도 오래 전부터 그분의 이름을 듣고 있었네. 보통 수양을 쌓은 선비와는 달라, 학문도 매우 깊고 넓다 하더군. 또한 도교뿐만 아니라 유교, 불교에도 정통하다더군. 그런데 한 가지 전혀 이해할 수 없는 것이 있네. 이렇듯 고매한 그들이 무엇 때문에 강호의 술사術士와 같은 이름을 가지고 있을까? 칭룽즈, 황룽즈가 있다니, 틀림없이 바이룽즈白龍子, 헤이룽즈黑龍子, 지룽즈赤龍子도 있을 것 아닌가? 이런 도호道號는 정말 싫단 말야!"

"자네 말대로야. 나도 그렇게 생각하네. 처음에 황룽즈에게 물었던 일이 있네. 그가 대답하기를, '당신이 내 이름을 속되다고 말하시는데, 나도 속되다는 것을 알고 있습니다. 그러나 나는 무엇 때문에 고상하여야 하는 건지, 고상하면 어떤 좋은 점이 있는지 모르겠습니다. 노기盧杞*나 진회秦檜*라는 이름은 결코 속되지 않고, 장헌충張獻忠*이나 이자성李自成*은 속되지 않을 뿐 아니라 헌충의 두 글자는 성현과 필적할 만한 것입니다. 그렇다면 그 이름이 좋기 때문에 그를 좋은 사람이라고 할 수 있습니까? 노자의 『도덕경』에, '세상 사람이 모두 가지고 있으나, 나 홀로 어리석고 또한 비천하네'라고 하였는데, 비천한 것은 속된 것이 아닙니까? 우리들 태반이 어리석고 비천하기 때문에, 당신네 명사들과 같이 '속俗' 자를 독약처럼 여기고 '아雅' 자를 보배와 같이 여기지는 않습니다. 극단적으로 말해 이것은 이름을 빌려 남의 존경을 받으려고 하는 것에 지나지 않을 겁니다. 이런 것을 염두에 둔다면 이는 우리들의 이름에 비하여 훨씬 더 속된 것이지요. 우리는 본시부터 이런 이름을 쓰고자 했던 것은 아닙니다. 저는 기사년에 태어났고, 칭룽즈는 을사년에, 지룽즈는 정사년에 태어났기 때문에 당시 친구들이 장난 삼아 부르던 것이 알지 못하는 사이에 세월이 흘러 남들조차 이렇게 부르게 된 것입니다. 그렇다고 남에게 대답하지 않을 수도 없는 것이 아닙니까? 예를 들어 당신을 라오찬이라 부르는데, 이런 이름의 늙고 쇠잔한 사람이 있다면 무엇이 고귀하다 하겠습니까? 또한 어디가 고귀하다 하겠습니까? 다만 남에게 불리고 따라서 대답하는 것에 지나지 않는 것입니다. 아마도 소라고 불리면 소라고 대답하고, 말이라고 불리면 말이라고 대답하는 그런 이치가 아니겠습니까? 라고 하는 걸세."

"그 말은 확실히 이치가 있군. 불경에서 말하기를, '사람은 상相

에 집착하여서는 안 된다'고 하였는데, 우리는 아상雅相에만 집착
하였으니, 그에게 한 수 진 것이 아닌가?

훼이성이 다시 물었다.

"사람들의 말에, 그들은 앞일을 안다고 하던데, 자네 물어본 일
있나?"

"물어보았네. 그의 말이, 있다고 할 수도 있고 없다고 할 수도
있다는 거야. 자네 생각해보게. 유교에서 말하는, '지성至誠의 도
는 앞일을 알 수 있다'고 한 말은 틀림없는 것이네. 따라서 있다고
할 수도 있겠네. 만약에 공부를 가르치는 선생이 자질구레한 작은
일을 자세히 말해준다면, 반응은 적지 않겠지만 그것은 다만 술수
術數라는 작은 이치일 뿐이네. 군자는 잔소리를 하지 않는 거네.
소요부邵堯夫*는 사람도 총명하고 학문도 대단히 훌륭하나 술수와
같은 작은 이치만을 잘 말했으므로 주자朱子가 그보다 훨씬 더 뛰
어나다는 거네. 이런 것으로 보아 없다고 할 수도 있다는 거야."

"자네는 황룽즈와 여러 날 함께 있었다면서 천당과 지옥의 유무
는 물어보았나? 역시 불경에서 만들어낸 소문이라던가?"

"물어보았네. 그 일을 말하자면 정말 우습네. 그날 내가 그에게
물었을 때, 그가 이렇게 되묻더군.

'제가 먼저 당신에게 묻겠습니다. 사람들은 당신이 눈을 가지고
있기 때문에 색을 판별할 수 있고, 귀를 가지고 있기 때문에 소리
를 판별할 수 있으며, 코를 가지고 있기 때문에 숨결을 알 수 있
고, 혀를 가지고 있기 때문에 맛을 구별할 수 있다고 하며, 또 앞
뒤로 두 개의 음부가 있어 앞 음부로 오줌을 눌 수 있고, 뒤 음부

로는 대변을 볼 수 있다고 하는데, 이 말이 확실한 건가요?'

그래서 내가, '그런 것은 세 살 먹은 어린아이도 아는 것인데 무엇 때문에 묻는 겁니까?' 하니까, 그가 또 묻더군.

'그렇다면 당신은 어떻게 장님에게 색을 판별시킬 수 있으며, 어떻게 귀머거리에게 소리를 판별시킬 수 있습니까?'

내가 말했지.

'그건 할 수 없지요.'

그러자 그가 또 말하더군.

'천당과 지옥의 이치도 이와 같은 것입니다. 천국은 이목의 영험靈驗과 같고, 지옥은 두 음부의 오물과 같은 것으로서, 모두가 하늘이 내린 자연의 이치로 이루어진 것이므로 전혀 의혹의 여지가 없습니다. 다만 인심이 물욕에 가려져 그 영명함을 잃으면 마치 벙어리나 귀머거리가 소리나 색을 판별하지 못하는 것과 같은 것일 뿐, 그 본성이 그런 것은 아닙니다. 마음속에 욕심이 없고 정신이 고요한 사람은 자연히 볼 수가 있습니다. 다만 당신은 지금당장 당신에게 증거를 내어 믿을 수 있게 하라 하시겠으나, 그것은 예를 들어, 오도자吳道子*의 한 폭 그림을 장님에게 보이며 진짜 오도자의 그림임을 꼭 믿게 하고자 하는 것과 같은 것입니다. 그러나 비록 성인聖人일지라도 그런 능력은 없습니다. 당신이 만약에 보려고 한다면, 오직 허심정기(虛心精氣: 마음을 비우고 혼의 기를 모으다)하고 오랜 시일을 지내면 자연히 언젠가는 보게 됩니다.'

그래서 내가 또 물었네.

'어떻게 하면 볼 수 있습니까?'

그러자 그가, '이미 말씀드린 대로 허심정기하기만 하면 언젠가는 보게 됩니다. 당신은 지금 조급히 굴지만 무슨 방법이 있겠습니까? 천천히 기다려보십시오'라고 하는 거야."

더훼이성이 우으며 말했다

"자네가 보게 되면 꼭 나에게도 알려주게."

라오찬은 웃으며 대답했다.

"아마 그럴 날이 있을까 모르겠네."

두 사람이 즐겁게 이야기를 나누다 보니, 어느덧 이미 자정 무렵이 되었다. 두 사람은 동시에 말했다.

"내일은 일찍 일어나야 하니 자세."

더훼이성은 부인과 함께 서쪽 채에 들고, 라오찬은 동쪽 채에 들어 제하현에서와 같은 격식이 되었다. 각자는 방에 돌아가서 편히 쉬었다.

다음날 새벽에 여자들은 일어나서 세수하고, 머리 빗고, 산에 오르는 다섯 채의 교자를 고용하였다. 태안泰安의 교자는 마치 둥근 의자 같으나 다리가 없고, 바닥은 판자이고, 네 가닥의 새끼줄을 매달아 발을 놓는 곳으로 하였다. 짧은 두 개의 멜빵 끝에 두껍고 넓은 가죽끈이 매어져 있는데, 당나귀에게 끌리는 가마 수레의 가죽보다는 조금 부드럽게 보였다. 교자꾼이 앞뒤로 두 명인데 뒤쪽의 교자꾼이 먼저 가죽끈 아래로 몸을 넣고 들어와서 가마를 들어올려 손님에게 앉게 한 후에, 앞쪽의 교자꾼이 가죽끈 아래로 들어와서 교자를 들어올렸다. 당시 두 여인과 한 명의 하녀를 태운 세 채의 교자가 앞서 떠나고 더훼이성과 라오찬이 탄 두 채의 교자는 뒤를 따랐다. 성에 들어서자, 먼저 악묘嶽廟*에 이르러 분향을 하였다. 묘당 안에는 중앙의 본채가 아홉 칸이나 되는데, 전하는 말에 따르면, 명대에 그것을 지을 때 북경의 황궁과 같은 식으로 지었다고 한다. 더 부인은 환췌이를 데리고 본채에 가서 분향을 올렸다. 걸으면서 보니, 본채의 사면 벽에 옛 그림이 그려져 있는데, 건물 내부가 깊숙하기 때문에 안에 햇빛이 충분치 못하고, 벽의 그림은 그린 연대가 오래되어 똑똑히 보이지 않았다. 그것들은 화려하게 그려진 인물들인 것 같았다. 어린 도사가 다가오더니 더 부인에게 말했다.

"서쪽 뜰에 가셔서 차를 드십시오. 그리고 온량옥溫涼玉이라는 것이 있는데 저희 묘당의 진산鎭山의 보물입니다. 구경하시죠."

"그래요. 그런데 시간이 너무 지나서 아마도 돌아가지 못할 것 같네요."

환췌이가 말했다.

"정상까지 사십오 리라고 하니 왕복에 구십 리네요. 요새는 해가 짧아 곧 어둡게 될 텐데 빨리 갑시다."

이에 라오찬이 말했다.

"내 생각에 태산은 오악五嶽 가운데 하나라 하는데, 이왕 여기까지 온 김에 통쾌하게 한바탕 노는 것이 좋겠어. 산에 오르면 남천문南天門 안 천가天街의 양쪽은 모두 향을 파는 점포이고 사람이 묵을 수도 있다더군."

어린 도사가 말했다.

"예, 향을 파는 상점이 있는데, 그들은 깨끗한 이부자리를 갖추

고 있어 산에 오르는 손님들이 그곳에서 많이 묵으십니다. 어른신
네 부인들께서 오늘 산을 내려가시지 않고 내일 내려가셔도 된다
면, 천천히 쉬시면서 일관봉日觀峰에 가서서 일출을 구경하십시오."

이에 더훼이성이 말했다.

"그것도 좋군. 우리 오늘 산을 내려가지 말기로 하세."

그러자 더 부인이 말했다.

"그것도 좋지만, 향을 파는 집의 이부자리가 아무나 덮고 자서
몹시 더러울 텐데 어떻게 덮고 자죠? 만약 산을 내려가지 않는다
면 짐을 가지러 보내야 할 텐데, 하인을 데리고 오지 않았으니 누
구를 시켜 가지러 가게 하나요?"

그러자 라오찬이 이같이 말했다.

"종이쪽지에 적어 도사에게 부탁하여 누구 한 사람 여관에 보내
서, 그 댁의 서사를 시켜 사람을 사서 산 위로 올려보내달라고 하
면 안될 것이 무엇입니까?"

"그렇게까지 할 것 없네. 우리는 모두 가죽 털옷을 가지고 있으
니, 밤이 되면 그것을 덮고 구부려 누우면 되네. 누구든 진짜 잠을
잘 수 있겠나?" 하고 훼이성이 말하자 부인이 되받았다.

"그것도 좋겠어요. 그런데 제가 보기에 톄 어른네 두 분께서는
가죽 털옷이 없으니 어떻게 하죠?"

이에 라오찬이 웃으며 말했다.

"그런 건 지나친 걱정이십니다! 우리들 강호를 떠돌아다니는 사
람들은 당신들같이 벼슬하시는 분과는 비교가 안 됩니다. 우리는
어디든지 섞일 수 있습니다. 산 위에 이부자리가 있든 없든 우리

는 지낼 수 있습니다."

훼이성이 말했다.

"좋아, 좋아! 우리 온량옥을 보러 가세!"

일행이 어린 도사를 따라 서쪽 뜰로 나서니, 늙은 도사가 마중 나와서는 크게 예를 표하기에 각자가 답례를 하였다. 묘당 안은 아주 깨끗이 정돈되어 있었다. 도사가 찬합을 들고 나왔다. 그것은 용안육龍眼肉의 열매, 밤, 옥대고玉帶橤 따위가 틀림없었다. 모두가 차를 마시고 나서, 온량옥을 보고 싶다 하자, 도사가 안쪽으로 안내했다. 그것은 반쪽짜리 탁자 위에 놓였는데 비단 보자기로 덮여 있었다. 도사가 비단 보자기를 들추자, 푸른 옥 하나가 나왔다. 길이가 석 자쯤 되고 너비가 예닐곱 치, 두께가 한 치 가량인데, 윗부분은 진한 청색이고 아랫부분은 담청색이었다. 도사가 말했다.

"손으로 만져보십시오. 윗부분은 얼어서 손이 시리지만 아랫부분은 조금도 차지 않고 오히려 따뜻한 것 같습니다. 예로부터 전해내려오는 저희들 묘당의 진산 보배입니다."

더 부인과 환췌이가 만져보고는 대단히 신기하게 여겼다. 라오찬이 웃으며 말했다.

"이 온량옥은 나도 만들 수 있소."

여러 사람이 모두 이상히 여기며 물었다.

"어떻게요?"

"이것이 가짜라는 겁니까?"

이에 라오찬이 말했다.

"가짜고 가짜 아니고 간에 이것은 반만 다듬어진 옥입니다. 위는 다듬어진 옥이기 때문에 매우 차고 아래는 다듬지 않은 옥이기 때문에 차지 않은 겁니다."

더훼이성이 고개를 끄덕이며 말했다.

"그렇구먼, 그렇구먼!"

잠시 앉아 있다가 도사에게 향값을 주었다. 도사는 고맙다 인사한 뒤, 일행을 동쪽 뜰로 안내하여 한백漢栢이라는 나무를 보여주었다. 거기에는 두 아름이나 되는 큰 잣나무 몇 그루가 있는데 모양이 매우 기괴하였다. 그리고 그 옆에 있는 작은 돌비석에 "한백"이라고 두 글자가 크게 새겨져 있었다. 일동이 한 바퀴 돌아보고 본채로 돌아오니 앞쪽 문가에 교자가 이미 기다리고 있었다.

라오찬이 문득 고개를 들어 서쪽 복도를 보니, 돌 조각이 벽에 끼여 있었다. 그는 마음속으로 틀림없이 옛 비석이리라 생각하며 도사에게 물었다.

"복도 아래 저 돌 조각은 어떤 옛 비석입니까?"

"바로 진秦나라 때의 비석입니다. 속칭 태산십자泰山十字라고 합니다. 이곳에서 탁본하여 팔고 있는데 어르신들, 필요하십니까?"

"벌써 가지고 있어요" 하고 훼이성이 말하자 라오찬도 웃으며 말하였다.

"나는 스물아홉 자나 가지고 있어요."

"대단히 귀한 것입니다" 하고 도사가 말하였다.

말을 하면서 각자가 교자에 올라탔다. 지갑 속의 시계를 보니, 이미 열시가 지났다. 교자는 북문을 나와서 비스듬히 서북쪽을 향해 떠났다. 반 리도 못 가서 길옆에 큰 돌비석이 있는데 "공자등태산처(孔子登泰山處: 공자가 태산으로 오르던 곳)"라고 여섯 개의 큰 글자가 새겨져 있었다. 훼이성이 라오찬에게 그것을 가리키자 서로 마주보고 웃었다. 이곳은 이미 태산 아래여서 여기서부터는 한발 한발 올라가야 했다.

라오찬은 태안성 서남쪽에 둥글고 평평한 산이 있고, 산 위에 큰 묘당이 있으며, 사방에 수목이 많은 것을 보고는 틀림없이 유명한 곳이리라 생각하고 교자꾼에게 물었다.

"서남쪽에 보이는 묘당이 있는 산이 무어라 부르는 산인지 아나?"

"숭리산崇里山이라 하옵고 산 위의 것은 염라대왕의 묘당입니다. 산 아래에는 금교金橋, 은교銀橋, 나하교奈河橋가 있습죠. 사람은 죽으면 모두가 저곳을 지나야 하기 때문에, 살아 있을 때 많이 분향을 하면 죽어서 편의를 많이 받게 된답니다."

"많이 분향한다는 것은 예를 들면 여러 번 대접한다는 것과 같은데, 염라대왕 어른도 사람이 만든 것이니 설마 교제를 안 한다고는 하기 어렵겠지?"

"어르신네께서 잘 아시는군요. 틀림없는 말씀입니다."

이때 이미 산 아래에 도착했다. 길은 점차 구부러지고 양쪽이 모두 산이었다. 한 시간쯤 가다 보니, 어떤 묘당에 도착했다. 묘당 문 앞에서 쉬면서 교자꾼이 말했다.

"여기는 두모궁斗姥宮인데 안에는 모두가 비구니뿐입니다. 부인들은 여기서 식사하시는 것이 편하실 것입니다. 지체가 높으신 손님들은 산 위에 오르시면 모두 이 묘당에서 식사를 하십니다."

"이곳이 비구니 묘당이라 하니 우리 이곳에서 쉽시다."

더 부인이 말하고는 교자꾼에게 물었다.

"앞쪽에 식사할 만한 곳이 없나요?"

"어르신네 부인들께서는 모두 이곳에서 드십죠. 앞쪽에 작은 밥집이 있는데 밀가루로 구운 떡이나 소금으로 절인 야채를 팔고 있을 뿐 다른 것은 없습니다. 앉을 곳도 없어 모두 서서 먹죠. 저희들이나 먹는 곳입니다."

"알았네. 들어가서 말해보세."

훼이성이 말하고는 응접실로 들어가니 그곳은 대단히 깨끗했다. 늙은 두 명의 비구니가 맞이하는데, 한 사람은 쉰이나 예순 살쯤이고 한 사람은 마흔 살 남짓으로 보였다. 일동이 앉아 몇 마디 나누고 나자, 늙은 비구니가 물었다.

"부인들께서는 아직 식사를 안 하셨죠?"

더 부인이 대답했다.

"그렇습니다. 새벽에 나와서 아직 밥을 먹지 못했어요."

"저희 묘당에서는 언제고 식사를 준비하고 있습니다만, 산에 올라가셔서 분향을 하실 텐데 육식 요리를 드셔야 하는지, 채소 요리를 드셔야 하는지요?"

"저희들은 고기 요리나 채소 요리 아무거라도 좋습니다만, 어른들께서는 아마도 채소 요리는 못 잡수실 것이니 역시 고기 요리를 드리세요. 많이는 필요 없어요. 못다 먹으면 아까우니까요."

"거친 산속의 작은 묘당이 되어 많이 필요하다고 하셔도 준비가 안 됩니다."

그리고는 다시 물었다.

"부인들께서는 한 탁자에서 드시겠습니까? 두 탁자에 나누어 드시겠습니까?"

"모두 한 집 어른들이니 한 탁자에서 먹겠어요. 수고스럽지만 빨리 좀 주세요."

"오늘 산을 내려가시려구요? 아마 시간상 그렇게 되지 않을 겁니다."

"산을 내려가지 않더라도 빨리 산을 올라가야 하지 않겠어요?"

"괜찮아요. 잠시 후면 곧 산정에 이릅니다."

이런 말을 하고 있을 때 마흔 살쯤 된 비구니가 나갔다가 돌아오더니, 늙은 비구니의 귓가에 대고 한참을 속삭이자 늙은 비구니 또한 마흔 남짓의 비구니 귓가에 대고 몇 마디 지껄이고 난 뒤, 고개를 더 부인에게 돌리고는 말했다.

"남쪽 뜰로 나와주세요."

그리고는 곧 마흔 남짓의 비구니를 시켜 앞장을 서서 안내케 했다. 일동은 더 부인과 환췌이를 앞세우고 더훼이성이 그 뒤를, 라오찬이 맨 뒤에 따랐다. 응접실의 뒷문을 나와 남쪽을 향하여 모퉁이를 돌고, 양쪽이 트인 작은 방을 지나니 바로 남쪽 뜰이었다. 뜰을 사이에 두고 남향으로 있는 다섯 칸짜리의 규모가 매우 큰 북쪽 채와, 북향으로 있는 여섯 칸짜리 작은 남쪽 채가 있었다. 앞뒤로 트인 방은 동쪽에 세 칸이 있고 서쪽에 두 칸이 있었다. 그 비구니는 더 부인을 안내하여 트인 방을 나와 층계를 내려오더니,

동쪽으로 가서 북쪽의 세 칸짜리 건물 앞에 이르렀다. 북쪽 건물의 중앙에는 여섯 개의 창틀이 있고, 한 개의 통풍창通風窓이 있으며, 붉은 비단의 중앙에 판자를 댄 문발이 걸려 있다. 양쪽 두 칸에는 벽돌로 된 창틀이 있고, 창틀에는 두 장의 큰 유리가 끼워져 있으며 흰 명주에 글과 그림이 있는 문발이 쳐져 있었다. 유리 위에는 두 개의 종이를 바른 미닫이가 있는데 용뇌향이 배인 매화 무늬로 엮어진 격자로 되어 있다. 중간에는 삼 층의 계단이 있어, 비구니가 계단에 올라가서 문발을 걷고 더 부인과 다른 사람들을 들어오게 했다. 방문을 들어서니 양쪽은 밝고 한쪽은 어두운 방이었다. 동쪽 두 칸은 터져 있고 중앙에 둥근 작은 탁자가 놓여 있는데, 칠이 반질반질하였다. 둥근 탁자를 둘러싸고 고급 꽃무늬로 장식된 작은 의자가 있었고 중간 벽쪽에는 작은 불단이 있고 불단 위 중앙에 관음상이 놓여 있다. 불단에 가까이 가서 자세히 보니 바로 강희제康熙帝 때 오채어요五彩御窯에서 구워낸 '어람관음魚籃觀音'이었다. 그 조각은 대단히 정교하여 관음의 모습이 아름답고도 장엄하였다. 관음상은 한 자 대여섯 치 정도의 높이였고, 그 앞쪽에는 선덕宣德 연대에 만든 향로가 놓였는데 광채가 눈을 끌었다. 금빛 바탕에는 붉은 모래의 반점이 부조되어 있었다. 불단 위에 여섯 폭의 작은 병풍이 걸려 있는데 천장호우陳章侯가 그린 마명馬鳴과 용수龍樹* 등의 여섯 불상이 그려져 있었다. 불단의 양끝엔 크고 작은 경서가 놓여 있고, 다시 동쪽을 보니 동쪽 중간에 둥글고 커다란 창이 있고 유리가 끼여 있는데 사방 넉 자는 훨씬 넘을 듯하였다. 사방은 역시 매화 무늬로 엮어진 창살이었으며, 고려高麗*에서 수입한 백지가 발라져 있었다. 둥근 창문 아래에는 오래된 홍목紅木으로 만든 각이 진 작은 탁자가 있고, 탁자 좌우에는 두 개의 작은 의자가 놓여 있다. 의자의 양쪽에는 한 쌍의 진열대가 있고 각종의 골동품이 진열되어 있다. 둥근 창의 양쪽에는 한 폭의 대련이 걸려 있는데, 이렇게 씌어 있다.

곱게 단장한 아름다움은 연꽃색에 견주어지며
구름 장막 향기로우니 패엽貝葉의 경*을 낳네.

윗줄에는 "징원도우법감靚雲道友鑒"이라 쓰고 아랫줄에는 "삼산의 행각승이 취중에 쓰다三山行脚僧醉筆"라고 적어놓았다. 방은 대단히 깨끗이 정돈되어 있었다. 다시 유리창 밖을 보니 바로 계곡이었다. 계곡에는 물이 좔좔 흐르고 흐름에 얼음 조각이 섞여 떵똥 뚱땅 소리를 내니 참으로 듣기 좋았다. 또 맞은편 산언덕 위의 솔밭은 푸르디푸르고, 나무 밑동에는 적설이 덮여 은보다 더 희니 참으로 보기 좋았다. 더 부인은 그것을 보고 찬탄하면서, 더 훼이성을 돌아보며 말했다.

"저는 당신과 같이 양주로 돌아가지 않고 이곳에서 비구니가 되겠어요. 어때요?"

"그것 참 좋군. 그러나 이곳의 비구니는 되지 못할 걸?"

"왜요?"

"잠시 있으면 알게 돼요."

그때 라오찬이 말했다.

"경치만 탐하지 말고 이 방의 냄새를 맡아보십시오. 아마도 당신들 기인旗人의 집이 비록 넓다고는 하지만 이런 냄새는 아직 맡아 보지 못했을 겁니다."

더 부인은 정말 코를 벌름거리며 자세히 냄새를 맡더니 말했다.

"정말 이상하군요. 운향芸香이나 사향麝香도 아니고, 또 단향檀香이나 강향降香도 안식향安息香도 아닌데, 어떻게 이런 좋은 냄새가 나죠?"

이때 두 비구니가 앞으로 나와 예를 표하며 말했다.

"어르신네 부인들, 앉으십시오. 노승은 물러가고 아이들을 시켜 모시게 하겠습니다."

"네, 좋으실 대로 하세요. 좋으실 대로 하세요."

늙은 비구니가 나가고 난 후 더 부인이 말했다.

"이렇게 좋은 곳에 비구니가 산다니 정말 아깝군."

라오찬이 말했다.

"늙은 비구니는 가고 젊은 비구니가 올 건데, 징원靚雲이 올지는 모르겠지요? 만약에 그 여자가 온다면 멋있겠는데요. 그 여자의 명성이 높다던데, 나는 아직 만나본 일이 없으니 만나고 싶군요. 만약에 아주머니 덕분에 오늘 징원을 만나게 된다면 저로서는 대단한 축복이 되겠습니다."

올 사람이 과연 징원일지? 그것은 다음 회에.

2

쑹 공자末公子의 횡포

라오찬이 징원에 대하여 정중히 말하므로, 더 부인은 자기도 모르는 사이에 흥미를 갖게 되었다. 환췌이까지도 멍청히 있다가 물었다.

"이 방은 틀림없이 징원의 방인가 보죠?"

"그럼, 저 대련의 낙관이 보이지 않아?"

라오찬이 대답하자 환췌이가 얼굴을 붉히며 말했다.

"대련의 낙관을 보고는 혹시 그렇지 않은가 했어요."

"이 방이 좋아 보이나?"

"이 방에서 하룻밤만 재워준다면 죽어도 한이 없겠어요."

"그야 쉽지. 오늘 우리가 모두 산에 올라갈 때, 자네만 가지 말고 여기서 하룻밤 자게. 내일 산에서 내려와 자네를 데리고 여관에 돌아가면 하룻밤 잔 것이 되지 않겠나?"

모두가 이 말을 듣고 크게 웃었다. 더 부인이 말했다.

"저이만 그런 것이 아니라 저도 떠나기 아쉬운 걸요!"

그때 문발이 열리면서 두 여자가 들어오는데, 똑같은 복장이었다. 남색 바탕에 비단과 같은 양가죽 윗저고리와 원색 바탕에 가죽으로 된 조끼를 입고 있었다. 옆머리를 까고 머리를 그게 많이 내렸으며 연지분을 바르고 구름을 수놓은 신을 신고 있었다. 두 여자는 문에 들어서서 큰절은 하지 않고 각자에게 가벼운 인사를 했다. 얼핏 보기에 한 사람은 서른 살쯤 되어 보이고, 다른 사람은 스무 살쯤으로 보였다. 키 큰 여자는 갸름한 계란형으로 얼굴이 밉지 않으나 화장을 너무 짙게 했다. 아마도 아편을 피워 안색이 나빠져서 분으로 그것을 감추려는 것 같았다. 다른 여자는 둥근 얼굴에 연지분을 엷게 발라 오히려 얼굴에 빼어난 기상이 있으며 눈도 생기가 있었다. 모두 답례를 한 뒤, 그 여자들을 앉게 했다. 모두가 마음속으로 작은 여자가 징원이리라 생각했다. 그 여자가 징원이리라 생각하니 볼수록 더 예뻐 보였다. 큰 여자가 훼이성에게 말을 걸었다.

"어른께서 성이 더씨이십니까? 어디로 부임해 가시는 길인가요?"

"가족을 데리고 양주로 돌아가는 길에, 이 산에 올라가서 분향을 하려 한 것이지, 부임해 가는 것은 아니오."

그 여자는 또 라오찬에게 물었다.

"어른께서는 어디로 부임하러 가시는 길입니까? 그렇지 않으면 출장가시는 길입니까?"

"나는 부임하러 가는 길도 아니고 출장도 아니오. 역시 가족을 데리고 양주로 돌아가는 길이오."

작은 여자가 물었다.

"두 분 어른 모두 양주 분이신가요?"

"둘 다 양주 출신은 아니나 모두 양주에 살고 있소."

훼이성이 대답하자 작은 여자가 또 물었다.

"양주는 좋은 곳이지요. 육조六朝 시대의 영화로 예로부터 번화했죠. 수제隋堤의 버드나무가 지금도 있는지 모르겠네요?"

라오찬이 말했다.

"벌써 없어졌지. 세상에 천수백 년을 사는 버드나무가 어디 있소?"

"본시 이치는 그렇습니다만 저희들 산동 사람은 성격이 고지식해서 옛사람이 남긴 명소나 고적은 어떻게든 꾸며놓고 싶어해요. 만약에 수제가 우리 산동에 있다면 반드시 버드나무를 다시 심어 좋은 풍경의 장소로 하였을 거예요. 예를 들어, 태산의 오대부송五大夫松*도 정말로 진시황제가 내리신 다섯 그루의 소나무인지 말하기 어렵지 않아요? 그러나 이곳에 명승 고적이 있으므로 이곳에 다섯 그루의 소나무를 심어 관광객에게 보이면, 시흥詩興에 조금이라도 도움이 되고, 시골 사람이 보고는 역시 한 가지 고사故事를 알게 되지 않을까요?"

모두가 이 말을 듣고는 깜짝 놀랐다. 라오찬도 자신이 실언했음을 뉘우치면서 마음속으로 그런 말을 하는 것으로 보아 그녀가 징원임에 틀림없다고 생각했다. 그 여자가 또 물었다.

"양주는 본시 명사들이 모여드는 곳인데 '팔괴八怪'라고 불리는 그런 인물들이 지금도 있나요?"

"몇 년 전까지만 해도 몇 명 있었소. 문장가로 허롄팡河蓮舫, 서화가로 우랑즈吳讓之 등 모두 뛰어난 사람들이었으나 요새는 깨끗이 없어졌소."

훼이성이 대답하고는 물었다.

"법호가 어떻게 되시는지요? 틀림없이 징원이시겠지요?"

"아니에요. 징원은 고향으로 갔어요. 저는 이원逸雲이라 불러요."

그리고는 큰 여자를 가리키면서 말했다.

"저이는 칭원靑雲이라고 부르고요."

라오찬이 끼여들며 물었다.

"징원은 왜 고향에 갔소? 언제 오지요?"

이원이 말했다.

"돌아오지 않아요. 징원은 돌아오지 않을 뿐만 아니라 아마 저희들처럼 쓸모 없는 인간들도 고향에 돌아가야 할 것 같아요."

라오찬이 황망히 물었다.

"도대체 어찌 된 까닭이오? 거리낌없이 말해주겠소?"

이원은 눈언저리가 붉어지면서 잠시 머뭇거리다 말했다.

"이것은 저희들의 추문이 되어 말하기 거북하니 어른들께서는 묻지 말아주세요."

그때 밖에서 두 사람이 들어왔다. 한 사람은 여섯 개의 잔과 여섯 벌의 수저를 가져오고 한 사람은 쟁반을 받쳐들고 와 여덟 접시의 요리와 두 병의 술을 내어 탁자 위에 놓았다. 칭원이 일어서며 말했다.

"부인과 어른들께서는 앉으십시오."

더훼이성이 말했다.

"어떻게 앉는다?"

"당신네 두 분이 동쪽에 앉으시고 저희들 둘은 서쪽에 앉겠어요. 저는 둥근 창을 마주한 편이 경치가 좋아요. 아래가 두 분 스님들의 자리예요. 물론 두 스님들은 주인 자리에 앉으시죠."

더 부인이 말을 마치자 모두가 순서대로 앉았다. 칭원이 술병을 들어 모두에게 술을 따랐다. 이원이 말했다.

"날씨가 차니 많이 드십시오. 위로 올라갈수록 찹니다."

"그래요. 정말 한 잔 마십시다" 하고 더 부인이 말하자 일동이 잔을 들어 두 비구니에게 감사하다고 말하고는 두어 잔씩 마셨다. 더 부인은 징원이 마음에 걸려 이원에게 물었다.

"방금 말씀하시던 징원이 왜 고향에 내려갔는지, 저희들에게는 말해도 괜찮아요."

이원이 한숨을 쉬면서 말했다.

"웃으시면 안 돼요. 저희들의 이 묘당은 명나라 때부터 있었으며 그 후로 항상 이랬어요. 보시다시피 저희들이 이런 모습이지만 결코 대문간에 기대서 웃음을 파는 창녀는 아니에요. 처음의 본뜻은 산에 올라와서 분향하는 훌륭한 손님들을 대접하는 거였어요. 경우에 따라 관리도 있고 신사도 있어 거의가 모두 지식층의 사람들이 많았어요. 저희들은 어려서부터 모두 독서를 하였기 때문에 전부는 몰라도 반쯤은 이해하며 경전도 읽고 공부도 하였어요. 따라서 관리나 신사분들이 오셨을 때 모시고 이야기 상대를 하여도 싫어하시지 않게끔 됐던 거예요. 또 비구니의 복장은 사람들이 꺼리기 때문에 또는 부임하시는 길에 들르시는 분이나 무슨 경사가 있을 때, 속설에 비구니를 보면 재수없다고 하기 때문에, 서른 살 이전은 모두가 이런 복장을 하고 서른이 지나면 머리를 모두 깎아요. 비록 같은 손님을 모시는 것이라고는 하지만, 술을 드시고 술자리에서 놀이를 하시고 때로는 육류를 즐기시는 손님이 계셔서 멋대로 두어 마디 농담을 하셔도 응대를 하지 않을 수가 없어요. 만약 밤에 자지 않고 지새는 일이 있더라도 조사祖師의 깨끗한 규약을 어겨서는 안 된다고 말씀드리고 감히 망령된 행위는 하지 않아요."

"그렇다면 당신들, 이 묘당에 계신 분들은 모두가 처녀의 몸으로 늙는다는 것인가요?"

"모두가 그렇다는 것은 아닙니다. 노자께서 좋은 말씀을 하셨어요. '욕심이 날 만한 것을 보지 않으면 마음이 어지러워지지 않는다'고요. 만약에 지나가는 손님이나 관리면 물론 아무 상관이 없지만, 지방의 신사분들이 자주 오시고 농담을 건네기도 하시는데 이런 것은 정말 곤란해요. 남녀가 서로 사랑한다는 것은 본시 인정의 순수함이어서 정이라는 실에 얽매이게 되는 사람도 있어요. 그러나 열 사람 중 한두 사람은 틀림없이 몸을 옥과 같이 지키며 처음부터 끝까지 마음을 움직이지 않는 사람도 있어요."

"그렇군요. 그런데 징원은 무엇 때문에 고향에 갔나요?"

이원은 다시 크게 한숨을 쉬더니 말했다.

"요새는 기풍氣風이 크게 달라졌어요. 장사하는 사람도 체면을 차리게 되니 관리나 막료쯤 되면 소귀신 뱀귀신이 아닌 사람이 없어요. 그러니 그보다 아래 계급은 거칠기가 비할 바 있겠어요? 징원 후배는 금년에 겨우 열다섯 살에 얼굴이 예쁘고 총명한 데다가 말도 잘하고 잘 웃고 하여, 거쳐가는 손님이나 관리치고 그 여자를 좋아하지 않는 사람이 없었어요. 그 여자는 또 꾸미기도 좋아했어요. 보세요. 이 방만 보더라도 조금은 아실 수 있을 거예요. 전날 이 지역 태안현의 쑹 대인의 아드님이 두 분 서기를 데리고 와서 식사를 했어요. 이 묘당으로서는 항상 있는 일이죠. 그런데 그가 징원을 어찌나 못살게 구는지 말도 못해요. 징원은 처음에 그가 이 지역 현감 아드님이기 때문에 못하게 할 수 없어 참기만 했어요. 그러나 나중에는 도저히 참을 수가 없어 북쪽 뜰로 도망을 쳤어요. 그러자 그분은 화를 내면서, '오늘밤에 만약 징원이 나와 함께 자지 않으면 내일 틀림없이 묘당 문을 봉쇄하겠다'고 크게 소리치는 거예요. 사부님은 어쩔 수 없어 두 분 서기를 불러내어 재삼 부탁을 드리고, 각자에게 은자 스무 냥씩을 주고서야 간신히 하룻밤 재앙을 면했어요. 그런데 어제 오후 장張이라는 서기가 특별히 편지를 보내왔어요. '고집 부리지 말아라. 만약에 오늘밤 징원이 대인의 아드님을 모시고 자지 않는다면, 내일은 반드시 묘당문을 봉쇄하겠다'라는 거예요. 어제 우리는 그 여자에게 밤새껏 권했어요. 하지만 그 여자는 결코 그렇게 할 수 없다는 거예요. 생각해보세요. 사부님인들 어쩔 수 있겠어요? 하룻밤을 울고 새더니, '몇백 년이나 이어오던 묘당이 내 손에서 끊어질 줄은 몰랐다!'고

하시는 거예요. 오늘 새벽에 징원을 고향으로 보냈어요. 저도 내일 새벽이면 떠납니다. 다만 칭원과 쑤윈素雲, 차이윈紫雲 세 분 사형만이 여기 남아 문이 봉쇄되는 것을 기다릴 거예요."

이위이 말을 마치자, 더 부인은 화가 나서 머리를 흔들며 헤이성에게 말했다.

"어찌하여 지방 관리는 이렇게 악독하죠? 우리들은 북경에서 어사의 상주문上奏文을 보고 항상 사실보다는 더 낫게 지내리라 생각했었는데, 만약에 정말 이렇다면 하느님이 계시는 건가요?"

훼이성도 이미 화가 나서 얼굴이 창백해 있었다.

"쑹츠안宋次安은 나와 같은 해에 향시에 합격한 동기 동창이야! 어찌 가정 교육이 이런 지경에까지 이르렀던 말인가?"

이때 밖에서 또 두 개의 작은 그릇이 들어왔다.

"나는 안 먹어."

훼이성은 그렇게 말하고는 이위에게 붓과 벼루, 편지지를 달라 했다.

"먼저 편지를 써보내고, 내일 그를 만나 다시 자세히 따져야겠어!"

이위이 불단의 서랍에서 지필을 꺼내주었다. 훼이성은 쓰기를 마치더니, "곧 사람을 시켜 보내주시오. 그리고 내일 산을 내려오면 다시 여기서 식사를 하겠소" 하고는 좌석으로 돌아오자 더 부인이 물었다.

"편지에 뭐라 쓰셨어요?"

"이렇게만 썼소."

'오늘 두모궁에서 귀 자제를 화내게 하여 내일은 틀림없이 문을 봉쇄당한다는 소문을 들었습니다. 그런데 저는 내일 산을 내려오면 여기서 한 끼 밥을 먹으려 합니다. 안식구와 동행이므로 다른 곳은 불편하기 때문입니다. 봉쇄를 하루 연기하여주시든가, 제가 영감을 면담한 후에 다시 봉쇄하심이 어떠실는지요. 회신을 학수고대합니다'라고 말이야."

이원이 듣고는 기쁜 듯이 술병을 들고 한 순배 술을 따라주고는, 칭원의 옷소매를 끌어 자리에서 함께 일어나더니 더 공 부부에게 두 번 절을 했다. 그리고 두모할머니(삼신할머니와 비슷한 여신)를 대신하여 어른의 은혜에 감사드린다고 하자, 칭원도 따라서 두 번 절했다. 더 부인이 황망히 말했다.

"무슨 말씀을, 아직 어떻게 될지도 모르는데요."

두 사람이 앉자, 칭원이 놀란 얼굴로 말했다.

"이 편지가 효력이 없으면 아마도 그가 봉쇄를 더 빨리 할는지도 몰라요."

그러자 칭원이 말했다.

"바보 같으니라구! 그가 감히 서울 관리에게 죄를 지으려 할 것 같아? 우리같이 출가한 사람이 가장 천하다고 생각하고 있는 것을 네가 몰라서 그래. 하녀가 우리보다 훨씬 더 천하고, 군주현郡州縣의 나리들이 창녀보다 더 천하다는 것을 알아야 하지 않겠어? 선량한 백성을 만나면 그들을 죽이고는 또 근육을 잡아 빼고, 가죽을 벗기고, 뼈를 문질러 재로 만들어 날리려고 해. 그러나 권세 있는 사람을 만나면 그들은 바보인 체하며 남의 발 밑에 밟히면서도 머리를 들어 두어 마디 불러놓고는, '제가 노래를 할 터이니 들어보십시오' 한단 말이야. 그들은 북경 관리 어른들이 편지로 어사에게 이르는 것을 두려워하는 거야. 두고 봐! 내일 우리 묘당 입구에 붉은 비단과 두 개가 궁등宮燈*이 걸릴 테니."

이원이 이렇게 말하자 모두가 참을 수 없다는 듯이 웃었다.

말하는 사이에 크고 작은 그릇이 모두 갖추어졌다. 모두들 어서 밥을 먹고 산에 오르자고 서로 재촉했다. 잠깐 사이에 식사가 끝나고 두 비구니가 나가더니 곧 칭원이 작은 화장대를 들고 들어와서는 더 부인에게 화장하게 했다. 늙은 비구니도 들어와서는 편지를 현에 보내준 것에 대하여 감사의 말을 했다. 훼이성이 물었다.

"교자는 모두 준비됐소?"

"모두 준비됐습니다."

칭원이 대답하자 일동은 앞뒤가 트인 방을 나와 응접실을 지나 대문에 이르렀다. 교자꾼들은 이미 준비를 끝내고 있었다. 또 어깨에 짐을 지고 있는 자도 있었는데 교자꾼이 그를 대신하여 말하기를, 여관에서 하인의 편지를 받자 곧 보낸 사람이라고 한다. 훼이성이 말했다.

"자네는 교자를 따라가게."

늙은 비구니는 칭원, 차이원, 쑤원의 세 젊은 비구니를 거느리고 대문 밖에까지 나와서 교자가 떠나는 것을 기다렸다가 절을 하고 전송하면서 말했다.

"내일 조금 일찍 내려오세요."

교자의 순서는 여전히 더 부인이 첫번째, 환췌이가 두번째, 더훼이성이 세번째, 라오찬이 네번째였다. 산문을 나와서 북으로 향하여 가는데 지면이 매우 평탄하여 수십 걸음을 가서야 처음으로 몇 층의 돌계단이 나왔다. 얼마 안 가서 라오찬이 뒤에서 앞쪽을 보니 청회색 허리띠에 무명 저고리, 푸른색 무명으로 만든 조끼, 머리에는 갈색 새틸모자를 쓰고 칠흑같이 검은 커다란 변발이 한 자나 되게 뒤에 매달려 있는 젊은이가 환췌이의 교자와 나란히 가는데, 뒤가 되어 비록 얼굴은 보이지 않으나 눈같이 흰 목덜미가 대단히 선명하였다. 라오찬은 이상히 여겼다.

'산길에 어찌 저런 사람이 있지?'

유심히 다시 보자니, 환췌이의 교자와 나란히 갈 뿐만 아니라 환췌이와 이야기를 나누고 있었다. 산에 오르는 데 쓰이는 교자는 본래 지면에서 얼마 떨어지지 않아 걸어가는 사람이 교자에 앉은 사람보다 머리 하나가 낮은 정도이다. 따라서 걸어가면서 이야기하기가 매우 편하다. 또 보자니까 그 젊은이는 손짓 발짓에 손가락질을 하면서 말하는 것이었다. 또한 환췌이 역시 교자 위에서 손짓을 하며 젊은이에게 이야기하는 것이 마치 매우 친숙한 것같이 보였다. 마음속으로 어떻게 된 까닭인가 이해를 못하고 있는데, 문득 앞에 가던 더 부인 역시 고개를 돌려 동쪽을 가리키며 그 젊은이에게 뭐라고 말을 했다. 그러자 젊은이는 몇 걸음 빨리 나가 더 부인의 교자 옆에 가서 몇 마디 하더니 그 교자는 점점 느리게 가는 것이었다. 라오찬은 정말 답답했다. 저 젊은이가 누구인지 전혀 생각이 나지 않았다. 그런데 앞의 교자가 멈추자 뒤의 교자도 일제히 멈추고 모두가 내렸다. 훼이성과 라오찬은 교자를 내려 앞으로 갔다. 더 부인은 이미 교자를 내려 손으로 젊은이를 붙잡고는 동쪽을 보고 말을 하고 있는 중이었다. 라오찬은 앞으로 나가 그 젊은이를 보고는 그만 크게 웃고 말았다.

"난 누구라고. 바로 당신이었군! 왜 교자는 타지 않고 걸어서 오지? 얼른 돌아가오."

"사부님께서 산 위까지 우리를 안내해주라고 하셨대요."

"그야 좋지만 몇십 리를 걸을 수 있겠나?"

이에 이원이 웃으며 이렇게 말했다.

"저희들 시골 사람은 다른 것은 참아내지 못해도 걷는 것만큼은 할 수 있죠. 이 산 위라면 이틀에 한 번 왕복하는 것은 말할 필요도 없고 하루에 두 번 왕복해도 힘들지 않아요."

더 부인이 훼이성과 라오찬에게 말했다.

"저쪽 산골짜기 안에 있는 붉은 것을 보세요. 방금 이원 사형이 그러는데 저것이 바로 경석곡經石谷으로 큰 바위 위에 북제北齊 때 사람이 새긴 금강경이 있대요. 우리 내려가서 보시지 않겠어요?"

"어디?" 하고 훼이성이 말하자 이원이 말했다.

"내려가시기에 길이 나쁘고, 가시는 데 익숙지 못하시니 저 큰 바위 위에 올라가서 보시는 것이 낫겠어요."

일동은 모두 길 동쪽에 있는 큰 바위 위에 올라가서 보았다. 과연 한줄 한줄의 글자가 모두 선명하게 보이는데 '아상인상중생상我相人相衆生相' 따위의 글자도 모두 보였다. 더 부인이 물었다.

"저것이 경의 전부인가요?"

"본래 전부 있었는데, 해마다 계곡 물에 씻겨 망가지는 것이 적지 않아 지금 남아 있는 것은 구백여 자에 지나지 않아요."

"저 북쪽에 있는 정자는 뭐 하는 것이죠?"

"저 정자는 양경정暎經亭이에요. 마치 한 권의 경서가 돌 위에서 햇볕을 쬐는 것 같다고 말하죠."

말이 끝나자, 모두는 교자에 올라타고 다시 전진하였다. 얼마 지나서 백수동柏樹洞에 도착했다. 양쪽으로 오래된 잣나무의 가지가 엉켜 있어 하늘의 해가 보이지 않았다. 이 백수동은 길이가 오리나 되고 다시 앞으로 나가니 수류운재교水流雲在橋였다. 다리 위쪽에서는 큰 폭포가 떨어져내려 다리 아래로 흘러가고 있었다. 이원이 여러 사람에게 말했다.

"여름에 큰비가 오고 난 후면, 이 물은 다리 아래로 흐르지 않고 산 위에서 내려오는 힘이 너무 커서 다리 밖으로 솟구쳐 떨어지기 때문에, 사람이 다리 위를 지나면 바로 폭포 아래를 뚫고 지나는 것처럼 되어서 이 또한 장관이지요."

말을 마치자 또다시 앞으로 나가니, 앞에 "회마령廻馬嶺"이라는 세 글자가 있고 이곳부터 산이 험준해지기 시작하였다. 다시 앞으로 나가 이천문二天門을 지나서, 오대부송을 지나고 백장애百丈崖를 지나 십팔반十八盤에 도착했다. 십팔반 아래에서 남천문을 올려다보니 마치 깎아지른 듯한 벼랑 위에 서 있는 것 같으며, 또 하늘 위에 돌 사다리를 걸어놓은 것 같다. 모두가 보고는 두려워했다. 교자꾼들도 이곳에 이르러 담배 한 대씩 피우며 다리를 쉬었다. 이때 환췌이가 더 부인에게 말했다.

"부인, 무섭지 않으세요?"

"어찌 두렵지 않겠어요? 저 남천문의 문루를 보세요. 한 자 정도 높이로밖에 안 보이죠? 이토록 먼 길이 모두 깎아지른 듯한 길이어요. 만약에 교자꾼의 발이 조금만 미끄러지면 우리는 납작해지고 말 거에요! 덩어리가 되려 해도 안 될 거에요."

이원이 웃으며 말했다.

"두려울 것 없어요. 두모할머니의 보살핌이 있으니까요. 여기는 예부터 사고가 난 일이 없으니 안심하세요. 저를 믿지 않으신다면 걸어가 보여드리죠."

말하면서 걷기 시작하는데, 마치 날아가는 것 같았다. 반쯤 가자 이원의 몸은 불과 세네 살 먹은 아이만큼으로 보였다. 그 여자가 몸을 돌려 아래를 내려다보며 두 손을 마구 흔들었다. 더 부인이 크게 소리쳤다.

"조심해요. 구르면 안 돼요!"

그러나 어디 들릴 리가 있나. 그 여자는 몸을 돌리고는 위를 향해 올라갔다. 이때 교자꾼들이 몸을 일으키면서 말했다.

"마님들, 교자에 오르십시오."

더 부인이 소매 속에서 꽃 모양의 비단 손수건을 꺼내고는 환췌이에게 말했다.

"한 가지 좋은 방법을 가르쳐드릴게요. 손수건을 꺼내어 눈을 가리고는 죽고 사는 것을 하늘에 맡깁시다."

"그렇게 해야겠군요."

그들은 정말 손수건을 꺼내 눈을 가리고 운명을 하늘에 맡겼다. 잠깐 사이에 남천문에 도착하자, 이원이 소리치는 것이 들렸다.

"더 부인, 평지에 도착했어요. 손수건을 치우세요."

더 부인 일행은 혼이 빠졌으니 들릴 리 없다. 곧바로 웬바오잔元
寶店 입구에 이르러 교자가 멈추었다. 이원이 와서 더 부인을 잡고
손수건을 치워주자 부인이 일어나 정신을 가다듬고 양쪽을 보니,
평지로 길거리와 같으므로 곧 걸음을 옮겼다. 라오찬도 환췌이의
손수건을 치워주었다. 환췌이는 숨을 돌리고 말했다.

"미끄러져 떨어지지 않았군요."

"미끄러져 떨어졌으면 벌써 죽었지! 이렇게 말을 할 수 있을 것
같나?"

두 사람은 웃고는 상점 안으로 들어갔다. 원래 이원은 한 발 앞
서 여기에 와서 상점에 분부하여 뒷방을 깨끗이 치우게 하고 다시
남천문에 나가 교자를 기다렸던 것이다. 따라서 더 부인이 왔을
때는 모든 일이 이미 준비되어 있었다. 웬바오잔은 바깥 세 칸이
거리에 면해 있고 상점 입구에서는 향과 초, 웬바오 떡 따위를 팔
고 있었다. 안은 세 칸인데 분향 온 손님을 유숙시키고 있었다. 모
두 안에 들어와서 먼저 가운뎃방에 앉자, 상점 여주인이 물을 떠
왔기에 세수를 했다. 날은 아직 일러서 석양이 산을 넘어가지 않
았다. 잠시 앉아 있으려니까 짐꾼도 도착했다. 이원이 짐을 안으
로 운반시키고는 짐꾼을 보냈다.

"어떻게 펼까요?"

"나는 더 형과 한 방에 있고 나머지 세 사람이 한 방에 드는 것
이 어떻겠나?"

훼이성도 찬동했다.

"아주 좋군."

라오찬의 짐은 동쪽 방에 있고, 훼이성의 짐은 서쪽 방에 있기에 이원이 동쪽 방의 짐을 서쪽 방으로 옮기려 하자 환췌이가 말했다.

"제가 하죠. 너무 수고를 끼쳐서야 되겠어요."

이때 이원은 이미 짐을 들고 서쪽 방으로 들어갔으므로 환췌이가 자리 까는 것을 도왔다.

"어떻게 댁들에게 시켜요. 제가 하겠어요" 하고 더 부인이 말했으나 실은 이미 자리를 깔아놓은 뒤였다. 저쪽에서는 라오찬 등 두 사람이 모두 준비를 마쳤다. 이원이 급히 와서는 말했다.

"제가 늦었군요. 왜 벌써 다 자리를 깔아놓으셨어요?"

"별말씀을. 앉아서 좀 쉬는 것이 어떻소?"

훼이성이 말했다.

"고단하지도 않은데 무얼 쉬어요?"

그렇게 말하고 이원은 서쪽 방으로 갔다. 훼이성이 라오찬에게 말했다.

"자네 보기에 이원이 어떤가?"

"정말 좋아! 좋아하고 또 존경하네. 만약에 우리 집이 가까이에 있다면 반드시 좋은 친구가 될 걸세."

"누군들 그렇게 생각하지 않겠나?"

훼이성과 라오찬의 이런 이야기는 천천히 듣기로 하자. 더 부인은 묘당에서 이미 이원과 친밀해졌다. 또 함께 길을 걸었고 고적에 이르러서는 고적에 대하여 이야기하면서 그 여자의 우아하고 또한 발랄함을 보고는 마음속으로 생각했다.

'세상 어디에 이렇듯 문무를 겸비한 여인이 있을까? 만약에 저 여자가 나를 도와준다면 낮에는 집안일을 처리하도록 하고 밤에는 등불 아래에서 선禪을 이야기할 수 있겠지. 저 여자가 만약에 훼이성에게 시집 오겠다면 나는 본처니 첩이니를 따지지 않을 테야. 나를 언니라고만 불러주면 만족할 거야.'

이런 생각을 하고부터는 더욱 유심히 이원을 보았다. 그 여자는 피부가 기름덩이처럼 희고 매끄러웠고, 목은 애벌레처럼 희고 부드러웠으며, 웃으면 눈이 곱고 매력적이나, 웃지 않으면 마치 차기가 얼음이나 서리와도 같았다. 이원이 눈앞에 없을 때 이런 뜻을 환췌이에게 상의했더니, 환췌이는 좋아서 껑충 뛰며 말하였다.

"어떻게 하든 이 일을 성사시키세요. 제가 머리 숙여 감사드리겠어요."

"나보다 더 조급하네요. 오늘밤에 그 여자의 속마음을 시험해봅시다. 만약에 그 여자가 승낙만 한다면 그 여자의 사부가 승낙하지 않는다 하더라도 겁날 것 없어요."

훼이성의 인연이 성사될 것인가? 그것은 다음 회에.

3

첫사랑

더 부인은 이원을 사랑하고 아껴서 작은부인으로 삼을 뜻이 있어 환췌이와 상의하였더니, 환췌이는 이원 보기를 마치 쑹 대인의 아들이 징원을 생각하는 것보다 더 열을 냈다. 그녀는 바로 내일이면 이원과 이별하여 언제 다시 만날지 모르겠다고 생각하던 차에, 더 부인의 이런 말을 듣고는 그렇게만 한다면 언제고 만날 수 있으리라 생각되어 너무도 기뻐서 참말로 머리를 숙일 정도였다. 더 부인이 속마음을 시험해보겠다고 하자 이원이 승낙할지 어떨지를 몰라, 마음속으로는 잘되리라 생각하면서도 자기도 모르게 마음이 얼어붙는 것 같았다. 그녀들이 이런 말을 하고 있을 때, 이원은 상점의 여주인과 함께 탁자를 늘어놓고 의자를 나르고 술잔과 수저를 놓는 등 몹시 바빴다. 그녀는 접시 놓는 것도 돕고 준비를 마치자, 술을 따르면서 말했다.

"부인들과 어르신네들, 자리에 앉으십시오. 오늘 하루 피곤하셨죠? 얼른 식사하시고 편히 쉬십시오."

일동이 나와서 말했다.

"산꼭대기인데 어디서 이렇게 많은 요리를 가져왔소?"

"입에 맞지 않으시겠지만, 저의 사부님께서 보내신 거예요."

이원이 웃으면서 대답하자 더 부인이 말했다.

"이거 너무 폐를 끼치는군요."

한담은 그만 하고, 저녁밥이 끝나자 각자가 방에 돌아갔다. 이원은 잠시 앉았다가, "두 분 부인께서도 일찍 쉬십시오. 저는 이만 실례하겠어요" 하고 말하자 더 부인이 물었다.

"어디로 가려고요? 저희들 셋이 한 방에서 있는 거 아니에요?"

"저는 잘 데가 있으니 안심하세요. 이 집에는 시어머니와 며느리 두 사람뿐인데 대단히 큰 캉이 있어요. 저는 그들 시어머니 며느리와 함께 자는 게 편해요."

"아니에요. 당신에게 할 말이 있어요. 여기 캉도 아주 커요. 우리 세 사람이 함께 자기에 추울까 걱정이 된다면, 상점에 나가 분향 오는 손님들을 위해 마련해놓은 이부자리를 가져와서 여기서 함께 자도록 해요. 당신이 여기 없으면 무서워서 잠을 못 이룰 것 같아요."

더 부인이 말리자 환췌이도 거들었다.

"당신이 만약에 오지 않으면 우리를 싫어하는 것으로 알겠으니 얼른 가져와요."

이원은 잠시 생각하더니 웃으면서 말했다.

"더러워도 괜찮으시다면 오겠어요. 제가 가져온 이부자리가 있으니 가져오겠어요."

말하면서 나가더니, 작은 보따리 하나를 갖고 들어오는데 길이는 한 자 다섯 치, 너비는 대여섯 치, 높이는 세네 치쯤 되었다. 환췌이가 급히 풀어보니 얇은 양털 담요에 다리가 마음대로 움직이는 대베개뿐이었다. 다리가 마음대로 움직이는 대베개란 어떤 것인가? 큰 댓조각 양머리에 작은 댓조각을 달았는데 축이 있어 받쳐 세우면 작은 책상 같고, 내려놓으면 대나무 두 조각뿐 부피가 없다. 북방에서 여행자들이 흔히 쓰는 것으로 갖고 다니기가 편리한 것이었다. 더 부인이 그것을 보더니 물었다.

"아니, 이걸로 춥지 않아요?"

"저걸 덮지 않아도 춥지 않지만, 잘 때 아무것도 덮지 않으면 모양새가 좋지 않아서 그래요. 더구나 이 캉은 벽 뒤쪽에서 불을 때기 때문에 전혀 춥지 않아요."

더 부인이 시계를 보더니 이윈에게 제안했다.

"아직 아홉시도 안 됐네요. 너무 이르군. 고단하지 않으면 이야기나 하는 게 어때요?"

"하룻밤쯤 자지 않아도 고단하지 않아요. 전 이야기하는 게 제일 좋아요."

이윈이 동의하자 더 부인이 환췌이에게 시켰다.

"수고스럽지만 문을 잠가 주세요. 그리고 우리 셋이 캉 위에 올라가서 이야기해요. 아래에 앉으니 꽤 춥네요."

세 사람은 문을 잠그고 캉으로 올라갔다. 캉 위에는 작은 탁자와 같은 작은 캉이 또 있었다. 더 부인은 환췌이와 마주앉고 이윈을 끌어 자기와 나란히 앉히고는 작은 소리로 물었다.

"여기서 하는 말, 저 어른들 못 듣겠죠? 우리가 아무 말이나 해도 괜찮을까?"

"안 될 것 뭐 있나요? 하시고 싶으신 말씀 뭐든지 하세요."

"이상하게 생각하지 마세요. 내가 보기에 칭원, 차이원 등 세 분은 당신과는 달리 그들은 언제고 손님을 받지 않나요?"

"손님을 받는 일은 있으나 언제고 머무르게 할 수는 없어요. 결국 묘당은 여염집과는 비교가 안 되게 꺼리는 게 많으니까요."

"내가 보기에 당신은 손님을 받은 일이 없었으리라 보는데, 그렇죠?"

"어떻게 제가 손님을 받은 일이 없다고 보세요?"

"내 생각이에요. 그렇다면 손님을 받은 일이 있었다는 건가요?"

"정말 손님을 받은 일은 없어요."

"잘생긴 남자들을 보면 사랑하고 싶지 않아요?"

"왜 그렇지 않겠어요?"

"사랑한다면서 왜 그런 사람과 친근히 지내지 않아요?"

이원은 쿡쿡 웃으면서 말했다.

"이런 이야기하기를 하자면 매우 길어지죠. 생각해보세요. 여자아이가 자라서 열예닐곱 살만 되면 뭐든지 알게 돼요. 더구나 저희들이 묘당에서 손님을 접대하는 일을 하기 때문에 만일 곰보나 언청이이면 말할 것도 없지만, 어지간히 예쁜 얼굴에 분을 바르고 연지 찍고 새옷 두어 가지만 입으면 손님들은 저희들을 자연히 귀여워해주고 두어 마디씩 달콤한 말을 해주지요. 저희들로서도 그렇게 되면 남에게 웃음을 보내지 않을 수 없어요. 남이 우리들에게 눈짓으로 정을 전해오면 더욱 친근해지지 않을 수 없지요. 이럴 때 만약에 보통 사람이면 아무 일도 없으나 풍모가 좋고 말을 하는데 정이 담긴 사람이면, 말을 한두 마디씩 주고받는 사이에 어느덧 마음이 통하게 되지요. 그러나 저희들도 결국 여자 아이라 반은 부끄럽고 반은 두려워지지요. 결코 천진天津 지방의 속담처럼, 두세 마디로 부부가 될 수는 없는지라 필경에는 피하게 되지요.

생각나네요, 어느 해 런任씨 댁의 셋째아드님이 있었는데, 한눈에 서로 뜻이 맞아 두세 번 만난 후에는 얼마나 좋아졌는지 말조차 못할 지경이었어요. 그런 날 밤에 잠자리에 들면 온갖 생각이 났어요. 처음에는 그 사람과 어찌하여 이렇게 좋아하는 사이가 되었는가 생각하니, 그에게 감사한 마음이 생겨 그와 친근하지 않을 수 없었어요. 그의 모습을 생각하면 생각할수록 더욱 아름답고, 더욱이 그의 말을 생각하면 생각할수록 더욱 달콤했어요. 눈을 감으면 그가 보이고 눈을 뜨면 역시 그의 생각이 나서 이건 바로 귀신에게 홀린 꼴이었어요. 그러니 이런 밤에 잠을 잔다는 것은 생각도 말아야죠. 새벽 세네시가 되면 얼굴이 불에 덴 것같이 달아올라 거울에 비춰보면 마치 얼굴이 복사꽃 같았어요. 그런 모습을 남자들이 보면 마음이 움직일 것은 말할 것도 없고, 제 자신이 보아도 마음이 움직일 정도였어요. 구슬 같은 두 눈에는 웬일인지 물방울 같은 것이 서려 있어 손수건으로 닦으니 정말 축축이 젖었어요. 이상하지 않아요? 날이 밝으니 머리가 어지럽고 눈도 침침하여 억지로 잠시 눈을 붙였어요. 막 잠이 들어 얼마 안 되었는데 사람의 말소리가 들리기에, 몸을 뒤척이고 벌떡 일어나 앉아 마음 속으로 '그분이 오신 건가?' 하고는 다시 정신을 가다듬고 귀를 기울였더니, 바로 거친 일꾼들이 새벽 청소를 하는 소리였어요. 머리를 아래로 꼬고 다시 잠이 들었다가, 깨어보니 점심 때였어요. 다시 일어나서도 그 사람에 대한 생각 외에 다른 것은 아무것도 할 수 없었어요. 다른 사람 마고자의 색이 좋다느니 무늬가 곱다느니 하면 어물어물 듣다가, '셋째도련님의 마고자 말이에요?' 하면 그들은 저를 뚫어지게 보다가 웃어요. 그제야 저는 제가 실언한 것을 깨닫고는 얼굴이 빨개졌어요. 얼마 지나지 않아 어떤 사람이 '누구 집의 동생이 과거에 합격했다'고 말하는 것을 듣고는 엉뚱하게도, '셋째도련님 댁의 다섯째도련님 아니에요?'라고 물었더니 남들이 말하기를, '너 돌았구나!' 하여 부끄러워 뛰어 도 망쳤어요.

그 사람이 정말 오면 마치 나 자신의 영혼을 만난 것 같으니, 그 친근함은 물을 것도 없었어요. 그러나 처녀에게는 일생에 한 번 있 는 큰일이라, 어디 그렇게 쉬운 일인가요? 자신은 본래 입을 열 수 가 없고 다른 사람도 감히 가볍게 입을 열 수 없는 일. 겉으로만 친 숙한 데 지나지 않았어요. 며칠이 지나자 도깨비에 홀린 상태는 더 욱 깊어져 밤마다 생각해보는 것이었지만, 언제 그와 친근해질 수 있을지 알 수가 없었어요. 저는 그가 하룻밤만 묵어 간다면 하고 싶은 말을 모두 할 수 있고, 또 부모 앞에서 할 수 없는 말도 그에 게는 모두 할 수 있을 것같이 생각되었어요. 생각이 여기까지 미치 자, 얼마나 기뻤는지 몰라요. 나중에는 또 이런 생각도 하였어요.

'나에게 어떤 옷을 만들어주었으면, 어떤 휘장을 만들어주었으면, 어떤 이부자릴 만들어주었으면, 어떤 나무 그릇을 사주었으면. 사부님께 말씀드려 남쪽 뜰에 있는 세 칸 북쪽 방을 얻어 그 방을 그에게 어떻게 꾸며달라고 할까? 여러 가지 긴 탁자, 모난 탁자 등을 들여놓고 그 위는 무엇으로 장식할까? 가운데 탁자와 양쪽 벽에는 앉은뱅이 시계와 괘종을 놓아달래야지. 내 옷깃에는 작은 금시계를 사서 달아달라고 해야지.'

저희들은 머리장식은 필요 없으나 팔에 순금 팔찌는 꼭 하죠. 심지어 화장대, 분첩 등 생각하지 않은 것이 없어요. 이런 날 밤에는 또 잠을 못 잤어요. 그가 나의 이러한 요구를 들어주는지. 하지만 셋째도련님이 그 전날 자기 입으로, '진정으로 그대를 사랑해. 너무 사랑해! 만약에 우리 두 사람의 좋은 일이 이루어질 수만 있다면 나는 집안이 망하더라도 그대를 사랑하겠어. 목숨이 없어진다 해도 그대를 원해. 옛사람의 말씀이 옳아. 모란꽃 아래에서 죽어 귀신이 되더라도 그것은 풍류라고 하였어. 다만 그대 마음속에 내가 있는지 모르겠어'라고 했죠. 저는 그때 부끄러움에 겨워 한마디, '제 마음도 당신 마음과 같아요'라고 하였죠. 조금 전에 생각했던 그런 물건들은 꼭 사올 거라고 생각했어요. 또 이런 생각도 했지요.

'한 가지 옷을 오래 입으면 창피하니 여우 모피옷 두 벌을 만들어야지. 무슨 색으로 할까? 재료는 무엇으로? 중간 모피로 두 벌을 만들어야지. 양피로도 두 벌을 만들고, 또 무명으로 겹것과 홑것을 만들고, 비단으로 몇 벌을 할까? 빛깔과 무늬는 너무 무거운

섯으로는 하지 말아야지.'

생각이 여기까지 미치니, 마치 무한히 먼 위치에 있던 사물들이 모두 이미 내 손안에 들어온 것 같았어요. 또 '정월 향시香市 때, 초하루에는 무슨 옷을 입지? 보름에는 무슨 옷을 입지? 이월 초이틀 용대두龍蘲頭*에는 무슨 옷을 입을까? 청명절清明節에는 무엇을 입을까? 사월 초파일 석가탄신일에 각 묘당에서 향불을 많이 피울 때 무슨 옷을 입지? 오월절, 칠월 보름, 팔월 중추, 구월 중양重陽, 시월 하원下元, 십일월 동지, 십이월 납일臘日에는 무슨 옷을 입지? 모처에서 열리는 큰 연회에는 꼭 가야 하는데 어떻게 차리지? 모처의 작은 연회에도 꼭 가야 하는데 어떻게 차리지? 칭윈, 차이윈에게는 이런 좋은 장식이 없으니 얼마나 초라할까? 나는 얼마나 위풍당당한가?' 라거나 '사부님은 일고여덟 살 때부터 우리를 길러 주셨으니, 어떤 옷을 만들어 보답해드리지? 고향에 계신 부모님께는 어떤 물건을 사드려 두 노인을 기쁘게 해드릴까? 틀림없이 나의 어렸을 때 이름을 부르며 말하시겠지. 큰딸아! 오늘 왜 이렇듯 예쁘게 차렸지? 정말 예쁘구나! 또 이모, 고모에게도 조금 사서 보내야지'라는 따위의 생각이 맴돌았어요. 아직 주판질이 채 끝나지도 않았는데 사방에서 닭이 꼬꼬 하고 자꾸 울었어요. 저는 마음속으로, '저 바보 닭, 날이 아직 이른데' 하고는 머리를 들어보니 창문은 이미 하얗게 밝았어요. 저에게 가장 즐거운 밤이었어요.

하루가 지나서 셋째도련님이 또 묘당에 왔어요. 저는 틈을 내어 도련님을 끌고 작은 방으로 가면서 말했어요. '우리 잠깐 말을 해요' 하고는 방에 들어갔어요. 저는 도련님과 함께 어깨를 나란히 하고 캉 위에 올라가서 '도련님 저 말이에요……' 하고 입을 열었으나 저는, '이렇게도 부끄러움을 모르는 인간이 있나? 남자가 입을 열지 않았는데, 계집애가 먼저 입을 열다니' 하는 생각이 들자, 부끄러워 쥐구멍이 있으면 쑤시고 들어갈 지경이고, 얼굴이 금방 붉어져서 그만 밖으로 뛰어나오고 말았어요. 셋째도련님은 이것을 보고는 마음속으로 거의 짐작했다는 듯 앞으로 나와 저를 잡아 품에 껴안고는, '사랑하는 이여! 도망가지 마. 그대 말을 알겠어. 뭐가 부끄러워? 누구에게도 한 번은 있는 거야. 이 일을 어떻게 하지? 그대는 뭐가 필요해? 내가 뭐든지 사줄게. 정직하게 말해봐!' 하는 거예요."

이원이 계속해서 말을 이었다.

"제 가슴은 벌떡벌떡 어지럽게 뛰었어요. 한동안 뛰고 나서, 저는 전날 밤에 생각했던 일들을 모두 말했어요. 한바탕 말을 했더니 셋째도련님은 깊은 생각에 잠겼다가 말했어요.

'좋아. 오늘 돌아가서 어머니와 상의하겠어. 어머니는 나를 매우 사랑하시니 들어줄 거야. 마누라에게는 한동안 말하지 않겠어. 여자들은 질투를 하지 않는 사람이 없거든. 아마도 어머니 앞에 나가 방해를 할 거야. 그렇게 처리하는 것이 타당하겠어.'

그분은 말을 마치더니 남에게 의심받을까 해서 곧 나왔어요. 저는 낮은 목소리로 한마디 일렀어요. '빠를수록 좋아요. 편지 기다리겠어요'라구요. 그러자 셋째도련님은, '말할 것도 없어' 하고는 총망하게 산을 내려가 집으로 돌아가는 거예요. 저는 대문에까지 그를 전송하는데, 그는 또 멈춰 서더니, '만약에 어머니가 허락하면 하루 이틀 못 오게 될 거요. 그러나 친구에게 부탁하여 먼저 사부님을 만나 몸값을 처리하게 하겠어. 나는 그 동안 그대를 위해 물건을 갖추어놓겠어' 하기에 제가 '좋아요. 기다리고 있겠어요' 라고 했어요.

그로부터 저는 이삼 일 동안 제대로 잠을 못 잤어요. 전날 밤같이 유쾌하지는 못했어요. 전날 밤에는 단지 좋은 면만을 생각했을 뿐이었죠. 이튿째 밤에는 잘되리라 생각할 때는 바로 화염산火焰山*을 올라가는 기분이고, 잘 안 되리라 생각할 때는 북빙양北氷洋으로 떨어지는 기분이어서, 순간적으로 더웠다 추웠다 하는 것이 마치 학질에 걸린 것 같았어요. 하루 이틀은 그대로 참을 수 있었는데 사흘째가 되니 정말 참을 수가 없었어요.

'왜 아직 편지가 안 올까?'

옛말대로 정말 칠규七竅*에서 불이 나오고 오장에서 연기가 나는 것 같았어요. 그러다 생각하기를, '그가 틀림없이 물건을 만들고 사고 옷을 지으러 가겠지' 하다가는 마음속으로, '물건 사는 게 뭐가 그렇게 바빠요? 먼저 편지를 보내면 얼마나 좋아요. 사람을 기다리느라 살지도 죽지도 못하게 해요?' 하고 원망하기도 했어요. 나흘째 되는 날에는 애가 달아 잠깐 있다가 대문에 나가 보면 아무도 오지 않고 또 잠시 후에 나가 보지만 역시 아무도 오지 않았어요. 다리는 이미 뛰기에 지쳐버렸고, 눈도 뚫어지게 보아 멍해졌어요.

세시가 지나서 남쪽 먼 곳에 한 채의 교자가 오는 것이 보였어요. 기실 오륙 리나 떨어져 있건만, 제 눈이 얼마나 날카로워졌는지 모르겠어요. 저는 한눈에 틀림없다는 것을 알았어요. 그 기쁨은 말할 수 없었어요. 그러나 오륙 리 밖의 교자가 도착하려면 한동안 있어야 하지 않겠어요? 문득 그분의 말이 생각났어요. 만약에 어머님이 허락하시면 자기가 오지 않고 먼저 친구에게 부탁하여 사부님과 타협을 한 다음에 오겠다는 말이었죠. 오늘 자신이 오는 것을 보니 반드시 변이 있구나! 이렇게 생각하자 마치 염라대왕이 보낸 죽음의 사자를 보는 것 같아서 두 다리가 금방 힘이 빠지고 머리가 어지러워서, 도저히 서 있을 수가 없어 제 방으로 뛰어 들어와서는 얼굴을 가리고 울었어요. 한동안 울고 있는데 밖에서 뚱뚱한 작은 동자승이 부르는 소리가 들렸어요.

'화원華雲, 셋째도련님이 오셨어. 빨리 가봐요.'

두 분 부인께서는 왜 화원이라 부르는지 아시겠어요? 이원은 근년에 고친 것이고 그때는 화원이라고 불렀기 때문이지요. 저는 뚱뚱이 동자승의 부름을 듣고는 황망히 일어나서 눈물을 닦고 분을 바르면서 스스로를 이상히 여겼어요.

'내가 미치지 않았어? 누가 너에게 일이 틀렸다고 했나?'

저는 그렇게 혼자 중얼거리고는 또 웃었어요. 얼굴에 아직 분을 다 바르지 않았는데, 누가 알았겠어요? 셋째도련님이 이미 제 방문 앞에 이르러, 문발을 들치면서, '뭐 하지?' 하는 거예요. 저는, '바람이 불어 모래가 눈에 들어가서 세수를 했어요' 하며 그분의 얼굴을 훔쳐보았어요. 비록 얼굴에는 웃음을 띠고 있으나 기분은 얼음같이 차서 얼어붙은 황하 같았어요. 제가 '도련님, 앉으세요' 하자, 그분은 캉 모서리에 앉고 저는 작은 탁자 옆의 의자에 앉았어요. 작은 동자승이 문발을 들치고는, 손가락을 입에 문 채 이쪽을 보고 있었어요. 제가 '아직 차 넣으러 안 갔느냐?' 하자 작은 동자승은 가버렸어요. 저희 두 사람은 얼굴을 마주한 채, 반 시간이 지나도록 멀뚱멀뚱 서로 건너다볼 뿐 한마디 말도 없었어요.

작은 동자승이 차를 갖고 와서 두 잔째 마시고 날 때까지도, 역시 서로 말이 없었어요. 저는 참을 수가 없어, '도련님, 오늘 어찌된 거예요? 한마디 말씀도 없이'라고 말하자 그분은 한숨을 쉬더니 말했어요.

'정말 죽고 싶군! 말을 하지! 전날 내가 여기서 돌아가지 않았어? 그날 밤 틈을 얻어 어머니께 대강을 말씀드렸더니, 어머니가 여러 가지 물어보시더군. 나는 전부를 말하지 못하고 반쯤만 말씀드렸어. 그러니까 어머니는 주판을 놓아보시고, 몇천 냥은 들어야 하지 않니 하시더군. 나는 감히 말을 못했어. 그러자 어머니가 먼저 말씀하셨어.

애야, 네 아버지가 온갖 고생을 하며 이 재산을 저축했다지만, 따지고 보면 은자 사오만 냥에 지나지 않아. 그리고 너희들 형제 다섯에게 일 년에 많은 돈이 들어가고 있단다. 막내동생은 아직 가정을 이루지 않았고, 너는 언제나 산에 올라가서 놀기만을 좋아해도 나는 말리지 않았다. 네가 오늘 이런 기분으로 한 번에 몇천 냥을 쓴다면 장래는 어떻게 하려는 거지? 이제는 돈을 쓰지 않겠다는 거냐? 더구나 네 안식구는 모습도 못나지 않았거니와 너는 작년에 결혼하여 네 두 식구가 잘 어울리고, 내가 보기에도 매우 다정했는데, 금년에 들어 그토록 차가워진 까닭은 바로 화원이라는 여자 때문이구나! 내가 네 에미로서 자식을 사랑하기 때문에 몇천 냥의 은자를 주어 이 일을 성사케 한다 하더라도 네 안식구는 감히 뭐라 말은 못하겠지만 만약에 그 애가, 시집올 때 가져온 옷은 유행에 맞지 않아요 하며 내게 이삼백 냥짜리 옷을 만들어달라고 한다면, 그건 내 약점을 잡는 것이 분명하니 내가 어떻게 네 처를 다루지? 또 네 큰형수, 작은형수가 모두 와서 조르면 나는 어떻게 하지? 내가 해주지 않으면 그들은 내 앞에선 아무 말도 못하겠지만 돌아서서, 우리가 사는 물건은 런씨 가문이 사는 것인데, 런씨 가문에서 시어머니가 못하겠다고 하다니! 셋째아들에게는 사흘도 못 되어 런씨 가문의 사람이 안될 터인데도 시어머니는 몇천 냥이라는 돈을 들여 남에게 물건을 사주시려고 하다니. 잘못을 두둔하려는 건가? 망령인가 모르겠네라고 할 거야. 이런 말이 내 귀에 전해 온다면 내가 참아낼 수 있을 것 같니?

너는 내 사랑하는 아들이야. 내 생각도 좀 해라. 너는 밖에서 재미보는데 나는 집에서 화를 참아야 한다면 마음이 편하겠느냐? 만약에 네 안식구가 똑똑하지 못하여 너와 항상 싸움만 한다면 좋다. 하지만 항상 너에게 잘해주고 특별히 너를 잘 보살펴주는데, 네가 네 멋대로 할 수 있을 것 같으냐? 만약에 네가 하고 싶은 대로 한다면 영원히 산 위에서만 살고 집에는 돌아오지 않겠다는 거냐? 그렇지 않으면 한쪽에서 며칠씩 살겠다는 거냐? 만약에 영구히 산 위에서만 살고 네 안식구도 필요 없고, 네 에미까지도 필요 없다면 너는 어떤 인간이 되는 거냐? 너는 틀림없이 며칠은 산 위에서 살고 또 며칠은 집에서 살게 될 게다. 네가 집에 있을 때 산 위의 사람에게는 다른 손님이 와서 머물지도 모르는 거야. 네가 사준 의복이 매우 아름답더라도 남에게 보여주려고 입는다거나, 네가 사준 기물을 남을 위해 쓰거나, 네가 사준 휘장을 남과의 정사를 위해 친다거나, 네가 사준 이부자리를 남에게 덮어준다거나, 네가 사랑하고 아끼는 사람이 남과 잠을 잔다거나, 또 다른 사람의 성격이 반드시 너처럼 좋다고는 할 수 없어 기분을 상하게 하는 경우도 있을 거야. 또 남들이 잠을 자는 데 재미가 없었다고 네가 사랑하는 사람을 욕하거나 때린다면 너는 어떻게 할 테냐? 애야, 너는 총명한 애야. 에미의 말을 곰곰히 생각해봐라. 내 말이 잘못되었느냐? 내 생각으로는 네가 그 여자를 사랑한다면 구태여 너를 막지는 않겠다만, 이런 첫번째 바보 자리를 남에게 양보하고 너는 두번째 사나이가 되어 똑같이 사랑하고 똑같이 즐기고 한다면, 이렇게 많은 억울한 돈을 쓸 필요가 없지 않느냐? 이것이 첫째 방법이야. 네가 만약에 그렇게 할 수 없다면, 또 둘째 방법이 있어. 너는 화원의 모습이 매우 아름답고 마음씨 또한 매우 총명하며 너에게 보내는 애정도 대단하다고 했다. 그렇다면 너는 그 여자에게 네 재산을 사랑하느냐 아니면 너의 사람됨을 사랑하느냐고 물어보아라. 만약에 네 재산을 사랑한다면 그것은 바로 네 돈 때문이니, 네 돈이 다 되면 네 사랑도 그때 끊어지는 거야. 너는 돈을 써서 사랑을 산 것에 지나지 않아. 네 재산을 따져보아 몇 년이나 사랑을 살 수 있을 것 같니? 만약에 너의 인간됨을 사랑한다 하더라도 틀림없이 돈은 필요로 하겠지? 그 여자의 마음을 시험해봐라. 만약에 돈이 필요치 않다면 진정으로 너를 사랑하는 것이고, 돈이 필요하다면 그건 바로 너를 거짓 사랑하고 있는 거야. 남이 너를 거짓으로 사랑하는데 너만이 진정으로 사랑한다면 이건 천진 사람들의 속된 말처럼, 이발장이는 멜대의 한쪽만을 생각한다는 꼴이 되지 않느냐? 내가 네게 백 냥을 준 터이니 모기리든 어떻든 알아서 처리해라라고 하시는 거야 라고 하는 거예요."

이원은 런쌴예가 그의 어머니가 했다는 말을 여기까지 옮겨 말했다. 더 부인은 환췌이를 보고 혀를 날름하더니 말했다.

"지독한 런씨 댁 마님이군. 정말 자식 잘 가르치는데!"

"그쯤 되면 제가 이원 사형이더라도 어쩔 수 없었겠어요."

환췌이가 말하자 더 부인이 이원에게 말했다.

"이 이야기는 정말 책 한 권을 읽는 것 같아요. 런씨 댁 셋째아들이 그런 말을 하고 나서 당신은 어떻게 했어요?"

"어떻게 하겠어요? 그저 울었어요. 한동안 울고 나서는 사납게 벌떡 일어나서, '옷도 필요 없고, 물건도 필요 없고, 아무것도 필요 없어요! 사부님에게 가서 상의하세요!'라고 하자, 도련님이, '이런 말은 정말 하기 난처했으나, 그대가 조급해할 것 같기에 먼저 와서 말한 거야. 또 방법을 생각하겠어. 이렇게 하다가는 아무것도 안 돼! 괴로워하지 마. 이틀 후에 다시 친구와 방법을 생각하겠어'라고 했어요. 저는 이렇게 말했지요.

'친구분과 방법을 생각할 것도 없어요. 돈을 빌리면 어머니가 갚아주시지 않겠어요? 하지만 결국 남을 속이는 것이 되니 더욱 타당치 않고, 제가 더욱 댁의 어머님께 미안하구요.'

그날은 이렇게 하다가 서로 헤어졌어요."

이원이 다시 두 사람에게 말했다.

"두 분께서 만약에 지루하거나 싫지 않으시다면, 또 듣고 싶으시다면 이야기는 아직 길어요."

더 부인이 재촉했다.

"듣고 싶어요. 이야기하세요."

다음 회를.

4

환상에서 깨어나다

이원이 말을 계속했다.

"다음날이 되어 도련님은 과연 친구에게 부탁하여 사부님과 상의하러 와서 지난 일을 한바탕 이야기하고는, 이 일의 성사를 승낙해줄 수 있느냐고 묻고 아울러, '화원이 이미 자기 입으로 아무것도 필요 없다고 했으니, 만약에 사부님이 성사를 허락해주신다 하더라도 갚아드릴 날짜는 길어질 것 같습니다'라고 말했답니다.

노사부님께서는 다음과 같이 말씀하셨답니다.

'이 일에 대해서는 화원이 자기 의지로 할 일이지요. 우리 묘당의 규칙은 유곽과는 다르오. 유곽의 창녀는 열대여섯이 되면 억지로 옷을 바꿔 입히오. 그러고 나면 그 후는 장사를 잘해가오. 묘당에서 손님을 머물게 하는 것은 본시 법에 어긋나는 일이오. 다만 젊은 사람들이 모두 분을 바르고 연지를 찍고 손님을 접대한 것은 조상 때부터 있었던 일이오. 그 중에는 엄하게 금하기가 어려운 것도 있으니, 그것은 손님의 체면을 손상시키지 않으려고 하는 것 때문이오. 그런데 그런 일을 몇십 년 전에는 숨어서 하더니, 근래에 와서는 어느 정도 공공연해졌소. 그러나 아직도 반은 숨기고 하는 일이라 화원과 의논하여 하는 수밖에 없소. 만약에 자기 자신이 원하는 것이라면 우리는 결코 따지지 않겠소.

그러나 한 가지만은 말하지 않을 수 없소. 그것은 예부터 내려오는 이 묘당의 규칙인데, 이곳의 비구니는 옛부터 반드시 동정녀라야 하며 절대로 홍진紅塵이 묻어서는 안 되오. 다른 묘당에서 이런 죄를 범하면 반드시 축출을 당하고 다시는 발을 들여놓지 못해요. 하지만 저희 묘당에서는 어떤 규정을 만들어 그런 여자에게 모욕을 주지는 않고 있으나 조금의 구별은 있소. 만약에 동정녀면 모든 의복이나 용품은 모두 묘당에서 공급해주며, 남의 옷이라도 입을 수 있고 남의 물건이라도 쓸 수 있소. 만약에 몸을 더럽히면 규칙을 범한 것으로 간주하고 모든 의복 따위는 자기가 돈을 내어 만들거나 사게 되고, 아울러 매달 묘당에서 쓰는 비용을 할당하여 내지 않으면 안 되오. 건물을 수리하거나 짓게 되어도, 그들 몇 사람 더럽혀진 사람들에게 할당하게 되오. 이 묘당에는 옛부터 묘당 소속의 밭도 없고 또 시주 장부도 없소. 사람들이 시주 장부에 이름을 올린다면 자연히 청정한 묘당에 가서 하지 누가 조금이라도 혼탁하고 청정치 못한 묘당에 와서 하겠소? 아직 모르시겠소? 처음에 몸을 더럽히면 반드시 많은 공덕전功德錢을 내지 않으면 안 되오. 이 돈은 아무도 가질 수 없으며 공금으로 쓰이게 수납되오. 방금 말씀하신 백 냥 은자가 공덕전이라는 것이오? 그렇지 않으면 그 애에게 주어 옷을 사고 기물을 사라고 주시는 거요? 만약에 공덕전이라면 셋째도련님 댁도 저희 묘당의 시주 가운데 한 분이므로 결코 따질 수는 없소. 만약에 옷이나 사라고 주는 것이라면 공덕전은 어떻게 되는 겁니까? 따라서 이런 일은 우리가 이야기하기에 거북하니, 당신이 셋째도련님에게 직접 화원과 상의하라고 하시오. 더구나 화원이 지금 살고 있는 남쪽 뜰의 두 칸짜리 북쪽 방은 방의 설비와 옷장 안의 의복만도 이천 냥이 넘을 거요. 이 일이 성사된다면 모두 인수하여 가겠소. 그 백 냥의 돈으로는 어떤 방도 줄 수 없소. 겨우 주방 옆 땔나무를 쌓아두는 작은 방 한 칸을 내주는 도리밖에 없소. 그렇지 않으면 다른 사람들이 승낙하지 않을 거요. 그렇지 않겠소?

그 친구분은 이 말을 듣고 저에게 와서 하나부터 열까지 일러주었어요. 제가 생각해보아도, 사부님의 이런 말씀은 명확한 실정이라 반박할 수가 없었어요. 저는 그 친구분에게, '제가 어떤 죄를 받든 셋째도련님을 위해서라면 뭐든지 승낙하겠어요. 다만 도련님의 체면에 관계되어 잘못되지 않을까 두려워요. 혹시 내일 도련님이 오시면 저희들이 다시 상의해보겠어요'라고 말했어요.

친구분이 가고 나서 저는 이틀 밤을 곰곰이 따져보았어요. 처음에는, '도련님과 이렇듯 좋아하는 사이라면 옷이야 있든 없든 무슨 상관이야? 밥이 필요한 거지보다는 훨씬 낫지. 주방 옆의 작은 방이야 매우 따뜻한 방이니 안 될 것도 없지. 전에 이런 연극을 보았어. 왕삼저王三姐*가 채구彩毬를 던진 것이 설평귀薛平貴에게 맞았어. 그는 거지였으나, 그 여자는 재상 댁의 아가씨라는 지위를 버리고 설평귀를 따라 갔지. 후에 서량국西涼國의 왕이 되었으니 얼마나 영광이야. 뭐가 안 될 게 있어?'라고 생각했어요. 그리고 또, '남은 그렇게 부부가 되어, 설평귀에게 시집을 갔지만, 나는 이게 뭐야? 내가 십칠 년간이나 괴로움을 당한 후 도련님이 서량 국의 왕이 된다 하더라도, 그의 부인이 물론 왕비가 되고 나는 역시 두모궁의 가난한 비구니가 될 것이 아닌가? 하물며 황상의 은전에 비록 부인에게 봉호封號를 내리는 법이 있다고는 하나, 누가 벼슬을 하든 그가 좋아하는 여자에게 봉호를 주었다는 말은 아무에게서도 들어본 일이 없어. 더구나 비구니에게랴!『대청회전大淸會典』*에 비구니에게 봉호를 준다는 조문이 있는가?

여기까지 생각이 미치자, 저는 몸이 반이나 싸늘해졌어요. 또 지금 제가 입고 있는 윗옷은 마馬씨 댁 다섯째아들이 만들어준 것이고, 마고자는 뉴丑씨 댁 큰아들이 만들어준 것이며, 또 많은 물건들은 손님들이 준 것이니, 만약 내가 런씨 댁 셋째도련님과 정분을 맺는다면 이런 옷가지들은 내주지 않으면 안 되겠죠. 마씨 댁 다섯째아들이나 뉴씨 댁 큰아들이 왔을 때, 묻지 않겠어요? 그들에게 사정을 말하지 않을 수는 없고, 만약 말한다면 그들에게서 몇 마디 욕을 먹겠죠?

'욕심쟁이 계집년! 우리들 물건을 모두 내놓아라! 우리가 너에게 베푼 호의를 모두 동해에 던져버려라. 참말 양심도 없는 년, 못된 년!'

그러면 그때 저는 뭐라고 하죠? 더구나 좋은 옷을 못 입으면 물론 좋은 자리에도 나가지 못할 거고, 훌륭한 손님이 오시더라도 칭원 등이 접대하고 저는 다만 주방에서 요리나 날라 문발 밖에까지 들고 가서 그 여자들에게 건네주는 일이나 할 것이니, 이게 어떤 기분이겠어요! 식사가 끝나기를 기다려서 냄비나 그릇을 씻는 것이 제 일일 거예요. 그것두 좋아요. 가장 괴로운 것은 새벽에 방을 청소하는 거예요. 뜰은 일꾼들이 청소하지만 높은 자리의 비구니 방은 우리들 낮은 비구니가 청소하게 되죠. 만약에 사형들이 손님과 함께 캉 위에서 자고 있어도 들어가서 청소를 하는데 휘장 밖에 있는 두 켤레의 신을 보면, '이 손님은 당초에 그토록 나에게 친밀히 하였건만 내가 오히려 상대하여주지 않았는데, 지금에 와서 내가 그를 위해 청소를 해주다니' 하고 속상해할 것이라는 생각이 드니 이 또한 어떤 기분이겠어요!

또 '여기 있다가는 아무것도 안 되겠어. 차라리 도련님과 도망가는 것이 낫지 않을까?' 하는 생각이 들다가도, '도망간다 해도 나는 안 될 것이 없으나, 도련님 댁에서는 어머니가 계시고 부인이 계시고 형님 동생이 계시니, 그분이 어떻게 나와 함께 도망갈 수 있겠어?' 이 계획 또한 잘못된 것이어서, 이리 뒤척 저리 뒤척 했으나, 좋은 방법이 생각나지 않았어요.

나중에 문득 하나의 묘책이 떠올랐어요.

'이 의복은 마씨 댁 다섯째아들과 뉴씨 댁 큰아들이 지어준 것이 아닌가? 마씨 댁 다섯째아들은 전당포 주인이고 뉴씨 댁 큰아들은 어음 교환소의 지배인이지. 이 두 사람은 나에게 매우 친절하게 해주었으므로 그들에게 은자 천 냥쯤 얻어내는 건 간단한 일이야. 더구나 이 두 사람은 작년부터 나를 어떻게 해보려고 했으나 내가 그들을 좋아하지 않았어. 입을 열지 않아서 그렇지, 지금이라도 그들을 넌지시 부추기기만 하면 틀림없이 걸려들 거야. 그들에게 억울한 돈을 쓰게 하고 나와 도련님이 천천히 필요한 데에 쓴다면, 그분의 어머니가 말한 첫째 조건에는 맞게 되니 어찌 묘책이 아니겠는가?'

여기까지 생각이 미치자, 지난 이틀 동안의 괴로움이 일제히 모두 걷히고 대단히 기뻤어요.

얼마 후에 저는 두 사람 중에 누구를 찾는 것이 좋을까 생각했어요.

'뉴씨 댁 큰아들은 어음 교환소에 있어 돈 얻기가 편리하니, 그를 찾기로 하자.'

그러나 한편 생각해보니, '라오시얼老西兒'*들은 구두쇠여서 목을 잡고 늘어져도 돈을 쓰지 않거니와, 돈을 쓴 다음날은 옷을 보면 자기가 만들어주었다 하고, 물건을 보아도 자기가 사주었다고 이러쿵저러쿵 끝이 없을 거야. 또 질투가 매우 심해서 내가 도련님과 진짜로 좋아 지내는 것을 알면 틀림없이 투덜거리며 어떤 꼴을 하고 올지 모르겠네. 치워라! 더구나 아편을 피워 입에서 나는 아편 냄새가 똥 냄새보다 더 쿠리니 어떻게 참지? 당장에도 생각하기 싫은데 이후의 고통은 못 참겠어. 그만둬라. 역시 마씨 댁 다섯째아들이 훨씬 낫겠다. 그 사람은 회교도라서 소고기와 양고기만을 먹는데, 어느 해엔가부터 현에서 고시하기를 밭갈이하는 소를 도살하지 못한다 하여 그들은 양고기만을 먹을 수밖에 없었지. 그걸 먹는 사람의 몸에서 나는 노린내! 대여섯 자 밖에서도 속이 뒤집힐 것 같아. 어떻게 그런 사람과 한 이불 속에서 자지? 이 또한 생각할 것도 없군! 이 두 사람을 제외하고 돈을 쓸 만한 사람은 대개가 사람 같지 않은 것들이고, 사람 같은 것들은 모두 돈이 없고.'

여기까지 생각이 미치자, 조금 깨닫는 바가 있었어요. 아마도 하느님은 돈과 사람 이 두 가지를 대단히 중시하셔서, 돈을 주었으면 사람답게 만들어주지 않았고, 사람답게 만들어주었으면 돈을 주지 않았나 봐요. 이것은 틀림없는 하늘의 이치예요. 나중에는 이런 생각도 했어요.

'셋째도련님은 사람도 지극히 좋고 돈도 결코 없는 것은 아닌데 단지 내오지 못할 뿐이니, 그를 원망할 수도 없어.'

그러자 또 셋째도련님이 그리웠어요. 그러다 보니 또 이런 생각이 들었어요.

'역시 방금의 계책이 제일 나아. 마씨든 뉴씨든 상관할 것 있나? 며칠만 그들에게 돈을 쓰게 하고 나는 역시 도련님과 즐기는 거야. 돈과 그분의 얼굴을 보면 며칠쯤 괴로움을 받아도 괜찮아.'

이렇게 되고 보니, 또 기뻐서 잠을 못 잤어요. 그래서 저는 캉을 내려와 등잔을 밝히고 공연히 거울에 얼굴을 비춰보았어요. 눈은 봄날의 강물 같고 얼굴은 복사꽃 같았어요. 도련님과 짝지어진다면, 진정 아무도 이 즐거움을 모를 거라고 생각했어요. 저는 만족스러운 기분으로 의자에 앉거나 탁자에 기대면서 또 따져보았어요.

'이 일은 타당치 못한 데가 있어. 전날 그분의 말이 참말로 그의 어머니의 말일까? 혹시 자기 혼자 나쁘게 꾸며낸 것이 아닐까? 그의 한마디 말이 매우 의심스러웠어. 자기 어머니가 내 마음을 시험해 보라고 했다는데, 사실은 그 자신이 이렇듯 악랄하게 내 마음을 시험해보는 것이 아닐까? 그럴 경우 만약 내가 뉴씨 댁 큰아들이나 마씩 댁 다섯째아들과 교제하면 그는 틀림없이 나를 욕하고 우리 두 사람은 절교하게 될 거야, 아! 위험해! 나는 셋째도련님을 위하여 더러운 것을 무릅쓰고 교제를 하는 건데, 오히려 뉴씨나 마씨와 친근하다 하여 그분에게서 괴로움을 받는다면, 어찌 큰 오산이 아니겠는가? 안 돼! 안 돼!'

저는 다시 그분의 모습을 잘 생각해보았어요.

'결코 나에게 이런 악랄한 수법을 쓰지는 않을 거야. 틀림없이 그의 어머니가 이렇게 하여 자식의 미혹된 마음을 깨우치려 한 것일 거야. 그렇다면 그의 어머니의 두번째 계획은 어디에 초점을 맞추고 있는 걸까? 만약에 내가 뉴씨나 마씨와 교제를 시작했을 때 셋째도련님이 모르는 척하고 이천 냥짜리 어음을 갖고 와서 나에게, 지난번 약속처럼 백방으로 주선하여 이제 겨우 그 돈을 마련했으니 날더러 직접 가서 처리하라고 하면, 나는 죽지도 살지도 못하게 되겠지. 어쩌면 할 수 있는 데까지 해명을 하면 그도 진심을 알게 될 거야. 그는 이천 냥짜리 어음을 갈기갈기 찢어버리고 화를 내며 가겠지. 그러면 나는 어떻게 해야지? 사실 그의 이천 냥짜리 어음은 이미 부도로 처리된 것으로, 비록 어음을 찢어버렸어도 한 푼의 손해도 없는 것이겠지. 그저 나만 사람 노릇을 못한 것이 되어 부끄러움에 죽고 말게 될 거야. 이렇게 생각을 하고 보면 이전의 그 방법은 절대로 쓸 수가 없어!'

이러다가도 저는 다시 마음을 달래서 생각을 바꿔보기도 했어요.

'이런 것은 나의 지나친 걱정일 거야. 사람이 그렇게 심하지야 않겠지. 그가 이렇게 악랄한 수법을 쓴다면, 나에게도 그를 제재할 수 있는 방법이 있을 거야. 어떤 방법일까? 먼저 뉴씨, 마씨와 상의해보고, 될 수 있을 만하면 그땐 부모와 상의해보아야겠다고 서두르지 말고 결정을 미루는 거야. 그 다음에 셋째도련님을 불러서 먼저 돈이 없으면 아무것도 할 수 없다는 고충을 말한 다음, 그분을 위하여 이렇게 더러운 것을 참고 몸을 더럽히려 한다는 뜻을 말하면서 그분의 결단을 청해야지. 그분이 그렇게 하는 것이 좋다고 하면 후에 따지고 들지 못하겠지. 그분이 안 된다고 하면 그건 자연히 내 장래를 책임져주겠다는 거겠지. 그분이 방법을 생각해주지 않는다고 해서 겁날 건 없어. 나는 편안히 기다리면 되지 않겠어? 이 방법이 좋군. 그런데 또 한 가지 걱정하지 않을 수 없는 일이 있어.

만약에 그분이, 사실 자기로서는 돈을 주선할 수가 없으니, 그런 방법이라도 써서 뉴씨든 마씨든 그런 돈을 내겠다고 한다면, 그 사람에게 한쪽 자리를 양보하는 것도 괜찮다고 한다면, 물론 이대로 하는 거야. 그러나 또 주朱씨 댁 여섯째아들이나 거우禹씨 댁 아들이 당초에는 어지간히 돈을 썼지만 손님을 받은 일이 없다는 것을 알고는 어쩌지 못했는데, 이제 손님을 받은 것을 알게 되면 두 사람 모두 틀림없이 머물려고 할 거야. 그렇게 되면 누구를 거절해야 되지? 말할 것도 없어! 손님이 들게 되면 마씨든 뉴씨든 따질 것 없이, 그가 머물겠다는 날만큼 모시면 되는 거야. 그가 한 달이고 두 달이고 머물겠다면 한 달이고 두 달이고 그를 모시는 거야. 나머지 날에 주씨, 거우씨를 대하는 거야. 한 달에 뉴, 마, 주, 거우씨 등이 이십여 일을 머물게 되면 도련님에게는 불과 이삼 일의 틈이 돌아오겠지. 하지만 내 몸을 생각한다면 팔구 일 동안 고통을 받고 하루 이틀 밤의 즐거움을 도모하는 것이 되니! 이런 일은 역시 하지 않는 것이 좋겠어. 생각해보면, 아이고! 정말 머리가 어지러워져! 다른 사람을 손님으로 맞았을 때는 말할 것 없으나, 주, 거우, 뉴, 마씨 등이 왔을 때 도련님이 먼저 와 있다면 체면상으로도 큰일일 뿐만 아니라, 좀더 머무르려 해도 다른 사람들이 그를 머물게 하지 않을 거야. 그러나 그가 계속 산 위에 올라와 줄는지, 그의 부인이 못 가게 한다면? 역시 그는 집에 있을 때가 많고, 나는 여기서 주, 거우, 뉴, 마씨들을 모시고 잠을 자야겠지.'

여기까지 생각이 미치자, 저는 거울을 집어 던지고 마음속으로 말했어요.

'모든 것은 이 거울이 나를 망친 거야! 거울이 나를 속여 분을 바르고 연지를 찍게 하지 않았다면, 사람들이 나를 가까이 안 했을 거고, 나에게도 이런 번뇌가 일어나지 않았을 거야! 나는 규중처녀로서 존중받았을 거고, 무엇 때문에 속된 마음이 일어났겠어? 이제부터 다시는 남자들과 교제를 하지 말아야지. 땋은 머리를 자르고 사부님과 함께 자야지.'

이런 때의 저는 마치 크게 깨닫는 것 같지 않아요? 그러나 사실은 천진의 다방 사람들 말마따나 아직 남은 문제가 있었어요. 저는 그때 가위를 찾아 머리를 자르려다가 문득 그렇게 할 수 없다는 것에 생각이 미쳤어요. 저희 묘당 규칙에는 나이 서른이 넘어야 머리를 깎을 수 있게 되어 있어요.

'내가 지금 깎는다면, 내일은 한바탕 매를 맞게 되겠지. 그리고 또 몇 달 동안 거친 일을 하며, 머리가 제대로 자랄 때까지 기다려야 하겠지. 다시 객석에 나간다 해도 이 얼마나 체면이 깎이고 창피한 일이야! 더구나 이 머리가 나의 어떤 일을 방해했나? 머리가 있을 때는 바보스럽고 괴로웠던 것이 머리를 자르면 명백해질까? 나도 머리를 자른 많은 사람들을 보았어. 그들이 머리를 자르기 전에는 지금보다 더 어리석었나? 다만 자신이 고요한 마음을 갖기만 한다면, 머리를 자르든 안 자르든 같은 거야.'

이때 저는 여전히 캉 위에 드러누워 이렇게 결심하고 있었어요.

'이제부터 나는 누구에게도 마음이 끌리지만 않으면 되는 거야.'

그런데 누가 알았겠어요? 갈등을 없애려고 생각하면서도 한편으론 도련님의 말소리가 귓전에 들리고 그분의 정다움이 마음속에 도사리고 있어 결국 떨쳐버릴 수가 없었어요. 이리 뒤척 저리 뒤척 하다가 문득 제가 정말 바보라고 생각되었어요.

'어쩌다 이런 운명이 되었나? 눈앞에 묘책이 있어도 생각이 미치지 못하다니? 생각해봐. 그분의 어머니가 말하지 않았어? 몇천 냥의 은자를 써서 남에게 물건을 사주어도, 사흘 후에는 런가네 것이 아니라고. 그분의 어머니가 돈을 안 주려고 하는 것이 아니야. 그런 식으로 쓴다면, 며칠이 지나 물건도 사람도 모두 남의 것이 되어 사람과 재산 두 가지가 모두 헛된 것이 된다는 게 아닌가? 나는 본래 마음에 제이의 인물 같은 것은 없어. 도련님에게 시집가는 것뿐이야. 얼마나 멋진 생각인가? 이런 생각은 타당한 거야. 그리고 은자 오백 냥은 부모님께 드리면 몹시 기뻐하실 거고, 오백 냥만 사부님께 드린다 해도 아무 말씀 안 하실 거야. 내 옷은 지금 있는 한 벌이면 되고, 후에 그의 집에 가면 입을 것이 없어도 걱정할 건 없어. 정말 묘한 계책이야. 날이 밝으면 사람을 보내 그분을 불러다 이 방법을 상의해야지. 그런데 보통 때는 날이 밝는 것이 그렇게도 빨랐는데, 오늘은 날이 밝기를 기다리는데도, 아무리 봐야 창은 밝아오지 않으니 정말 짜증나는군! 그분의 집에 가면, 어떻게 그분의 어머니를 모셔야 기뻐하실까? 또 어떻게 그분의 부인을 대해야 나를 좋아할까? 또 어떻게 그분의 큰형수, 작은형수를 대해야 그분들이 나를 좋아할까? 장차 두 아들을 낳아, 큰아들은 공부를 시켜 과거에 합격하여 진사가 되고, 한림翰林에 뽑히고, 장원으로 선발되어 팔부八府의 순안巡按이 되고, 재상이 되게 해야지. 나는 노부인이 되어 정말 위풍당당한 모습이겠지? 둘째아들은 해외로 보내어 유학생을 만들어 장래 외국에 대사로 보내고, 또 그와 함께 해외로 나가 외국의 큰 화원을 구경한다면 어찌 죽도록 즐겁지 않겠어? 이 얼마나 멋진 생각이야! 이 얼마나 멋진 생각이야!'

그런데 칠팔 년 전에 이런 말을 들었어요. 제 선배 되는 분이 리 씨 댁 셋째아들에게 시집갔는데, 그분은 벼슬하는 분이었어요. 어딘가의 순무를 지냈는데, 갈 때에는 얼마나 위풍이 당당했는지 몰라요. 그러나 후에 전해오는 말을 듣자니, 정실 부인에게 너무 학대를 받아 생아편을 먹고 죽었대요.

또 우리 선배 차이원은 남향南鄉의 장씨 댁 셋째아들에게 시집을 갔는데 큰 부자였어요. 그분이 집에 있을 때는 그의 정실 부인이 친자매같이 대했으나, 그 어른이 외출하면 입에 올릴 수 없을 만큼 못되게 굴며 몸에 상처를 입혔대요. 그리고 주인 어른이 돌아오자, 물론 정실 부인이 먼저 방에 들어가서 주인 어른에게, '저 첩년이 누구와 몰래 사통했는지 온몸에 매독이 올라 있어요. 제가 급히 치료는 해주었어요. 내일 그년 몸의 헌데를 보세요. 얼마나 무섭다고요. 당신 그년의 방에 가지 마세요. 매독이 오르면 큰일이잖아요!' 하고 말했대요. 그러자 주인 어른이 화가 나서 몸을 부들부들 떨다가, 다음날 새벽에 일어나 사납게 말채찍을 들고 그 여자에게 옷을 벗어 상처를 보여달라고 했대요. 그 여자가 옷을 벗지 않자, 주인 어른은 더욱 부인의 말이 틀림없다 믿고는 옷을 찢고 두어 군데를 보더니, 경위는 묻지 않고 채찍을 들어 이삼백 대를 때렸대요. 그러고 나서 사람을 시켜 빈방에 가두고 자물쇠를 채운 후, 하루에 찬밥 두 그릇씩 넣어준다는 거예요. 지금까지도 그렇게 반죽음을 당하고 있대요.

첩을 두고 있는 사람들을 따져보면, 열 명 중에 셋은 본부인이 첩을 못살게 해서 죽게 하고, 그 중의 둘은 첩이 본부인을 숨막혀 죽게 하고 있으며, 나머지 다섯은 이러쿵저러쿵 말다툼을 하지 않으면 실랑이를 벌이고 있어요. 백 명 중에 하나도 편한 사람이 없어요. 런씨 댁 셋째도련님의 부인은 어떤지 모르겠으나, 소문에는 대단하다더군요. 그렇다면 제가 그 집에 들어간 후 역시 죽을 일이 많고 살 일은 적겠죠. 혹 그의 부인이 대단하지 않다 하더라도,

약혼하고 정식으로 부부가 되어 평화롭고 화기 애애하게 살고 있는데, 제가 들어가서 온 집안을 시끄럽게 하고 마침내는 저까지 못난 목숨이나마 잃는다면, 그게 무슨 꼴이겠어요?

이런저런 생각 끝에, '아! 이것도 좋지 않고 저것도 나쁘다면 차라리 잠자는 것이 낫겠다' 하고 눈을 감자 곧 꿈에 흰 머리에, 흰 수염의 노인이 나타나서 저에게 말하는 것이에요.

'이원! 이원! 넌 원래 뼈대가 있는 사람이야. 다만 탐련이욕貪戀利慾 때문에, 너의 지혜가 매몰되고 무한한 도깨비의 장애가 생긴 거야. 오늘 네 생명의 빛이 발하여 드러나고 너의 지혜가 꿰뚫고 나왔으니, 이 기회에 너는 본래 갖추고 있던 지혜의 검을 써서 너의 사악한 마귀를 베어버리지 않겠느냐?'

저는 이 말을 듣고 황급히 '네! 네!' 하고 대답했어요. 그리고, '저는 화원이지, 이원이 아니에요' 라고 했더니, 그 노인이, '미혹되었을 때는 화원이나, 깨달았을 때는 바로 이원인 거야' 라고 말씀하셨어요. 제가 깜짝 놀라 깨니 온몸에 식은 땀이 흐르고 있었어요. 그리고 어지럽던 생각이 깨끗이 사라졌어요. 이로부터 제 법호를 이원이라고 고쳤던 거예요."

더 부인이 말했다.

"당신은 아직 나이도 젊은데, 정말 대단한 식견을 지녔고, 말하는 것이 조금도 틀림이 없어요. 당신에게 묻겠는데, 예를 들어 지금 한 사람이 있어요. 런씨 댁 셋째도련님보다는 훨씬 낫고, 그의 정실 부인 또한 당신을 사랑하며 존중하고 있어요. 당신과는 자매라고 호칭하기를 명백히 말하고 있어요. 집안의 일 전부를 당신에게 관리토록 하며, 영원히 트집잡는 일이 없을 거예요. 이럴 경우, 그가 원한다면 그 사람에게 시집가겠어요?"

"저는 요새 제 자신을 여자로 알고 있지 않아요. 그런데 어떻게 남에게 시집을 가죠?"

더 부인이 크게 놀라며 물었다.

"그게 무슨 뜻인지 모르겠네요?"

이원이 뭐라고 말하였는지 다음 회에서 들으시라.

5

연꽃은 진흙 속에서 핀다

이원이, "저는 요새 제 자신을 여자로 알고 있지 않아요. 그런데 어떻게 남에게 시집을 가죠?" 하는 말을 듣고는 더 부인이 황망히 물었다.

"그게 무슨 뜻이죠?"

"『금강경金剛經』에, '인상人相이 없으면 아상我相이 없다'고 하였어요. 세상만사의 모든 악에는 인상과 아상이 있다는 거예요. 『유마힐경維摩詰經』에 유마힐*이 설법할 때 천녀天女가 꽃을 뿌렸는데, 문수보살 이하 여러 대보살에게는 꽃이 몸에 붙지 않았으나 수보리須菩提에게만 꽃이 몸에 붙었대요. 왜 그랬을까요? 뭇사람들이 모두 천녀를 여자로 보지 않았기 때문에 꽃이 몸에 붙지 않았고 수보리는 인상과 아상을 면할 수가 없었기 때문에, 즉 남녀의 상을 면할 수가 없었기 때문에 천녀를 여자로 보아 꽃이 금방 몸에 붙었던 거래요. 극極의 경지에 이르면 천녀는 전혀 여자의 몸이 아니니, 유마힐의 공空 안에 무슨 천녀가 있었겠어요? 수보리의 마음속에 남녀상이 있었기 때문에 유마힐이 천녀로 변하여 설법을 했던 것이에요. 저희들의 여러 가지 번뇌, 무궁한 고통은 모두 자기 스스로 자기가 얽어매는 것은 알고 있는 일념에서 나오는 것이에요. 만약에 남녀는 본시 분별이 없다는 것을 명백히 알게 되면 서방 정토의 극락 세계로 들어가게 돼요."

이에 더 부인이 말했다. "당신은 불법의 일단을 이야기하였는데, 나로서는 잘 알지 못하지만 지금 만약에 당신이 어떤 남자를 보게 되더라도 전혀 사랑하는 마음이 없다고는 하기 어렵겠죠?"

이원이 말했다. "그렇지는 않아요. 사랑하는 마음이야 어찌 없을 리 있겠어요? 단지 남녀의 구분이나 경중輕重의 구분을 하지 않는다는 거죠. 예를 들어 재자才子, 미인, 영웅, 고사高士를 보면 존경으로부터 사랑하는 마음이 생겨요. 보통 사람을 보면 저와 친근함을 느껴 엇갈리는 감정에서 사랑하는 마음이 생기며, 어떤 어리석은 사람을 보면 불쌍한 마음에서 사랑하는 마음이 생겨요. 필경에는 사랑하지 않는 사람이 없으나, 다만 남자니 여자니를 상관하지 않는다는 거예요."

더 부인은 연방 고개를 끄덕이면서 말했다.

"같은 불제자의 형제로서뿐만 아니라, 나는 정말 당신을 사부로 삼고 싶네요."

그리고는 또 물었다.

"언제 이렇듯 큰 깨달음의 경지에까지 이르렀어요?"

"일이 년에 지나지 않아요."

"어떻게 해야 그런 경지에까지 이를 수 있죠?"

"다만 '변變'이라는 한 글자예요. 『역경』에 '궁하면 변하고, 변하면 통한다'고 하였어요. 천하에 변하지 않고 통하는 사람은 없어요."

"한마디, 한마디 어떤 변법變法인지 우리들에게 가르쳐줄 수 있겠어요?"

"두 분 부인께서 귀찮아하지 않으시다면, 말씀드리죠. 저는 열두세 살 때까지 아무것도 몰랐어요. 남녀상도 없었어요. 열네다섯 살이 되어 처음으로 지식의 문이 열려, 남자가 좋다는 것을 알았어요. 미남자를 좋아하나, 어떤 것이 미남자인지? 천진의 흙으로 만든 인형 같은 남자나, 연극할 때 노래하는 여자 주인공 같은 남자가 정말 좋다고 느꼈어요. 열예닐곱 살이 되어, 이런 종류의 사람은 사실 흙으로 만들었거나 헝겊에 풀칠을 하여 만든 것으로 겉으로는 보기 좋으나 속은 전혀 비었으며, 반드시 시문을 짓고 읊을 줄 아는 풍류의 도가 있거나 또는 영웅적인 용기가 있어야만 비로소 사람이라 할 수 있음을 알았어요. 그것이 바로 런씨 댁 셋째도련님과 좋아할 때였어요.

다시 열일고여덟 살이 되어서는 재자 영웅만을 사랑하게 되었어요. 신문사에서 논설을 쓰는 사람을 보면, 붓만 대면 천 마디 글을 쓰고 천하의 일은 하나도 모르는 것이 없으니 정말 재자라 생각했어요! 또 해외에 나가 있는 유학생, 또는 두 나라가 전쟁하고 있는 전장에 나가 관전하거나, 스스로가 적 앞에 나가기를 자청하거나, 어떤 문제가 생겼을 때 모든 책임을 혼자 지고 스스로 바다에 뛰어들어 죽거나, 총으로 사람을 쏴 죽이고 다시 그 총으로 자기 자신을 쏘아 자살한다든가 하는 사람을 진정한 영웅으로 생각했어요. 나중에 자세히 관찰해보니 신문사에서 나름의 견해를 제시한 사람은 모두가 히니는 알고 들을 모르며, 사私를 위하고 공公을 위하지 않는, 즉 재자로 칠 수 없는 사람들임을 알았어요. 또 문제의 책임을 지고 자살한 사람들은 반은 정신병에 걸렸거나 반은 남에게 우롱당한 사람들이라 더욱 영웅이라 할 수 없었어요. 다만 청원정曾文正* 그분만이 사람을 쓰는 것도 잘하고, 군사를 쓰는 것도 잘하며, 일을 처리하는 것도 잘하고, 문장도 잘 쓰므로 재자라고 생각되었어요. 청충상曾忠襄* 같은 분은 스스로 군대를 훈련시켜 형을 기문祁門에서 구한 후 무적으로 전진했으며, 우화대雨花臺를 고수하고, 마침내 남경南京을 수복했어요. 참으로 영웅이라 여겼어요.

다시 열여덟아홉 살이 되어서는 또 변했어요. 청씨 형제의 재자영웅도 부족한 곳이 있다고 생각했어요. 반드시 제갈무후諸葛武侯 같은 분이라야 재자라 여기고 관공關公, 조운趙雲* 같은 분이라야 영웅으로 여겼어요. 다시 후에는 관중管仲,* 악의樂毅* 같은 분이라야 영웅이고, 장주莊周, 열어구列禦寇* 같은 분이라야 재자로 여겼어요. 다시 최후로는 공성인孔聖人이나 이로군李老君,* 석가모니 같은 분이라야 위대한 재자고 대영웅으로 여기게 되었어요. 여기까지 이르고 보니, 세상에는 제 마음에 맞는 사람은 한 사람도 없었어요. 제 마음에 드는 사람이 없는 반면, 제 마음에 들지 않는 사람도 없어요. 이것이 바로 변형變形의 연속이라는 건가 봐요. 근래 저의 생각은 저 자신을 둘로 나누고 있어요. 하나는 세상에 살고 있는 이원이지요. 두모궁의 비구니로서 제가 해야 할 모든 일을 하고, 어떤 사람이든 저에게 말을 하라면 말을 하고, 술자리에 모시라면 모시고, 안고 싶다면 안기고, 안 하는 것이 없으나 다만 함께 잘 수만은 없어요. 또 하나의 저는 이 세상을 떠난 이원이지요. 하루 중 한가한 때가 있으면 유·불·도 삼교의 성인들에게 가서 놀거나, 천지 일월이 변하는 놀이를 보면서 대단히 만족스럽게 지내고 있어요."

부인은 이 말을 듣고 대단히 기뻐하며 다시 질문을 하려는데, 저쪽 방의 훼이성이 건너와 핀잔을 주었다.

"늦었으니, 자요! 새벽에 일어나서 해 뜨는 것을 봐야지!"

더 부인이 웃으며 말했다.

"자지 않아도 좋고, 해 뜨는 것을 보지 않아도 좋아요. 당신은 이원 사형의 이야기를 못 들어서 그러시지, 굉장히 멋있어요. 책 한 권 읽는 것보다 더 재미있어요. 저는 정말 자고 싶지 않아요. 더 듣고 싶어요."

"그렇게 재미있다면, 나도 불러 듣게 하지 그랬소?"

"저는 듣는 데 정신이 빠져 아무것도 몰랐어요. 당신을 부를 생각을 할 틈이 있어야죠? 그런데 오랫동안 차를 안 마셨네. 왕 아주머니! 왕 아주머니! 어? 왕 아주머니가 왜 대답을 안 하죠?"

그러자 이원이 캉을 내려오면서, "제가 가서 차를 넣겠어요" 하고는 밖으로 달려갔다.

"당신 정말 얘기 듣는 데 정신이 나갔군. 왕 아주머니가 어디 있어?"

"여관을 나올 때, 따라오지 않았어요?"

훼이성이 크게 웃었다. 환췌이가 옆에서 그녀를 일깨워주었다.

"더 부인, 잊으셨군요. 저희들이 악묘를 떠날 때, 그 아주머니가 두통이 심하다고 해서 여관으로 돌려보내고 그 편에 사람을 시켜 짐을 가져오지 않았어요? 그렇지 않았으면 이 이부자리가 어떻게 왔겠어요?"

"그렇군요. 제가 정말 듣는 데 정신이 빠졌어요."

"당신들 무슨 이야긴데 그렇게 열심히 듣고 있었지?"

"제 말씀을 들어보세요. 저는 이원이 문무를 모두 갖추고 있고 또 능력도 있으며 겸손하고 부드러워서 좋아요. 저는 저 여자를……."

여기까지 말했는데, 이원이 "호! 호!" 웃으며 찻주전자를 들고 들어왔다.

"이렇게 바보 같을 수가 있겠어요? 식사 후에 차 한 주전자를 끓여서 객실 탁자 위에 놓고는 갖고 들어오는 것을 잊어 모두 식어버렸어요! 이건 새로 끓여 왔어요."

그녀의 왼손에는 찻잔 몇 개가 들려 있었다. 그녀는 일일이 따라 주었다. 이원이 와 있으므로 자연히 더 부인은 방금 하려던 말을 할 수 없게 되었다. 그들은 잠시 앉았다가 제각기 잠을 잤다.

날이 밝을 무렵이 되자 이원이 먼저 깨어났다. 그녀는 방을 나가서 사람을 시켜 찻물과 세숫물을 데우게 한 후, 모두를 불러 깨우고 지진 달걀 몇 개와 데운 술 한 병을 가지고 왔다.

"밖이 굉장히 추워요. 조금씩 술을 드셔서 추위에 대비하세요."

각자가 두어 잔씩 마시고 나니, 뱃속이 따뜻해졌다. 그 무렵 동쪽이 밝아오기 시작했다. 더 부인과 환췌이는 작은 교자에 타고 가죽 덧옷을 썼다. 환췌이는 본시 가죽옷이 없었으나 훼이성이 쓰지 않고 그녀에게 빌려주었다. 훼이성과 라오찬은 걸어서 갔다. 얼마 가지 않아 일관봉의 정자에 도착하여 일출을 기다렸다. 동쪽 하늘가는 이미 붉어오고 있었고, 한 조각 아침 안개가 갈수록 밝아오더니, 지평선 아래에서 자홍색 태양의 첫머리가 나타났다. 이윈이 그것을 가리키며 말했다.

"저것 보세요. 지평선 가에 한 줄기 금실과 같은 것이 있죠? 저것이 바로 바닷물이래요."

두어 마디 하고 있는 사이에 태양이 이미 반쯤 땅 위로 올라왔다. 애석하게도 지표 위에 검은 구름이 띠처럼 가로질러 있어 태양이 지평선 위에 나왔다가 검은 띠 속에 가리더니, 다시 검은 띠 속에서 나왔을 때 둥근 태양은 이미 지평선을 벗어나서 한 줄기 금실도 보이지 않았다.

더 부인이 "갑시다" 하며 고개를 서쪽으로 돌리니, 장인봉丈人峰, 사신암捨身巖, 옥황정玉皇頂이 보였다. 일행은 진시황의 글자 없는 비석에 이르러 한동안 손으로 만져보았다. 이 비석은 돌 조각이 아니라, 각이 지게 깎고 모가 나게 다듬은 돌기둥이었다. 위에는 반쪽의 글자도 없었다. 다시 서쪽으로 가니 산봉우리 하나가 보이는데 마치 만두를 반쪽으로 쪼갠 것 같았다. 정면은 길이가 몇 장이나 되게 평면으로 깎여 있고, 많은 팔분서八分書*가 새겨져 있었다. 이원이 가리키며 말했다.

"이것이 바로 당 태종의 '기태산명紀泰山銘'이고, 옆에는 많은 청나라 때 사람들이 새긴 큰 글자가 있어요. 마치 버드나무 가지로 엮은 비구니 같아요. 새긴 글자 획 속에 붉은 기름을 채워 넣어 더욱 선명해요. 서법은 거의 홍쥔洪均*의 전시殿試 때 책문策問을 흉내낸 것이래요. 비록 홍쥔의 포만함에는 미치지 못하나, 굵직한 것이 사랑스러워요."

다시 서쪽을 향하여 가니, 천가天街로 돌아왔다. 일행은 다시 웬바오잔에 들어가서 이원이 마련해준 국수를 먹고는 짐을 챙겼다. 일동이 산을 내려오려고 천가를 나와 남쪽으로 구부러지니, 바로 남천문이었다. 남천문을 나오니, 바로 십팔반이었다. 누가 알았으랴, 산을 내려오는 것이 산을 오르는 것보다 더 무서운 것을! 교자꾼들은 나는 것보다도 더 빨리 달려 잠깐 동안에 십팔반을 달려 내려와, 아홉시도 못 되어, 이미 두모궁 문전에 이르렀다. 훼이성이 머리를 들어보니 과연 큰 붉은 채색 비단과 한 쌍의 궁등宮燈이 걸려 있었다. 그때 일동은 이미 교자에서 내렸다. 라오찬이 입을 삐죽 하고 훼이성에게 채색 비단을 가리켰다.

훼이성은, "벌써 알고 있어" 하고는 서로 마주보고 웃었다. 두 사람의 늙은 비구니가 문간에 나와 맞으며 머리를 숙여 인사했다. 일동이 객실에 들어가니, 은행 열매와 같은 얼굴 모양에, 얼굴은 복사꽃 같고, 눈은 가을물 같으며, 아름다운 옥 같은 코, 앵두 같은 입술을 한, 나이는 열대여섯 살쯤 되어 보이는 여자가 있었다. 그녀는 금방 다림질한 것 같은 은빛 비단 윗옷에 남색 조끼를 입

연꽃은 진흙 속에서 핀다 415

었는데 조끼의 가장자리는 한 치나 되게 황금색 천으로 끝동을 달았다. 그녀는 얼굴 가득히 웃음을 머금고는 앞으로 나와 일동에게 인사를 했다. 틀림없이 징원임을 알 수 있었다. 일행 가운데 누군가 그녀에게 물어보려고 하는데, 옆에서 주옥 장식이 없이 담비 가죽으로 만든 모자를 쓴 사람이 앞으로 나와 더훼이성에게 인사를 하고, 다시 여러 사람에게 인사한 뒤, 훼이성에게 우제愚弟 쑹 춤宋瓊이라고 쓴 명함을 손으로 받쳐 올리며 말했다.

"저희 주인을 대신하여 더 대인께 인사를 올립니다. 어제는 대인의 왕림을 몰라 뵈어 대단히 실례했습니다. 대인의 편지를 받고 저희 주인께서 매우 노하시고, 아드님을 불러 물어보셨습니다. 그는 본시 모두가 사실 무근인 거짓으로 그런 일이 없었다고 하지만, 아드님을 몇 마디 꾸짖으시고는 대인의 만복을 빈다고 하셨습니다. 옆 사람들의 헛된 말을 듣지 마십시오. 오늘밤, 아문衙門에서 변변치 않은 식사나마 대접하시겠다고 합니다. 여기 몇 가지 요리를 골라 왔사오니 먼저 대인께서 입에 맞으시는 대로 간단히 드시기 바랍니다."

훼이성은 듣고 나자 매우 불쾌했다.

"돌아가면 자네 주인에게 문안 인사를 전하고, 요리를 보내고 식사에 초대하여주신 것에 대하여 황공하고 감사하다고 전하게. 모든 것이 거짓이었다면 말할 것도 없이 내가 헛소문을 만들었다는 것인데, 내일 우리가 출발한 후, 아마도 이 두모궁에 한바탕 분풀이를 하겠다는 거겠지? 내 감정을 모르겠다면 나에게도 방법은 있네, 돌아가게!"

그 하인은 얼굴을 들지 못하고는 말했다.

"더 대인은 노하시지 마십시오. 저희 주인은 그런 뜻이 아닙니다."

그러고는 얼굴을 늙은 비구니에게 돌리고 물었다.

"너희들, 사실대로 말해! 그런 일이 있었단 말이냐?"

이에 훼이성이 말했다. "네가 이렇게 하는 것이 명백히 내 앞에서 위풍을 떨쳐 보이는 것이 아니고 뭐냐? 내가 못난 북경 관리라고 네 주인이 깔보더니 너 같은 놈까지 감히 내 앞에서 방자하게 굴다니! 내가 네 주인을 움직여 놓으려 해도 움직일 수 없겠지만, 너 같은 놈까지 움직이게 처리하지 못할 것 같으냐! 오늘 이렇게 되었으니 오후에 태안부를 방문하여, 먼저 너 같은 놈부터 매를 쳐서 해고시켜서 네 본적으로 돌려보내라고 해야겠다. 그러고 나서 네 주인과 따져야겠다. 내가 재주가 없기로서니 이런 잘못을 덮어둘 것 같으냐?"

그리고 머리를 돌려 라오찬에게 말했다.

"좋은 인간이었는데, 지현知縣이 되고 나더니 이 지경으로 양심을 잃었어!"

그 하인은 형세가 좋지 않음을 보고 얼른 땅바닥에 엎드려 머리를 조아렸다.

더 부인이, "저희들은 안으로 들어가겠어요"라고 했다. 훼이성은 옷소매를 털고, 안으로 들어와서 이전과 마찬가지로 징원의 방에 들어와 앉았다. 태안현의 하인은 일이 잘못된 것을 알고는, 황급히 늙은 비구니에게 몇 마디 부탁한 뒤, 나는 듯이 산을 내려갔다.

그 이야기는 잠시 접어두고, 더 부인은 징원이 매우 똑똑하게 생긴 것을 보고 그 여자를 가까이로 끌어와 어루만지며 물었다.

"글을 아는가?"

"몇 개밖에 몰라요."

"경은 읽는가?"

"경은 언제나 읽어요."

"무슨 경을 읽지?"

"눈앞에 있는 몇 권이에요. 『금강경』, 『법화경』, 『능엄경』 등이지요."

"경에 있는 글자는 모두 아는가?"

"눈앞에 보이는 글자 몇 개야 모르겠어요?"

더 부인은 다시 놀라면서, 마음속으로 생각했다.

'나이가 너무 어려서 아는 글자가 몇 개 안 될 텐데, 이런 경들을 모두 읽어내다니, 그 동안 태만하지 않았구나.'

그녀는 다시 물었다.

"경을 읽고 이해하는가?"

"조금은 이해해요."

"이해하지 못하는 것이 있으면, 이 톄 어른께 물어봐요. 이분은 모두 아시니까."

라오찬은 얼마 떨어지지 않은 바로 옆자리에 앉아 있었다.

"아주머니, 사람을 속이시면 안 됩니다. 제가 어디 무슨 경을 안 다고요?"

그러나 라오찬도 오래 전부터 징원의 이름을 들었던 터여서, 그 여자를 시험해보고 싶어 곧 말을 건넸다.

"내가 비록 아는 것은 없지만, 징원, 물어보고 싶은 것이 있으면 물어도 좋다. 아는 것이면 말해주고, 모르는 것이면 할 수 없지."

징원이 바로 물으려 하는데, 이위이 이미 옷을 갈아입고 분을 바르고 연지를 찍고 들어왔다. 분홍색 비단 윗옷에 원색 비단 조끼를 받쳐입었다. 머리에는 아무것도 쓰지 않았고 까만 머리를 땋아 길게 드리우고 있었다. 징원이 이위에게 말했다.

"사형, 수고하셨어요."

"무슨 소리! 무슨 소리!"

"사형, 이 테 어른이 불리佛理에 정통하시다고, 더 부인께서 저에게 모르는 것이 있으면 어른께 여쭤보라고 하세요."

"좋아. 물어보라고. 나도 몇 마디 들을 수 있는 영광을 입겠어."

징원이 마침내 라오찬을 향해 앞에 나와 공손히 물었다.

"『금강경』에, '만약 사람이 삼천대천三千大千 세계에 가득 차고 칠보七寶로써 보시한다면 그 복덕이 많고, 네 구절의 게어偈語*로써 남에게 설說하는 것이 나으니 그 복이 이것을 이긴다'라고 하였어요. 그 네 구절의 게어가 경에는 전혀 설파되어 있지 않아요. 어떤 사람은 추측으로, '모든 것이 법을 위하여 있으니, 마치 몽환포영夢幻泡影*과 같고, 이슬 같고, 번개와 같으니, 마땅히 이와 같이 보아야 한다'고 하였어요."

"대단한 질문이야! 천몇백 년이나 주석을 달아온 『금강경』에, 아무도 달지 못한 주를 나에게 물으니 나도 모르겠군."

"그 네 구절이 필요하다면 있긴 있어요. 다만 너한테는 필요치 않을 거야."

이원이 웃으면서 말하자, 징원이 물었다.

"왜 필요치 않아요?"

이원은 웃기만 할 뿐 말을 하지 않았다. 라오찬이 숙연히 경의를 표하며 일어나 손을 맞잡고 이원에게 예를 하고는 말했다.

"많은 가르침을 받았소."

징원이 물었다.

"사형의 말씀, 톄 어른은 아셔도 저는 아직 모르겠어요. 왜 필요하지 않죠? 삼십이분三十二分 모두가 필요한데, 네 구절은 말해주지 않으신다니까요?"

"네가 삼십이분이 모두 필요하다고 하기 때문에, 이 네 구절의 게어는 너한테 가르쳐주지 못하는 거야."

"저는 더욱 모르겠어요."

이에 라오찬이 끼여들어 설명했다.

"이원 사형은 불리에 참으로 통달하시니 생각해보아라. 육조六朝*는 다만 '살 바가 없는 것으로 인하여 그 마음을 낳는다'는 두 마디를 필요로 하여 오조五朝*의 의발을 얻어 활불活佛이 되셨어. 따라서, '다만 네게는 필요 없을 거야' 하였지. 정말 멋진 말씀이야."

이어서 라오찬은 이원이 비범한 것을 보았기 때문에 이렇게 물었다.

"이원 사형, 방에 손님이 계시오?"

"제 방에는 전부터 손님이 없어요."

"내가 가보고 싶은데, 허락해주겠소?"

"오시고 싶으시면 오세요. 하지만 오시지 않으실 거예요."

"무한의 겁劫을 지나오다 비로소 이 기회를 만났는데 어찌 가지 않겠소? 안내해주시오."

이렇게 해서 정말 이원이 앞서 가고 라오찬이 뒤따랐다.

"혼자만 도화동桃花洞에 들어가지 마세요. 우리도 조금씩 신선의 술을 나누어 마십시다."

더 부인이 웃으면서 말하자, 일동은 모두 일어나서 함께 갔다. 그곳은 서쪽에 있는 두 칸짜리 북쪽 방이었다. 방문을 들어서니 큰 거울이 있고 그 위에 가로로 액자가 걸려 있는데 거기에는, "일정운상逸情雲上"이라는 넉 자가 행서로 씌어 있었다. 그리고 그 옆에는 대련이 걸려 있었다.

고야姑射*의 선인은 빙설氷雪의 모습이고
묘희여래妙喜如來는 복덕福德의 상相이라

대련에는 아래쪽에만 "지룽赤龍"이라는 두 자의 낙관이 있고 위에는 없었다.

훼이성이 말했다.

"이 역시 저 자매의 필묵이군."

라오찬이 물었다.

"이분은 언제 왔소? 당신 친구요?"

그러자 이원이 대답했다.

"밖에서는 친구지간, 안에서는 사제지간이지요. 작년에 왔는데 이곳에 사십여 일 동안 머물렀어요."

라오찬이 다시 물었다.

"그가 이 묘당에 머물렀소?"

"여기 머물렀을 뿐만 아니라, 바로 제 캉 위에 머무르셨어요."

더 부인이 황급히 물었다.

"당신은 어디서 잤어요?"

이원은 웃으며 대답했다.

"부인께서는 제가 산 위에서 드린 말씀을 의심하시는군요? 저는 그분의 품속에서 잤어요."

"그렇다면 결국 그는 품고서도 음란하지 않았다는 류하혜柳下惠* 라는 거예요?"

"류하혜도 뛰어난 인물로 칠 수 없어요. 산성散聖에 지나지 않아요. 뭐가 뛰어난 점이 있어요? 지룽즈와 비교한다면 류하혜가 훨씬 떨어져요."

모두가 놀라 혀를 내둘렀다. 더 부인이 그 여자의 방에 이르러 보니, 캉이 하나, 책상이 하나, 책이 꽂힌 서가가 하나 있을 뿐이고, 장식물은 하나도 없었다. 그것들은 매우 깨끗이 정돈되어 있고, 캉 위에는 반쯤 낡은 호주湖州산 비단 휘장이 쳐져 있으며, 두 번 접은 반쯤 낡은 비단 이불이 있었다.

더 부인이 말했다.

"피곤하군. 당신의 캉을 빌려 쉬고 싶은데 괜찮겠어요?"

"누추하지만 괜찮으시다면 쉬세요."

이때, 환췌이도 방으로 들어왔다. 더 부인은 "둘이 함께 좀 누웁시다" 하고 청했다. 훼이성과 라오찬은 방으로 들어와서 그 모습을 보고, 바깥방으로 물러가 되는 대로 앉았다. 훼이성이 입을 열었다.

"방금 자네들이 말한 『금강경』은 참 좋았어."

"빈 계곡의 그윽한 난초라고, 정말 이런 곳에 저런 훌륭한 인물이 있으리라고는 생각하지 못했네. 더구나 나이도 젊은 비구니가 말일세. 밖에서는 마치 창녀와 같이 보고 있는데, '연꽃은 진흙 속에서 핀다'는 속담이 정말 틀림없어."

"자네, 어제는 마음속에 징원만 있더니 오늘 징원을 만났는데도 그렇게 마음이 쏠리지 않는 것 같군?"

"내가 성성에 있을 때는 징원을 칭찬하는 말만 들었지, 아무에게서도 이원에 대해서는 못 들었네. 곡曲이 높으면 화창和唱하는 사람이 적다는 것을 알았네."

"징원도 대단해. 겨우 열대여섯밖에 안 된 아이인데……."

이렇게 말하는데, 늙은 비구니가 들어와서 말한다.

"태안현의 쑹 대인이 오셔서 대인이 어디 계시냐고 하십니다."

훼이성이, "객실로 갑시다" 하고는 늙은 비구니와 함께 나갔다. 라오찬은 혼자 남았다. 옆의 서가에는 많은 책이 쌓여 있었다. 한 권을 빼내어보니 바로 『대반야경大般若經』으로, 되는 대로 펼쳐보았다.

이야기는 두 갈래로 나누어져, 훼이성은 쑹층을 만나러 가고 라오찬은 『대반야경』을 읽고…….

더 부인은 환췌이를 불러 함께 이윈의 캉 위에 올라갔다. 이윈이 말했다.

"누우세요. 제가 이불을 덮어드리겠어요."

"앉아요. 자지 않을 거예요. 당신에게 지룽즈가 어떤 사람인지 묻고 싶어요."

"그분들은 삼형제로서 지룽즈가 제일 나이가 어리면서, 또 가장 멋대로입니다. 칭룽즈, 황룽즈 두 분은 도인 같은 엄한 모습이어서 비록 지극히 온화한 분들이지만, 한눈에 그들이 도사라는 것을 알 수 있어요. 그런데 지룽즈는 겉으로 볼 때는 그렇지 않아요. 여자와 놀기도 하고, 도박도 하고, 아무거나 먹고 못하는 짓이 없어요. 또 관리, 장사치, 선비, 평민 등 교제하지 않는 사람이 없어요. 속된 사람들과 함께 어울리면 그도 속되어지고, 고상한 사람들과 함께 있으면 그도 또한 고상해져 조금도 어색한 데가 없기 때문에, 사람들이 그분을 헤아리지 못한대요. 그분은 칭룽즈, 황룽즈와 함께 같은 스승에게서 공부를 했기 때문에 그를 존경하지 않을 수도 없어요. 결국 그를 참으로 알고 있는 사람은 매우 적어요. 작년에 여기 오셨는데, 여러 사람과 함께 어쩌구저쩌구하며 마구 지껄이더니 역시 산 위에서 돌아와 이곳에서 점심식사를 하셨어요. 사부님께서 그에게 저녁식사까지 하고 가라고 붙드셨어요. 저녁식사 후, 사부님은 그분과 많은 이야기를 나누었어요. 사부님이, '여기서 묵으시지요' 하자 그가, '좋소, 좋소' 하더랍니다. 사부님이, '혼자 주무시겠어요. 누구를 시켜 모시게 할까요?' 하자 그분이, '아무렇게 해도 좋소' 하더랍니다. 이에 사부님이, '함께 주무신다면, 누구에게 모시게 할까요' 하자 그분이, '이원을 불러주시오' 하기에 사부님은 깜짝 놀랐지만 곧 이어서, '그러시죠' 하셨답니다. 사부님이 저에게, '네 뜻이 어떠냐?' 하시기에, 저는 마음속으로 '사부님이 오늘 우리들의 식견을 시험하시는구나' 하고는 저도, '좋습니다' 하고 응낙했어요. 그날부터 한 달 남짓 머물렀어요. 낮에는 온 산을 마구 뛰어다니고, 밤에는 사람들이 그를 둘러싸고 도에 대한 강의를 듣곤 했는데, 누구 하나 좋아하지 않는 사람이 없었어요. 따라서 어느 누구 하나 쓸데없는 말을 하는 사람도 없었고 또 조금도 그렇게 해서는 안 된다는 생각을 가진 사람도 없었어요.

매우 친숙해졌을 때, 저는 그분에게 물었지요.

'어른께서는 유곽에도 좋아하는 사람이 있다던데, 틀림없이 모두가 유명무실한 것이겠죠?'

그랬더니, 그분은, '나는 정신상으로 계율이 있으나, 형체상으로는 계율이 없어. 네가 맑으면〔淸〕 나도 맑고, 네가 흐리면〔濁〕 나도 흐리고, 남을 방해하지도 않고 또한 나 자신을 방해하지도 않는 거야. 이것이 정신상의 계율이야. 만약에 양쪽에서 방해하는 것이 없다면 아무것도 되지 않을 까닭이 없는 거야. 이것이 이른바 형체상에는 계율이 없다고 하는 거지' 라고 하시는 거예요."

재미있게 이야기를 하고 있는데, 훼이성과 라오찬이 밖에서 말하는 소리가 들렸다. 더 부인은 묘당의 일이 걱정되어 황급히 나와 물었다.

"어떻게 됐어요?"

"그가 처음에는 그런 일이 없었다고 애써 변명하기에 내가, '자제가 부형의 세력을 믿고 백성을 핍박하면 반드시 큰 사건을 일으키게 되오. 이 일이 정리情理로서 논의된다면, 처녀를 강간한 것과 다름이 없는 것이오. 다행히 아직 이루어지지 않았다고는 하나, 당신은 극력 잘못을 옹호하고 있는 거요. 속담에, 남에게 알리지 않게 하려거든 자기가 하지 않을 수밖에 없다고 했소. 귀하가 꼭 자제를 멋대로 내버려두겠다면, 나로서는 쓸데없는 참견을 할 필요가 없겠지요. 그러나 어사에게 조사하게 한다면, 당신의 관직이 떨어지겠소, 그렇지 않으면 내 관직이 떨어지겠소? 사실대로 말하자면, 나는 이미 이렇게 편지를 써 장 궁보에게 보냈소. 도중에 사람들로부터 한 사건을 들었는데, 확실한지 어떤지 모르오니 관원을 밀파하여 조사해보시라고 말이오. 당신이 자제를 야단쳐 가르쳐도 좋고, 그렇게 하지 않아도 좋소. 나는 어쨌든 내일은 출발하오'라고 말했지. 그가 이 말을 듣더니, 그제야 조금 두려워하면서, '아문에 돌아가서 이놈의 자식을 사슬로 묶어놓겠소' 하는 것이었소. 내가 보기에 사슬로 묶는다는 것은 거짓말이겠지만, 이후부터 다시는 시끄럽게 하지는 못할 거야. 감히 하지 못하겠지."

"참으로 잘되었어요."

징원은 본시 훼이성을 따라 들어왔으므로 앞에 나서서 연방 감사의 예를 드렸다.

자, 그렇다면 마침내 쑹 도령이 올 것인지? 다음 회에.

6

한 많은 속세를 떠나면서

징원은 쑹 공이 이미 겁을 먹고 있어 이제부터는 무사하리라는 것을 알고, 훼이성 부부에게 감사의 예를 올렸다. 잠시 후, 늙은 비구니도 와서 땅에 엎드려 머리를 조아렸다. 훼이성은 황망히 잡아 일으키며 말렸다.

"이건 어찌 된 거요? 예를 표할 만한 가치가 있어야지? 원! 천만에!"

늙은 비구니가 다시 더 부인에게 절을 하려 했으나, 훼이성에게 잡혔다. 일동이 감사와 겸손의 말로서 일은 끝났다.

그때 이원이 나와서, "식사 하십시오" 하였다. 여러 사람이 징원의 방에 돌아왔다. 여전히 어제처럼 자리를 정했다. 다만 칭원이 오지 않고 징원으로 바뀌었을 뿐. 오늘은 징원이 술병을 들고 여러 사람에게 권하여 한 잔씩 더 들게 했다. 더 부인도 역시 두 여자에게 요리도 먹이고, 술도 마시게 하고, 술마시기 내기놀이를 하니 매우 떠들썩했다. 얼마 후 식사를 마치고 자리를 물렀다.

"시간이 아직 이르니, 조금 앉았다가 산을 내려가는 것이 어때요?" 하고 더 부인이 말하자 징원이 대답했다.

"다섯시에 여관에 도착하셔도 날이 어둡지 않아요. 그런데 오늘 가시지 말고 내일 아침에 가시는 게 어떠세요?"

"사람이 많아 시끄럽게 해드려 안됐어요."

이원이 말했다.

"방이 많이 있으니, 산꼭대기 웬바오잔보다는 나을 거예요. 저희 둘의 방을 네 분에게 주무시게 하면 충분하지 않아요? 저희는 사부님과 자겠어요."

더 부인이 농담으로, "우리 두 사람이 한 방에 자요" 하고는 환췌이를 가리키며, "저 사람들 두 분은 한 방에서 자고요" 하고 말했다. 그리고 다시 이원에게 물었다.

"당신은 어디서 자겠어요?"

"저는 댁의 마음속에서 자겠어요."

더 부인이 웃으며, "이런 엉터리! 어제부터 내 마음속에서 잔다더니, 어느 사이에 떠나갔지?" 하는 말에 모두가 일제히 웃었다. 더 부인이 또 물었다.

"언제 머리를 깎아요?"

이원이 머리를 흔들며 말했다.

"저는 이승에서 머리를 깎지 않으려고 해요."

더 부인이 머리를 갸웃거리며 물었다.

"이 묘당의 규정이 서른이 되면, 머리를 깎는다고 하지 않았어요?"

"꼭 그렇지는 않아요. 시집을 가게 되면, 머리를 깎지 않아요."

"시집가려고 해요?"

"그런 뜻은 아니에요. 저는 이 몇 년 동안, 묘당에서 일을 하면서 공덕전을 벌었어요. 비록 많지는 않지만, 몸값만큼은 돼 있어요. 물론 언제라도 떠날 수 있어요. 저는 지금, 어려서부터 저에게 돈을 쓴 분들을 위하여 재앙을 없애고 장수하시라고 몇 권의 경을 읽어드려서 보은의 뜻을 다하려고 해요. 그 일이 끝나면 곧 떠날 거예요. 아마 내년 봄이나 여름이 되겠죠."

"떠난다면 우리 양주에 와서 며칠을 묵으세요. 어때요?"

"좋아요. 나가게 되면 먼저 보타산普陀山에 가서 분향을 하고 꼭 양주로 가겠어요. 주소를 써서 주시면 제가 찾아가 뵙겠어요!"

라오찬이 끼여들었다.

"내가 쓰지. 붓과 종이를 줘요."

징원이 급히 서랍에서 종이와 붓을 꺼내어 라오찬에게 주었다. 라오찬은 주소 두 개를 써서 이원에게 주면서 말했다.

"기억해두었다가 나에게도 들려요."

"물론이지요."

다시 한동안 이야기를 하는데, 교자꾼이 여러 차례 와서 재촉했다. 네 사람은 이별을 고하고 떠나면서 수고비로 은자 스무 냥을 주었으나 늙은 비구니가 재삼 받지 않아서 여러 차례 말한 끝에 겨우 받게 하였다. 늙은 비구니와 이원, 징원은 묘당 문까지 나와서 전송하고 돌아갔다.

네 사람이 여관에 도착했을 때, 날은 아직 어둡지 않았다. 더 부인은 산정에서 이원이 하던 말을 일일이 훼이성과 라오찬에게 말했다. 두 사람은 모두 이원의 미증유의 재능을 찬탄했다. 훼이성이 아내에게 물었다.

"그런데 당신 산정에서 그 여자를 지극히 사랑한다 하고 그 여자를 어떻게 하고 싶다고 하려다가 뒷말을 하지 않았는데, 도대체 그 여자를 어떻게 하고 싶다는 거요?"

"그 여자를 당신의 소실小室로 삼으려고 했어요."

"너무너무 고맙구려. 그래, 그게 되겠소?"

"백조의 고기를 잡술 생각일랑 마세요. 세상에 그녀의 마음에 들 수 있는 사람은 아무도 없을 거예요."

"그렇겠지. 그런 여자를 첩으로 삼는다는 것은 그녀에 대한 모독이야. 그러니 나도 그런 여자를 첩으로 삼고 싶지 않아. 그보다는 좋은 친구로 사귀고 싶어."

라오찬이 끼여들었다.

"누군들 그렇게 생각지 않겠나?"

환췌이가 말했다.

"몇 년 전에 제가 그런 분을 만나지 못한 것이 애석하네요. 만약에 만났으면 저는 틀림없이 그분의 제자가 되었을 거예요."

환췌이가 거들자 라오찬이 말했다.

"자네 그 말은 정말 바보 같은 소리야. 몇 년 전에 그 여자를 만났다면 그 여자는 그때 바로 런씨 댁의 자제와 열을 올리고 있을 때였네. 좋을 게 뭐가 있어? 더구나 자네 집도 망하지 않았을 때고, 자네 부모가 자네를 보배같이 여기고 있을 때인데, 자네에게 출가하라 했을 것 같은가? 결국 지금이 바로 기회네. 이원의 도道도 성취되고 자네도 이젠 고생을 충분히 했네. 정말 원한다면 자네를 산 위로 보내주지"

환췌이는 그녀의 집에 관한 옛일을 다시 듣자, 마음이 아파 자기도 모르는 사이에 눈물이 비 오듯 하여 얼굴을 가리고 흐느껴 울었다. 라오찬이 산에 보내준다고 말했으나, 지금으로서는 대답할 말이 나오지 않아 머리를 옆으로 흔들 뿐이었다. 더 부인이 말했다.

"저이는 지금 선생과 같은 주인이 있어 떠나지 못해요."

이렇게 말을 하고 있는데, 훼이성 집안의 하인 롄꿰이連貴가 들어와서는 문간에 선 채 감히 말을 못하고 있었다. 훼이성이 물었다.

"무슨 일로 왔나?"

"어저께 왕 아주머니가 돌아와서는 몹시 아프다고 하더니, 밤새 열이 대단하여 오늘 하루 종일 아무것도 먹지 못하고 차만 마셨습니다. 또 어른들의 수레를 끌던 노새가 병으로 넘어져서, 아침에 출발하지 못할 것 같습니다. 한나절 더 쉬실지 어떻게 하실지 지시를 내려주십시오."

"물론 하루 쉬어야지! 노새는 그들에게 속히 방법을 생각해보라 하고, 왕 아주머니의 병은 례 어른께 보아주십사 청하여 약을 구해다 먹여라."

훼이성이 말하고는 바로 라오찬에게 부탁하려 하는데 라오찬이, "지금 곧 가서 보세" 하고는 일어나서 나갔다. 그는 잠시 후 돌아오더니 말했다.

"감기에 지나지 않아. 땀을 한 차례 내면 되겠어."

이때 여관에서 밥을 들여왔는데 두 종류였다. 하나는 여관 것이고 하나는 쑹춤이 보내온 것이었다. 일동이 저녁식사를 마쳤는데도 여덟시가 조금 지났을 뿐이어서 여전히 앉아서 이야기를 했다. 더 부인이 입을 열었다.

"내일 떠나지 못할 것을 일찍 알았더라면, 오늘 두모궁에 머물면서 이원과 하룻밤 더 이야기나 했으면 좋았을걸."

"어려울 게 뭐 있나. 내일 다시 교자 값을 몇 푼 내면 되는 거 아니야?"

훼이성의 말을 듣고 라오찬이 말했다.

"내가 보기에 이원은 성격이 매우 깨끗해서 내일 청하면 틀림없이 올 거야. 나도 그 여자와 상의할 것도 있고."

"그것도 좋군. 오늘밤 편지를 쓰세. 우리 두 사람이 연명으로 그 여자를 청하세. 오늘밤 여관 주인에게 시켜 내일 일찍 보내라고 하지."

"아주 좋군. 그 편지는 자네가 쓰겠나?"

"지필이 편리하니 내가 쓰도록 하지."

그는 당장 편지를 써서 여관 주인에게 주었다. 라오찬이 드디어 환췌이에게 말했다.

"자네가 방금 머리를 가로젓고 말은 하지 않았는데 무슨 뜻이지? 아까는 자네에게 억지로 출가하라는 뜻으로 말한 것은 아니네. 자네가 몇 년만 일찍 그 여자를 만났다면 틀림없이 그 여자의 제자가 되었을 거라고 했기 때문에, 나는 몇 년 전에는 결단코 안 되었을 거고 다만 지금이 그 기회라고 했던 거야. 그저 이론적으로 따진 것에 지나지 않아. 사실은 되지도 않는 일이야. 왜냐? 다른 건 어려울 게 없겠지만 첫째 아마 자네는 다시 가서 손님을 모시지는 못할 거야. 이원 같은 사람은 정말 만나기 어려운 기회여서 결코 잃지 않겠다고 하더라도, 묘당의 규칙대로 해야 하니 어렵지 않겠나?"

환췌이가 대답했다.

"그런 것은 쉽게 처리되리라 생각해요. 그 여자들은 머리만 깎으면 손님을 모시지 않는다 하니, 만약 먼저 머리를 깎고 가면 그들도 어쩔 수 없겠죠. 다만 두 가지 지나갈 수 없는 관문이 있어요. 첫째는 어른께서 저를 불속에서 구해주셨는데 은덕을 갚지 못하고는 절대로 출가할 수 없다는 것이에요. 마음이 불안해서예요. 둘째로, 저는 아직 어린 동생을 데리고 있으니 누구에게 부탁하죠? 따라서 저는 한 가지 방법밖에 없다고 생각해요. 내일 그분이 오면 어찌 되든 그분에게 머리를 조아려, 사부로 모셔 저승에서나마 저를 제도해달라고 하거나, 그렇지 않으면 어른께서 천수를 마치실 때까지 모시다가 그분에게 가는 것이지요."

"그건 그렇지 않아. 자네는 은혜를 갚기 위해 나와 일생을 함께 하겠다고 하는데, 일생 동안 먹지 않을 수 없으니 어디 은혜를 갚는 것이 되나? 만약에 수행을 하여 도를 성취한 후, 나에게 큰 재난이 있을 때, 자네가 하늘에서 보고 급히 날아와서 나를 구해주면 그것이 바로 진짜 보은인 거야. 그렇지 않으면 나를 제도하여 부처가 되게 하고 한 교파敎派의 시조가 되게 할지도 모르는 거야. 자네 동생의 일은 더욱 용이하네. 시골의 선량한 노인을 찾아서, 내가 은자 백 냥쯤 내어 땅 이삼십 묘를 사주어 그것을 관리하게 하고 아이가 성인이 될 때까지 길러달라고 하면 돼. 만일 자네 부친이 아직 죽지 않았다면 또 만날 기회도 있을 거야. 다만 자네 같은 젊은 사람이 그런 수행을 차마 해 나갈 수 있을는지 모르겠어. 이것이 첫째 어려움이야. 이원이 자네를 받아들일지 어떨지는 둘째 어려움이야. 이 문제는 내일 이원이 오면 다시 상의하기로 하세."

더 부인이 거들었다.

"뎨 어른의 말씀이 충분히 일리가 있어요. 이원이 오면 다시 의논해보도록 하죠."

그들은 다시 얼마쯤 한담을 하고는 각자 잠자리로 돌아갔다.

다음날 여덟시에 모두 일어나서 세수를 막 끝냈을 즈음에 이원이 벌써 도착했다. 네 사람은 만나자 서로 대단히 기뻐했다. 먼저 한담을 하다가 환췌이의 신상에 이르러, 어젯밤 의논하던 말을 하나하나 이원에게 말했다. 이원은 새삼 환췌이를 자세히 보더니 말했다.

"지금 저는 겸손의 말투를 쓰지 않고 사실대로 말씀드리겠어요. 뎨 어른의 작은부인은 속이 있는 분이에요. 여러분들이 걱정하시는 몇 가지 생각은 제가 보기에 어려울 것이 없어요. 다만 한 가지 어려운 데가 있어 제가 감히 받아들이지 못하겠어요. 한 가지씩 말씀드리겠어요. 첫째 저희 묘당의 규칙이 좋지 않으나 방해될 것은 없어요. 댁에서는 먼저 머리를 깎을 필요는 없어요. 도를 밝히는데 머리는 상관없으니까요. 저희가 있는 뒷산에 관음암이 있어요. 역시 비구니의 묘당이지요. 그곳에는 두 명의 비구니만 있는데, 늙은 비구니는 훼이정慧淨이라 부르고 나이는 일흔 남짓이지요. 작은 비구니는 칭슈淸修라 부르고 마흔 남짓이에요. 이 두 비구니는 모두 대단한 정파正派의 사람들이어서 저와는 매우 뜻이 맞아요. 그러나 그들은 늘 재齋를 올리고 염불만 할 뿐이에요. 부처님의 심오한 뜻은 그다지 확실히 깨닫고는 있지 못해요. 관음암에서 사는 것이 지극히 타당하겠어요. 둘째로, 어린 동생의 일인데, 오래봉 아래에 톈田이라는 노인이 살고 있는데 올해 예순 살에 자식이 없어요. 십 년 전에 부인이 그에게 첩을 얻으라고 권하자 그는, '자식이 없으면 장차 양자를 얻으면 돼. 만약에 첩을 얻어 우리 집안이 오늘도 내일도 싸움질이나 하면 편안히 지낼 날이 없을 거야. 당신이 결국 이긴다 할지라도 우리 두 늙은이가 몇 년이나 더 살 거라고. 더구나 첩을 얻는다는 것은 벼슬하는 사람들이나 하는 일이지, 어디 우리 같은 농사꾼이 할 일인가?' 하더래요. 이리하여 그들의 집은 매우 평온히 지내고 있어요. 작년부터 저에게 아이 하나를 구해 달라고 부탁했어요. 그분들은 저를 매우 신임하기 때문에 제가 허락하지 않으면 안 돼요. 그래서 오늘까지 아직 못 고른 거예요. 그 집에는 이삼백 묘의 땅을 재산으로 갖고 있으니 돈을 줄 필요는 없으며, 그분들도 좋아할 거예요. 다만 그들의 성씨를 따르라고 요구할 텐데, 두 노인이 죽은 후에 다시 본성으로 돌아오거나 또는 두 성 모두를 겸하여 모셔도 되니 걱정할 것은 없어요."

환훼이가 말했다.

"저희 집도 본래는 톈씨였어요."

"그것 마침 잘됐네요. 셋째로는 톄 어른께서 작은부인의 나이가 젊어서 참아내지 못할 거라고 하셨는데, 그것도 지나친 걱정이실 거예요. 제가 보기에 틀림없이 그릇된 생각 같은 것은 가지지 않으실 거예요. 저분의 눈을 보세요. 눈매가 매우 바르고 밝은 평탄하고 안은 수려해서, 틀림없이 선인仙人이 이 세상에 떨어져 온 것이에요. 어려움은 이미 겪었으므로 다시는 티끌 세상에 떨어지지 않을 거예요. 이상 세 가지가 여러분께서 걱정하시는 것인데, 제가 보기에는 모두 괜찮고 다만 한 가지가 매우 어려워요. 작은부인께서는 저로 인해서 출가를 하시려고 하는데, 저는 내년에 떠날 사람이에요. 저분만을 황량하고 적막한 비구니암에 놓아둔다는 것은 저로서는 너무 괴로운 일이에요. 물론 도를 밝힐 수만 있다면 몇 년 괴로운 것은 아무것도 아니겠지요. 어쨌든 두 비구니는 경을 읽고, 소찬을 먹을 뿐 다른 것은 아무것도 몰라요. 몇십 년 고행을 하느니보다는 장래 죽어서 부귀한 여자로 바뀌어 태어나겠다고 생각한다면, 이것은 큰 잘못이에요. 차라리 톄 어른을 따라다니며 몇 편의 경을 더 읽어 몇 마디 도에 대하여 말할 수 있게 되는 것이 장차 큰 깨달음에 눈을 뜨는 데 보람이 있을 거예요. 이것이 하나의 어려움이에요. 절더러 떠나지 말고 여기서 저분을 모시고 있으라 하셔도 저는 결코 그렇게 할 수 없어요. 거짓말은 하지 않겠어요."

"제가 사부님을 따라가면 안 되나요?"

이원이 크게 웃었다.

"제가 묘당을 나가면 댁의 어른과 같이 큰 수레를 빌려 함께 타고 가는 것으로 아세요? 저희들은 모두 두 다리로 달리다가 밤이 되면 비구니 묘당에서 머물고, 먹을 것이 있으면 한 끼 먹고, 없으면 굶는 거예요. 하루에 이백 리를 가는데, 댁 같은 그런 세 치 전족으로는 달린다 해도 아마 십 리도 못 가서 지쳐 쓰러질 거예요!"

환췌이가 한동안 깊이 생각하더니 말했다.

"제가 발을 키우면 되지 않겠어요?"

이원도 한동안 생각에 잠기더니 라오찬에게 말했다.

"톄 어른 의견은 어떠세요?"

"내가 보기에 이 일에서 가장 긴요한 것은 당신이 저 여자를 이끌어줄 수 있겠는가 하는 거요. 다른 것은 아무 문제도 안 돼요."

환췌이가 이때, 문득 영리한 생각을 떠올렸다. 역시 그 여자의 선한 마음을 발동시키는 것이었다. 그녀는 황급히 이원의 발 앞에 엎드리면서 온 얼굴에 눈물을 흘리며, "어찌 되든 사부님이 구해주시기만을 바랍니다" 하고 애원했다.

이원은 이때, 답례를 하지 않고 그 여자를 잡아 일으키며, "당신이 과연 한 마음으로 부처님을 배우겠다면, 어려울 것도 없어요. 제가 먼저 당신과 약속을 하겠어요. 첫째, 늙은 비구니들의 묘당에 가서, 매일 산길 오르는 것을 배워 험준한 산길을 마치 평지 가듯이 할 수 있어야 당신의 도의 근기根基가 확립되어요. 그 후 제가 당신에게 경을 읽게 하고 설법하게 하겠어요. 대개 일 년쯤 괴로움을 겪을 텐데, 그 후는 모든 게 편안하게 될 거예요. 옛사람이, '열 달을 배어야 이루어진다'고 했는데 아마 틀림없는 것 같아요. 다시 뜻을 결정해보세요."

환췌이가 말했다.

"뜻은 이미 결정했어요. 저희 어른의 뜻과 같아요. 다만 사부님을 따라갈 수만 있다면 저는 결코 후회하지 않아요."

라오찬이 일어나더니, 이원을 향하여 말했다.

"일체를 부탁드리오."

이원이 황급히 답례를 하며 말했다.

"장차 영산靈山에서 만날 때, 어른께서 어떤 사례를 하시겠다고 하실지 묻고 싶군요."

"그때 누가 누구에게 사례를 하게 될지 모르겠소."

라오찬의 대답에 일동이 모두 웃었다. 환췌이가 일어나서 훼이성 부부에게 머리를 조아렸다.

"덕분에 큰 덕을 성취하게 되었어요."

그리고는 라오찬에게 머리를 조아리니 눈물이 비 오듯 하였다.

"어른께 정말 죄송합니다."

라오찬도 처연한 생각이 들었으나 웃음을 띠고 말했다.

"자네가 속세를 벗어나 성聖으로 들어가는 것을 축하하네. 수십 년이라는 세월은 빨리 지나가는 것. 영산에서 다시 만나세…… 잠깐 사이일 거야."

더 부인 역시 눈물을 머금고 말했다.

"저는 당신같이 할 수 없는 것이 마음 아파요. 장래 지옥에 떨어지면 두 분께서 저를 구해주시기 바랄게요."

이원이 말했다.

"더 부인은 절대로 지옥에 떨어지지 않으실 거예요. 다만 한 가지 말씀드리고 싶은 것은 부귀에 다리를 잡히지 마시라는 거예요. 후에 만나뵐 때가 있을 겁니다."

라오찬은 급히 옷상자를 열어 은자 이백 냥을 내어 이위에게 주며 준비하게 했다. 그리고 환췌이의 동생을 불러와서 이원에게 절하게 했다. 이원은 백 냥만 받아 넣었다.

"이거면 충분합니다. 텐 노인에게 줄 예물만 준비하면 돼요. 작은마님의 경우는 관음암에 공덕전을 기부하고 입을 도의道衣만 준비하시면 됩니다."

"우리도 얼마쯤 돈을 보내, 정성된 마음을 표해야지."

더훼이성이 말하고는 부인과 의논하였다.

"저희 역시 백 냥은 해야죠."

그러자 이원이 만류했다.

"모두 필요 없어요. 출가하는 사람이 무슨 돈이 필요해요?"

이때 여관 사람이 와서 식사를 하겠느냐고 물었다. 훼이성이 "먹읍시다" 하여 모두 식사를 하였다.

식사 후 이원은, "제가 지금 먼저 텐 노인과 관음암 두 곳에 가서 의논을 하고, 다시 돌아와서 회답드리겠어요. 어쨌든 그 사람들의 대답을 듣고 상의해야죠" 하고는 떠나갔다.

라오찬은 환췌이의 물건을 정리해주는 한편, 위로의 말을 했다. 환췌이는 어린애같이 자꾸 흐느껴 울었다. 더 부인도 그녀를 위로했다.

"옆에 있는 사람이 당신의 인연을 끊은 건 절대로 아니에요. 이윈같이 만나기 어려운 사람을 만나게 되었기 때문이죠. 저도 사실 할 수 없어 그렇지, 할 수 있다면 당신과 함께 가고 싶어요."

환췌이가 눈물을 머금고 말했다.

"좋은 일인 것을 알지만, 여기서 헤어져야 하는 입장이 되니 마치 만 자루의 칼로 마구 가슴을 에는 듯하네요."

훼이성이 말했다.

"내년에 이윈이 남해南海로 향하면 반드시 우리가 있는 데로 올 것이니, 당신도 꼭 함께 오시오. 그때 만날 수 있을 건데 무얼 그렇게 상심하시오?"

얼마 후, 환췌이도 눈물을 거뒀다. 해가 넘어갈 무렵에 이윈이 돌아왔다. 그녀가 환췌이에게 말했다.

"두 곳 모두 이야기가 잘 되었어요. 내일 제가 맞으러 오겠어요."

더 부인이 물었다.

"지금은 무엇 하시려고?"

"묘당으로 돌아가겠어요."

"내일 우리는 떠나야 해요. 우리와 함께 하룻밤 잤으면 좋겠어요. 저 두 남자 분이 한곳에서 주무시고 우리 두 사람이 한곳에서 자도록 하고, 우리와 하룻밤 이야기나 해요. 당신 톄 댁은 구해주고 나는 구해주지 못하겠다고는 안 하겠죠?"

이윈이 웃으며 말했다.

"그것도 좋아요. 더 아주머니는 이미 더 어른께서 구해주셨어요. 예로부터 유·불·도 삼교라고 해요. 더 어른이 제도하지 않았다면, 도를 성취하지 못했을 것이에요."

"그게 무슨 뜻이죠?"

"덕이라는 것은 모든 종교의 근본이에요. 덕이 없으면 그건 바로 지옥이에요. 씨앗에 덕이 있으면 덕에서 총명함이 나오니 성공하지 못할 것이 없어요."

"그건 이름뿐이지, 어디 사실로 볼 수 있어요?"

"이름〔名〕이라고 하는 것은 명命으로 이것은 천명天命이 있는 거예요. 그분이 존함을 왜 더푸德富라든가 더꿰이德貴라고 짓지 않았겠어요? 이것은 천명이 있기 때문인 거예요. 결코 면전이라고 해서 드리는 말씀이 아니고, 또 거짓으로 돈을 쓰시게 하려는 것도 아니예요. 세 분께서는 모두 깨달음을 아시게 될 거예요. 삼교에서 어느 한 교라도 좋다고 생각해요."

"저는 끝까지 자신이 없어요. 구전口傳의 비결이라도 내려주시면, 저도 사부님으로 모시겠어요."

"사부라는 호칭은 너무 무거워요. 이미 인연을 맺었으니 저로서도 마땅히 구전의 비결을 드려 수행하시게 해드리겠어요."

더 부인은 이 말을 듣고 대단히 기뻐하며 황급히 땅바닥에 엎드려 머리를 조아리고는, "사부님!" 하고 불렀다. 이원은 황급히 땅에 엎드려 머리를 조아리며, "황송합니다" 하고는 두 사람이 일어났다. 이원이 주위 사람들에게 말했다.

"여러분, 잠시 자리를 피해주세요."

세 사람이 밖으로 나가자, 더 부인의 귓가에 대고, "부창부수夫唱婦隨" 하고 네 글자를 말했다. 더 부인이 이상해서 물었다.

"이것이 구전의 비결인가요?"

"구전의 비결이란 본시 사람으로 인해 시행되는 거예요. 만약 정해진 구전의 비결이 있다면, 옛날에 진인眞人이나 성인들이 벌써 그걸 책으로 썼을 거예요. 마음속에 꼭 새겨두시면 장차 크게 깨달으실 날이 올 거예요. 그때 이것이 보통 말이 아니었다는 것을 아시게 돼요. 불경에서는 언제든 '밖에서 받아들인 것을 자기 것으로 하면 부처가 된다'고 했어요. 부인께서도 밖에서 받아들인 것을 자기 것으로 할 수만 있다면 부처가 될 수 있고, 받아들여서 자기 것으로 못하면 부처가 될 수 없는 겁니다. 댁의 어른께서는 지금 마음속은 이미 속된 세상을 벗어나고 있어서 삼 년 이내에 기필코 벼슬을 버리고 도를 배우시게 될 거예요. 장담하건대 그분의 각오가 부인보다 앞설 거예요. 지금은 명확하게 말할 수 없지만, 부인은 틀림없이 어른을 따라가게 될 것이니, 장차 마단양馬丹陽과 손불이孫不二*가 되지 않겠어요?"

더 부인은 한동안 정신을 가다듬더니, "사부님은 정말 산 보살님이십니다. 게다가 인연을 맺었으므로 삼가 마음에 새겨서 잊지 않겠습니다" 하며 또 땅에 엎드려 머리를 조아렸다.

이때 바깥방에는 저녁식사가 이미 차려져 왕 아주머니가 와서 기다리고 있었다. 더 부인이 아주머니께 물었다.

"병은 나았나?"

"어제 톄 어른께서 주신 약을 먹고 땀을 한바탕 냈더니 오늘은 완전히 좋아졌어요. 오전에 좁쌀죽 한 그릇과 만두 한 개를 먹고 났더니, 모두 나았어요."

다섯 사람은 함께 식사를 했다. 더훼이성이 이원에게 물었다.

"왜 채소 요리를 먹지 않는 거요?"

"저는 채소 요리를 먹고 있어요. 불교는 유교와 달라 보통 채소 요리를 먹어요."

"내가 보기에 당신은 우리와 같이 육식 요리를 먹고 있는데?"

"육조께서는 사회四會*에서 사냥꾼 속에 숨어 있으면서 고기를 섞은 야채를 먹었어요. 고기 냄비에 볶은 야채는 야채 요리일까요, 고기 요리일까요?"

"그야 물론 고기 요리지."

"육조는 오히려 야채 요리를 먹었다고 했어요. 저희들은 두모궁에서 종일 손님을 모시고 있으니, 어디 야채만을 먹을 수 있어요? 손님이 계실 때는 고기 요리를 먹고 손님이 안 계실 때는 야채 요리를 먹어요. 저희가 고기가 담긴 그릇에서 야채를 골라 먹는 것을 유심히 보시지 못하셨죠?"

환췌이가 끼여들었다.

"정말 저는 유심히 보았으나, 아직 사부님이 고기나 새우를 잡수시는 걸 못 보았어요."

"이 역시 처세법 가운데 하나이지요" 하고 이원이 답하자 라오찬이 물었다.

"고기를 먹으면 안 되오?"

"안 될 거야 뭐 있겠어요? 만약에 어떤 손님이 억지로 고기를 먹으라고 하면 먹어요. 다만 저희들 스스로가 찾아 먹지 않으면 되는 거예요. 고기 먹는 것으로 말한다면, 옛날 제전조사濟顚祖師*는 개고기도 먹었어요! 그래도 부처가 되는 데 구애받지 않았어요. 지옥에 있는 사람들 가운데 영원히 야채만을 먹은 사람은 그 수를 헤아릴 수 없어요. 결국 고기를 먹는다는 것은 작은 잘못을 범하는 것이므로 그다지 대단할 것이 없는 것이에요. 예를 들어 여자가 정절을 잃었다든가 하면 이것은 큰 잘못을 범한 것으로 고기를 먹는 것보다 몇만 배 무거운 거예요. 댁의 작은부인에게 얼마나 정절을 잃었는가 물어보세요. 그런 죄를 헤아릴 수 있을 것 같아요? 사실 이제부터 참되게 수행을 한다면 몸을 버리지 않은 처녀와 전혀 구별 없이 돼요. 정절을 잃는 것은 자기 스스로가 잃고자 해서 잃는 것이 아니라, 억지로 그렇게 되는 부득이한 것이므로 죄가 없어요."

일동은 머리를 끄덕이며 수긍했다. 식사가 끝난 후, 렌꿰이가 와서 말했다.

"왕 아주머니의 병도 이미 나았고, 노새도 한 마리 바꿨으니 내일은 떠나실 수 있겠습니다. 주인 어른 내일 출발하실지 분부해 주십쇼."

훼이성이 더 부인과 라오찬을 보며 말했다.

"물론 가야지!"

더 부인이 말했다.

"내일 하루 더 있다 가면 어때요?"

라오찬이 말했다.

"천 리의 태양을 선반에 잡아둔다 해도, 결국은 연회를 끝내지 않을 수 없지요."

이원이 말했다.

"제 생각인데, 내일 오후에 가시도록 하세요. 아침에 제가 톄 어른과 부인을 모시고 톈 노인에게 동생을 맡긴 후, 톄 어른과 관음암으로 가겠어요. 모든 조치를 하고 떠나시면 톄 어른도 마음이 놓이실 거예요."

일동이 모두 그러기로 했다.

그날 밤은 모두 아무 말도 하지 않고 잠을 잤다. 다음날 아침 라오찬은 이윈을 따라 환췌이의 동생을 데려다 주고, 또 환췌이를 관음암에 데리고 가서 두 비구니에게 정성껏 부탁했다.

"머리를 깎으려오?"

그러자 이윈이 말했다.

"저로서는 머리를 깎지 않았으면 해요."

그러나 불문佛門의 규칙을 깰 수는 없기에 그들은 환췌이의 머리를 풀어헤치고 한 줌만을 잘라내어, 그것으로 머리를 깎은 것으로 했다. 그리고 이름을 고쳐 환지環極라 했다.

모든 일은 끝났다. 라오찬은 여관으로 돌아와서 훼이성 부부에게 보고하고, 모두가 이윈에 대해서 끊임없이 칭찬했다. 수레에 올라 출발하니 라오찬의 마음은 마치 '황량한 마을에 봄비 이슬 내리니 한가로이 일찍 잠자리에 들고, 들가 주막에 가을 찬바람 서리 내리니 한가로이 늦게 잠자리에서 일어나듯' 여유가 생겼다.

팔구 일쯤 되어 마침내 청강포淸江浦에 이르렀다. 라오찬은 친척이 회안부淮安府에 살고 있기 때문에 훼이성 부부와 헤어졌다. 그는 곧장 수레를 회안부로 몰고 갔다. 훼이성 부부는 선실이 세 개나 있는 큰 배를 세내어 양주를 향해 떠났다.

6 파동巴東: 동한東漢 말 익주목益州牧 류장劉璋이 파군巴郡, 파서巴西, 파
   동巴東의 3군을 두어 3파라고 했다. 지금의 사천성 봉절현奉節縣, 운양
   현雲陽縣, 무산현巫山縣으로 파동은 무산현을 가리킨다.

6 삼협三峽: 양자강 상류에 있는 세 협곡으로 길이가 700리나 된다. 구당
   협瞿塘峽, 서능협西陵峽, 무협巫峽을 가리킨다. 무협은 파동에 있다.

6 기량杞梁: 춘추 전국시대 제齊나라의 대부大夫로서 전사함.

6 팔대산인八大山人: 명나라의 종실宗室로서, 명나라가 망하자 입산하여
   중이 된 주흡朱耷을 가리킨다. 대문에 '아啞'라는 글자를 써 붙이고 사
   람과 일체 절교하였다 하며, 글씨와 그림에 뛰어났다고 한다.

7 차를 '천방일굴千芳一窟'이라 하고 술을 '만염동배萬豔同杯'라고 말하
   는 것은 실은 천방일곡千芳一哭, 만염동비萬豔同悲이기 때문이다: '굴
   窟'과 '곡哭'은 동음同音으로 '쿠', '배杯'와 '비悲'도 동음同音으로 '뻬
   이'이다.

27 허사오지何紹基: 청대의 학자. 경학經學과 역사에 능하고 서예로서도
    일가를 이루었다.

28 조천리趙千里: 산수화가로 유명한 조백구趙伯駒를 가리킨다.

30 설서說書: 중국에서 이야기를 대중에게 들려주는 형식의 일종으로, 이
    야기의 구연口演과 노래가 섞여 있다.

32 무원정撫院定이니 학원정學院定이니 도서정導署定: 무원撫院은 청대 지방 성省의 장관인 순무巡撫의 속칭으로서, 무대撫臺라고도 한다. 학원學院과 도서導署는 각각 성에서 교육과 치안을 담당하는 직책이다.

38 백향산白香山: 당대唐代의 시인 백거이白居易를 가리킴. 흔히 백락천白樂天이라 하여 자字로 부르기도 한다.

41 진준陳遵: 전한 말前漢末의 사람. 호방하고 글을 잘하여 왕망王莽에게 인정을 받아 하남 태수河南太守가 되었다.

44 대풍장풍大風長風: 명나라의 유민遺民인 장풍張風을 가리키며, 대풍大風은 그의 자이다.

47 도대道臺: 청대의 지방관. 도원道員의 존칭. 독량도督糧道, 염법도鹽法道가 있고 성省에 딸린 도道를 순수巡守하는 두 종류가 있었다.

47 궁보宮保: 황태자의 교도敎導를 맡은 태자궁보太子宮保. 태자소보太子少保가 된 순무는 특별히 '궁보'라고 불렀다.

48 창투어피常剝皮: 가죽을 벗기는 냉혹한 놈이라는 속칭.

50 장군방張君房: 북송北宋 때에 도교서道敎書 편찬 책임자였다.

50 리창웨이李滄葦, 황 피례黃丕烈: 두 사람 모두 청대의 유명한 장서가藏書家였다.

50 모자진毛子晉: 명말 청초의 저명한 장서가이자 목판 인쇄업자였다.

53 가양賈讓: 전한 애제前漢哀帝 때에 황하 치수에 관한 세 가지 책략을 임금에게 올렸다.

57 위츠魚翅: 상어 지느러미의 연골을 말린 것으로 탕채 등의 재료로 씀.

57 옌워燕窩: 제비의 한 종류인 금사연이 물고기나 바닷말을 물어다가 침을 발라 바위 틈에 만든 보금자리를 말하는데, 이것이 중국 요리의 으뜸 재료가 된다.

60 동지同知: 청대 부府의 부지사副知事에 해당하는 벼슬이다.

85 십장什長: 병사 열 명을 이끄는 우두머리를 가리킨다.

85 화꺼삐花間脾: 팔뚝에 문신을 한 녀석이란 뜻이다.

85 손대성孫大聖: 손오공孫悟空을 가리킨다.

87 성무현 민장城武縣民壯: 지방 경비를 위한 장정 또는 주현州縣의 위병衛兵.

90 장저長沮나 걸닉桀溺: 두 사람 모두 춘추전국시대의 은사隱士로 유명하다.

90 질도郅都나 영성甯成: 두 사람은 전한前漢 때 제남齊南의 관리였는데, 역사상 가장 혹독한 관리였다고 한다.

97 벽을 뚫고 도망친다: 전국시대 사람인 안합顏闔은 노魯나라 왕이 그를 재상으로 맞이하려고 사람을 보냈을 때 집의 뒷담 벽에 구멍을 내고 도망쳤다고 한다.

97 귀를 씻고 듣지 않는다: 허유許由라는 사람은 고대의 고고하게 숨어 사는 은사隱士였는데 요 임금이 그에게 임금 자리를 물려주려고 하였을 때 피했으며, 다시 구주九州의 장관長官으로 삼으려 한다는 말을 듣고는 더러운 이야기를 들었다면서 영수潁水 물가에서 귀를 씻었다고 한다.

103 감봉지甘鳳池: 강희·옹정康熙擁正 시대에 권술이 뛰어나기로 명망이 높았던 사람에게 주었던 작위이다.

104 도사都司: 사품 무관四品武官으로 오늘날 군대의 대위급에 해당한다.

113 호공壺公, 두덕기杜德機를 바꾸어 갖네: 『장자』「응제왕應帝王」에서 호공이 자기 몸의 생기와 죽음의 기운을 마음대로 조절한 이야기를 가리키는 것으로, 두덕기는 죽음을 뜻한다.

140 주씨와 육씨의 견해차: 주희朱熹와 육구명陸龜明 사이의 이론적 갈등, 즉 이학理學과 심학心學 사이의 갈등을 가리킨다.

145 도화원기桃花源記: 동진東晉의 시인 도연명이 지은 작품으로서, 이상향을 그린 글이다.

152 궁조: 중국 고대의 음계 가운데 하나. 궁宮, 상商, 각角, 치徵, 우羽를 '오음'이라 한다.

156 은서언銀鼠諺: 여기서는 예언적인 노래로서 '의화단 사건'을 비유하고

있다.

156 새끼 호랑이: 혹리 위센을 가리킨다.

156 사슴: 기독교도를 암시한다.

156 돼지: 시태후西太后의 총신寵臣인 깡이剛毅가 대두함을 비유한 것이다.

156 아담의 자손들: 기독교 선교사와 교도들을 암시한다.

157 사방의 이웃이 진노하고: 여덟 개 연합국의 간섭을 가리킨다.

167 갑오년에 일본이 우리 나라 동삼성東三省을 침략하여 러시아와 독일이 조정에 나서서 어부지리漁父之利를 얻어 정세가 일변한 것이겠지요: 청일전쟁을 암시한다.

168 참동계參同契: 도가의 수련법을 적은 책이다.

176 추구芻狗: 풀이나 짚으로 만든 개로서 제사 때 쓴다.

185 사영운謝靈運: 육조六朝 시대 남송의 시인.

189 따라미達拉密: 청나라 때의 관직 이름. 군기대신이 임명했다.

194 훠퉤이火腿: 소금에 약간 절여 불에 그을린 돼지 다리.

195 노발충관怒髮衝冠: 화가 나서 머리카락이 관을 꿰뚫는다는 뜻으로서, 여기서는 매우 딱딱하다는 것을 의미한다.

195 백절불굴百折不屈: 백 번 부러져도 굽히지 않는다는 뜻으로, 질기다는 의미이다.

195 연고유덕年高有德: 나이가 많아지면 덕이 있어진다는 뜻으로, 늙은 닭으로 살이 질기다는 의미이다.

195 주색과도酒色過度: 음주와 여색을 지나치게 밝힌다는 뜻으로, 뼈만 있고 살이 없다는 것을 말한다.

195 시강거포恃强拒捕: 강한 힘을 믿고 남에게 붙들리는 것을 거부한다는 뜻으로, 고기가 굳다는 것을 암시한다.

195 신심여수臣心如水: 신하의 마음은 물과 같이 청렴 결백하다는 뜻으로, 국물이 맹탕이라는 의미이다.

218 기축년: 1829년. 도광道光 9년으로 경인년은 그 다음해이다.

219 사司와 도道: 사司는 성省의 포정사布政司, 안찰사按察使 등을 가리키고, 도道는 독량도督糧道, 염법도鹽法道 등을 가리킨다.

219 용문龍門을 파고 이궐伊闕을 열었으며: 용문은 우 임금이 홍수를 다스릴 때 험한 산을 개척해서 물길이 통하게 했다는 곳, 또는 거기에 있는 수문水門을 가리킨다. 이궐 역시 우 임금이 홍수를 다스리던 곳에 있던 산의 이름이다.

200 저동인儲同人: 청나라 초기의 사람으로 경사經史에 밝았다.

230 쟈탄춘: 탄춘探春은 『홍루몽』에 나오는 주인공의 하나로 재색才色을 겸비한 여자이다.

231 얼따이쯔: 둘째가는 바보라는 뜻이다.

236 쟈웨이씨: 중국에서는 여자가 시집가면 정식으로 친가의 성 앞에 시가의 성을 붙인다.

278 장생록위패長生祿位牌: 은혜를 베푼 사람의 성명을 적은 위패로서 은인의 장수, 승관昇官, 부귀를 신에게 빈다.

312 파이쥬牌九: 점으로 수를 나타내는 평평한 골패, 노름의 하나. '장가莊家' 즉 물주로부터 왼쪽을 '상장上莊', 오른쪽을 '하장下莊', 맞은쪽을 '천문天門'이라고 부른다.

313 백냥을 천상각天上角에 걸고 백 냥은 통通에 걸었다: '천문'과 '상장'이 짝이 되어 '장가'와 싸워서 '장가'보다 많으면 이기고, 적으면 진다. 그리고 줄 가운데 어느 쪽이든 한 편이 많으면 무승부가 된다. '통'이란 '장가'에 대하여 천문, 상장, 하장을 한 사람이 잡고 그 셋이 '장가'보다 많으면 이기고, 적으면 지며, 셋이 다 갖추지 않으면 무승부가 된다.

339 부유자蜉蝣子: 하루살이를 의인화해서 표현한 것이다.

339 영춘자靈椿子: 수명이 팔천 년이나 된다는 나무를 의인화해서 표현한 것이다.

339 소명태자昭明太子: 양梁 무제武帝의 큰아들인 소통蕭統을 가리킨다. 그는 다섯 살에 '오경五經'을 두루 읽었고, 장서藏書가 삼만 권이며, 문장

이 매우 뛰어났다고 한다. 『문선文選』을 편찬한 것으로 유명하다.

340 묘명杳冥: 현묘함을 뜻하는 의인법의 표현이다.

343 한군漢軍의 기인旗人: 무사 계급을 나타내는 청나라 때의 신분 제도 가운데 하나. 만주인, 몽골인 및 일부 한인漢人을 나누어 '팔기八旗'로 분류했다.

343 만력萬曆 말년: 명나라 신종神宗 말년, 곧 1619년을 가리킨다.

344 숭정崇禎 연간: 명나라 의종毅宗 연간, 곧 1628~1644년을 가리킨다.

344 서길사庶吉士: 진사 가운데 문학과 글씨에 능한 자를 뽑아 책을 편수하도록 한 관리이다.

344 조고朝考: 청대에 진사 시험에 급제한 이들을 대상으로 천자가 친히 과제를 내어 시험보던 과거 가운데 하나이다.

346 노기盧杞: 당唐 현종玄宗 때의 높은 관리로서, 가혹한 관리로 유명했다.

346 진회秦檜: 남송南宋의 재상으로서 주전파主戰派를 탄압하고 금金과 굴욕적인 화약을 맺음.

346 장헌충張獻忠: 이자성과 반란을 일으켜 왕으로 자칭했다가 일이 실패하자 자살했다.

346 이자성李自成: 섬서陝西 지방 출신으로서, 1631년 반란군의 수령이 되고 스스로 왕이라고 칭하다가 1644년 명나라를 멸망시켰으나, 이듬해 청나라에 패해 죽었다.

347 소요부邵堯夫: 송나라 때의 학자, 이름은 옹雍, 호는 강절康節. 요부는 자이다.

348 오도자吳道子: 당 현종 때의 화가로서 불화佛畵와 산수화 화법畵法 등을 혁신했다.

350 묘廟: 묘는 중국의 사당으로 우리의 사당과는 달리 분향을 하는 본채 건물을 중심으로 여러 건물로 이루어져 있으며, 그곳을 관리하는 승려 혹은 도사들이 상주하면서 제사와 접객接客의 일을 맡아한다.

357 마명馬鳴과 용수龍樹: 마명은 인도의 고승으로서 『대승기신론大乘起信

論』의 저자이고, 용수는 마명의 제자이다.

357 고려: 조선을 가리킨다.

358 패엽의 경: 패엽은 인도에서 경문을 새기던 다라수多羅樹의 잎 '패다라
엽貝多羅葉'의 준말로 나중에는 뜻이 확대되어 불경을 가리키는 말로
사용되었다.

362 오대부송五大夫松: 진시황이 오대부五大夫로 봉했다고 하는 소나무.

369 궁등宮燈: 경축일에 처마 끝에 걸어두는 육각형 혹은 팔각형의 화려한
등롱燈籠.

384 용대두龍臺頭: 중국에서 용왕이 긴 동면에서 깨어 머리를 든다고 하는
날. 당대에 제정된 명절로서, 음력 2월 2일이다.

386 화염산火焰山: 『서유기』에 나오는 난관 가운데 하나.

386 칠규七竅: 사람 얼굴에 있는 귀, 눈, 코의 두 구멍과 입을 합한 일곱 개
의 구멍.

395 왕삼저王三姐: 후한後漢의 재상 왕윤王允의 셋째딸.

396 대청회전大淸會典: 청나라의 제도와 전례典禮를 자세히 기록한 책으로,
1870년에 완성됨.

398 라오시얼老西兒: 산서山西 지방 출신을 통칭하는 말이다.

408 유마힐: 인도의 장자長者, 석가와 같은 시대 사람으로 보살의 행업을
닦았다.

411 청원정曾文正: 청대의 유명한 학자이자 장군인 청궈판曾國潘을 가리키
는 것으로서, '문정'은 그의 시호諡號이다. 태평천국의 난이 일어났을
때 공을 세웠으며, 나중에 무술정변을 일으켜 백 일 동안 대륙의 정권
을 잡아 개혁을 시도하기도 했으나 결국 실패로 끝났다.

411 청충상曾忠襄: 청궈판의 아우 청궈첸曾國筌을 가리키며, '충상'은 그의
시호이다.

411 제갈무후諸葛武侯, 관공關公, 조운趙雲: 각기 삼국 시대의 영웅들인 제
갈량諸葛亮, 관우關羽, 조자룡趙子龍을 가리킨다.

411 관중管仲: 전국시대 제齊나라의 정치가이자 법가 사상가. 국민을 위한 경제와 정치를 논했다.

411 악의樂毅: 전국시대 연燕나라의 용병술에 뛰어났던 사람이다.

411 열어구列禦寇: 전국시대의 철학자로서, 『열자列子』를 지었다.

411 공성인孔聖人이나 이로군李老君: 각각 공자孔子와 노자老子를 가리킨다.

414 팔분서八分書: 예서隸書 이 분分과 전서篆書 팔 분을 섞어 만든 서체를 가리킨다.

415 홍권洪鈞: 청대의 오현吳縣 출신이다. 진사로 있다가 광서光緒 연간에 독일, 러시아 등지에 외교관으로 파견되기도 했다.

419 게어偈語: '게偈'란 부처의 공덕이나 교리를 찬미하는 노래 글귀. 네 구절로 되어 있다.

419 몽환포영夢幻泡影: '꿈, 환산, 거품, 그림자란 뜻으로 일체 사물의 헛되고 덧없음'을 비유.

420 육조六朝: 선가禪家의 제6대 조종祖宗인 혜능慧能을 가리킨다.

420 오조五朝: 혜능의 스승인 홍인선사弘忍禪師를 가리킨다.

421 고야姑射: 선인仙人이 산다는 전설 속의 산 이름이다.

422 류하혜柳下惠: 춘추시대 노魯나라의 현인.

442 마단양馬丹陽과 손불이孫不二: 마단양의 본명은 마옥馬鈺으로, 송나라 사람이다. 왕가王嘉를 만나 도술을 물려받고 그의 처 손불이와 함께 출가했다.

443 사회四會: '사방에서 모인 집회'라는 뜻인지 광동廣東의 사회현四會縣을 가리키는지 알 수 없다.

444 제전조사濟顚祖師: 송나라의 고승 도제道濟의 호이다.

류어와 『라오찬 여행기』

저자 류어

저자 류어劉鶚의 생애는 그의 친구이자 갑골문甲骨文 연구가로 유명한 뤄전위羅振玉의 『50일 몽흔록五十日夢痕錄』안의 「류테윈전劉鐵雲傳」에 소개되어 있다. 루쉰魯迅의 『중국소설사략中國小說史略』에 기록된 그의 생졸년은 매우 애매하여 1850년에 태어나 1910년에 사망한 것으로 나와 있는데 이것은 『라오찬 여행기 2집』에 류테쑨劉鐵孫이 기록한 것을 따른 것으로, 실은 1857년 9월 1일에 류허六合에서 출생하여 1907년 7월 8일에 디화迪化에서 사망한 것이 명확하다고 고증되어 있다. 류어의 아들인 류다선劉大紳의 「라오찬 여행기에 관하여關于老殘遊記」와 웨이사오창魏紹昌의 「라오찬 여행기자료老殘遊記資料」에는 그의 가계에 관하여 상세히 기록되어 있다. 그의 조상은 섬서성陝西省 보안현保安縣 출신의 군인으로 조상인 연경공延慶公의 셋째 아들인 류광스劉光世가 송대 고종이 남하할 때 따라 내려와 강소성 단도로 이주하면서 이곳에 정착하였다고 한다. 이후 선조들은 관리로서 출세하여 그의 가문은 관료 가문으로 알려졌다. 그의 부친 류청중劉成忠은 22대로 일찍이 과거에 합격하여 한림원 편수와 직예성의 감찰어사를 지냈으며 하남성에서는 황하의 치수에 큰 공을 세웠고 청귀체曾國筌과 염비捻匪의 난을 평정하는 데도 큰 공을 세웠다고 한다. 류어는 23대로 위로 형이 한 사람 있었고 누나가 셋 있었다. 다음은 뤄전위의 『50일 몽혼록』 등 여러 자료를 참고로 그의 생애를 정리한 것이다.

류어는 1857년 9월 1일에 류청충의 둘째 아들로 강소성 단도丹徒, 즉 지금의 진강鎭江 류허에서 태어났다. 본명은 멍펑孟鵬이고 자는 테윈鐵運, 궁웨公約, 윈보雲搏 등 세 개가 있고 호는 제윈嵼雲이다. 소년 시절에 부친은 그가 과거를 보아 출세하기를 바랐다. 1860년 이후 중국은 큰 변화의 시대를 맞고 있었다. 외국과의 관계를 취급하는 총리아문總理衙門이라는 관공서가 설치되어 외국과의 통상관계가 활발하게 이루어지면서 외국어에 대한 관심이 크게 이는가 하면 한편으로 양무운동洋務運動이 일어나 청년들이 새로운 문물과 사상에 대해 호기심을 가졌다. 류어의 집은 대대로 관료 가문으로 시대의 변화에 대해 매우 민감하여 그 집의 서재에는 많은 외국 서적이 있었다. 그러나 류어는 부친이 그에게 과거 시험을 보라고 하자 이에 반항하여 불량소년으로 방황했다. 뤄전위의 기록에 의하면 그의 발자국 소리만 나도 겁이 나서 숨었다고 한 것으로 보아 반항적인 소년 시절을 보냈던 것 같다. 그러나 그는 본래 총명하여 집에 소장되어 있는 많은 국내외 서적들을 탐독하여 매우 박학했다고 한다. 이런 것으로 보아 매우 특이한 성격의 소년이었던 것 같다.

그는 부친의 명에 따라 1876년에 남경南京의 향시鄕試에 응시했다가 낙방하고는 이학理學, 불학佛學, 금석문金石文, 의술, 점복占卜 등 많은 책을 읽었다. 1880년부터는 태주학파泰州學派의 학문에 심취하여 양주揚州에 가서 리룽촨李龍川에게 사사하면서 그의 사상 체계가 성립되었다. 그는 젊은 시절에 많은 일을 경험하였으나 성공하지는 못했다. 1888년 황하가 넘쳐 큰 수재가 나자 그는 자진하여 하남순무河南巡撫 우다정吳大澂을 찾아가서 직접 인부들을 거느리고 제방 공사를 하여 치수에 크게 성공하여 이름을 날렸고, 또 1889년에는 산동山東에서 큰 수재가 나자 산동순무 장야오張曜의 초청으로 3년간 치수 공사에 참여하여 큰 공을 세웠다. 그는 이것을 경험으로 여러 권의 치수 관계 책을 저술하였다.

1893년 류어는 북경에 가서 총리아문 시험에 합격하여 지부知府의 자격을 얻어 관리의 길이 열렸다. 그러나 그 해에 어머니의 상을 당해 고향에 돌아갔다가 이듬해에 청일전쟁을 만났다. 1896년에 양광총독兩廣總督 장즈퉁張之洞의 초청으로 그의 막료가 되었다. 그는 국가가 부강해야 외세의 침략을 막을 수 있다고 여겨 외국의 자본으로라도 철도를 부설하고 탄광을 개발해야 한다고 적극 주장했으나, 쇄국을 주장하는 관료들의 반대로 뜻을 이루지 못했다.

1899년에 하남성 안양현安陽縣에서 은대殷代의 복사卜辭를 새긴 갑골甲骨이 다량 발견되자 류어는 재빨리 이의 가치를 인지하고는 친구인 뤄전위에게 이를 수집하고 연구하도록 하여 후에 유명한 갑골학자가 되게 하였고, 그 자신도 갑골들을 수집하여 『테윈장구

鐵雲藏龜』라는 책을 펴내어 갑골문 연구에 크게 이바지했다. 또한 1900년에는 의화단義和團 사건으로 8개국 연합군이 북경에 입성하였는데 러시아군이 북경의 정부 미곡 창고를 점령한 것을 알고는 그들과 협상하여 비축미를 싸게 구입하여 이것을 난민들에게 헐값으로 팔아 난민 구휼에 힘쓴 일도 있다.

1903년에 그는 그의 유일한 소설인『라오찬 여행기』를 쓰기 시작하여 이듬해에 탈고했고, 1905년에는『속집』을 썼다. 1907년에 그는 위안스카이袁世凱 정부에 의해 1900년에 정부미를 사사로이 매매했다는 죄목으로 체포령이 내려졌다. 이때부터 그는 도피 생활을 시작했다. 사실 그에게 내려진 체포령은 정부미의 사사로운 매매가 아니라 그가 위안스카이 정부를 과격하게 비판한 데에 그 이유가 있었다. 1908년에 그는 마침내 체포되어 신강新疆에 유배되었고 이듬해인 1909년에 유배지인 신강성 디화에서 지병으로 사망했다. 정치적으로 보수적 유신파였던 그는 시태후西太后의 보수파에도 반대했고, 또 쑨원孫文의 혁명파에도 반대했으며, 량치차오梁啓超의 혁신파에도 반대하였다. 따라서 그에게는 많은 정적이 있어 매국노라는 오명까지 쓰게 되었다.

작품 해설

이 소설은 저자 류어가 자신의 행적을 소설화한 자전적 소설로 알려지고 있다. 이 소설은 라오찬이라는 떠돌이 의사가 각지를 편력하면서 보고 들은 사건들을 기록한 형식으로 당시 청나라의 정치와 사회상을 폭로, 비판한 작품이다. 이 소설의 첫머리에서 라오찬이 만난 부호 황뤠이허黃瑞和는 바로 황하를 비유하여 의인화한 인물로서, 그의 병은 바로 중국 최대의 관심사인 황하의 수재水災를 상징한다. 그는 산동순무 장야오를 도와 치수하던 사실을 소설에서 재현하고 있다. 이어 친구 두 사람과 일출을 구경하러 바다에 나가는 장면에서 묘사한 경치는 바로 러시아와 일본의 대치를 상징하고 있으며(북방에서 큰 구름, 즉 러시아가 몰려오는데 동쪽에서 또 다른 큰 구름, 즉 일본이 몰려와서 서로 밀치며 물러나려 하지 않는다), 성난 파도에 표류하는 큰 배는 러시아와 일본의 전운과 서구 열강의 침략 앞에서 몸부림치는 중국을 비유하고 있다. 큰 배의 길이 이십삼사 장丈은 당시 중국의 행정 구역이고, 조타를 관장하는 네 명은 당시 조정을 좌지우지하던 네 명의 군기대신이며, 여덟 개의 돛은 각 행성의 총독들이고, 배 위의 손님들은 국민들이며, 선객을 선동하고 금품을 갈취하는 사람들은 바로 혁명당원들이다. 주인공은 서양의 과학(나침판과 육분의)으로 표류하는 배를 구하려다 오히려 매국노라는 오명을 쓴다. 이렇듯 이 소설은 첫머리부터 당시 중국의 정국을 상징적으로 비판하면서 시작한다.

4장에서 11장까지는 선쯔핑申子平이라는 선비가 도화산桃花山에 들어가서 위구璵姑라는 처녀와 황룽즈黃龍子라는 도사와 세상사를 담론하는 내용인데, 이는 저자 류어가 태주학파泰州學派라는 종교를 믿으면서 그 교리를 설법한 것이다. 태주학파는 일명 대성교大成敎, 대학교大學敎, 성인교聖人敎, 황애교黃厓敎라고도 불리는 종교로 유儒, 불佛, 도道의 세 종교를 혼합한 지방 종교이다. 작가는 소설 속에서 이 종교에 경도되어 미신 같은 예언을 하고 있다.

이 소설의 또 하나 특기할 만한 점으로, 작품의 전반과 후반에 등장하는 두 사람의 혹독한 관리를 들 수 있는데, 이들은 청렴하다는 것을 내세워 백성들을 혹독하게 다룬다. 일반적으로 나라가 혼란할 때에는 탐관오리가 등장하여 백성들을 도탄에 빠뜨려 지탄의 대상이 되나, 이 소설에서는 그런 선입견의 의표를 찔러 비록 청렴한 관리이기는 하나 또한 그가 자신의 청렴성을 내세워 얼마나 가혹하게 백성들을 괴롭히는가를 묘사하고 있다.

소설 속에 등장하는 혹독한 관리는 실제 인물로 알려지고 있는데, 전반에 나오는 위셴玉賢은 산동순무를 지내면서 의화단 사건 당시 다수의 기독교도를 학살한 위셴毓賢이고 후반에 등장하는 깡삐剛弻는 군기대신을 지낸 만주 귀족 출신의 깡이剛毅가 모델이라고 한다. 그들은 청렴 결백하다는 자부심만으로 백성들의 고통을 외면하고 혹독하게 백성들을 탄압했다. 저자는 이것을 탐관오리보다도 더 나쁜 관리로서, 출세욕과 아집이 뒤섞여 모순을 야기하는 관리 사회의 전형적인 병폐 가운데 하나라고 고발하고 있다.

류어는 송대의 유학에 대해 매우 비판적이었다. 그는 유교란 원래 인간의 본성을 바르게 인도하는 것인데 송대의 유학자들은 인간의 성정을 억제하는 금기를 설정하여 종교로 인간을 억압하고 있다고 했다. 그는 마치 당시의 유학이 싫어서 태주학을 신봉하는 듯이 소설에서 기술하고 있다. 또 그는 소설 속에서 '북권남혁北拳南革'이라는 용어를 쓰고 있는데 '북권'은 1900년에 있었던 의화단 사건이고 남혁은 쑨원孫文 등이 이끌던 혁명당을 가리킨다. 소설에서는 '북권남혁'을 예언하는 듯 언급하고 있으나 의화단 사건은 이미 지난 사건이고 '배만흥한排滿興漢'의 혁명파는 조직은 있어도 아직 혁명이 실천에는 옮겨지지 않은 시기였다. 류어는 제1장에서 혁명당을 가리켜 백성을 선동하여 죽음에 몰아넣는 인간으로 묘사하여 혁명에는 반대하고 있음을 밝히고 있다.

『라오찬 여행기』는 1903년 5월에 창간된 『수상소설繡像小說』(반월간)에 제9기(1903년 9월)부터 제18기까지, 즉 1회부터 13회까지 연재되었다. 그런데 잡지의 편집자가 10회분에서 미신적인 내용이 많다고 하여 대부분을 삭제하고 11회분을 10회라고 연재하였다. 이에 화가 난 류어는 연재를 취소하고 1904년에 『천진일일신문天津日日新聞』에 다시 1회부터 20회까지 연재했다. 이것이 초집 20회본이다. 이것은 후에 상무인서관에서 단행본으로 출판되었다. 이 소설이 독자들 사이에서 크게 인기가 있자 이에 대한 속편이라고 하여 많은 위작들이 쏟아져 나왔다. 제2집은 1929년에 류어의 아들인 류다징劉大經이 『천진일일신문』에 근무할 당시 신문사 창고에서 발견하고는 형인 류다선에게 보였더니 틀림없는 부친의 유작이라고 하였다. 이것을 조카인 류톄쑨이 린위탕林語堂에게 보내 린위탕이 운영하던 문예지 『인간세人間世』에 연재하였다. 최초의 제2집은 9회본이었다고 하는데 톄쑨이 환췌이가 속세를 떠나는 부분에서 마감하여 6회분으로 하고 그 이후는 사족 같다고 하여 삭제했다고 한다. 그러나 이후에 출판된 제2집 중에는 9회본으로 나온 것도 있다.

청나라 말기 약 20년 간은 중국 소설계가 매우 흥성하던 시기이다. 아잉阿英의 『만청소설사晚淸小說史』에 의하면, 이 시기에 1,000

여 종의 소설이 출판되었다고 한다. 이렇듯 소설이 유행하였던 것은 첫째로 인쇄술의 발달을 들 수 있겠고, 둘째로는 당시 지식인들이 서양 문화의 영향을 받아 사회 발전의 의의로 소설의 중요성을 인식하였다는 것, 셋째로 쇠퇴해가는 나라에 대해 소설이라는 도구로 유신과 애국을 제창하였다는 것 등을 들 수 있겠다. 특히 당시에 풍자소설이 크게 유행하였는데 사회상과 정치상을 풍자한 소설이 많았다. 루쉰은 『중국소설사략』에서 정치나 사회의 비리를 폭로하고 규탄한 소설들을 가리켜 '견책소설譴責小說'이라 하고, 청말의 '4대 견책소설'로 류어의 『라오찬 여행기』, 리바오쟈李寶嘉의 『관청의 형벌들官場現形記』, 우워야오吳沃堯의 『20년 간 목격한 괴이한 현상二十年目睹之怪現狀』, 청푸曾樸의 『얼해화孼海花』 등을 꼽았다.

한편, 『라오찬 여행기』가 발표되자 이 소설에 대한 많은 비평이 나왔다. 후스胡適는 「『라오찬 여행기』 서문」에서, 이 소설이 중국 문학사에 끼친 최대의 공헌은 작가의 사상이 아니라 풍경과 인물을 묘사하는 작가의 뛰어난 능력에 있다고 하면서, "예부터 소설을 쓰는 사람들은 인물을 묘사하는 데 많은 힘을 들였으나 풍경을 묘사하는 능력은 구소설에서는 거의 없었다"고 했으며, 또한 "류어는 문학의 천재로 그의 문학적 견해는 탁월하다"고 높이 평가했다. 그러나 일부 비평가들이 그의 '태주학파'의 미신적인 예언에 대하여 비난하는 경우도 적지 않다.

이 번역은 1962년에 대만의 대동서국大東書局에서 '중국 고전 문학 명저' 가운데 하나로 출판된 『라오찬 여행기』를 저본으로 하였다. 대동서국 판본의 서문에 의하면, 1925년에 아동서국亞東書局에서 기존에 출판된 이 작품의 여러 판본들을 모아 교정하여 가장 완정된 판본을 출판하였는데 자신들은 이것을 표준 판본으로 삼았다고 했다.

이 소설은 장회체章回體 소설이어서 각 장의 제목이 원래 대구對句의 긴 문장으로 되어 있다. 그러나 이 책에서는 독자들의 이해를 쉽게 하기 위해 짧은 말로 바꾸어 달았다. 그리고 이 소설에는 저자의 고향인 회안淮安 지방과 상해 지방의 방언이 간혹 나오는데, 그런 단어들을 사용한 저자의 뜻이 본 번역서에서 얼마나 정확히 전달되었는지 옮긴이로서 조금 걱정스러운 것이 사실이다. 그러나 이 번역으로 우리나라의 현대 독자들이 이제 점차 '고전'의 이름으로 묻혀가는 중국의 소설을 부분적으로나마 이해할 수 있게 되고, 아울러 거부감 없는 읽을거리의 하나로 삼을 수 있다면 옮긴이로서는 더할 나위 없는 보람이 될 것이라고 생각한다.

김시준

옮긴이 **김시준**

서울대학교 문리과대학 중문학과를 졸업하고 대만대학 중국문화연구소에서 문학석사 학위를, 서울대학교 대학원에서 문학박사 학위를 받았다. 서울대학교 인문대학 교수를 역임하였으며, 현재 서울대학교 명예교수이다. 저서로 『중국현대문학사』, 『중국현대문학론』, 『중국당대문학사조론연구』, 『중국당대문학사』, 『모시연구』, 『한반도와 중국3성의 역사문화』(공저), 『반도와 만주의 역사문화』(공저) 등이 있고, 번역서로 『루쉰 소설 전집』, 『리가장의 변천』, 『샤오얼헤이의 결혼』, 『중국현당대산문선』, 『안자춘추』, 『대학·중용』, 『소동파시선』, 『고문진보 후집』, 『초사』, 『벽위편』 등이 있다.

라오찬 여행기

2009년 1월 15일 초판 1쇄 발행
2009년 2월 15일 초판 2쇄 발행

지은이 | 류어
옮긴이 | 김시준

펴낸이 | 전명희
펴낸곳 | 연암서가
등록 | 2007년 10월 8일 (제 396-2007-00107호)
주소 | 경기도 고양시 일산동구 장항동 591-15 2층
전화 | 031-907-3010
팩스 | 031-932-8785
전자우편 | yeonamseoga@naver.com

ISBN 978-89-960434-4-7 03820

값 12,000원